RUÍDO BRANCO

DON DELILLO

Ruído branco

Tradução
Paulo Henriques Britto

2ª edição
2ª reimpressão

Copyright © 1984, 1985 by Don DeLillo

Grafia atualizada segundo o Acordo Ortográfico da Língua Portuguesa de 1990, que entrou em vigor no Brasil em 2009.

Título original
White Noise

Capa
Takashi Fukushima

Revisão
Laura Victal
Pedro J. Ribeiro

Coordenação editorial
Página Viva

Dados Internacionais de Catalogação na Publicação (CIP)
(Câmara Brasileira do Livro, SP, Brasil)

DeLillo, Don, 1936-
Ruído branco / Don DeLillo; tradução Paulo Henriques Britto.
— 2ª ed. — São Paulo : Companhia das Letras, 2017.

ISBN 978-85-85095-10-9

1. Romance estadunidense 1. Título.

87-0044   CDD-813.5

Índice para catálogo sistemático:
1. Romances: Século 20: Literatura estadunidense   813.5
2. Século 20: Romances: Literatura estadunidense   813.5

[2021]
Todos os direitos desta edição reservados à
EDITORA SCHWARCZ S.A.
Rua Bandeira Paulista, 702, cj. 32
04532-002 — São Paulo — SP
Telefone: (11) 3707-3500
www.companhiadasletras.com.br
www.blogdacompanhia.com.br
facebook.com/companhiadasletras
instagram.com/companhiadasletras
twitter.com/cialetras

Para Sue Buck e Lois Wallace

Sumário

1. Ondas e radiações 9
2. A formação da nuvem tóxica 133
3. Dylarama 205

1. ONDAS E RADIAÇÕES

1

As caminhonetes chegaram ao meio-dia, uma longa fileira reluzente que atravessava a parte oeste do campus. Em fila indiana, contornavam a escultura metálica alaranjada e seguiam rumo aos dormitórios. As bagageiras estavam abarrotadas de malas cuidadosamente amarradas, cheias de roupas leves e agasalhos; caixas com cobertores, botas e sapatos, papéis e livros, lençóis, travesseiros, edredons; tapetes enrolados e sacos de dormir; bicicletas, esquis, mochilas, selas de todos os tipos, botes infláveis. Os carros iam perdendo a velocidade e parando, e de dentro deles saíam correndo estudantes que logo abriam as portas de trás dos veículos para começar a retirar as coisas que estavam dentro, aparelhos de som, rádios, microcomputadores; geladeiras pequenas e fogões portáteis; caixas de discos e cassetes; secadores e alisadores de cabelos; raquetes de tênis, bolas de futebol, bastões de hóquei e *lacrosse*, arcos e flechas; drogas, pílulas e dispositivos anticoncepcionais; guloseimas ainda em sacolas de supermercados — biscoitos de cebola e alho, salgadinhos de milho, bolinhos de creme de amendoim, Waffelos e Kabooms, jujubas e pipoca com sabor *toffee*; pirulitos Dum Dum, balas de hortelã Mystic.

Há vinte e um anos que assisto a esse espetáculo, todo mês de setembro. É invariavelmente um evento e tanto. Os estudantes se cumprimentam com gritos cômicos e gestos de desânimo. O verão foi uma sucessão de prazeres criminosos, como sempre. Os pais, ofuscados pelo sol, permanecem perto dos automóveis, vendo imagens de si próprios espalhadas por todos os lados. As peles cuidadosamente bronzeadas. Os rostos bem compostos e olhares irônicos. Experimentam uma sensação de renovação, de identificação comunitária. As mulheres, animadas e alertas, esbeltas à custa de regimes, sabem o nome das pessoas. Os maridos se contentam em contar os anos, distantes, porém conformados, realizados como pais; algo neles faz pensar em polpudas apólices de seguros. Essa assembleia de caminhonetes, tanto quanto qualquer outra atividade de que eles venham a participar no decorrer do ano, mais do que as liturgias formais e as leis, faz com que os pais se sintam irmanados na mente e no espírito, parte de um povo, uma nação.

Saí de minha sala e desci a ladeira, rumo à cidade. Há na cidade casas com torreões e varandas de dois andares, onde pessoas descansam à sombra de bordos centenários. Há igrejas em estilos grego e gótico. Há um hospício com um pórtico alongado, águas-furtadas trabalhadas e um telhado íngreme que culmina num remate em forma de abacaxi. Moro com Babette e nossos filhos de casamentos anteriores no final de uma rua tranquila, num lugar onde antigamente havia mato e ravinas profundas. Agora uma autoestrada passa atrás do quintal, muitos metros abaixo do terreno da casa, e à noite, quando nos deitamos em nossa cama de bronze, alguns carros passam por ela com um murmúrio remoto e constante que contorna nosso sono como almas mortas balbuciando nas margens de um sonho.

Sou chefe do departamento de hitlerologia de College-on--the-Hill. Inventei a hitlerologia norte-americana em março de 1968. Era um dia frio e claro, com um vento leste intermitente. Quando sugeri ao reitor a ideia de criar um departamento para estudar a vida e a obra de Hitler, ele logo percebeu o potencial de minha proposta. O sucesso foi imediato e eletrizante. O reitor veio a tornar-se assessor de Nixon, Ford e Carter; morreu num teleférico, numa estação de esqui da Áustria.

Na esquina da rua 4 com a Elm, os carros que vão para o supermercado viram à esquerda. Acocorada num veículo em forma de caixa, uma guarda de trânsito procura automóveis estacionados em lugares proibidos ou ao lado de parquímetros com tempo esgotado. Pendurados nos postes telefônicos da cidade, veem-se cartazes caseiros, às vezes escritos com letra de criança, que falam de cães e de gatos perdidos.

2

Babette é alta e cheia; tem de sobra cintura e peso. O cabelo é um esfregão loiro, de um amarelo turvo. Se ela fosse do tipo mignon, o cabelo lhe daria um ar excessivamente travesso e artificial. Como é graúda, há algo de sério nesse desalinho. As mulheres grandalhonas não planejam tais efeitos. Falta-lhes malícia para tramar conspirações corporais.

— Você devia ter visto — disse-lhe eu.

— O quê?

— Hoje foi o dia das caminhonetes.

— Eu perdi outra vez? Você tinha que me lembrar.

— A fila passava pela biblioteca de música e chegava até a

autoestrada. Azuis, verdes, marrons, cor-de-vinho. Brilhavam ao sol como uma caravana no deserto.

— Você sabe que se não me lembrar eu esqueço, Jack.

Descabelada, Babette tem a dignidade descuidada de quem está demasiadamente preocupada com coisas sérias para ligar para a aparência. Não que faça grandes realizações, pelos padrões normais do mundo. Ela cuida das crianças, trabalha com alfabetização de adultos e pertence a um grupo de voluntários que leem em voz alta para pessoas cegas. Uma vez por semana lê para um velho chamado Treadwell, que mora nos arredores da cidade. Ele é conhecido como "o Velho Treadwell", como se fosse uma atração turística, uma formação rochosa ou um pântano lúgubre. Babette lê para ele artigos tirados do *National Enquirer*, do *National Examiner*, do *National Express*, do *Globe*, do *World*, do *Star*. O velho exige sua dose semanal dessas histórias policiais seriadas. Que mal há nisso? O importante é que Babette, independentemente do que faça, me faz sentir recompensado, sentir que vivo com uma mulher de alma generosa, que ama a luz do dia e uma vida cheia, o burburinho heterogêneo das famílias. Estou sempre a vê-la fazendo as coisas numa sequência ordenada, com perícia, aparentemente com facilidade, diferente das minhas esposas anteriores, que tendiam a sentir-se distanciadas do mundo objetivo — um bando de mulheres egocêntricas e neuróticas, vinculadas à comunidade de informações.

— O que eu queria ter visto não eram as caminhonetes. Como eram as pessoas? As mulheres estavam de saias xadrez, suéteres de ponto de trança? E os homens, de jaquetas de montaria? Como são essas jaquetas?

— Eles agora se sentem à vontade com esse dinheiro todo — disse eu. — Estão convencidos de que é merecido. Por isso demonstram uma saúde robusta. Chegam a brilhar um pouco.

— Acho difícil conceber a morte nesse nível de renda — disse ela.

— Vai ver que não é a morte que a gente conhece, e sim apenas documentos trocando de mãos.

— Olhe que nós também temos uma caminhonete.

— Pequena, cinza-metálico, uma porta totalmente enferrujada.

— Cadê o Wilder? — exclamou Babette num pânico rotineiro e saiu chamando a criança, um dos filhos dela, sentado quietinho no triciclo, no quintal.

Eu e Babette conversamos na cozinha. A cozinha e o quarto são os aposentos principais da casa, os centros de poder, as fontes. Eu e ela temos isso em comum: para nós, o resto da casa é só espaço para armazenar móveis, brinquedos, todos os objetos sem uso provenientes de casamentos anteriores e crianças anteriores, presentes de ex-sogros, roupas que não serviam mais, quinquilharias. Coisas e caixas. Por que são tão melancólicos esses pertences? Há neles algo de sombrio, de agourento. Fazem-me pensar não nos fracassos e derrotas pessoais, e sim em algo mais geral, de âmbito e conteúdo mais vastos.

Babette entrou com Wilder e sentou-o na bancada da cozinha. Denise e Steffie desceram, e conversamos sobre o material escolar de que iam precisar. A hora do almoço chegou depressa. Entramos no caos e no barulho. Zanzamos de um lado para outro, discutimos um pouco, deixamos cair coisas ao chão. Por fim, todos ficamos satisfeitos com o que conseguimos surrupiar das despensas e da geladeira ou uns dos outros, e começamos a espargir placidamente mostarda ou maionese em nossas comidas de cores muito vivas. Havia uma atmosfera de expectativa muito séria, de conquista obtida a duras penas. A mesa estava superlotada, e Babette e Denise se acotovelaram duas vezes, sem nada dizerem. Wilder continuava sentado na bancada, cercado de caixas abertas, folha de alumínio amassada, sacos reluzentes de batatas fritas, tigelas de substâncias pastosas cobertas com plástico, anéis arrancados de latas de refrigerantes, fatias de queijo prato embrulhadas uma a uma. Heinrich entrou, examinou a cena cuidadosamente — é meu único filho homem — e saiu pela porta dos fundos.

— Não era esse o almoço que eu estava planejando — disse Babette. — Eu estava pensando seriamente em germe de trigo e iogurte.

— Onde foi que já ouvimos essa conversa? — perguntou Denise.

— Provavelmente aqui mesmo — respondeu Steffie.

— Ela vive comprando esses troços.

— Mas nunca come — continuou Steffie.

— Porque ela acha que, se continuar comprando, vai ter que acabar comendo só pra se livrar deles. É como se estivesse tentando se enganar.

— Ela enche metade da cozinha com essas coisas.

— Mas não chega a comer, porque estraga e aí tem que jogar fora — disse Denise. — Aí ela começa tudo de novo.

— Esses troços estão espalhados pela cozinha toda — comentou Steffie.

— Se ela não compra, sente-se culpada; se compra e não come, sente-se culpada; quando abre a geladeira e vê isso lá dentro, sente-se culpada; quando joga fora, sente-se culpada.

— É como se ela fumasse, só que não fuma.

Denise tinha onze anos; uma garota durona. Liderava uma campanha mais ou menos diária contra os hábitos da mãe, que lhe pareciam antieconômicos ou perigosos. Defendi Babette. Disse que era eu quem mais precisava de disciplina alimentar. Disse que gostava muito da aparência dela. Opinei que havia certa honestidade, dentro de alguns limites, na obesidade. As pessoas confiam em quem tem um pouco de volume.

Mas Babette não estava satisfeita com suas cadeiras e coxas, andava bem depressa, subia correndo a escada da arquibancada do estádio da escola secundária neoclássica. Disse que eu transformava seus defeitos em virtudes porque eu tinha uma tendência natural a proteger da verdade meus entes amados. Havia algo de perigoso na verdade, afirmou.

O alarme de incêndio do corredor do segundo andar disparou, o que indicava que ou era preciso trocar a pilha ou que a casa estava pegando fogo. Terminamos o almoço em silêncio.

3

Em College-on-the-Hill os chefes de departamento usam uma espécie de toga. Não são compridas, imponentes, não; são apenas túnicas sem mangas pregueadas nos ombros. Gosto dessa roupa. Gosto de afastar o plissê para o lado na hora de consultar o relógio. Este gesto transfigura o ato corriqueiro de ver as horas. Os gestos decorativos tornam a vida mais romântica. Os estudantes ociosos talvez passem a encarar o tempo como um floreio complexo, o romance da consciência humana, ao ver o chefe de departamento andando pelo campus, o braço curvado emergindo de sua toga medieval, o relógio digital piscando ao crepúsculo. A toga é preta, naturalmente, e combina com quase tudo.

O departamento de hitlerologia não tem um prédio exclusivo. Estamos instalados no Centenary Hall, uma estrutura escura de tijolos, a qual dividimos com o departamento de cultura popular, cujo nome oficial é departamento de ambientes americanos. Um grupo curioso. O corpo docente é quase completamente composto de imigrantes de Nova York, pessoas inteligentes, agressivas, cinemaníacas e obcecadas por cultura inútil. Seu objetivo é decifrar a linguagem natural da cultura, formalizar os prazeres reluzentes que conheceram na infância iniciada na Europa — um aristotelismo de invólucros de chiclete de bola e jingles de detergentes. O chefe do departamento é Alfonse Stompanato, vulgo Lanchonete, homem carrancudo de tórax largo, cuja coleção de chapinhas de refrigerantes de antes da guerra está em exposição permanente num nicho. Todos os professores são do sexo masculino, usam roupas amassadas, estão sempre precisados de uma ida ao barbeiro e têm o hábito de virar a boca para o sovaco quando tossem. Juntos, parecem uma comissão de funcionários do sindicato de motoristas de caminhão, reunidos para identificar o corpo mutilado de um colega de profissão. A impressão que se tem é de mordacidade, suspeita e intriga constantes.

De certo modo, Murray Jay Siskind é uma exceção. Já foi cronista esportivo e uma vez me convidou para almoçar, no refeitório, lugar onde pairava um cheiro institucional de comidas vagamente definidas que me inspirava lembranças obscuras e melancólicas. Murray era novo na faculdade, um homem de ombros caídos, oculozinhos redondos e barba puritana. Era professor visitante; sua especialidade era ícones vivos; ele parecia um tanto constrangido com o que já tivera oportunidade de perceber a respeito de seus colegas de departamento.

— Eu entendo a música, o cinema, entendo até o que se pode aprender com as revistas em quadrinhos. Mas há professores titulares aqui que só leem caixas de cereais.

— É a única vanguarda que temos.

— Não que eu esteja me queixando. Gosto daqui. Estou completamente apaixonado por esse lugar. A cidadezinha. Quero fugir da metrópole e dos envolvimentos sexuais. Calor. Cidade grande pra mim é isso. Você salta do metrô e sai da estação e é aquele bafo. O calor do ar, do trânsito, das pessoas. O calor da comida e do sexo. O calor dos arranha-céus. O calor que emana dos metrôs e dos túneis. Nas cidades é sempre dez graus mais quente. O calor sobe das calçadas e desce do céu envenenado. Os ônibus têm um bafo quente. O calor emana das multidões fazendo compras e indo pro trabalho. Toda a infraestrutura se baseia no calor, consome calor desesperadamente, gera mais calor. Essa história da morte do universo por falta de energia, de que os cientistas estão sempre falando, já é um processo adiantado, como se pode ver em qualquer cidade grande ou de médio porte. Calor e umidade.

— Onde é que você está morando, Murray?

— Numa casa de cômodos. Estou absolutamente cativado e intrigado. É uma construção linda, velha, caindo aos pedaços, perto do hospício. Sete ou oito moradores, mais ou menos permanentes, menos eu. Uma mulher que tem um segredo terrível. Um homem com cara de acossado. Outro que nunca sai do quarto. Uma mulher que passa horas ao lado da caixa de correspondência, esperando por alguma coisa que não vem nunca. Um homem sem passado. Uma mulher com um passado. O lugar tem um cheiro de vidas infelizes de cinema que eu realmente gosto.

— Qual o seu papel?

— Sou o judeu. Está na cara, não é?

De certo modo, era comovente o fato de que quase todas as roupas de Murray fossem de veludo cotelê. Tive a impressão de que desde os onze anos, no pedaço de concreto superpovoado em que foi criado, Murray associava esse tecido resistente ao ensino superior em algum lugar longínquo e inatingível, cheio de árvores frondosas.

— Tenho que me sentir satisfeito numa cidadezinha chamada Blacksmith — disse ele. — Estou aqui para evitar situações. A cidade grande é cheia de situações, de gente cheia de lábia sexual. Tem umas partes do meu corpo que não quero mais deixar à disposição das mulheres. Uma vez tive um envolvimento com uma mulher em Detroit. Ela precisava do meu esperma por causa do processo de divórcio. A ironia da coisa é que eu adoro mulher. Fico doido quando vejo umas pernas compridas, andando depressa, com passos largos, quando vem uma brisa do rio, numa manhã luminosa de dia de semana. A segunda ironia é que não é tanto o corpo da mulher que eu desejo, é a mente. A mente da mulher. Aqueles compartimentos delicados, aquele fluxo unidirecional caudaloso, como uma experiência de física. Como é gostoso conversar com uma mulher inteligente de meias, de pernas cruzadas! Aquele chiadinho de náilon contra náilon me proporciona uma felicidade de vários níveis. A terceira ironia, ainda ligada a isso tudo, é que sou sempre atraído pelas mulheres mais complicadas, neuróticas e difíceis. Gosto de homens simples e mulheres complicadas.

Os cabelos de Murray eram enroscados e pesados. Tinha sobrancelhas densas e cachos que lhe roçavam o pescoço. A barba pequena e dura, concentrada no queixo e acompanhada de um bigode, parecia um acessório opcional, a ser usado ou removido conforme as circunstâncias.

— Que espécie de aula você pretende dar?

— Era justamente sobre isso que eu queria lhe falar — disse Murray. — Você conseguiu uma coisa incrível, aqui, com Hitler. Você criou o curso, você o desenvolveu, você o monopolizou. Não há nenhuma faculdade, nenhuma universidade nessa região do país em que algum professor possa pronunciar o nome Hitler sem olhar na sua direção, literal ou metaforicamente. Aqui é o centro, a fonte incontestável. Hitler agora é seu, o Hitler de Gladney. Deve ser uma coisa altamente gratificante pra você. Essa faculdade ganhou fama internacional por causa da sua hitlerologia. Tem uma identidade, uma sensação de realização. Você desenvolveu todo um sistema em torno dessa figura, uma estrutura com uma infinidade de subestruturas e áreas afins, uma história dentro da história. Admiro muitíssimo isso. Foi extraordinariamente inteligente, oportuno, presciente. É o que quero fazer com Elvis.

Alguns dias depois, Murray me perguntou a respeito de uma atração turística conhecida como o celeiro mais fotografado dos Estados Unidos. Pegamos o carro e rodamos trinta e cinco quilômetros, até os arredores de Farmington. Vimos campos e macieiras. Cercas brancas riscavam a campina ondulada. Então começaram a aparecer os cartazes. O CELEIRO MAIS FOTOGRAFADO DOS ESTADOS UNIDOS. Contamos cinco cartazes até chegarmos ao local. Havia quarenta carros e um ônibus de turismo no estacionamento improvisado. Seguimos uma picada em direção a um lugar um pouco mais alto, reservado para observadores e fotógrafos. Todas as pessoas, ali, tinham máquinas fotográficas; algumas traziam tripés, teleobjetivas, jogos de filtros. Havia uma cabine na qual um homem vendia cartões-postais e diapositivos — fotos do celeiro tiradas de lugar alto. Ficamos perto de um arvoredo observando os fotógrafos. Murray permaneceu calado por muito tempo, de vez em quando rabiscando anotações num caderninho.

— Ninguém vê o celeiro — disse ele, por fim.

Seguiu-se um longo silêncio.

— Depois que a pessoa vê os cartazes sobre o celeiro, não consegue mais ver o celeiro.

Calou-se mais uma vez. Pessoas com máquinas fotográficas iam embora, sendo imediatamente substituídas por outras.

— Não estamos aqui para captar uma imagem, e sim para

manter uma imagem. Cada foto reforça a aura. Dá pra você sentir, Jack? Um acúmulo de energias sem nome.

Houve um silêncio prolongado. O homem na cabine vendia cartões-postais e diapositivos.

— Ficar aqui é uma espécie de entrega espiritual. Só vemos o que os outros veem. Os milhares de pessoas que já estiveram aqui, os milhares que hão de vir. Aceitamos fazer parte de uma percepção coletiva. Isto literalmente impregna nossa visão. De certo modo, uma experiência religiosa, como toda atividade turística.

Outro silêncio.

— Eles estão tirando fotos de tirar fotos — disse ele.

Passou algum tempo sem que Murray dissesse nada. Ficamos ouvindo os estalidos incessantes dos obturadores, o rodar das manivelas que fazem o rolo de filme rodar.

— Como era esse celeiro antes de ser fotografado? — perguntou ele. — Como era, de que modo se distinguia dos outros celeiros, de que modo se assemelhava a eles? Não podemos responder a essas perguntas porque já lemos os cartazes, já vimos as pessoas tirando fotos. Não podemos sair da aura. Fazemos parte dela. Estamos aqui, agora.

Essa constatação pareceu lhe proporcionar uma satisfação imensa.

4

Em tempos difíceis, as pessoas se sentem compelidas a comer demais. Blacksmith está cheia de crianças e adultos obesos, de calças largas e pernas curtas, de andar deselegante. Saem com dificuldade dos carros compactos; vestem joggings e correm em família pelos parques; andam pela rua com comida na cara; comem nas lojas, nos carros, nos estacionamentos, na fila do ônibus, na fila do cinema, à sombra das árvores majestosas.

Só os velhos parecem escapar da febre de comer. Se por um lado suas palavras e gestos por vezes denotam um certo distanciamento, por outro eles são esbeltos e saudáveis, as mulheres muito bem-arrumadas, os homens bem-vestidos e decididos, escolhendo carrinhos de compras à entrada do supermercado.

Atravessei o gramado da escola secundária e fui até os fundos do prédio, em direção ao pequeno estádio descoberto. Babette subia correndo a escada da arquibancada. Atravessei o campo e sentei na primeira fileira. O céu estava cheio de nuvens compridas. Quando Babette chegou ao alto do estádio, parou, encostando as mãos no parapeito alto e apoiando-se nele, com o corpo na diagonal. Então virou-se e começou a descer sem pressa; seus seios arfavam. O vento desfraldava as dobras do jogging, grande demais para ela. Babette descia a escada com as mãos nas cadeiras, espalmadas. O rosto, virado para cima, respirava o ar fresco, de modo que ela não me viu. Quando chegou ao primeiro degrau, virou-se de frente para a arquibancada e começou a fazer um exercício de esticar o pescoço. Então recomeçou a subir a escada, correndo.

Três vezes Babette subiu os degraus e desceu-os devagar. Não havia mais ninguém por ali. Ela se esforçava, os cabelos soltos ao vento, as pernas e os ombros dando tudo. Cada vez que chegava no alto, descansava apoiada na parede, de cabeça baixa, o tórax arfante. Depois da última descida, encontrei-a na lateral do campo e abracei-a, colocando as mãos embaixo da faixa de sua calça cinzenta de algodão. Um avião pequeno surgiu acima das árvores. Babette estava úmida e quente, e emitia um zumbido de ser vivo.

Ela corre, ela tira a neve da calçada, ela conserta a banheira e a pia. Ela joga jogos verbais com Wilder e lê em voz alta clássicos do erotismo na cama, à noite. E eu, o que faço? Amarro as bocas dos sacos de lixo e dou algumas braçadas na piscina da faculdade. Quando vou dar uma caminhada, surgem corredores a meu lado, silenciosos, e dou um pulo, um susto idiota. Babette conversa com cães e gatos. Eu vejo manchas coloridas no canto do meu olho direito. Babette faz planos de viajar para as montanhas, para esquiar, viagens que jamais fazemos; seu rosto fica corado de entusiasmo. Subo a pé a ladeira, a caminho da faculdade, observando as pedras caiadas que ladeiam as entradas das garagens das casas mais novas.

Quem vai morrer primeiro?

É uma pergunta que surge de vez em quando, como esta outra: cadê as chaves do carro? Ela pontua uma frase, prolonga um olhar que trocamos. Fico pensando se esse pensamento faz parte da natureza do amor físico, um darwinismo às avessas que confere tristeza e medo ao sobrevivente. Ou será algum componente inerte do ar que respiramos, uma coisa rara, como o neon, com um determinado ponto de fusão, um peso atômico? Abracei-a na pista de corrida. Uns bandos de meninas vinham correndo em nossa direção, trinta garotas com shorts coloridos, uma curiosa massa buliçosa. A respiração ansiosa, os múltiplos ritmos de seus passos. Às vezes fico pensando que nosso amor é pouco experimentado. A questão da morte se torna um sábio lembrete. Ela nos cura da nossa inocência em relação ao futuro. As coisas simples estão com os dias contados; ou será isso uma superstição? Vimos as meninas se aproximarem novamente, dando mais uma volta. Agora estavam mais dispersas, com rostos e ritmos diferenciados; a ânsia quase lhes anulava o peso, e tocavam no chão com leveza.

A Airport Marriott, o Dowtown Travelodge, o Sheraton Inn and Conference Center.

A caminho de casa comentei:

— A Bee quer passar o Natal conosco. Ela pode ficar no quarto da Steffie.

— Elas se conhecem?

— Se conheceram na Disney World. Vai dar certo.

— Quando que vocês estiveram em Los Angeles?

— Você quer dizer Anaheim.

— Quando que vocês estiveram em Anaheim?

— Você quer dizer Orlando. Já faz quase três anos.

— E eu, onde que estava?

Minha filha Bee, de meu casamento com Tweedy Browner, começava a cursar a sétima série num subúrbio de Washington, e estava com problemas de readaptação à vida nos Estados Unidos depois de dois anos na Coreia do Sul. Ia à escola de táxi, telefonava para amigos em Seul e Tóquio. Antes, quando vivia no estrangeiro, queria comer sanduíches com ketchup e biscoitos Trix. Agora preparava pratos ferventes e exóticos, com cebolinha-verde e filhotes de camarão, monopolizando o forno profissional de Tweedy.

Naquela noite, uma sexta, pedimos comida chinesa, a domicílio, e ficamos vendo televisão, nós seis. Essa era uma regra imposta por Babette. Ela aparentemente acreditava que, se as crianças assistissem à tevê uma noite por semana junto com os pais ou os pais postiços, isto teria o efeito de tornar a televisão menos glamourosa, transformá-la num saudável passatempo familiar. Assim, gradualmente, seria reduzido o poder narcotizante, funesto, mórbido e burrificante da telinha. Esse raciocínio me humilhava um pouco. Na verdade, essas noites eram uma espécie de castigo sutil para todos nós. Heinrich comia seus rolinhos em silêncio. Steffie ficava muito perturbada toda vez que alguma coisa vergonhosa ou humilhante parecia estar prestes a acontecer com alguém na televisão. Tinha uma grande capacidade de se envergonhar pelos outros. Muitas vezes saía da sala, só voltando quando Denise lhe avisava que aquela cena havia terminado. Denise aproveitava essas ocasiões para aconselhar a irmã a se tornar mais forte, dizendo-lhe como era importante ser durona, ter casca grossa.

Quanto a mim, meu hábito era passar noites de sexta, depois de assistir à tevê, estudando hitlerologia. Até tarde.

Numa dessas noites, deitei-me ao lado de Babette e lhe disse que, em 1968, o reitor me havia aconselhado a tomar algumas providências a respeito do meu nome e da minha aparência, para que me levassem a sério como inovador em hitlerologia. Ele achava que "Jack Gladney" simplesmente não colava, e me perguntou que outros nomes eu tinha. Por fim, concluímos que eu deveria inventar uma inicial adicional; assim, passei a ostentar o nome J. A. K. Gladney, como quem usa um terno emprestado.

O reitor me disse que eu não tinha uma presença forte. Recomendou com ênfase que eu ganhasse uns quilos. Queria que eu me "expandisse" em direção a Hitler. Ele próprio era um homem alto, pançudo, rubicundo, com uma papada abundante e pés grandes, e um tanto maçante. Uma extraordinária combinação. Eu já tinha algumas qualidades naturais — estatura substancial, mãos e pés grandes —, porém precisava de mais volume, segundo ele; precisava de um ar de excesso doentio, de inchamento e exagero, uma voluminosidade desmesurada. Ele parecia estar dando a entender que eu ajudaria em muito minha carreira se conseguisse enfear.

Assim, Hitler me proporcionou uma meta, algo para direcionar minha expansão, meu desenvolvimento, ainda que nem sempre meus esforços nesse sentido tenham tido êxito. Os óculos escuros de armações pretas, grossas e pesadas foram iniciativa minha, uma alternativa às barbas abundantes que minha esposa da época vetou. Babette gostava da série de iniciais J. A. K., e não achava que fosse uma apelação barata. Para ela, dava uma ideia de dignidade, importância e prestígio. Eu sou o personagem falso atribuído a esse nome.

5

Gozemos estes dias aleatórios enquanto podemos, pensei, temendo alguma aceleração súbita.

No café da manhã, Babette leu em voz alta os horóscopos de todos os membros da família, com sua voz de contar histórias. Tentei não prestar atenção ao meu, embora quisesse escutar, como se estivesse procurando certas pistas.

Depois do jantar, subindo a escada, ouvi, pela televisão: "Vamos sentar de pernas cruzadas e pensar nas nossas colunas".

Naquela noite, segundos após adormecer, tive a sensação de que estava mergulhando em mim mesmo, um mergulho raso, que fez o coração parar de bater. Acordei assustado e fiquei olhando para a escuridão, percebendo que havia experimentado o fenômeno mais ou menos normal denominado contração mioclônica. Será que é assim, abrupta, peremptória? A morte — pensei — não devia ser um mergulho de cisne, gracioso, suave, um movimento de asas brancas que deixasse intacta a superfície?

Calças jeans se debatiam dentro do secador.

Encontramos Murray Jay Siskind no supermercado. Ele carregava pacotes de comidas e bebidas sem marca, com lacônicos rótulos brancos. Havia uma lata branca rotulada PÊSSEGOS EM CALDA. Havia um pacote branco de bacon, sem nenhuma janelinha de plástico para exibir uma fatia representativa. Num vidro de amendoim torrado havia uma tarja de papel branco com os dizeres: AMENDOINS IRREGULARES. Murray não parava de balançar a cabeça enquanto eu o apresentava a Babette.

— É a nova austeridade — disse ele. — Embalagens sem sabor. Isso me atrai. Me dá a impressão de que estou não apenas economizando dinheiro como também contribuindo para uma espécie de consenso espiritual. É como se fosse a Terceira Guerra Mundial. Tudo branco. As cores vivas vão pro esforço de guerra.

Murray olhava Babette nos olhos, pegava artigos em nosso carrinho e os cheirava.

— Já comprei esses amendoins uma vez. São redondos, cúbicos, manchados, vincados. Amendoins quebrados. Muito farelo no fundo do vidro. Mas o gosto é bom. O que eu gosto mais é a embalagem em si. Bem que você disse, Jack. Esta é a última vanguarda. Novas formas ousadas. O poder de chocar.

Uma mulher caiu sobre uma estante de brochuras na entrada da loja. Um homem atarracado emergiu do cubículo elevado que havia no canto oposto do supermercado e foi se aproximando dela, desconfiado, com a cabeça inclinada para melhorar o ângulo de visão. Uma das moças do caixa perguntou-lhe, quando ele passou:

— Leon, salsa.

Ao chegar até a mulher caída, ele respondeu:

— Setenta e nove.

O bolso de sua camisa estava abarrotado de hidrográficas.

— Quer dizer que o senhor cozinha na casa de cômodos — disse Babette.

— No meu quarto tenho permissão de usar aquecedor de pratos. Estou satisfeito lá. Leio a programação da tevê no jornal, leio os anúncios da revista de ufologia. Quero mergulhar em magia e temores norte-americanos. Meu seminário está indo bem. Os alunos são inteligentes e interessados. Tomam notas enquanto falo. Pra mim, chega a ser uma tremenda surpresa.

Pegou nosso vidro de analgésico extraforte e cheirou a tampa à prova de crianças. Cheirou nossos melões, nossas garrafas de club soda e ginger ale. Babette entrou na seção de comidas congeladas; meu médico me aconselhou a evitá-la.

— O cabelo da sua mulher é um portento — disse Murray, olhando-me de perto, como se para transmitir o profundo respeito que essa nova constatação o fazia sentir por mim.

— É, sim — concordei.

— Ela tem um cabelo importante.

— Acho que entendo o que quer dizer.

— Espero que você dê valor a essa mulher.

— Muito.

— Porque uma mulher assim não acontece por acaso.

— Eu sei.

— Ela deve ter muito jeito com crianças. Mais ainda: aposto como é ótima num momento de tragédia familiar. É o tipo de pessoa que assume o controle, demonstra força e cabeça fria.

— Pelo contrário, ela se desespera. Ficou desesperada quando a mãe morreu.

— Também, a mãe dela, não é?

— Ficou desesperada quando a Steffie telefonou da colônia de férias dizendo que tinha fraturado a mão. Rodamos de carro a noite toda. Fui parar numa estrada duma companhia madeireira. Babette chorava.

— Também, a filha dela, longe, no meio de estranhos, sofrendo, não é? Quem não faria o mesmo?

— A filha dela, não. A minha filha.

— Nem mesmo a filha dela?

— Não.

— Extraordinário. Eu tenho que achar fantástico.

Saímos os três, manobrando nossos carrinhos por entre os livros espalhados pelo chão, à entrada. Murray empurrou um de nossos carrinhos até o estacionamento, e depois nos ajudou a enfiar e a espremer todos os sacos de compras dentro da caminhonete. Automóveis entravam e saíam. A guarda de trânsito rodava pela vizinhança, procurando parquímetros com tempo esgotado. Colocamos no carro a sacola de compras de Murray, cheia de artigos brancos, junto com as nossas, e atravessamos a rua Elm, rumo à casa de cômodos onde ele estava morando. Tive a sensação de que eu e Babette, no meio daquele volume e variedade de compras, da abundância que aquelas sacolas cheias conotavam, peso, tamanho e número, os rótulos tão conhecidos, as letras de cores vivas, os tamanhos imensos das embalagens, os pacotes com descontos proclamados em tinta fosforescente, com a sensação de renovação que sentíamos, de bem-estar, segurança e contentamento, induzida por esses produtos sendo levados para um lar confortável em nossas almas — tive a sensação de que havíamos atingido uma plenitude existencial que desconhecem aqueles que precisam de menos, esperam menos, que organizam a vida em torno de solitárias caminhadas ao entardecer.

Ao se despedir, Murray tomou a mão de Babette.

— Só não a convido a conhecer meu quarto porque é pequeno demais para duas pessoas, a menos que estejam dispostas a se tornarem íntimas.

Murray consegue produzir uma expressão ao mesmo tempo marota e sincera. É uma expressão que avaliza tanto o desastre quanto o sucesso erótico. Diz ele que, no tempo de seus envolvimentos urbanos, acreditava que a única maneira de seduzir uma mulher fosse manifestar clara e abertamente o desejo. Evitava cuidadosamente a autodepreciação, a ambiguidade, a ironia, a sutileza, a vulnerabilidade, o *ennui* civilizado e a consciência trágica da história — justamente as coisas que, segundo ele, lhe são mais naturais. De tudo isso, permitiu que apenas um elemento — a vulnerabilidade — se inserisse gradualmente em seu programa de lascívia escancarada. Ele está tentando criar uma vulnerabilidade que as mulheres achem atraente. Trabalha nesse projeto conscientemente, como quem faz ginástica na frente do espelho. Mas por enquanto suas tentativas só produziram essa expressão semissonsa, esse ar tímido e falso.

Murray agradeceu a carona. Ficamos vendo-o caminhar em direção à varanda torta da casa, apoiada em blocos de concreto, na qual havia um homem sentado numa cadeira de balanço, o olhar perdido no espaço.

6

As entradas de Heinrich estão começando a se acentuar. Isso me dá o que pensar. Será que a mãe dele, quando grávida, consumiu alguma substância que alterou seus genes? Será de algum modo culpa minha? Será que, sem o saber, criei-o perto de um depósito de lixo químico, num lugar onde chegam correntes de ar que trazem resíduos tóxicos capazes de produzir degeneração do couro cabeludo e belíssimos crepúsculos? (Os moradores afirmam que há trinta ou quarenta anos o pôr do sol aqui não tinha nada de excepcional.) A culpa do homem na história e nas marés de seu próprio sangue foi complexificada pela tecnologia, a morte hipócrita, gradual, cotidiana.

O menino está com catorze anos; por vezes é esquivo e soturno, por vezes tão obediente que chega a me preocupar. Tenho a impressão de que a maneira como atende prontamente a nossos desejos e ordens é um modo disfarçado de nos censurar. Babette tem medo de que ele termine num quarto com portas protegidas por barricadas, disparando uma metralhadora numa galeria vazia enquanto as equipes da SWAT se preparam para atacá-lo com artilharia pesada, munidas de megafones e uniformes à prova de balas.

— Essa noite vai chover.

— Já está chovendo — retruquei.

— O rádio disse que ia chover à noite.

Fui levá-lo à escola, de carro, no primeiro dia após um período de ausência às aulas, por causa de uma dor de garganta acompanhada de febre. Uma mulher com uma capa de chuva amarela deteve o trânsito para que crianças atravessassem a rua. Imaginei-a num anúncio de sopa, entrando na cozinha alegre onde, às voltas com uma panela fumegante de creme de lagosta, seu marido a espera, um homem miúdo, com apenas seis semanas de vida pela frente.

— Olhe aí, no para-brisa — disse eu. — É chuva ou não é?

— Só estou dizendo o que ouvi.

— Só porque o rádio diz uma coisa, não é motivo para deixar de acreditar em nossos sentidos.

— Sentidos? Os nossos sentidos na maioria das vezes se enganam. Isso já foi provado no laboratório. Não sabe desses teoremas todos que dizem que nada é o que parece ser? Não existe passado, presente nem futuro fora da cabeça da gente. As chamadas leis do movimento são pura embromação. Até mesmo os sons enganam a mente. Só porque você não ouve um som, não quer dizer que não haja som nenhum. Os cachorros escutam. Outros bichos também. Eu garanto que existem sons que nem os cachorros escutam. Existem no ar, em ondas. Vai ver que não param nunca. Bem alto, bem agudo. Vindos de algum lugar.

— Está chovendo ou não está? — perguntei.

— Eu não diria isso.

— E se alguém encostasse um revólver na sua cabeça?

— Quem, você?

— Alguém. Um sujeito de capa e óculos escuros. Ele encosta um revólver na sua cabeça e pergunta: "Está chovendo ou não está? Se você disser a verdade, eu guardo o revólver e vou embora no primeiro avião".

— Qual a verdade que ele quer? A verdade de uma pessoa que está se deslocando quase à velocidade da luz em outra galáxia? A verdade de uma pessoa que está em órbita em volta de uma estrela de nêutrons? Vai ver que, se essas pessoas pudessem nos ver pelo telescópio, iam achar que a gente tinha meio metro de altura, e podia estar chovendo ontem e não hoje.

— Ele está com o revólver encostado na *sua* cabeça. Quer a *sua* verdade.

— De que vale a minha verdade? A minha verdade não representa nada. E se esse cara do revólver for de um planeta de outro sistema solar? O que a gente chama de chuva ele chama de sabão. O que a gente chama de maçã ele chama de chuva. E aí, o que eu digo a ele?

— O nome dele é Frank J. Smalley, e é de St. Louis.

— Ele quer saber se está chovendo *agora*, nesse instante?

— Aqui e agora. Isso.

— Existe "agora"? "Agora" aparece e desaparece no momento em que você pronuncia a palavra. Como é que eu posso dizer se está chovendo agora se o tal do "agora" vira "antes" assim que eu acabo de falar?

— Você disse que não existia passado, presente nem futuro.

— Só nos verbos. Só existe neles.

— "Chuva" é um substantivo. Existe chuva aqui, nesse lugar exato, a qualquer momento nos próximos dois minutos em que você resolver responder a essa pergunta?

— Se você quer falar de lugares exatos dentro dum carro que está claramente em movimento, acho que é esse o problema dessa conversa.

— Me dá uma resposta, só isso, Heinrich.

— O máximo que eu posso fazer é chutar.

— Ou está chovendo ou não está — insisti.

— Exatamente. É o que estou dizendo. Seria um chute. Cinquenta por cento uma possibilidade, cinquenta por cento outra.

— Mas você está *vendo* que está chovendo.

— Você vê o sol rodando em volta da Terra. Mas é o sol que está mesmo rodando em volta da Terra ou é a Terra que está girando?

— Não aceito a analogia.

— Você tem certeza de que isso é chuva. Como é que sabe que não é ácido sulfúrico das fábricas do outro lado do rio? Como é que sabe que não é precipitação radioativa de uma guerra lá na China? Você quer uma resposta em relação ao aqui e agora. Então é capaz de provar, aqui e agora, que isso é chuva mesmo? Como é que eu posso saber se o que você chama de chuva é chuva mesmo? O que *é* chuva, afinal?

— Essa coisa que cai do céu e faz você ficar molhado.

— Eu não estou molhado. Você está?

— Está bem — disse eu. — Muito bem.

— Falando sério, você está molhado?

— Essa foi de primeira. Uma vitória para a incerteza, o aleatório, o caos. Um triunfo da ciência.

— Pode me gozar.

— Os sofistas sutilíssimos triunfam.

— Pode me gozar à vontade, eu não ligo.

A mãe de Heinrich agora está morando numa comunidade hinduísta. Assumiu o nome de Mãe Devi e é a administradora do *ashram*. Fica nos arredores de uma cidade em Montana, onde havia uma fundição de cobre chamada Tubb, e que agora se chama Dharamsalapur. Abundam os boatos costumeiros a respeito de liberdade sexual, escravidão sexual, drogas, nudismo, lavagem cerebral, falta de higiene, sonegação de impostos, adoração de macacos, torturas, mortes lentas e hediondas.

Fiquei a vê-lo caminhando na chuva copiosa em direção à entrada da escola. Andava com passos calculadamente lentos, tirando o boné dez metros antes da porta. Em momentos assim, constato que o amo com um desespero animal, uma necessidade de abrigá-lo sob meu casaco e apertá-lo contra o peito longamente, para protegê-lo. Parece haver perigo em torno dele. Uma coisa que se forma no ar e o segue de um aposento a outro. Babette prepara os biscoitos de que ele mais gosta. Ficamos a observá-lo sentado à sua escrivaninha, uma mesa sem pintura coberta de livros e revistas. Fica até altas horas da noite preparando jogadas de uma partida de xadrez por correspondência; seu adversário é um assassino que vive na penitenciária.

O dia seguinte amanheceu quente e ensolarado; havia estudantes sentados na relva e nas janelas dos dormitórios, ouvindo fitas, tomando sol. Havia no ar uma nostalgia de verão, o último dia de ócio, uma última oportunidade de andar de pernas e braços nus, cheirar grama recém-cortada. Entrei no Arts Duplex, o prédio mais novo do campus, com alas, com uma fachada de alumínio anodizado, verde-mar. No andar de baixo ficava o cinema, um espaço ondulado e atapetado, com duzentas poltronas estofadas. Sentei-me na extremidade da primeira fileira e fiquei esperando, à meia-luz, a chegada de meus alunos de última série.

Estavam todos se formando em hitlerologia, alunos do único curso que eu ainda lecionava, Nazismo IV, três horas semanais, só para estudantes de último ano, um curso cujo objetivo era cultivar a perspectiva histórica, o rigor teórico e uma percepção madura do interesse perene exercido pela tirania fascista sobre as massas, com ênfase particular a paradas, comícios e uniformes; três créditos, trabalhos escritos para nota.

Todo semestre eu organizava uma exibição de filmes ilustrativos. Eram filmes de propaganda ideológica, cenas filmadas em congressos do Partido Nacional-Socialista, cenas não aproveitadas de epopeias místicas, com paradas de ginastas e alpinistas — eu editara esse material, formando um documentário impressionista com oitenta minutos de projeção. Predominavam as cenas de multidões. Closes tremidos de milhares de pessoas saindo de um estádio após um discurso de Goebbels, gente se amontoando, explodindo, correndo no meio de carros. Auditórios enfeitados com suásticas, com coroas de flores e insígnias de caveiras. Milhares de porta-estandartes enfileirados ante colunas de luz congelada, cento e trinta holofotes de defesa antiaérea apontando diretamente para cima — uma cena que parecia um anelo geométrico, a notação formal de algum desejo poderoso de massa. Não havia narração na trilha sonora. Só slogans, canções, árias, discursos, gritos, aplausos, acusações, gritos.

Fiquei de pé e coloquei-me à entrada do cinema, no corredor central, de frente para a porta.

Chegaram os alunos, vindos do sol, com bermudas de popelina, camisetas exclusivas, blusões de malha, camisas polo e calças listradas. Vi-os sentar-se, percebi seu ar contido e reverente, de expectativa incerta. Alguns tinham cadernos e canetas luminosas, outros traziam apostilas em classificadores de cores vivas. Ouviam-se cochichos, papéis sendo mexidos, o estalido das cadeiras se abrindo à medida que os alunos iam se sentando. Encostei-me no palco, esperando que entrassem os retardatários e se fechassem as portas que nos isolariam daquele voluptuoso dia de verão.

Logo fez-se o silêncio. Era a hora dos comentários introdutórios. Deixei que o silêncio se aprofundasse por um momento; em seguida, joguei para trás as dobras da toga, para poder gesticular.

Finda a projeção, alguém me fez uma pergunta sobre o complô para matar Hitler. Começamos a discutir a respeito de tramas em geral. Quando dei por mim, estava dizendo para minha plateia:

— Todas as tramas apontam para a morte. É da natureza delas, sejam políticas, terroristas, amorosas, narrativas, tramas que fazem parte de brincadeiras de crianças. Cada vez que tramamos algo, nos aproximamos mais da morte. É como um contrato que todos têm de assinar, tanto os que tramam quanto os que são os alvos da trama.

É verdade mesmo? Por que eu disse isso? O que significa?

7

Duas noites por semana, Babette vai à igreja congregacionalista, do outro lado da cidade, e lá, no subsolo, dá aulas de postura a uma turma de adultos. Basicamente, ela ensina a ficar em pé, ficar sentado e caminhar. Os alunos, em sua maioria, são idosos. Não entendo muito bem por que querem melhorar a postura. Pelo visto, acreditamos que é possível afastar a morte através de regras de asseio. Às vezes vou com minha mulher ao subsolo da igreja para vê-la ficar em pé, virar-se, assumir várias poses heroicas, fazer gestos graciosos. Ela fala em ioga, kendo, transes hipnóticos. Fala em dervixes sufistas, alpinistas tibetanos. Os velhos balançam a cabeça e escutam. Nada é demasiadamente estrangeiro ou remoto para ser utilizado. Não canso de admirar a aceitação, a confiança, a doce credulidade desses velhos. Nada é questionável demais para ser utilizado por eles na tentativa de redimir seus corpos de toda uma vida de má postura. É o fim do ceticismo.

Voltamos à luz de uma lua dourada. Nossa casa parecia velha e desolada no final da rua; a luz da varanda iluminava um triciclo de plástico, uma pilha de troncos de serragem e cera, que produzem chamas coloridas na lareira e ardem por três horas. Denise estava fazendo o dever de casa na cozinha, de olho em Wilder, que havia descido do quarto e estava sentado no chão, olhando pela janela do forno. Silêncio nos corredores, silêncio no gramado ondulado. Fechamos a porta e nos despimos. A cama estava uma bagunça. Revistas, varas de cortinas, uma meia de criança imunda. Babette cantarolava uma canção de musical da Broadway enquanto colocava as varas num canto. Nos abraçamos, caímos de lado sobre a cama, uma queda controlada, depois mudamos de posição, um mergulhado na carne do outro, tentando livrar nossos calcanhares dos lençóis. No corpo de Babette havia uns lugares fundos e compridos, lugares onde as mãos podiam parar para entender no escuro, e desacelerar seu ritmo de exploração.

Achávamos que alguma coisa vivia no porão.

— O que você quer fazer? — perguntou ela.

— O que você quiser.

— Quero fazer o que for melhor pra você.

— O melhor pra mim é agradar você.

— Quero fazê-lo feliz, Jack.

— Me sinto feliz quando agrado você.

— Só quero fazer o que você quiser.

— Quero fazer o que for melhor pra você.

— Mas, se você quer me agradar, deixe que eu o agrade — disse ela.

— Sendo eu o homem, acho que é responsabilidade minha agradar.

— Não sei se isto é uma afirmativa carinhosa e sensível ou um comentário machista.

— É errado o homem ter consideração com a sua parceira?

— Eu só sou sua parceira quando a gente joga tênis, coisa que aliás a gente devia voltar a fazer. Fora da quadra sou sua mulher. Quer que eu leia para você?

— Ótima ideia.

— Eu sei que você gosta de me ouvir lendo coisas eróticas.

— Eu pensava que você também gostasse.

— O ouvinte é quem é beneficiado e tem prazer, não é? Quando eu leio pro Velho Treadwell, não é porque eu goste daqueles jornalecos sanguinolentos.

— O Treadwell é cego; eu não sou. Eu pensava que você gostasse de ler trechos eróticos.

— Se isso agrada você, então eu gosto.

— Mas tem que agradar você também, Baba. Senão, como é que eu vou me sentir?

— Me agrada você gostar de me ouvir lendo.

— A impressão que tenho é que um está sempre passando o ônus para o outro. O ônus de ser objeto de agrados.

— Eu quero ler, Jack. Falando sério.

— Você tem certeza total e absoluta? Porque, se não tem, não deixo ler de jeito nenhum.

Alguém ligou a televisão na extremidade oposta do corredor e uma voz de mulher se fez ouvir: "Se quebra com facilidade, chama-se xisto. Quando úmido, tem cheiro de argila".

Ficamos escutando o mergulhar contínuo e suave dos carros na estrada lá fora.

— Escolha um século — disse eu. — Quer ler sobre as escravas etruscas, os libertinos do período georgiano? Acho que temos alguma coisa sobre bordéis sadomasoquistas. E a Idade Média? Temos íncubos e súcubos. Freiras a mancheias.

39

— O que for melhor pra você.

— Quero que você escolha. Assim é mais sensual.

— Um escolhe, o outro lê. A gente não quer uma relação equilibrada, do tipo toma lá dá cá? Não é isso que faz ficar mais sensual?

— Uma tensão, um suspense. Ótima ideia. Eu escolho.

— Eu leio. Mas não quero que você escolha nada que fale em "penetrações", "eu penetrei nela", "ele me penetrou". A gente não é sala nem elevador. "Eu o queria dentro de mim", como se ele pudesse entrar completamente, assinar o registro, dormir, comer etc. Podemos concordar quanto a esse ponto? Eles podem fazer o que quiserem, menos penetrar e serem penetrados.

— Concordo.

— "Penetrei nela e comecei a enfiar".

— Concordo plenamente.

— "Penetre em mim, venha, venha".

— Absolutamente ridículo.

— "Insira-se em mim, Rex. Quero você dentro de mim, penetrando com toda a força, bem duro, assim, agora, ah".

Comecei a sentir um princípio de ereção. Que coisa idiota e fora de contexto. Babette ria de suas próprias falas. A televisão disse: "Foi quando os cirurgiões da Flórida colocaram uma barbatana artificial".

Babette e eu nos contamos tudo. Sempre contei tudo a todas as minhas esposas, cada uma em sua época. Naturalmente, à medida que os casamentos vão se acumulando, há mais o que contar. Mas, quando digo que acredito em me abrir completamente, não encaro a coisa como uma confissão barata, um passatempo divertido, uma revelação superficial. É uma forma de se autorrenovar, de se entregar à pessoa em quem se confia. O amor ajuda a desenvolver uma identidade segura o bastante para que possa ser entregue aos cuidados e à proteção do outro. Babette e eu já reviramos nossas vidas para a contemplação cuidadosa um do outro, ao luar, em nossas mãos pálidas, e falamos até altas horas da noite sobre pais e mães, infância, amizades, despertares, velhos amores, velhos temores (exceto o medo da morte). Nenhum detalhe pode ser omitido, nem mesmo um cachorro cheio de carrapatos, nem o garoto da casa ao lado que uma vez comeu um inseto porque o desafiaram a fazê-lo. O cheiro das despensas, a atmosfera de tardes vazias, a sensação de coisas tocando-nos a pele, coisas como fatos e paixões, a sensação de dor, perda, desapontamento, entusiasmo incontido. Nessas narrativas noturnas, criamos um espaço entre as coisas tais como as sentíamos na época e tais como delas falamos agora. É o espaço reservado para a ironia, a piedade e um humor generoso, os métodos através dos quais nos libertamos do passado.

Optei pelo século XX. Vesti meu roupão e fui até o quarto de Heinrich procurar uma revista pornográfica, dessas que publicam cartas dos leitores que relatam detalhadamente suas experiências sexuais. Dei-me conta de que esta fora uma das poucas contribuições da imaginação moderna para a história das práticas eróticas. Há uma dupla fantasia em jogo nessas cartas. As pessoas descrevem experiências imaginadas e depois as veem publicadas numa revista de circulação nacional. Quem se excita mais?

Wilder estava lá, vendo Heinrich fazer uma experiência física com bolas de aço e uma tigela. Heinrich trajava um roupão aveludado, uma toalha em volta do pescoço e outra enrolada na cabeça. Disse-me para procurar no subsolo.

Numa pilha de cacarecos encontrei álbuns de fotos de família, um ou dois com no mínimo cinquenta anos. Levei-os para o quarto. Passamos horas a folheá-los, sentados na cama.

Crianças fazendo caretas contra o sol, homens protegendo os olhos da luminosidade, como se houvesse no passado uma espécie de luz que já não conhecemos, um brilho dominical que fazia com que as pessoas, vestidas para ir à igreja, contraíssem as feições e se colocassem a um certo ângulo em relação ao futuro, aparentemente uma atitude de repulsa, com sorrisos fixos e sutis, questionando alguma característica da máquina-caixote.

Quem será o primeiro a morrer?

8

Minha luta com o idioma alemão começou em meados de outubro, e perdurou durante quase todo o ano letivo. Sendo eu o mais renomado hitlerologista da América do Norte, há muito tempo vinha tentando ocultar o fato de desconhecer o alemão. Não falava nem lia o idioma; não o compreendia falado nem era capaz de escrever a mais elementar frase nessa língua. Os mais humildes membros do meu departamento sabiam um pouco de alemão; alguns falavam fluentemente, ou pelo menos arranhavam. Ninguém podia formar-se em hitlerologia em College-on-the-Hill sem um mínimo de um ano de alemão. Em suma: eu vivia no limiar de uma imensa vergonha.

A língua alemã. Carnuda, contorcida, cuspida, agressiva e cruel. Mais cedo ou mais tarde seria necessário enfrentá-la. Afinal, o esforço de Hitler no sentido de se exprimir em alemão não era o subtexto crucial de sua biografia caudalosa e bombástica, ditada numa prisão-fortaleza nos montes da Baviera? Gramática e sintaxe. Talvez ele se sentisse preso em mais de um sentido.

Eu já fizera algumas tentativas de aprender alemão, investigações aplicadas a respeito de origens, estruturas, raízes. Percebi o poder letal do idioma. Queria dominá-lo, utilizá-lo como um encantamento, um dispositivo protetor. Quanto mais eu me esquivava de aprender as palavras, as regras, a pronúncia, mais importante me parecia a tarefa de continuar me aplicando. Muitas vezes, a coisa que relutamos em tocar parece ser nossa própria salvação. Porém os sons básicos me derrotavam, a setentrionalidade áspera e entrecortada, a entonação autoritária. Acontecia alguma coisa entre a base de minha língua e o céu da boca que frustrava todas as minhas tentativas de articular os sons do alemão.

Eu estava decidido a tentar de novo.

Como minha reputação profissional fosse elevada, minhas conferências concorridas e meus artigos publicados nos principais periódicos, como eu usasse toga acadêmica e óculos escuros dia e noite quando estava no campus, como pesasse cento e quatro quilos e tivesse um metro e noventa centímetros de altura e mãos e pés grandes, sabia que minhas aulas de alemão teriam de ser secretas.

Entrei em contato com um homem que não tinha nenhuma vinculação com a faculdade, a respeito do qual Murray Jay Siskind me havia falado. O homem também morava na casa de telhas verdes na rua Middlebrook. Tinha cinquenta e tantos anos e arrastava ligeiramente os pés quando andava. Os cabelos eram ralos, o rosto inexpressivo, e usava as mangas da camisa enroladas até os antebraços, o que revelava a camiseta térmica por baixo.

Sua cútis era de uma tonalidade que resolvi chamar cor de carne. O nome dele era Howard Dunlop. Disse que havia sido quiroprático, mas não explicou por que não era mais, nem me disse quando aprendeu alemão, nem por que, e havia alguma coisa nele que me impedia de perguntar.

As aulas aconteciam no quarto dele, na casa de cômodos, um recinto escuro e apertado. Perto da janela havia uma tábua de passar, armada. Havia também panelas esmaltadas, desbeiçadas, prateleiras com utensílios de cozinha numa cômoda. Os móveis eram vagos e aleatórios. Nas fronteiras do quarto ficavam as coisas básicas: uma serpentina, uma cama de lona com um cobertor. Dunlop ficava sentado na beira de uma cadeira, arrolando generalidades gramaticais. Quando passava do inglês para o alemão, era como se uma de suas cordas vocais sofresse uma torção. Aparecia em sua voz uma emoção abrupta, um rangido misturado com um gargarejo, que me parecia vir de um quadrúpede excitado. Ele me olhava de boca aberta, gesticulava, grasnia, quase se estrangulava. Do fundo de sua boca vinha uma torrente de sons ásperos, úmidos de paixão. Estava apenas demonstrando algumas generalidades da pronúncia alemã, mas a transformação em seu rosto e em sua voz me dava a impressão de que ele estava passando para um outro nível da existência.

Eu tomava notas.

A hora andava depressa. Dunlop limitou-se a um leve dar de ombros quando lhe pedi para não mencionar essas aulas para ninguém. Ocorreu-me que era esse o homem que, segundo Murray, jamais saía de seu quarto.

Fui até o dormitório de Murray e convidei-o para jantar na minha casa. Ele largou a revista que estava lendo — uma publicação especializada, para travestis — e vestiu sua jaqueta de veludo cotelê. Na varanda da entrada, disse ao senhorio, sentado lá, que havia uma torneira vazando no banheiro do segundo andar. O senhorio era um homenzarrão corado, tão robusto e saudável que parecia estar tendo um enfarte naquele instante.

— Ele acaba consertando — disse Murray, quando saímos, a pé, em direção à rua Elm. — Ele sempre conserta tudo. Tem muito jeito com essas ferramentas e utensílios e aparelhinhos que as pessoas na cidade grande nunca sabem o nome. Só quem sabe os nomes dessas coisas são as pessoas que moram em comunidades afastadas, cidadezinhas e zonas rurais. Pena que ele seja tão intolerante.

— Como é que você sabe que ele é intolerante?

— As pessoas que sabem consertar coisas normalmente são intolerantes.

— Como assim?

— Pense em todos os homens que já foram à sua casa pra consertar alguma coisa. Todos eles eram intolerantes, não eram?

— Não sei.

— Todos eles vieram de picape com uma escada dobrável em cima e um amuleto qualquer de plástico pendurado no espelho retrovisor, é ou não é?

— Não sei, Murray.

— É óbvio — disse ele.

Perguntou-me por que justamente esse ano eu resolvera estudar alemão, depois de passar despercebido tantos anos. Expliquei-lhe que haveria um congresso de hitlerólogos na primavera seguinte em College-on-the-Hill. Três dias de conferências, grupos de estudo e mesas-redondas. Hitlerólogos de dezessete estados e nove países estrangeiros. Haveria alemães presentes.

Denise colocou um saco úmido de lixo no compactador, na cozinha. Ligou a máquina. O êmbolo caiu com um ruído pavoroso, cheio de conotações macabras. Crianças entravam e saíam da cozinha, água gotejava na pia, a máquina de lavar arfava na entrada. Murray parecia absorto naquela cacofonia. Metal gemendo, garrafas espocando, plástico sendo esmigalhado. Denise escutava atentamente, para ver se a barulhada do compactador continha os elementos sonoros apropriados, que significavam que a máquina estava funcionando direito.

Ao telefone, Heinrich dizia a alguém:

— Os animais cometem incesto o tempo todo. Então por que é antinatural?

Babette voltou do seu cooper, a roupa ensopada de suor. Murray veio do outro lado da cozinha para lhe apertar a mão. Ela jogou-se numa cadeira e começou a olhar à sua volta, procurando Wilder. Observei que Denise estava comparando mentalmente o jogging encharcado da mãe com o saco úmido jogado no compactador de lixo. Vi em seu olhar uma associação sardônica. Eram esses níveis secundários da vida, esses lampejos extrassensoriais e sutis nuanças do ser, esses inesperados bolsões de empatia que me faziam acreditar que havia algo de mágico em nossa família, adultos e crianças vivenciando juntos coisas inexplicáveis.

— Temos que ferver a água — Steffie avisou.

— Por quê?

— Deu no rádio.

— Eles vivem mandando a gente ferver a água — disse Babette. — É a nova moda, como girar o volante pro lado pra onde o carro está derrapando. Lá vem o Wilder. Acho que já podemos jantar.

O menino se aproximava, cambaleando, balançando a cabeçorra, e a mãe fez expressões de entusiasmo, máscaras extravagantes de felicidade, ao vê-lo.

— Os neutrinos atravessam a Terra todinha — disse Heinrich ao telefone.

— Isso isso isso — disse Babette.

9

Foi necessário evacuar a escola primária na terça. As crianças andavam sentindo dor de cabeça e irritação nos olhos, sentindo gosto de metal na boca. Uma professora rolou pelo chão falando em línguas estrangeiras. Ninguém entendia o que estava acontecendo. Os investigadores disseram que podia ser o sistema de ventilação, a tinta ou o verniz, o isolamento de espuma, o isolamento elétrico, a comida do refeitório, os raios emitidos pelos microcomputadores, o amianto anti-incêndios, o adesivo empregado nas embalagens, as emanações da piscina com água clorada, ou talvez alguma coisa mais profunda, mais sutil, mais intimamente integrada ao estado fundamental das coisas.

Denise e Steffie tiveram de ficar em casa aquela semana, enquanto homens com trajes de *mylex* e máscaras de gases vasculhavam o prédio com detectores de raios infravermelhos e equipamentos de medição. Como o próprio *mylex* é uma substância suspeita, os resultados se mostraram um tanto ambíguos, e foi necessário programar uma segunda investigação.

As duas meninas, Babette, Wilder e eu fomos ao supermercado. Alguns minutos depois que entramos, encontramos Murray. Essa era a quarta ou a quinta vez que eu o via no supermercado, mais ou menos o mesmo número de vezes que o vira no campus. Ele agarrou Babette pelo bíceps esquerdo e ficou a rondá-la, como se estivesse cheirando seus cabelos.

— Um excelente jantar — disse, exatamente atrás dela.

— Também gosto de cozinhar, e por isso sei melhor do que ninguém apreciar os dotes culinários dos outros.

— Apareça sempre — disse Babette, virando-se, tentando encontrá-lo.

Fomos juntos para a seção de congelados. Sentado dentro

do carrinho, Wilder tentava agarrar produtos nas prateleiras pelas quais passávamos. Ocorreu-me que ele já estava grande demais para passear em carrinhos de supermercado. Ocorreu--me também que, por algum motivo, seu vocabulário parecia ter estacionado em cerca de vinte e cinco palavras.

— Estou satisfeito por me encontrar aqui — disse Murray.

— Aqui em Blacksmith?

— Em Blacksmith, no supermercado, na pensão, em College-on-the-Hill. Tenho a sensação de que estou aprendendo coisas importantes todos os dias. A morte, a doença, a vida após a morte, o espaço sideral. Tudo é muito mais claro aqui. Posso pensar e ver.

Entramos na seção de produtos sem marca, e Murray parou, com sua cesta de plástico, para fuçar os pacotes e os vidros de rótulos brancos. Não entendi muito bem o que ele dissera. "Mais claro"? Como assim? E o que podia pensar e ver?

Steffie pegou minha mão e fomos à seção de frutas, que ocupava um trecho de cerca de quarenta e cinco metros de uma parede. As caixas eram dispostas na diagonal, e atrás delas havia espelhos nos quais as pessoas às vezes esbarravam sem querer, quando iam pegar frutas nas fileiras superiores. Uma voz no alto-falante dizia: "Kleenex Softique, o seu caminhão está bloqueando a entrada". Maçãs e limões iam ao chão quando alguém pegava frutas em certos lugares. Havia seis tipos de maçãs, melões exóticos de diversas tonalidades sutis. Todas as frutas pareciam da estação, lavadas, polidas, reluzentes. As pessoas pegavam sacos de plásticos das prateleiras e tentavam descobrir em qual dos lados ficava a abertura. Dei-me conta de que a barulheira daquele supermercado era infernal. Sistemas atonais, os carrinhos, o alto-falante, as máquinas de fazer café, os gritos das crianças. E por cima, ou por baixo, de tudo isso, um rugido surdo e indefinível, como se proveniente de alguma forma de vida exuberante imediatamente abaixo do limiar da apreensão humana.

— Você pediu desculpas a Denise?

— Depois, vou ver — disse Steffie. — Me lembre.

— Ela é uma menina muito boazinha que quer ser sua irmã mais velha e sua amiga, se você deixar.

— Amiga, não sei não. Ela é meio mandona, não acha?

— Além de pedir desculpas, não deixe de devolver o *Livro de referência do clínico* a ela.

— Ela vive lendo esse troço. Você não acha esquisito?

— Pelo menos ela lê alguma coisa.

— É, listas de drogas e remédios. E quer saber por quê?

— Por quê?

— Porque ela quer descobrir os efeitos colaterais desse troço que a Baba toma.

— O que que a Baba toma?

— Não pergunte pra mim. Pergunte pra Denise.

— Como é que você sabe que ela toma isso?

— Pergunte pra Denise.

— E por que não pra Baba?

— Pergunte pra Baba — disse Steffie.

Murray saiu de um corredor e ficou andando ao lado de Babette, logo a nossa frente. Pegou um pacote com dois rolos de toalhas de papel que estava no carrinho dela e cheirou-o. Denise encontrara algumas amigas, e juntas foram ver as brochuras na estante rotativa de metal, aqueles livros com letras metálicas reluzentes e em relevo, com ilustrações de violência estilizada e romantismo exótico. Denise estava com uma viseira verde. Ouvi Babette dizer a Murray que ela usava aquilo catorze horas por dia, há três semanas. Não saía de casa e nem mesmo do quarto sem a peça. Colocava-a para ir à escola, quando a escola ainda não tinha sido interditada, para ir ao banheiro, para ir ao dentista, para jantar. Parecia haver algo naquela viseira que lhe dizia alguma coisa, que lhe oferecia uma identidade, uma sensação de totalidade.

— É a interface entre ela e o mundo — disse Murray.

Murray ajudava Babette a empurrar o carrinho abarrotado. Ouvi-o dizer:

— Os tibetanos acreditam que existe um estado de transição entre a morte e o renascimento. A morte é basicamente um período de espera. Logo um novo útero recebe a alma. Enquanto isso, a alma recupera uma parte de sua divindade perdida ao nascer. — Examinou o perfil de Babette, como se quisesse perceber uma reação. — É nisso que penso toda vez que venho aqui. Este lugar recarrega a pessoa espiritualmente, é uma preparação, um portão ou um caminho. Veja como é luminoso. Está cheio de dados psíquicos.

Minha mulher sorriu.

— Tudo está oculto em símbolos, escondido por véus de mistério e camadas de material cultural. Mas sem dúvida se trata de dados psíquicos. As grandes portas se abrem deslizando, fecham sozinhas. Ondas energéticas, radiação incipiente. Todas as letras e números aparecem aqui, todas as cores do espectro, todas as vozes e sons, todas as palavras-chaves e expressões cerimoniais. É só uma questão de decifrar, recombinar, descascar as camadas de indizibilidade. Não que a gente queira fazer isso, não que seja interessante fazer isso. Isso aqui não é o Tibete. Aliás, até o Tibete não é mais o Tibete.

Murray examinou o perfil de Babette. Ela colocou uns potinhos de iogurte no carrinho.

— Os tibetanos tentam ver a morte tal como ela é. É o fim do apego às coisas. Esta verdade simples é difícil de devassar. Mas, uma vez que paramos de negar a morte, podemos calmamente morrer e então experimentar o renascimento uterino ou a vida futura do judeu-cristianismo ou a sensação de sair do próprio corpo ou uma viagem num OVNI ou lá o nome que se quiser dar. Podemos fazer isso com clareza de visão, sem reverência nem medo. Não precisamos nos apegar artificialmente à vida, nem à morte tampouco. É só caminhar em direção às portas que deslizam. Ondas e radiações. Veja como tudo é bem iluminado. O lugar é hermeticamente fechado, um mundo em si. Fora do tempo. Mais outra coisa que me faz pensar no Tibete. No Tibete, morrer é uma arte. Um sacerdote entra, senta, manda os parentes que estão chorando saírem e fecha o quarto hermeticamente. As portas e janelas são lacradas. Ele tem coisas importantes a fazer. Cânticos, numerologia, horóscopos, recitações. Aqui não morremos, fazemos compras. Mas a diferença é menos marcante do que você pensa.

Agora Murray estava quase sussurrando; tentei me aproximar sem que meu carrinho esbarrasse no de Babette. Eu queria ouvir tudo.

— Os supermercados grandes, limpos e modernos como este são uma revelação para mim. Passei a vida em pequenos armazéns fumacentos com prateleiras tortas cheias de substâncias moles e úmidas de cores pálidas. Prateleiras tão altas que era preciso ficar na ponta dos pés para pedir alguma coisa. Gritos, sotaques. Nas cidades grandes, ninguém percebe mortes específicas. A morte é uma qualidade do ar. A morte está em toda parte e em lugar nenhum. Os homens gritam quando morrem, para serem percebidos, lembrados por um ou dois segundos. A meu ver, morrer num apartamento em vez de numa casa deprime a alma por várias encarnações. Numa cidade pequena há casas com vasos de plantas nas janelas. As pessoas percebem melhor a morte. Os mortos têm caras, automóveis. Se você não sabe o nome, sabe o nome da rua, o nome do cachorro. "Ele tinha um Mazda laranja." Você sabe duas ou três coisas inúteis a respeito da pessoa que se tornam importantes características de identificação e localização cósmica quando ela morre de repente, após ter ficado pouco tempo doente, na cama, com um acolchoado e travesseiros forrados com o mesmo tecido, numa tarde chuvosa de quarta-feira, com um pouco de febre, ligeiramente congestionada no peito e no nariz, pensando na roupa que mandou pra lavanderia.

— Cadê o Wilder? — exclamou Babette, e virou-se para me dirigir um olhar que parecia indicar que ela não o via há dez minutos. Outros olhares, menos pensativos e menos culposos, indicavam intervalos de tempo maiores, oceanos maiores de desatenção. Exemplo: "Eu não sabia que a baleia era um mamífero". Quanto maior o intervalo de tempo, mais vazio o olhar, mais perigosa a situação. Era como se a culpa fosse um luxo que ela só se permitia quando o perigo era mínimo.

— Como foi que ele conseguiu sair do carrinho sem que eu notasse?

Nós três nos colocamos cada um na extremidade de um corredor, e ficamos a vasculhar o tráfego de carrinhos e corpos. Em seguida, examinamos mais três corredores, cabeças inclinadas para a frente, balançando de leve para ver melhor. A toda hora eu via umas manchas coloridas à direita, mas quando eu me virava já não via nada. Há alguns anos eu vinha enxergando manchas coloridas, mas jamais vira tantas, tão alegres e animadas. Murray viu Wilder num carrinho empurrado por uma mulher. A mulher acenou para Babette e veio em nossa direção. Ela morava na nossa rua com uma filha adolescente e um bebê asiático, Chun Duc. Todo mundo se referia ao bebê pelo nome, num tom quase de orgulho de propriedade, mas ninguém sabia quem era a mãe de Chun nem de onde ele viera.

"Kleenex Softique, Kleenex Softique."

Steffie segurava minha mão de um modo que, como acabei percebendo após algum tempo, não tinha nenhum sentido possessivo — fora essa a minha impressão inicial — e sim o de tranquilizar-me. Fiquei um pouco espantado. Era um aperto de mãos firme, para restabelecer minha autoconfiança, para não deixar que eu me resignasse a aceitar a melancolia que ela julgava perceber a meu redor.

Antes de entrar na fila expressa, Murray nos convidou para jantar, no outro sábado.

— Podem deixar pra confirmar na última hora.

— Nós vamos, sim — disse Babette.

— Não vou preparar nada de muito especial; por isso é só telefonar na hora se houver qualquer problema. Não precisa nem ligar. Se vocês não aparecerem, concluo que aconteceu alguma coisa e vocês não puderam me avisar.

— Murray, a gente vai.

— Levem as crianças.

— Não.

— Ótimo. Mas, se resolverem levar, tudo bem. Não quero que fiquem pensando que estão comprometidos. Não fiquem achando que é um compromisso inarredável. Vocês podem vir ou não. Eu tenho que comer de qualquer jeito, então não vai ser nenhuma grande catástrofe se acontecer alguma coisa e vocês não puderem ir. Só quero que saibam que vou estar lá, se resolverem ir, com ou sem crianças. Temos até maio ou junho pra marcar esse jantar; quer dizer, não tem nada de místico nesse sábado em particular.

— Você vai continuar aqui no semestre que vem? — perguntei.

— Querem que eu dê um curso sobre desastre de carro no cinema.

— Aceite.

— Vou aceitar.

Esfreguei-me em Babette na fila do caixa. Ela recuou até grudar em mim; abracei-a e peguei seus peitos. Ela balançou os quadris; focinhei-lhe os cabelos e murmurei: "Loira turva". Pessoas faziam cheques, garotos altos punham compras em sacolas. Nem todo mundo falava inglês nas caixas registradoras, nem na seção de frutas, nem na seção de congelados, nem no estacionamento lá fora. Cada vez mais eu ouvia línguas que não identificava e muito menos compreendia, embora os garotos altos fossem norte-americanos natos, como também as caixas, mulheres baixas e gorduchas, de túnicas azuis, calças de helanca e pequeninos sapatos de lona, brancos. Tentei enfiar as mãos por baixo da saia de Babette, à altura da barriga, à medida que a fila seguia lentamente em direção ao último ponto de vendas, as balas de hortelã e inaladores nasais.

Foi no estacionamento que ouvimos pela primeira vez os boatos de que um homem havia morrido na inspeção da escola primária, um dos grandalhões de máscaras de gases e trajes de *mylex* e botas pesadas. Caiu no chão e morreu — diziam — numa sala de aula do segundo andar.

10

A semestralidade em College-on-the-Hill é de catorze mil dólares; o ajantarado de domingo está incluído no preço. Creio que há uma relação entre esse número poderoso e a maneira como os alunos se dispõem fisicamente nas áreas de leitura da biblioteca. Ficam esparramados nas amplas poltronas em diversas posturas deselegantes, que certamente constituem sinais identificadores de algum clã ou organização secreta. Posições fetais, escarrapachados, pernas tortas, recurvos, enrodilhados, às vezes quase de cabeça para baixo. As posições são tão cuidadosamente calculadas que é quase uma espécie de pantomima clássica. Há nelas um refinamento excessivo, algo de endogâmico. Às vezes tenho a impressão de que entrei num sonho oriental, remoto demais para ser interpretado. Mas é apenas a linguagem das classes econômicas, numa de suas manifestações exteriores permitidas, como a assembleia de caminhonetes no início do ano letivo.

Denise ficou vendo a mãe puxar a fita de celofane de um pacote tamanho econômico, que continha dezesseis fatias de goma de mascar embrulhadas uma a uma. Apertou os olhos e voltou aos cadernos de endereços espalhados à sua frente, sobre a mesa da cozinha. Aquele rostinho de onze anos era uma admirável máscara de irritação contida.

Ela esperou um longo instante e depois disse, com uma voz tranquila:

— Esse negócio dá câncer nas cobaias de laboratórios, caso não saiba.

— Você é que queria que eu usasse chiclete sem açúcar, Denise. Foi ideia sua.

— Na época, a embalagem não vinha com nenhuma advertência. Agora vem, e não acredito que você ainda não tenha reparado.

Denise estava passando nomes e telefones de um caderno velho para um novo. Não havia endereços. Seus amigos só tinham telefones, uma raça dotada de consciência *analog* de sete bits.

— Para mim, tanto faz — disse Babette. — Você escolhe. Ou uso chicletes com açúcar e corante artificial, ou chiclete que faz mal aos ratos.

Steffie, que estava ao telefone, interveio:

— Pare de mascar chiclete. Já pensou nessa solução?

Babette quebrava ovos dentro de uma saladeira de madeira. Dirigiu-me um olhar que queria dizer: como é que uma menina pode falar ao telefone e prestar atenção na nossa conversa ao mesmo tempo? Tive vontade de responder: porque ela nos acha interessantes.

Babette disse às meninas:

— Ora, ou bem eu masco chiclete, ou bem eu fumo. Se vocês querem que eu volte a fumar, é só tirar meu chiclete e meu Mentho-Lyptus.

— Por que ou bem uma coisa ou bem outra? — perguntou Steffie. — Por que não fica sem as duas?

— Por que não fica com as duas? — perguntou Denise, com um rosto calculadamente inexpressivo. — Isso é o que você quer, não é? Todos nós fazemos o que queremos, não é? Menos uma coisa: se a gente quiser ir à escola amanhã, não pode, porque a escola está sendo fumigada ou sei lá o quê.

O telefone tocou; Steffie agarrou-o.

— Eu não sou nenhuma criminosa — disse Babette. — Só quero mastigar uma porcaria de um chicletezinho sem gosto de nada de vez em quando.

— Mas a coisa não é tão simples assim — retrucou Denise.

— Também não chega a ser um crime. Eu mastigo duas dessas tripinhas por dia, mais ou menos.

— É, mas não pode mais.

— Posso sim, Denise. E quero. Por acaso, mastigar me acalma. Você está criando uma tempestade num copo d'água.

Steffie conseguiu atrair nossa atenção apenas com sua expressão de súplica. Cobria o bocal do fone com a mão. Não falou, porém apenas formou as palavras com a boca.

— *Os Stover querem vir aqui.*

— Os pais ou os filhos? — perguntou Babette.

Minha filha deu de ombros.

— A gente não quer — disse Babette.

— Não deixe eles virem — ajuntou Denise.

— *O que que eu digo?*

— Diga o que você quiser.

— Mas não deixe eles virem.

— São uns chatos.

— Diga pra eles ficarem em casa.

Steffie recuou com o telefone, como se o protegesse com seu corpo, os olhos cheios de medo e agitação.

— Um pouquinho de chiclete não pode fazer mal — afirmou Babette.

— É, você deve ter razão. Deixe isso pra lá. É só uma advertência na embalagem.

Steffie desligou o telefone.

— É só uma ameaça à sua saúde — disse ela.

— São só os ratos — falou Denise. — Acho que você têm razão. Deixe isso pra lá.

— Vai ver que ela pensa que eles morreram dormindo.

— Uns roedores inúteis, qual é o problema?

— Qual é o problema, por que tanta preocupação? — perguntou Steffie.

— Agora, eu queria acreditar que ela só mastiga dois por dia, do jeito que se esquece de tudo.

— Me esqueço de quê? — perguntou Babette.

— Tudo bem — disse Denise. — Deixe pra lá.

— Me esqueço de quê?

— Tudo bem, mastigue o seu chiclete. Não ligue pra tal advertência. Eu não estou nem aí.

Arranquei Wilder de uma cadeira e dei-lhe um beijo ruidoso no ouvido. Ele se encolheu todo, deliciado. Então sentei-o na bancada e subi para procurar Heinrich. Encontrei-o no quarto, estudando a disposição de peças de xadrez de plástico sobre o tabuleiro.

— Continua jogando com o tal presidiário? E aí, como é que está indo o jogo?

— Muito bem. Acho que ele está encurralado.

— O que você sabe a respeito desse sujeito? Estou pra lhe perguntar isso.

— Quer dizer, quem foi que ele matou? Isso está na moda agora. Se preocupar com a vítima.

— Você está jogando xadrez com esse homem há meses. O que você sabe a respeito dele, além de que pegou prisão perpétua por assassinato? É jovem, velho, preto, branco? Vocês se comunicam ou só trocam jogadas?

— Às vezes a gente troca mensagens.

— Quem que ele matou?

— Ele estava sob pressão.

— E o que aconteceu?

— A pressão não parava de aumentar.

— Aí ele saiu e matou alguém. Quem matou?

— Umas pessoas em Iron City.

— Quantas?

— Cinco.

— Cinco pessoas.

— Sem contar o policial, que foi depois.

— Seis pessoas. Ele era obcecado por armas? Tinha um arsenal guardado num quartinho miserável ao lado de um edifício-garagem de seis andares?

— Uns revólveres e um fuzil com luneta.

— Com luneta. Ele atirou de um viaduto, de um quarto alugado? Entrou num bar, numa lavanderia automática, no lugar onde havia trabalhado, e começou a atirar indiscriminadamente? Gente correndo pra todos os lados, se escondendo embaixo das mesas. As pessoas na rua achando que eram fogos de artifício. "Eu estava esperando o ônibus e ouvi uns estampidos, como se estivessem soltando cabeças de negro."

— Ele subiu num telhado.

— Um franco-atirador. Escreveu alguma coisa no diário antes de subir no telhado? Gravou umas fitas, foi ao cinema, leu livros sobre outros casos de assassinato em massa pra refrescar a memória?

— Gravou fitas.

— Gravou fitas. O que fez com elas?

— Mandou pras pessoas de quem gostava, pedindo perdão.

— "Não consegui me conter, pessoal." As vítimas eram pessoas que ele nunca tinha visto? Ou foi vingança? Ele tinha sido despedido? Estava ouvindo vozes?

— Gente que ele nunca tinha visto.

— Ele estava ouvindo vozes?

— Na tevê.

— Falando só pra ele? Escolhendo ele?

— Dizendo que ele devia entrar pra História. Ele tinha vinte e sete anos, estava desempregado, divorciado, ia ter que vender o carro. Tinha os dias contados.

— Vozes pressionando insistentemente. Como foi que ele se relacionou com a imprensa? Deu um monte de entrevistas, escreveu cartas à redação do jornal da cidade, tentou arranjar uma editora pra publicar o depoimento dele?

— Em Iron City não tem jornal. Ele só pensou nessas coisas quando já era tarde demais. Disse que, se tivesse que fazer tudo de novo, não ia matar qualquer um, ia escolher bem.

— Ia escolher com mais cuidado, matar uma pessoa famosa, atrair atenção, ficar famoso também.

— Agora ele sabe que não vai entrar pra História.

— Eu também não vou.

— Mas você tem o Hitler.

— É, isso é verdade.

— Mas o Tommy Roy Foster não tem nada.

— Tudo, então ele lhe contou todas essas coisas nas cartas. E o que você diz quando escreve pra ele?

— Meus cabelos estão caindo.

Olhei para meu filho. Estava com um jogging, uma toalha em volta do pescoço, munhequeiras.

— Você sabe o que sua mãe diria sobre esse relacionamento enxadrístico pelo correio.

— Eu sei o que você diria. Você está dizendo agora.

— Como está a sua mãe? Tem tido notícias dela?

— Ela quer que eu vá lá pro *ashram* esse verão.

— Você quer ir?

— Quem é que sabe o que quero fazer? Quem é que sabe o que qualquer pessoa quer fazer? Como é que a gente pode ter certeza a respeito de uma coisa dessas? Não é tudo uma questão de química cerebral, impulsos que vão de um lado para outro, energia elétrica no córtex? Como é que você sabe se uma coisa é realmente aquilo que quer e não só um impulso nervoso no cérebro? Alguma atividadezinha acontece em algum lugar sem importância num dos hemisférios cerebrais, e de repente eu quero ir pra Montana ou não quero ir pra Montana. Como é que eu sei se eu realmente quero ir e não foi só um neurônio que disparou, ou sei lá o quê? Pode ter sido só um disparo acidental na medula, e quando vejo estou em Montana e descubro que na verdade não estava com nenhuma vontade de estar lá. Não posso controlar o que acontece no meu cérebro, então como é que posso ter certeza do que vou querer fazer daqui a dez segundos, quanto mais Montana no próximo verão? Tem tanta atividade cerebral acontecendo que você não sabe o que é você enquanto pessoa e o que é só um neurônio que por acaso disparou ou disparou errado. Não foi por isso que o Tommy Roy matou aquelas pessoas?

Pela manhã, fui a pé até o banco. Fui ao terminal eletrônico dar uma olhada no meu saldo. Inseri meu cartão, dei entrada na minha senha, digitei o pedido. O número que apareceu na tela bateu mais ou menos com o que eu havia calculado, após longas pesquisas com documentos, tortuosas operações aritméticas. Senti ondas de alívio e gratidão. O sistema havia abençoado minha vida. Senti que ele me apoiava, me aprovava. O computador do sistema, cuja central estava trancada em algum lugar numa cidade longínqua. Que interação agradável. Senti que alguma coisa de profundo valor pessoal — não dinheiro, absolutamente — havia sido autenticada e confirmada. Uma pessoa com alguma perturbação mental foi retirada do banco por dois seguranças armados. O sistema era invisível, o que o tornava ainda mais admirável, ainda mais inquietante. Mas estávamos de acordo, pelo menos no momento. As redes, os circuitos, as correntes, as harmonias.

11

Acordei suando frio. Sem defesas contra meus próprios terrores. Uma pausa no âmago do ser. Faltavam-me vontade e força física para sair da cama e andar pela casa escura, agarrando-me a paredes e corrimãos. Tatear, reabitar meu corpo, voltar ao mundo. O suor escorria por minhas costas. O rádio-despertador digital brilhava: 3:51. Sempre números ímpares em horas como esta. O que isso significa? Será a morte ímpar? Haverá números que realçam a vida, e outros carregados de ameaça? Babette murmurou algo, dormindo, e aproximei-me dela, respirando seu calor.

Por fim adormeci, e acordei depois com o cheiro de torrada queimando. Deve ser Steffie. Ela com frequência queima fatias de pão, a qualquer hora do dia, de propósito. Adora o cheiro, está viciada; é seu perfume favorito e lhe proporciona uma satisfação que não encontra na madeira queimando, nas velas recém-apagadas, na pólvora de fogos de artifício no Dia da Independência. Ela estabeleceu uma hierarquia de preferências. Pão de centeio queimado, pão branco queimado, e por aí vai.

Vesti meu roupão e desci a escada. Eu vivia vestindo o roupão para ter uma conversa séria com uma criança. Babette estava com Steffie na cozinha. Isso me surpreendeu. Eu pensava que ela ainda estivesse deitada.

— Quer uma torrada? — perguntou Steffie.

— Semana que vem faço cinquenta e um anos.

— Até que não está velho, não é?

— Há vinte e cinco anos que me sinto sempre o mesmo.

— Isso é mau. Quantos anos tem a minha mãe?

— Ainda está moça. Ela só tinha vinte anos quando casamos pela primeira vez.

— Ela é mais moça que a Baba?

— Mais ou menos da mesma idade. Só pra você não ficar pensando que sou desses que vive casando com mulheres mais jovens.

Eu não tinha muita certeza de estar dizendo aquilo para Steffie ou para Babette ouvir. Esta cena se passa na cozinha, onde os níveis de dados são numerosos e profundos, como diria Murray.

— Ela continua trabalhando na CIA? — perguntou Steffie.

— A gente não deve falar nisso. Mas é só uma agente contratada.

— O que é isso?

— É o que as pessoas fazem hoje em dia pra ter uma segunda fonte de renda.

— O que ela faz, exatamente? — quis saber Babette.

— Recebe um telefonema do Brasil. Esse é o sinal.

— E aí?

— Aí ela anda pela América Latina inteira com uma mala cheia de dinheiro.

— Só isso? Isso até eu.

— Às vezes recebe livros para resenhar.

— Eu conheço ela? — perguntou Babette.

— Não.

— Sei o nome dela?

— Dana Breedlove.

Os lábios de Steffie formavam as palavras à medida que eu as pronunciava.

— Você não pretende comer isso, não é? — perguntei-lhe.

— Eu sempre como o pão que torro.

O telefone tocou; atendi. Uma voz de mulher falou um alô complicado. Disse que era produzida por um computador, e que estava fazendo uma pesquisa de mercado que visava a determinar os níveis atuais de interesse dos consumidores. Disse também que ia fazer uma série de perguntas, com uma pausa após cada uma delas para que eu respondesse.

Passei o telefone para Steffie. Quando a vi absorta com a voz sintetizada, conversei com Babette, em voz baixa:

— Ela gostava de tramar coisas.

— Quem?

— A Dana. Gostava de me envolver em coisas.

— Que tipo de coisas?

— Facções. Jogar um amigo contra outro. Tramas familiares, tramas universitárias.

— Não parece nada fora do normal.

— Comigo falava em inglês, e ao telefone falava espanhol ou português.

Steffie virou-se e usou a mão livre para afastar o suéter e ler a etiqueta.

— Acrílico virgem.

Babette olhou para a etiqueta do próprio suéter. Uma chuva suave começou a cair.

— E aí, como é que é ter cinquenta e um anos? — perguntou ela.

— Igual a ter cinquenta.

— Só que um é par e o outro ímpar — observou ela.

Aquela noite, no quarto de Murray, de paredes cinzentas, após comermos uma espetacular codorna em forma de rã, preparada num aquecedor de pratos de duas bocas, passamos das cadeiras dobráveis de metal para a cama beliche, para tomar o café.

— Quando eu era cronista esportivo — disse Murray —, viajava constantemente, vivia em aviões e hotéis e estádios enfumaçados, nunca tinha oportunidade de me sentir em casa no meu apartamento. Agora tenho o meu lugar.

— Você aproveitou muito bem — disse Babette, olhando desesperada ao redor.

— É pequeno, é escuro, é simples — disse ele, com um tom autocomplacente. — Um invólucro para o pensamento.

Apontei para o velho prédio de quatro andares que ocupava um terreno amplo do outro lado da rua.

— Esse hospício é barulhento?

— Quer dizer, surras e gritos? É interessante as pessoas ainda usarem a palavra "hospício". Deve ser a arquitetura característica, o telhado alto e inclinado, as chaminés altas, as colunas, os pequenos toques que ou são curiosos ou são sinistros, não sei bem. Não parece uma clínica de repouso nem um hospital psiquiátrico. Parece um hospício, mesmo.

As calças de Murray estavam ficando lustrosas na altura dos joelhos.

— Pena que vocês não tenham trazido as crianças. Quero conhecer crianças. Vivemos numa sociedade de crianças. Digo aos meus alunos que eles já estão velhos demais pra ter uma participação importante na construção da sociedade. A cada minuto que passa, estão se diferenciando mais um do outro. Eu digo a eles: "No momento exato em que estou falando, vocês estão se afastando do centro, se tornando menos reconhecíveis enquanto membros de um grupo, menos atingíveis pelos publicitários e os produtores de cultura de massa. As crianças são genuinamente universais. Mas vocês já passaram dessa fase, já começaram a se afastar, a se sentir distanciados dos produtos que consomem. Pra quem eles são destinados? Qual o lugar de vocês na estrutura mercadológica? Depois que saem da escola, é só uma questão de tempo: logo começam a experimentar a imensa solidão e a insatisfação de consumidores que perderam a identidade grupal". Então começo a bater com o lápis na mesa, para indicar a inexorável passagem do tempo.

Como estivéssemos sentados na cama, Murray teve que se debruçar muito para a frente, olhando por cima da xícara de café, na minha mão, para se dirigir a Babette.

— Quantos filhos você tem, ao todo?

Ela pareceu hesitar.

— Bem, o Wilder, é claro. A Denise.

Murray bebeu um gole de café, tentando olhar para Babette de lado, com a xícara encostada no lábio inferior.

— O Eugene, que esse ano está morando com o pai na Austrália Ocidental. Ele tem oito anos. O pai faz pesquisas no deserto. E também é o pai de Wilder.

— Esse menino está sendo criado sem televisão, Murray — disse eu —, e por isso talvez seja interessante conversar com ele. É uma espécie de criança selvagem, um selvagem encontrado na floresta, inteligente e alfabetizado, porém privado dos códigos e mensagens mais profundos que caracterizam a espécie dele como algo singular.

— A televisão só é um problema se você já não sabe mais ver e ouvir — disse Murray. — É um assunto que vivo discutindo com meus alunos. Eles estão começando a achar que devem se voltar contra a tevê, do mesmo modo como uma geração anterior se voltou contra os pais e o país. Digo-lhes que têm de aprender a ver como crianças outra vez. Erradicar o conteúdo. Achar os códigos e as mensagens, pra usar a sua expressão, Jack.

— O que eles acham?

— Que a televisão não passa de uma embromação. Mas eu lhes digo que não aceito isso. Digo que estou há mais de dois meses assistindo à tevê nesse quarto, até altas horas da madrugada, prestando atenção, tomando notas. É uma experiência extraordinária, que faz a pessoa engolir o orgulho. Quase mística.

— Qual a sua conclusão?

Murray cruzou as pernas, com modéstia, e ficou olhando para a frente, sorridente, a xícara no colo.

— Ondas e radiações — disse ele. — Compreendi que a televisão é uma força primeva no lar norte-americano. Estanque, fora do tempo, autônoma, autorreferencial. É como um mito nascendo aqui mesmo, nas nossas salas de visitas, como algo que só conhecemos de modo onírico e pré-consciente. Estou muito entusiasmado, Jack.

Olhou para mim, ainda sorrindo de modo meio maroto.

— Você tem que aprender a olhar. Tem que se abrir para os dados. A tevê oferece uma quantidade incrível de dados psíquicos. Ela reabre lembranças antiquíssimas do nascimento do mundo, ela nos recebe de braços abertos naquela rede de pontinhos que zumbem, os quais formam as imagens. Há luz, há som. Pergunto aos meus alunos: "O que mais vocês querem?". Veja a riqueza de dados oculta nessa rede, nesse pacote luminoso, nos jingles, nos comerciais naturalistas, nos produtos que surgem das trevas, nas mensagens em código e repetições incessantes, como ladainhas, como mantras. *Coca-Cola é isso aí, Coca-Cola é isso aí.* A tevê transborda de fórmulas sagradas; basta sabermos aceitá-las com inocência e vencer nossa irritação, cansaço e repulsa.

— Mas os seus alunos discordam.

— Pior que uma embromação. A televisão representa os estertores da consciência humana, segundo eles. Têm vergonha de terem assistido à tevê no passado. Querem falar sobre cinema.

Murray levantou-se e encheu de novo nossas xícaras.

— Como é que você sabe tanta coisa? — perguntou Babette.

— Eu sou de Nova York.

— Quanto mais você fala, mais intensa fica essa sua expressão marota, como se você estivesse tentando tapear a gente.

— O melhor discurso é o discurso sedutor.

— Você já foi casado? — perguntou ela.

— Uma vez, por pouco tempo, eu estava cobrindo três times, os Jets, os Mets e os Nets. Agora devo parecer a você uma figura excêntrica, um esquisitão solitário que se fecha num quarto com um aparelho de televisão e uma pilha de revistas em quadrinhos, encadernadas. Mas não fique pensando que eu não gostaria de receber uma visita entre as duas e as três da manhã — disse Murray a ela —, de uma mulher inteligente, de sapatos de salto alto e uma saia aberta do lado, cheia de acessórios de impacto.

Chovia quando voltamos para casa, a pé, abraçados. As ruas encontravam-se vazias. Ao longo da Elm, todas as lojas estavam escuras, os dois bancos fracamente iluminados; os óculos de neon na vitrine da ótica projetavam uma luz falsa sobre a calçada.

Dacron, orlon, lycra spandex.

— Sei que esqueço as coisas — disse Babette —, mas não pensei que fosse algo tão visível.

— Não é.

— Você ouviu o que a Denise disse? Quando foi, semana passada?

— A Denise é inteligente e durona. Ninguém mais repara.

— Eu disco um número no telefone e esqueço pra quem liguei. Entro numa loja e esqueço o que ia comprar. Alguém me diz uma coisa. Eu esqueço, me dizem de novo, eu esqueço, a pessoa me diz de novo, com um sorriso esquisito.

— Todo mundo esquece — disse eu.

— Eu esqueço nomes, rostos, telefones, endereços, compromissos, instruções.

— É uma coisa que está acontecendo com quase todo mundo.

— Esqueço que a Steffie não gosta de ser chamada de Stephanie. Às vezes eu a chamo de Denise. Esqueço onde parei o carro, e aí, durante alguns instantes penosos, esqueço a marca do carro.

— Essa tendência a esquecer vem no ar e na água. Já entrou no ciclo alimentar.

— Talvez seja o chiclete. Você acha plausível?

— Pode ser outra coisa.

— O quê?

— Você anda tomando outras coisas além de mascar chiclete.

— De onde tirou essa ideia?

— Da Steffie, de segunda mão.

— E quem disse isso a ela?

— A Denise.

Babette hesitou, admitindo a hipótese de que, se Denise é

a origem de um boato ou uma teoria, pode muito bem ser algo verdadeiro.

— O que foi que a Denise disse que eu ando tomando?

— Preferi perguntar a você antes de perguntar a ela.

— Que eu saiba, Jack, não estou tomando nada que pudesse ser responsável pelas minhas falhas de memória. Por outro lado, não estou velha, não sofri nenhuma batida na cabeça e na minha família não tem nenhum problema hereditário além de útero retroinvertido.

— O que você está dizendo é que talvez Denise tenha razão.

— Não se pode excluir essa hipótese.

— Você está dizendo que talvez esteja tomando uma coisa que tenha o efeito colateral de prejudicar a memória.

— Ou estou tomando alguma coisa e não me lembro ou não estou tomando coisa nenhuma e não me lembro. Tudo na minha vida é assim: ou isso ou aquilo. Ou uso chiclete normal ou chiclete sem açúcar. Ou masco chiclete ou fumo. Ou fumo ou engordo. Ou engordo ou subo a arquibancada do estádio correndo.

— Do jeito como fala, parece uma vida bem chata.

— Espero que dure pra sempre — disse ela.

Logo as ruas ficaram cobertas de folhas, que caíam e rolavam pelos telhados inclinados. Todos os dias, em determinadas horas, soprava um vento forte, que desnudava ainda mais as árvores, e homens aposentados apareciam nos quintais dos fundos e nos gramados à frente das casas, com ancinhos de dentes curvos. Nos meios-fios empilhavam-se sacos pretos de plástico.

Uma série de crianças assustadas apareceu à nossa porta, pedindo balas; era o Dia das Bruxas.

12

As aulas de alemão aconteciam duas vezes por semana, no final da tarde; cada vez a noite caía mais cedo. Howard Dunlop tinha por praxe fazer com que passássemos a aula toda sentados um de frente para o outro. Queria que eu prestasse atenção na posição de sua língua quando pronunciava cada consoante, ditongo, vogal curta e longa. E examinava minha boca de perto quando eu tentava reproduzir aqueles sons infelizes.

Seu rosto era bonachão e tranquilo, uma superfície oval que nada tinha de diferente até que os exercícios vocais começavam. Então começavam as contorções. Era uma coisa sinistra de se ver, ao mesmo tempo fascinante e vergonhosa, como assistir a um ataque epiléptico num ambiente controlado. Ele enfiava a cabeça no tronco, apertava os olhos, fazia caretas humanoides. Quando chegava minha vez de repetir os sons, eu fazia a mesma coisa, ainda que só para agradar ao professor; contorcia a boca, fechava os olhos completamente, percebendo que minha articulação era tão forçada que devia dar a impressão de uma lei natural sendo violada subitamente, uma pedra ou árvore se esforçando para falar. Quando eu abria os olhos, Howard estava a poucos centímetros da minha boca, debruçado sobre ela, para ver melhor. Nunca entendi o que via lá dentro.

Havia silêncios incômodos antes e depois de cada aula. Eu tentava puxar conversa, fazê-lo falar de seus tempos de quiroprático, sua vida antes do alemão. Ele ficava com o olhar distante, nem zangado nem entediado, nem evasivo — apenas desligado, aparentemente incapaz de conectar os fatos. Quando falava sobre os outros inquilinos ou o senhorio, havia algo de queixoso em sua voz, uma reclamação prolongada. Era importante para ele acreditar que tinha passado toda a vida entre pessoas que nunca entendiam nada.

— Quantos alunos você tem?

— De alemão?

— É.

— Você é meu único aluno de alemão. Antes eu tinha outros. O alemão saiu de moda. Essas coisas rodam em ciclos, como tudo mais.

— O que mais você ensina?

— Grego, latim, navegação em alto-mar.

— Tem gente que vem aqui para aprender navegação em alto-mar?

— Pouca, hoje em dia.

— É incrível como há indivíduos lecionando, atualmente — comentei. — Pra cada pessoa há um professor. Todo mundo que conheço ou é professor ou é estudante. O que acha que isso significa?

Ele desviou a vista para uma porta de armário.

— Você ensina mais alguma coisa? — perguntei.

— Meteorologia.

— Meteorologia. Como começou a se interessar pelo assunto?

— A morte da minha mãe me causou um impacto terrível. Fiquei totalmente arrasado, perdi a fé em Deus. Inconsolável, me fechei completamente em mim mesmo. Então um dia vi por acaso um boletim meteorológico na televisão. Um jovem dinâmico com um indicador fosforescente na mão aparecia na frente de uma foto multicolorida tirada por um satélite, dando a previsão do tempo para os próximos cinco dias. Fiquei hipnotizado pela autoconfiança e a perícia do rapaz. Era como se houvesse uma mensagem do satélite para aquele rapaz e dele para mim, na minha espreguiçadeira. Fui buscar consolo na meteorologia. Li mapas meteorológicos, consultei livros técnicos, fui a lançamentos de balões. Percebi que a meteorologia era uma coisa que eu vinha procurando a vida toda. Ela me deu uma sensação de paz e segurança que eu nunca havia experimentado antes. Orvalho, geada, neblina. Nevascas. O *jet stream*. Acho que há uma certa grandeza no *jet stream*. Comecei a sair da casca, a falar com as pessoas na rua. "Lindo dia." "Parece que vai chover." "Calorzinho brabo, hein?" Todo mundo repara no tempo. A primeira coisa que você faz quando se levanta é ir até a janela ver como é que está o tempo. Você faz isso, eu também faço. Preparei uma lista de objetivos que esperava atingir na meteorologia. Fiz um curso por correspondência, tirei um diploma que me habilitava a lecionar a matéria em prédios com capacidade legal de menos de cem pessoas. Já ensinei meteorologia em subsolos de igrejas, em acampamentos de trailers, em escritórios e salas de visitas de casas de família. Dei aulas em Millers Creek, Lumberville, Watertown. Operários de fábricas, donas de casa, comerciantes, policiais e bombeiros. Eu via alguma coisa nos olhos deles. Uma fome, uma compulsão.

Havia furinhos na camiseta térmica de Howard. Estávamos em pé no meio do quarto. Esperei que ele continuasse. Era a época do ano, e a hora do dia, em que uma tristeza discreta e insistente se intromete na textura das coisas. Crepúsculo, silêncio, um frio metálico. Uma solidão nos ossos.

Quando cheguei em casa, encontrei Bob Pardee na cozinha, praticando tacadas de golfe. Bob é o pai de Denise. Ele disse que estava passando pela cidade de carro, a caminho de Glassboro, onde ia falar, e resolveu convidar-nos para jantar fora.

Levou as mãos entrelaçadas em câmera lenta até acima do ombro esquerdo, num movimento contínuo. Sentada num banquinho perto da janela, Denise o observava. Bob usava um cardigã meio gasto, com mangas que cobriam os punhos.

— Falar sobre o quê?

— Ah, você sabe. Tabelas e setinhas. Mostrar uns gráficos coloridos. É a melhor maneira de se comunicar, querida.

— Você mudou de emprego outra vez?

— Estou levantando fundos. Ando ocupadíssimo, sabe?

— Que tipo de fundos?

— Qualquer tipo, entendeu? As pessoas querem me dar cupons de alimentos,* águas-fortes. Por mim, ótimo.

Bob debruçou-se para dar uma tacada leve. Babette apoiou--se na porta da geladeira, de braços cruzados, a observá-lo. Do segundo andar veio uma voz britânica, dizendo: "Há formas de vertigem que não incluem a sensação de estar rodando".

— Fundos pra quê? — perguntou Denise.

— Talvez vocês já tenham ouvido falar numa tal de Fundação de Prevenção de Acidentes Nucleares. É basicamente um fundo de defesa legal pra indústria. Pra qualquer eventualidade.

— Que eventualidade?

— A eventualidade de eu desmaiar de fome. Vamos atacar umas costelas, está bem? Tem quem goste de perna, tem quem goste de peito. O que você acha, Babette? Eu estou a ponto de matar um boi.

— Afinal, quantos empregos você tem?

— Não chateie, Denise.

— Deixe pra lá, eu não estou nem aí, faça o que você bem entender.

Bob levou as três crianças mais velhas para o Wagon Wheel. Peguei o carro e levei Babette até a casa à margem do

---

* Cédulas emitidas pelo governo que só podem ser utilizadas na aquisição de alimentos, dadas a pessoas que vivem abaixo do nível de pobreza oficialmente reconhecido. Apesar de não negociáveis, são largamente empregadas como moeda nas comunidades de baixa renda. (N. T.)

rio onde ela iria ler para o sr. Treadwell, o velho cego que morava lá com a irmã. Wilder foi também, sentado entre nós dois, brincando com os tabloides sensacionalistas que constituíam a leitura favorita de Treadwell. Como leitora voluntária para cegos, Babette fazia certas reservas ao gosto do velho por coisas nefandas e sórdidas, por achar que os deficientes físicos tinham a obrigação moral de gostar de formas mais elevadas de entretenimento. Se eles não representassem a vitória do espírito humano, então quem o faria? Eles tinham que dar o exemplo, assim como ela o fazia com sua atividade voluntária e filantrópica. Porém Babette cumpria suas obrigações com o maior profissionalismo, e lia com muita seriedade, como se falasse a uma criança, matérias sobre mortos que deixam mensagens gravadas em secretárias eletrônicas.

Wilder e eu ficamos esperando no carro. Combinamos que, depois da leitura, nós três encontraríamos o grupo que tinha ido ao Wagon Wheel no Dinky Donut, onde eles comeriam a sobremesa e nós jantaríamos. Eu havia trazido um exemplar de *Mein Kampf* para esse programa.

A casa de Treadwell era uma velha estrutura de madeira, com treliças podres na varanda de entrada. Menos de cinco minutos depois de entrar, Babette saiu outra vez, andou com passos incertos até o outro lado da varanda e ficou a vasculhar o quintal escuro. Depois caminhou lentamente de volta para o carro.

— A porta estava aberta. Entrei, ninguém. Olhei pra todos os lados, nada, ninguém. Fui lá em cima, nenhum sinal de vida. Parece que não roubaram nada.

— O que você sabe sobre a irmã dele?

— É mais velha e provavelmente mais acabada ainda, só que ele é cego e ela não.

As duas casas mais próximas estavam às escuras, ambas à venda, e nas outras quatro das redondezas ninguém sabia nada a respeito do que os Treadwell haviam feito nos últimos dias. Fomos até a polícia estadual e falamos com uma funcionária sentada atrás de um terminal de computador. Ela nos disse que havia um desaparecimento a cada onze segundos, e gravou tudo que dissemos.

No Dinky Donut, afastado da cidade, Bob Pardee mostrava-se calado enquanto a família comia e conversava. Seu rosto de golfista, rosado e macio, estava começando a descolar do crânio. Toda sua carne parecia caída, o que lhe dava a aparência abjeta de uma pessoa que faz uma dieta rigorosa. Os cabelos ostentavam um corte caro, em camadas, com um toque de tinta, um pouco de tecnologia, mas pareciam pedir uma cabeça mais dinâmica. Dei-me conta de que Babette o examinava com atenção, tentando apreender o significado dos quatro anos alucinados que haviam passado juntos como marido e mulher. Aquela loucura panorâmica. Ele bebia, jogava, descia barrancos de carro, era despedido, pedia demissão, se aposentava, viajava disfarçado até Coaltown, onde pagava uma mulher para falar com ele em sueco enquanto trepavam. Foi o detalhe do sueco que irritou Babette, ou então a necessidade que ele sentiu de confessá-lo, e ela o atacou — com as costas das mãos, cotovelos e pulsos. Velhos amores, velhos temores. Agora o observava com uma compaixão terna, um ar pensativo que parecia profundo, afetuoso e generoso o bastante para conter todos os antídotos mágicos para os males que o afligiam no momento, embora eu soubesse, naturalmente, enquanto voltava à leitura, que era apenas um afeto passageiro, uma dessas bondades que ninguém entende.

No dia seguinte, ao meio-dia, já estavam dragando o fundo do rio.

13

Os estudantes tendem a permanecer no campus. Na cidade de Blacksmith não há nada que eles possam fazer, nada que os atraia. É no próprio meio estudantil que encontram comida, cinema, música, teatro, esporte, conversação e sexo. Esta é uma cidade de lavanderias e oculistas. As vitrines das imobiliárias são enfeitadas com fotos de lúgubres casas vitorianas. Há anos que não mudam essas fotos. As casas já foram vendidas, ou demolidas, ou ficam em cidades de outros estados. Esta é uma cidade de liquidações caseiras em garagens e quintais, em que garotos vendem trastes rejeitados.

Babette telefonou para minha sala em Centenary Hall. Disse que Heinrich tinha ido até o rio, com seu boné de camuflagem e sua câmera Instamatic, para ver a dragagem em busca dos corpos, e quando estava lá soube que os Treadwell haviam sido encontrados, vivos porém muito abalados, numa venda de biscoitos abandonada no Mid-Village Mall, um grande shopping center afastado da cidade. Pelo visto, os dois haviam passado dois dias perambulando pelo shopping, perdidos, confusos e assustados, e acabaram buscando refúgio no quiosque abandonado. Passaram mais dois dias lá; a irmã, embora fraca e vacilante, saía para procurar restos de comida nas latas de lixo com portas de vaivém. Por sorte, não havia feito muito frio nos últimos dias. Ninguém sabia por que eles não pediram ajuda. Provavelmente, a amplidão e a estranheza do ambiente, juntamente com a idade avançada dos dois, fê-los sentir-se indefesos e perdidos naquele espaço cheio de vultos remotos e ameaçadores. Os Treadwell não costumavam sair de casa. Ninguém entendia como haviam conseguido chegar até o shopping. Talvez a sobrinha-neta os houvesse levado até lá de carro, esquecendo-se depois de ir buscá-los. Segundo Babette, não haviam conseguido localizar a sobrinha-neta.

Na véspera da feliz descoberta, a polícia havia consultado uma médium para ajudá-los a encontrar os Treadwell. O jornal local não falava noutra coisa. A médium morava num trailer numa floresta perto da cidade. Ela pediu que só a identificassem como Adele T. Segundo o jornal, o chefe de polícia, Hollis Wright, foi até o trailer, e lá Adele ficou olhando para fotos dos Treadwell e cheirando artigos encontrados no guarda-roupa deles. Depois pediu que o policial a deixasse a sós por uma hora. Fez exercícios, comeu arroz com *dal* e entrou em transe. Nesse estado — explicava a reportagem — ela tentava fazer uma busca de dados referentes aos sistemas físicos distantes que queria localizar, no caso em questão o Velho Treadwell e sua irmã. Quando o chefe de polícia voltou, Adele T. disse-lhe que abandonasse as buscas no rio e procurasse um lugar em terra firme, com uma paisagem lunar, num raio de vinte e cinco quilômetros da casa dos velhos. A polícia foi imediatamente a uma companhia de beneficiamento de gesso a quinze quilômetros da casa, rio abaixo, onde encontrou uma bolsa contendo um revólver e dois quilos de heroína bruta.

A polícia já havia consultado Adele T. em diversas ocasiões, e ela levara à descoberta de dois corpos de vítimas de espancamento, um sírio dentro de uma geladeira e seiscentos mil dólares em notas marcadas; só que em cada um desses casos — afirmava a reportagem — a polícia estava procurando outra coisa.

O mistério norte-americano se aprofunda.

14

Estávamos todos reunidos à janela do quartinho de Steffie, assistindo a um pôr do sol espetacular. Apenas Heinrich não se juntou a nós, ou por desconfiar de prazeres grupais inocentes ou por acreditar que havia algo de sinistro no pôr do sol moderno.

Mais tarde, na cama, de roupão, fiquei estudando alemão. Articulava palavras em voz baixa, pensando se conseguiria limitar a breves comentários iniciais minhas incursões pelo alemão falado no congresso, ou se os outros participantes iam querer utilizar o idioma constantemente, nas conferências, durante as refeições, nos bate-papos informais, para caracterizar nossa seriedade, nossa singularidade no mundo acadêmico.

Disse a tevê: "Vejamos outras tendências que podem ter um grande impacto sobre os seus investimentos".

Denise entrou e esparramou-se ao pé da cama, a cabeça reclinada sobre os braços dobrados, de costas para mim. Quantos códigos, contracódigos, histórias sociais estariam contidas nessa simples postura? Passou-se um minuto.

— O que vamos fazer com a Baba? — perguntou ela.

— Como assim?

— Ela esquece tudo.

— Ela lhe perguntou se está tomando algum remédio?

— Não.

— Não está tomando ou não perguntou?

— Não perguntou.

— Ela tinha ficado de perguntar — disse eu.

— É, mas não perguntou.

— Como é que você sabe que ela está tomando alguma coisa?

— Eu vi o vidro no meio do lixo debaixo da pia da cozinha. Um remédio feito por encomenda. Tinha o nome dela e o nome do remédio no rótulo.

— Qual é o nome do remédio?

— Dylar. Um a cada três dias. Quer dizer, é um negócio perigoso, ou que vicia, ou sei lá o quê.

— O que diz o seu compêndio de remédios a respeito do Dylar?

— Não consta. Passei horas procurando. Tem quatro índices.

— Deve ter sido lançado no mercado recentemente. Quer que eu dê mais uma procurada no livro?

— Eu já procurei. Procurei *mesmo*.

— A gente podia falar com o médico dela. Mas eu não quero criar o maior caso por causa disso. Todo mundo toma algum remédio, todo mundo esquece as coisas de vez em quando.

— Igual à mamãe, não.

— Eu vivo esquecendo as coisas.

— O que você toma?

— Remédio pra pressão, remédio pra tensão, remédio pra alergia, colírio, aspirina. As coisas que todo mundo toma.

— Eu dei uma olhada no armário de remédios do seu banheiro.

— Encontrou o Dylar?

— Pensei que podia ter um vidro novo.

— O doutor receitou trinta pílulas. Ela tomou e pronto. Coisa normal. Todo mundo toma alguma coisa.

— Continuo querendo saber — insistiu Denise.

Durante toda a conversa, ela ficou de costas para mim. Havia naquela situação um bom potencial para uma trama, oportunidades para as pessoas fazerem manobras ardilosas, planos secretos. Mas logo Denise mudou de posição, apoiou o tronco num dos cotovelos e ficou me encarando, com um olhar especulativo, do pé da cama.

— Posso lhe perguntar uma coisa?

— Claro — respondi.

— Jura que não vai ficar zangado?

— Você já sabe o que tem dentro do meu armário do banheiro. Não resta mais nenhum segredo, não é?

— Por que você resolveu chamar o seu filho de Heinrich?

— Uma pergunta procedente.

— Não precisa responder.

— Uma boa pergunta. Não vejo por que pudesse ser imprópria.

— Então por que foi?

— Achei que era um nome forte, vigoroso. Tem uma certa autoridade.

— O nome é uma homenagem a alguém?

— Não. Ele nasceu logo depois da criação do meu departamento. Acho que eu queria reconhecer a minha sorte. Queria fazer alguma coisa que fosse alemã. Achei que coubesse um gesto desse tipo.

— Heinrich Gerhardt Gladney?

— Achei que o que havia de autoridade no nome talvez passasse para a pessoa. Achava, como ainda acho, que era um nome forte e de impacto. Eu queria defendê-lo, fazer com que ele não tivesse medo. Nessa época as pessoas estavam escolhendo pros filhos nomes do tipo Kim, Kelly e Tracy.

Houve um longo silêncio. Denise não parava de me observar. Suas feições, um tanto concentradas no centro do rosto, lhe davam um ar briguento de buldogue.

— Acha que foi um equívoco meu?

— Eu é que não sei.

— Têm um certo quê os nomes alemães, a língua alemã, as *coisas* alemãs. Não sei o que é, exatamente. Mas existe. No meio disso tudo está Hitler, é claro.

— Ontem ele apareceu de novo na tevê.

— Sempre aparece. Seria impossível a televisão sem ele.

— Eles perderam a guerra. Não eram tão bons assim, não é?

— Um bom argumento. Mas a questão não é se eles eram militarmente bons, ou moralmente bons. Não sei o que é. A questão é outra. Tem gente que sempre usa roupa de sua cor favorita. Tem gente que anda armada. Tem gente que põe um uniforme e se sente maior, mais forte, mais protegida. É nesse campo que se enquadram as minhas obsessões.

Steffie entrou, com a viseira verde de Denise. Não entendi o que isso queria dizer. Subiu na cama, e ficamos os três folheando meu dicionário alemão-inglês, procurando palavras que têm som parecido nas duas línguas, como "orgia" e "sapato".

Heinrich desceu o corredor correndo e entrou de repente no quarto.

— Vamos lá, depressa, filmaram um avião caindo.

E saiu de novo; as meninas se levantaram e correram atrás dele, em direção à tevê.

Fiquei sentado na cama, um pouco atônito. A rapidez e o barulho com que haviam saído deixara o quarto num estado de agitação molecular. No caos da matéria invisível, a questão parecia ser: o que está acontecendo aqui? Quando cheguei no cômodo no final do corredor, só se via uma fumacinha no canto da tela. Mas o desastre foi mostrado mais duas vezes, uma delas em câmera lenta, enquanto um entendido tentava explicar o que havia acontecido. Um avião de treino a jato numa exibição na Nova Zelândia.

Tínhamos duas portas de armários que se abriam sozinhas.

Naquela noite — era sexta-feira — nos reunimos à frente da televisão, como de costume, com comida chinesa entregue a domicílio. Havia enchentes, terremotos, avalanches de lama, vulcões em erupção. Nunca havíamos tido uma reunião de noite de sexta com tanta atenção. Heinrich não se mostrava emburrado, eu não estava entediado. Steffie, que quase chorava ao ver uma discussão entre marido e mulher numa comédia enlatada, parecia totalmente absorta naqueles documentários de calamidade e morte. Babette tentou mudar de estação, para uma comédia seriada sobre um grupo de garotos de raças diferentes que constroem um satélite de comunicações para seu próprio uso. Ficou surpresa com a veemência com que nos opusemos à iniciativa. Fora esse protesto, permanecemos em silêncio, vendo casas sendo tragadas pelo oceano, vilas inteiras incendiando-se, cobertas por lava. Cada desastre nos fazia desejar mais, algo maior, mais grandioso, mais completo.

Quando entrei em minha sala, na segunda-feira, encontrei Murray sentado na cadeira ao lado da escrivaninha, como quem espera uma enfermeira entrar para lhe tirar a pressão. Disse-me que estava sendo difícil criar um centro Elvis Presley no departamento de ambientes norte-americanos. O diretor, Alfonse Stompanato, achava que um dos outros instrutores, um ex-guarda-costas de estrelas de rock chamado Dimitrios Cotsakis, que pesava quase cento e cinquenta quilos, deveria ter prioridade, por ter ido de avião a Memphis quando o Rei morreu, onde entrevistou membros do entourage e da família do Rei e foi ele próprio entrevistado na qualidade de Intérprete do Fenômeno.

Um golpe nada desprezível, reconhecia Murray. Eu lhe disse que poderia comparecer à sua próxima aula, em caráter informal, sem ser minha presença anunciada, apenas para dar certa respeitabilidade a seu curso, para ajudá-lo com a influência e o prestígio de meu cargo, minha especialidade, minha pessoa. Ele concordou com um gesto de cabeça, lentamente, cofiando as pontas da barba.

Mais tarde, à hora do almoço, vi que havia uma única cadeira vazia na mesa dos emigrados nova-iorquinos. Alfonse estava sentado à cabeceira; sua presença era dominadora, até mesmo num refeitório de faculdade. Era grandalhão, sarcástico, tinha um olhar assustador, cicatrizes na testa e uma barba furiosa e grisalha. Era exatamente a barba que eu teria deixado crescer em 1969 se Janet Savory, a minha segunda esposa, mãe de Heinrich, não tivesse se manifestado contra. Dissera ela, com sua vozinha seca: "Deixe que eles vejam essa sua cara bonachona. É mais imponente do que você imagina".

Alfonse fazia tudo com uma determinação fanática. Falava quatro idiomas, tinha memória fotográfica, fazia de cabeça complicados cálculos matemáticos. Uma vez me disse que a arte de subir na vida em Nova York resumia-se a aprender a manifestar a insatisfação de um modo interessante. O ar estava cheio de raiva e de reclamações. As pessoas não tinham nenhuma paciência com as suas queixas específicas, a menos que você soubesse diverti-las com isso. O próprio Alfonse por vezes era divertido, de um modo um tanto esmagador. Ele sabia absorver e destruir todas as opiniões que entravam em choque com a sua. Quando falava sobre cultura popular, brandia a lógica inflexível de um fanático religioso, desses que matam por fé. Sua respiração ficava ofegante, arrítmica; as sobrancelhas pareciam fundir-se. Os outros emigrados achavam aqueles desafios e provocações um contexto apropriado para suas atividades. Usavam a sala de Alfonse para jogar moedas na parede, para ver quem acertava mais perto.

Perguntei a ele:

— Por que motivo, Alfonse, pessoas direitas, bem-intencionadas e responsáveis ficam fascinadas por catástrofes mostradas pela televisão?

Falei-lhe sobre a noite em que eu e as crianças havíamos assistido com tanto interesse a cenas de lava, lama e mar revolto.

— A gente queria mais, mais.

— É natural, é normal — disse ele, balançando a cabeça. — Isso acontece com todo mundo.

— Por quê?

— Porque estamos sofrendo de sufocamento cerebral. Precisamos de uma catástrofe de vez em quando para quebrar o bombardeio incessante de informações.

— É óbvio — disse Lasher, um sujeito franzino de rosto tenso e cabelo com brilhantina, penteado para trás.

— É um fluxo constante — continuou Alfonse. — Palavras, figuras, números, fatos, gráficos, estatísticas, ondas, partículas, ciscos. Só uma catástrofe atrai nossa atenção. Queremos catástrofes, precisamos delas, dependemos delas, desde que não aconteçam no lugar onde estamos. É aí que entra a Califórnia. Avalanches de lama, incêndios florestais, erosão na costa, terremotos, assassinatos em massa. A gente consegue curtir esses desastres sem problema porque no fundo a gente acha que a Califórnia merece tudo isso. Os californianos inventaram o conceito de estilo de vida. Só isso já justifica.

Cotsakis amassou uma lata de Pepsi sem açúcar e jogou-a numa lata de lixo.

— O Japão é ótimo para catástrofes — prosseguiu Alfonse. — A Índia ainda não foi bem explorada. Eles têm um tremendo potencial, com fome, monções, conflitos religiosos, desastres de trens, naufrágios. Mas os desastres de lá não costumam ser filmados. Dão três linhas no jornal. Sem nenhuma imagem, sem transmissão por satélite. É por isso que a Califórnia é tão importante. Não apenas a gente gosta de ver aquela gente castigada por levar um estilo de vida descontraído com ideias sociais progressistas, mas também a gente sabe que não está perdendo nada. As câmeras estão sempre lá. À espera. Nenhuma desgraça passa despercebida.

— O que você está dizendo é uma coisa mais ou menos universal, sentir fascinação pelos desastres televisionados.

— Para a maioria das pessoas, só existem dois lugares no mundo: o lugar onde elas vivem e a televisão. Se uma coisa acontece na televisão, a gente tem todo direito de achá-la fascinante, seja lá o que for.

— Não sei se é uma coisa boa ou ruim saber que as minhas experiências são comuns a milhões de pessoas.

— Você devia achar ruim — disse ele.

— É óbvio — concordou Lasher. — Todos nós achamos ruim. Mas dá pra curtir a coisa nesse nível.

— Isso é o que dá, manifestar uma forma errada de atenção — interveio Murray. — Isso dá sufocamento cerebral. É porque as pessoas não sabem mais ver e ouvir como se fossem crianças. Não sabem mais coletar dados. No sentido psíquico, um incêndio florestal visto na tevê fica num plano inferior ao de um anúncio de dez segundos de uma lavadora de pratos. O anúncio tem ondas mais profundas, emanações mais profundas. Mas nós trocamos a importância relativa dessas coisas. É por isso que olhos, ouvidos, cérebros e sistemas nervosos das pessoas ficaram exaustos. É simplesmente um caso de utilização errada das coisas.

Com um gesto descontraído, Grappa jogou um pedaço de pão com manteiga em Lasher, atingindo-o no ombro. Grappa era pálido, roliço como um bebê; jogou o pão para tentar atrair a atenção de Lasher. Disse a ele:

— Alguma vez você já escovou os dentes com o dedo?

— Escovei os dentes com o dedo a primeira vez que passei a noite na casa dos pais da minha mulher, antes de a gente se casar, quando eles foram passar o fim de semana em Asbury Park. Era uma família de Ipana.

— Esquecer escova de dentes é um fetiche meu — disse Cotsakis. — Escovei os dentes com o dedo em Woodstock, Altamont, Monterey e um monte de outros eventos importantes.

Grappa olhou para Murray.

— Escovei os dentes com o dedo depois da luta entre Ali e Foreman, no Zaire — informou Murray. — É o lugar mais ao sul do equador onde eu já escovei os dentes com o dedo.

Lasher olhou para Grappa.

— Você já cagou numa privada sem assento?

A resposta de Grappa foi semilírica.

— Um banheiro incrível, fedorento, num velho posto de gasolina da Socony Mobil, na Boston Post Road, a primeira vez que o meu velho viajou de carro. Aquele posto que tem um cavalo vermelho com asas. Quer detalhes sobre o carro? Se quiser, sei os menores detalhes.

— Há coisas que não se ensinam — disse Lasher. — Privadas sem assento. Mijar na pia. A cultura dos banheiros públicos. Todas essas lanchonetes, esses cinemas e postos de gasolina incríveis. Todo o éthos da estrada. Já mijei em pias por todo o oeste dos Estados Unidos. Atravessei a fronteira canadense para mijar em pias em Manitoba e Alberta. É incrível. Aquele ceuzão do oeste. Os motéis da Best Western. As lanchonetes e os drive-ins. A poesia da estrada, das planícies, do deserto. As privadas imundas e fedorentas. Uma vez mijei numa pia em Utah a trinta graus abaixo de zero. Foi meu recorde na época do frio.

Alfonse Stompanato olhou para Lasher, sério.

— Onde é que você estava quando morreu James Dean? — perguntou, em tom de ameaça.

— Na casa dos pais da minha mulher, antes da gente se casar, ouvindo *Make believe ballroom* num velho rádio marca Emerson. Nessa época, o Motorola com mostrador iluminado não era mais usado.

— Pelo visto, você passou muito tempo na casa dos pais da sua mulher, trepando — disse Alfonse.

— A gente era criança. Ainda era muito cedo na matriz cultural pra gente trepar mesmo.

— O que vocês estavam fazendo?

— É a minha mulher, Alfonse. Você quer que eu conte na frente de todo mundo?

— James Dean morreu e você está de sacanagem com uma garota de doze anos.

Alfonse dirigiu o olhar feroz a Dimitrios Cotsakis.

— Onde é que você estava quando James Dean morreu?

— Nos fundos do restaurante do meu tio em Astoria, Queens, passando o aspirador de pó marca Hoover.

Alfonse olhou para Grappa.

— E você, onde é que estava, porra? — perguntou, como se tivesse acabado de se dar conta de que a morte do ator não estaria completa sem que ficasse esclarecida a localização de Grappa no momento.

— Sei exatamente onde estava, Alfonse. Estou pensando, só um minuto.

— Onde que você estava, seu filho da puta?

— Sempre sei essas coisas nos menores detalhes. Mas eu era um adolescente sonhador. Existem falhas na minha memória.

— Estava tocando punheta. É isso que você quer dizer?

— Pergunta sobre a Joan Crawford.

— Trinta de setembro, mil novecentos e cinquenta e cinco. Morreu James Dean. Onde está Nicholas Grappa, e o que ele está fazendo?

— Pergunta sobre Clark Gable ou Marilyn Monroe.

— Porsche prateado, a toda velocidade, chega a um cruzamento. O Ford sedã não tem tempo de frear. Os vidros se estilhaçam, o metal é amassado. Jimmy Dean, ao volante, está com o pescoço partido, o corpo cheio de fraturas e lacerações. São cinco e quarenta e cinco da tarde, horário da costa pacífica. Onde está Nicholas Grappa, o punheteiro-mor do Bronx?

— Pergunta sobre Jeff Chandler.

— Você, Nicky, é um homem de meia-idade que vive traficando a própria infância. Você tem a obrigação de produzir.

— Pergunta sobre John Garfield, sobre Monty Clift.

Cotsakis era um monólito de carne grossa e compacta. Antes de entrar para o corpo docente da nossa faculdade, fora guarda-costas pessoal de Little Richard e organizara a segurança de shows de rock.

Elliot Lasher jogou um pedaço de cenoura crua nele e perguntou:

— Alguma vez uma mulher descascou pele queimada das suas costas depois de uns dias de praia?

— Cocoa Beach, Flórida — respondeu Cotsakis. — Uma experiência extraordinária. A segunda ou terceira experiência mais incrível da minha vida.

— Ela estava nua? — perguntou Lasher.

— Até a cintura — disse Cotsakis.

— Acima ou abaixo da cintura? — insistiu Lasher.

Grappa jogou um biscoito em Murray, porém o outro rebateu-o com as costas da mão, como se fosse uma peteca.

15

Pus meus óculos escuros, compus minha fisionomia e entrei na sala. Lá dentro havia vinte e cinco ou trinta jovens de ambos os sexos, muitos com roupas de cores outonais, sentados em poltronas, sofás e na alcatifa bege. Murray caminhava entre eles, falando, a mão direita tremendo de um modo estilizado. Quando me viu, sorriu timidamente. Encostei-me à parede, tentando parecer imponente, os braços cruzados sob a túnica negra.

Murray estava no meio de um monólogo meditativo.

— Será que a mãe de Elvis sabia que ele ia morrer jovem? Ela falava sobre assassinos. Falava sobre a vida de uma estrela desse tipo e dessa grandeza. Essa vida não é estruturada de modo a derrubar a pessoa ainda jovem? É essa a questão, não é? Existem regras, diretrizes. Se você não tem a graça e a inteligência de morrer jovem, é obrigado a desaparecer, a se esconder, como se tivesse vergonha, como quem se desculpa. Ela se preocupava com o sonambulismo do filho. Temia que ele caísse de uma janela. Tenho uma posição a respeito das mães. As mães realmente sabem. O folclore está correto.

— Hitler adorava a mãe — disse eu.

Um aumento da atenção, algo expresso não em palavras, e sim numa certa convergência do silêncio, uma tensão interior. Murray continuou andando, é claro, mas um pouco mais devagar, entre as cadeiras e as pessoas sentadas no chão. Continuei encostado na parede, de braços cruzados.

— Elvis e Gladys gostavam de fazer chamego — disse ele. — Dormiam na mesma cama, até que ele começou a amadurecer fisicamente. Falavam um com o outro o tempo todo como quem fala com um bebê.

— Hitler era um garoto preguiçoso. Seu boletim vinha cheio de notas baixas. Mas Klara o adorava, o mimava demais, lhe dava a atenção que ele não recebia do pai. Era uma mulher tranquila, recatada e religiosa; cozinhava bem e era boa dona de casa.

— Gladys levava Elvis até a escola todos os dias e depois ia buscá-lo. Defendia-o nas brigas de rua, atacava qualquer menino que se atrevesse a implicar com ele.

— Hitler vivia no mundo da fantasia. Estudava piano, fazia desenhos de museus e de casas. Passava muito tempo sentado, sem fazer nada. Klara tolerava tudo isso. Ele era o filho que não morrera na primeira infância. Três outros haviam morrido.

— Gladys era a confidente de Elvis. Ele lhe apresentava todas as suas namoradas.

— Hitler escreveu um poema para a mãe. A mãe e a sobrinha foram as mulheres mais importantes de sua vida.

— Quando Elvis foi servir o exército, Gladys adoeceu e entrou em depressão. Ela intuiu alguma coisa, talvez tanto a respeito de si própria quanto do filho. O aparelho psíquico dela estava dando todos os alarmes. Presságios, depressão.

— Sem dúvida, Hitler era o que se chama de "filhinho de mamãe".

Um rapaz, que tomava notas, murmurou, distraído:

— *Muttersöhnchen*.

Fiquei a olhá-lo, desconfiado. Num impulso súbito, comecei a andar de um lado para outro, como Murray, de vez em quando parando para fazer um gesto, ouvir, olhar para a janela ou para o teto.

— Elvis não desgrudava da mãe quando o estado dela piorou. Não saía do hospital.

— Quando a mãe adoeceu, Hitler pôs uma cama na cozinha para ficar mais perto dela. Ele cozinhava e limpava a casa.

— Elvis ficou totalmente arrasado quando Gladys morreu. Acariciou o corpo sem vida. Continuou dizendo-lhe coisas carinhosas, como se fosse com um bebê, até o caixão baixar à sepultura.

— O enterro de Klara custou trezentos e setenta *kronen*. Hitler chorou; entrou num período de depressão e autocomiseração. Sentia uma solidão intensa. Havia perdido não apenas sua querida mãe como também toda uma concepção de lar e de aconchego.

— A morte de Gladys causou uma alteração fundamental

no âmago da visão de mundo do Rei. Ela fora a sua âncora, sua segurança. Elvis começou a recuar diante do mundo real, a entrar no estado de sua própria morte.

— Durante o resto de sua vida, Hitler não suportou enfeites de Natal porque sua mãe havia morrido perto de uma árvore de Natal.

— Elvis fez e recebeu ameaças de morte. Visitou companhias funerárias e se interessou por ovnis. Começou a estudar o *Bardo Thödol*, mais conhecido como *Livro dos mortos do Tibete*. É um guia para a morte e o renascimento.

— Anos depois, imerso em sua própria mitificação e afastado de tudo, Hitler pendurou um retrato da mãe em seus aposentos espartanos em Obersalzberg. Começou a ouvir um zumbido no ouvido esquerdo.

Murray e eu cruzamos perto do centro da sala, e por pouco não nos esbarramos. Alfonse Stompanato entrou, acompanhado de vários alunos, talvez atraído por alguma onda magnética de excitação, algum frenesi no ar. Carrancudo, depositou o corpo volumoso numa cadeira; eu e Murray nos contornamos e saímos em direções opostas, um evitando o olhar do outro.

— Elvis cumpriu as cláusulas do contrato. Excesso, deterioração, autodestruição, comportamento grotesco, inchação física, uma série de autoagressões dirigidas ao cérebro. Sua posição enquanto lenda está garantida. Ele derrotou os céticos morrendo cedo, horrivelmente, desnecessariamente. Agora ninguém poderia negá-lo. Sua mãe provavelmente viu tudo, como se numa tela de dezenove polegadas, anos antes de morrer.

Murray, cedendo-me a palavra com visível prazer, foi para um canto da sala e sentou-se no chão, deixando-me caminhar e gesticular sozinho, com a segurança que me inspirava a aura profissional de poder, loucura e morte.

— Hitler dizia-se o caminhante solitário que saíra do nada.

Chupava pastilhas, falava às pessoas em monólogos que não acabavam mais, cheios de livres associações, como se a linguagem viesse de alguma imensidão além do mundo e ele fosse apenas o meio de revelação. Será que, em seu *Führerbunker* subterrâneo na cidade em chamas, ele pensava no início de seu reinado? Pensaria nos pequenos grupos de turistas que visitavam a aldeiazinha em que sua mãe nascera e onde ele ia passar o verão com seus primos, andando de carro de boi e fazendo papagaios de papel? O torrão natal de Klara passou a ser cultuado. Pessoas entravam naquela casa de fazenda, reverentes. Adolescentes subiam no telhado. Com o tempo, mais pessoas começaram a ir. Tiravam fotos, surrupiavam pequenos objetos. Depois começaram a aparecer multidões, gente que chegava aos bandos, cantando canções patrióticas, pintando suásticas na parede, no dorso dos animais da fazenda. Multidões iam visitar a vila nas montanhas, tanta gente que Hitler não podia sair de casa. Pegavam as pedrinhas sobre as quais ele havia caminhado e as levavam como suvenires. Multidões iam ouvi-lo falar, multidões eroticamente excitadas, as massas que eram sua única noiva, conforme ele disse uma vez. Então fechava os olhos, cerrava os punhos enquanto falava, contorcia o corpo encharcado de suor, transformava a voz numa arma hipnótica. Houve quem chamasse esses discursos de "assassinatos sexuais". As multidões eram hipnotizadas pela voz, os hinos do partido, os desfiles com archotes.

Olhei para o tapete e mentalmente contei até sete.

— Um momento, porém. Há algo de muito familiar, de muito corriqueiro nisso tudo. Vêm as multidões, excitadas, querendo pegar, apertar, gente ansiosa para entrar em êxtase. Isso não é uma coisa corriqueira? Isso nós conhecemos. Deve ter havido alguma coisa diferente naquelas multidões. O que era? Vou sussurrar a palavra terrível, essa palavra que aparece no inglês antigo, no alemão antigo, no nórdico antigo. *Morte.*

Muitas dessas multidões se reuniam em nome da morte. Estavam lá para homenagear os mortos. Desfiles, canções, discursos, diálogos com os mortos, recitações dos nomes dos mortos. Estavam lá para ver piras, rodas de fogo, milhares de bandeiras baixadas em continência, milhares de pessoas uniformizadas. Tropas e esquadrões, panos de fundo elaborados, bandeiras de sangue e uniformes de gala, negros. As multidões surgiam para construir um escudo contra a própria morte. Virar multidão é afastar a morte. Separar-se da multidão é arriscar-se a morrer como indivíduo, a encarar a morte sozinho. Era essa a principal razão pelas quais as multidões apareciam. Estavam lá para formarem multidões.

Murray permanecia sentado do outro lado da sala. Seus olhos manifestavam uma gratidão profunda. Eu fora generoso com o poder e a loucura à minha disposição, permitindo que meu campo de estudo fosse associado a uma figura infinitamente menos importante, um sujeito que ficava sentado numa espreguiçadeira dando tiros em aparelhos de televisão. Aquilo não era pouca coisa. Todos nós tínhamos uma aura para manter, e, ao compartilhar a minha com um amigo, eu estava pondo em jogo justamente aquilo que me colocara na posição de intocável.

As pessoas se agruparam ao meu redor, professores e alunos, e na pequena confusão de comentários entreouvidos pela metade e vozes circulantes percebi que agora formávamos uma multidão. Não que eu precisasse de uma. Agora menos do que nunca. A morte, aqui, era um assunto estritamente profissional. Fazia-me sentir à vontade, por cima. Murray se aproximou de mim e me levou até a porta, abrindo alas na multidão com sua mão tremulante.

16

Foi o dia em que Wilder começou a chorar às duas da tarde. Às seis ele continuava chorando, sentado no chão da cozinha e olhando para a janela do forno, e jantamos depressa, contornando-o ou passando por cima dele para chegar até o fogão e a geladeira. Babette o olhava enquanto comia. Dentro de uma hora e meia tinha que dar uma aula sobre como ficar em pé, sentar-se e caminhar. Dirigiu-lhe um olhar exausto e suplicante. Havia tentado acalmá-lo com palavras ternas, pegara-o no colo e o acariciara, examinara-lhe os dentes, dera-lhe um banho, vasculhara-o de alto a baixo, fizera-lhe cócegas, dera-lhe comida, tentara fazê-lo entrar em seu túnel de vinil de brinquedo. Os alunos idosos de Babette estariam esperando por ela no subsolo da igreja.

Era um choro ritmado, composto de impulsos curtos e urgentes, como que medidos. Às vezes tinha-se a impressão de que ia virar um choramingo, um lamento animal, irregular e exausto, mas o ritmo não se alterava, intenso, nem mudava o rosto corado de dor.

— Vamos levá-lo ao médico — disse eu. — Depois deixo você na igreja.

— O médico vai atender uma criança só porque está chorando? Além disso, o dele não dá consulta a essa hora.

— E o seu?

— O meu, acho que dá. Mas ele está só chorando, Jack. O que eu digo ao homem? "Meu filho está chorando."

— É a queixa mais básica, não é?

Até então, não estávamos em situação de crise; era só irritação e desespero. Mas, uma vez que resolvemos ir ao médico, começamos a correr, a nos afobar. Procuramos o casaco e os sapatos de Wilder, tentamos lembrar o que ele havia comido nas últimas vinte e quatro horas, imaginamos que perguntas o médico provavelmente faria e ensaiamos cuidadosamente as respostas. Parecia-nos fundamental concordarmos quanto às respostas, ainda que não tivéssemos certeza de que elas eram corretas. Os médicos se desinteressam das pessoas que se contradizem mutuamente. Este temor há muito tempo influencia meu relacionamento com os médicos, o medo de que eles percam o interesse por mim, digam às recepcionistas que chamem outros pacientes na minha frente, conformem-se com minha morte iminente.

Fiquei esperando no carro enquanto Babette e Wilder entraram na clínica no final da rua Elm. Os consultórios médicos me deprimem ainda mais do que os hospitais por causa de sua atmosfera de expectativa negativa e dos pacientes que de vez em quando saem após ouvirem bons prognósticos, apertando a mão antisséptica do médico e rindo bem alto, rindo de tudo que ele diz, rindo de satisfação, cheios de força bruta, fazendo questão de ignorar os outros pacientes ao passar pela sala de espera ainda com aquele riso provocador na boca, já divorciado da depressão semanal dos outros, a ansiedade inferior de quem aguarda a morte. Prefiro visitar um pronto-socorro, esses poços de sofrimento urbano, em que entram pessoas que levaram tiros ou facadas, com olhares esgazeados de heroína, com agulhas quebradas enfiadas nos braços. Estas coisas nada têm a ver com a minha morte futura, uma coisa não violenta, provinciana, pensativa.

Os dois saíram do hall iluminado para a rua escura, fria e vazia. O menino caminhava ao lado da mãe, segurando-lhe a mão, ainda chorando, e era uma imagem de uma tristeza e calamidade tão amadorísticas que quase comecei a rir — rir não da tristeza, mas da imagem de tristeza que eles compunham, da disparidade entre o sofrimento que sentiam e sua aparência.

Meus sentimentos de ternura e pena foram minados pela cena dos dois atravessando a calçada, bem agasalhados, a criança chorando com determinação, a mãe caminhando cabisbaixa, descabelada, um par desgraçado e patético. Não estavam à altura da dor expressa, da grande angústia que tudo consome. Seria essa a razão de ser das carpideiras profissionais? Elas impedem que os velórios caiam num patético cômico.

— O que disse o médico?

— Pra dar uma aspirina e botá-lo pra dormir.

— Foi o que a Denise disse.

— Foi o que eu disse ao médico. Aí ele disse: "Então por que a senhora não fez isso?".

— E por que não fizemos?

— Porque ela é uma criança e não uma médica, só por isso.

— Você disse isso a ele?

— Sei lá o que eu disse a ele. Nunca consigo controlar o que eu digo aos médicos, muito menos o que eles dizem a mim. Fica uma espécie de perturbação no ar.

— Sei exatamente o que você quer dizer.

— É como conversar flutuando no espaço, com aquelas roupas pesadas de astronauta.

— Fica tudo flutuando, vagando no vácuo.

— Eu vivo mentindo pros médicos.

— Eu também.

— Mas por quê? — perguntou ela.

Quando liguei o carro, percebi que o choro do menino havia mudado de tom e de qualidade. Não havia mais aquela insistência ritmada, e sim um toque de tristeza indizível. Agora era um lamento, a expressão de uma tristeza americana, uma angústia tão acessível que imediatamente domina o que quer que a tenha causado. Havia algo de permanente e profundo naquele choro. Era o som de uma desolação inata.

— O que a gente vai fazer?

— Dê uma ideia — disse ela.

— Ainda faltam quinze minutos pra começar a sua aula. Vamos levá-lo ao hospital, ao pronto-socorro. Só pra ver o que eles dizem.

— Não se pode levar uma criança ao pronto-socorro porque ela está chorando. Se há uma coisa que *não* é uma emergência, é uma criança chorando.

— Eu espero no carro.

— O que eu digo a eles? "Meu filho está chorando." Lá tem pronto-socorro mesmo?

— Não lembra mais? Nós levamos os Stover lá no verão passado.

— Por quê?

— O carro deles estava no conserto.

— Deixa isso pra lá.

— Eles inalaram um spray de um removedor de manchas.

— Me leva pra aula — disse ela.

Postura. Quando parei à frente da igreja, alguns dos alunos de Babette estavam descendo a escada do subsolo da igreja. Babette olhou para o filho — um olhar perscrutador, de súplica e desespero. Ele já estava chorando há seis horas. Babette saiu correndo pela calçada e entrou no prédio.

Pensei em levar o menino ao hospital. Mas, se um médico que o havia examinado cuidadosamente em seu consultório confortável, com paredes enfeitadas por quadros com elaboradas molduras douradas, não conseguira encontrar nada de errado nele, o que poderiam fazer aqueles técnicos de pronto-socorro, gente que aprende a pular em cima de pessoas que tiveram paradas cardíacas e socar-lhes os corações?

Levantei o menino e encostei-o no volante, de frente para mim, os pés sobre minhas coxas. O lamento interminável prosseguia, onda após onda. Era um som tão vasto e puro que eu quase podia ouvi-lo com intenção consciente de apreendê-lo, como quem estabelece um registro mental numa sala de concertos ou num teatro. Ele não fungava nem balbuciava. Estava berrando seu pranto, dizendo coisas desconexas de um modo que me tocava, com sua profundidade e abundância. Era um lamento antiquíssimo, cuja monotonia implacável o tornava ainda mais impressionante. Ululação. Coloquei uma das mãos sob cada um de seus braços, para que ele ficasse ereto. Como o choro continuasse, uma transformação ocorreu nos meus pensamentos. Constatei que eu não queria necessariamente que ele parasse. Talvez não fosse tão mau assim, pensei, ter que ouvi-lo chorar mais um pouco. Encaramo-nos. Por trás daquele cara boboca havia uma inteligência complexa em funcionamento. Segurei-o com uma das mãos, usando a outra para contar seus dedos dentro da luva inteiriça, em voz alta, em alemão. O choro inconsolável prosseguiu. Deixei que aquilo me envolvesse, como uma chuva caudalosa. De certo modo, penetrei-o. Deixei que me englobasse o rosto e o peito. Comecei a achar que ele havia desaparecido dentro daquele som desconsolado; se eu pudesse encontrá-lo naquele lugar perdido e suspenso, talvez nós dois juntos conseguíssemos realizar alguma proeza de inteligibilidade. Deixei que o choro batesse contra meu corpo. Talvez não fosse tão mau assim ficar sentado ali mais quatro horas, com o motor ligado e o aquecedor funcionando, ouvindo esse lamento uniforme. Talvez fosse bom; talvez fosse estranhamente confortante. Entrei no choro, caí dentro dele, deixei que ele me envolvesse e me cobrisse. O menino chorava de olhos abertos, de olhos fechados, com as mãos nos bolsos, com luvas e sem luvas. Eu balançava a cabeça, sabiamente. Movido por um impulso, virei-o de costas, sentei-o no meu colo e dei a partida, deixando que Wilder mexesse no volante. Já havíamos feito isso uma vez, por uma distância de vinte metros, num entardecer de domingo, em agosto, quando nossa rua estava imersa numa penumbra profunda e sonolenta. Como da outra vez, o menino se interessou, chorando ao mesmo tempo que guiava, enquanto virávamos esquinas, enquanto eu parava o carro nos fundos da igreja congregacional. Sentei Wilder em minha perna esquerda, puxando-o para perto de mim, e deixei que minha mente fosse resvalando para o sono. Mas o som do choro me afastava em saltos espasmódicos. De vez em quando um carro passava. Recostei-me contra a porta, sentindo de leve o hálito do menino em meu polegar. Algum tempo depois, Babette batia na janela e Wilder estava indo até a outra porta para levantar-lhe o trinco. Babette entrou, endireitou o chapéu do menino, pegou um lenço de papel amarrotado do chão.

Já estávamos a meio caminho de casa quando o choro parou. Parou de repente, sem qualquer mudança no tom e na intensidade. Babette não disse nada; eu não despreguei os olhos da pista. Wilder estava sentado entre nós, olhando para o rádio. Eu esperava que Babette trocasse um olhar comigo por detrás do menino, por cima de sua cabeça, para manifestar alívio, felicidade, expectativa esperançosa. Eu não sabia como estava me sentindo, e queria uma pista. Porém ela olhava fixamente para a frente, como se temesse que qualquer alteração na delicada textura de sons, movimentos e expressões pudesse ter o efeito de fazer com que a choradeira recomeçasse.

Quando chegamos em casa, ninguém disse nada. Todos andavam silenciosamente de um cômodo a outro, observando o menino a distância, com olhares disfarçados e respeitosos. Quando ele pediu leite, Denise correu silenciosamente até a cozinha, descalça, de pijama, percebendo que a economia de movimentos e a leveza de passos evitariam quebrar a atmosfera grave e dramática que o menino impusera à casa. Ele bebeu o leite com um único gole poderoso, ainda vestido, a luva presa na manga da camisa.

Todos o observavam com uma espécie de temor respeitoso. Quase sete horas chorando a sério, sem parar. Era como se ele tivesse acabado de chegar de uma peregrinação a um lugar remoto e sagrado, um deserto vazio ou uma cordilheira coberta de neve — um lugar onde dizem-se palavras, veem-se coisas, atingem-se distâncias que nós, em nosso cotidiano prosaico, temos que encarar com a mistura de reverência e deslumbramento que reservamos para as dimensões mais sublimes e mais difíceis.

17

Uma noite, na cama, Babette me disse:

— Não é uma maravilha ter essa criançada toda na casa?

— Breve teremos mais uma criança.

— Quem?

— Bee deve chegar daqui a uns dois dias.

— Bom. Quem mais a gente pode chamar?

No dia seguinte, Denise resolveu perguntar à mãe, à queima-roupa, a respeito do tal remédio que ela estaria ou não tomando, na esperança de conseguir que ela confessasse, admitisse ou pelo menos traísse algum desconcerto. Eu e ela não havíamos discutido a respeito dessa tática, mas fui obrigado a admirar a ousadia e o senso de oportunidade da menina. Nós seis estávamos enfiados dentro do carro, a caminho do Mid--Village Mall, e Denise simplesmente esperou por uma pausa natural na conversação, encarando a nuca de Babette, à sua frente, com uma voz sem quaisquer insinuações.

— O que você sabe sobre Dylar?

— Aquela menina preta que está com os Stover?

— Não, a menina é Dakar — informou Steffie.

— Dakar não é o nome, é a terra dela — corrigiu Denise. — É um país na costa de marfim da África.

— A capital é Lagos — disse Babette. — Eu sei por causa de um filme sobre surfe passado em tudo quanto é lugar do mundo.

— A *onda perfeita* — completou Heinrich. — Vi esse filme na tevê.

— Mas qual é o nome da tal menina? — perguntou Steffie.

— Não sei — respondeu Babette. — Mas o nome do filme não era *A onda perfeita*. Eles estavam procurando pela onda perfeita, mas o nome não era esse.

— Eles vão pro Havaí — Denise disse a Steffie — e ficam esperando umas ondas gigantescas que vêm do Japão, chamadas origamis.

— E o nome do filme era *O longo e quente verão* — informou a mãe.

— *O longo e quente verão* — corrigiu Heinrich — é uma peça de Tennessee Ernie Williams.

— Não faz mal — disse Babette —, porque título não é coberto por direitos autorais.

— Se ela é africana — comentou Steffie —, será que já andou de camelo?

— Ou de Audi Turbo?

— Ou de Toyota Supra?

— O que é mesmo que os camelos armazenam na corcova? — perguntou Babette. — Comida ou água? Nunca que eu sei direito.

— Tem camelos com uma corcova e camelos com duas — disse Heinrich. — Então depende do tipo.

— Você quer dizer que os camelos de duas corcovas guardam comida numa e água na outra?

— O que é importante em relação ao camelo — confirmou ele — é que a carne é considerada uma iguaria.

— Eu pensava que a carne de jacaré que fosse — disse Denise.

— Quem foi que trouxe o camelo pros Estados Unidos? — perguntou Babette. — Teve uma época que usavam camelos no oeste para levar suprimentos pros cules que estavam construindo as grandes estradas de ferro que tinham o entroncamento em Ogden, Utah. Eu me lembro, do tempo das minhas provas de História.

— Tem certeza de que não está pensando nos lhamas? — Heinrich perguntou.

— O lhama ficou no Peru — disse Denise. — O Peru tem o lhama, a vicunha e mais um bicho. A Bolívia tem estanho. O Chile tem cobre e ferro.

— Dou cinco dólares — desafiou Heinrich — pra quem me disser qual é a população da Bolívia.

— Os bolivianos — respondeu minha filha.

A família é o berço das informações falsas do mundo. Deve haver alguma coisa na vida familiar que gera erros factuais. O excesso de proximidade física, o barulho e o calor da existência. Talvez até mesmo alguma coisa mais profunda, como a necessidade de sobreviver. Murray diz que somos criaturas frágeis cercadas por um mundo de fatos hostis. Os fatos ameaçam a nossa felicidade e segurança. Quanto mais nos aprofundamos na natureza das coisas, mais frouxa a nossa estrutura nos parece. O processo da família visa ao isolamento em relação ao mundo exterior. Pequenos erros se multiplicam, ficções proliferam. Digo a Murray que a ignorância e a confusão não podem absolutamente ser as forças que sustentam a solidariedade da família. Que ideia, que subversão! Ele me pergunta por que motivo as unidades familiares mais fortes existem nas sociedades menos desenvolvidas. Ignorar é uma arma de sobrevivência, diz ele. A mágica e a superstição se entrincheiram como a ortodoxia poderosa do clã. A família é mais forte onde a realidade objetiva mais tende a ser interpretada erradamente. Que teoria cruel!, exclamo. Mas Murray insiste em que é verdade.

Numa enorme loja de ferragens no shopping, vi Eric Massingale, um ex-engenheiro de vendas de microchips que mudou de vida quando veio lecionar no centro de informática de College-on-the-Hill. Era magro e pálido, com um sorriso perigoso.

— Você não está de óculos escuros, Jack.

— Só uso no campus.

— Entendi.

Fomos cada um para um lado, nos aprofundando nos interstícios da loja. Um grande ruído ressonante, como o de uma espécie de fera entrando em extinção, enchia o amplo espaço. Pessoas compravam escadas de sete metros, seis tipos de lixas, serras elétricas que serviam para derrubar árvores. Os corredores eram compridos e iluminados, cheios de vassouras gigantescas, sacos imensos de turfa e de esterco, imensas latas de lixo marca Rubbermaid. Cordas dependuradas como frutas tropicais, em lindas tranças grossas, pardas, fortes. Uma corda enroscada é uma coisa ótima de se ver e apalpar. Comprei vinte metros de cânhamo-de-manilha só para ter em casa, mostrar a meu filho, explicar-lhe de onde vem, como é feita. Havia gente falando inglês, hindi, vietnamita, línguas afins.

Esbarrei em Massingale de novo na fila do caixa.

— Nunca o vi fora do campus, Jack. Você é diferente sem óculos e toga. Onde arranjou esse suéter? É do exército turco? Comprado por mala direta, não foi?

Ele me olhou de alto a baixo, apalpou o tecido da jaqueta impermeável que eu carregava dobrada no braço. Então andou um pouco para trás, para alterar a perspectiva, balançando a cabeça de leve; seu riso foi se tornando autocomplacente, espelhando algum cálculo interior.

— Acho que conheço esses sapatos — falou.

O que ele queria dizer com isso?

— Você é outra pessoa, totalmente diferente.

— Diferente como, Eric?

— Jura que não vai se ofender? — perguntou, e seu sorriso tornou-se lascivo, cheio de significados secretos.

— Claro que não, ora. Por quê?

— Prometa que não vai ficar ofendido.

— Não vou ficar ofendido.

— Você parece tão inofensivo, Jack. Um sujeito grandalhão, inofensivo, envelhecido, indistinto.

— Por que você achou que eu ia me ofender? — perguntei, pagando minha corda e saindo apressadamente da loja.

O encontro com Eric me deu vontade de fazer compras. Encontrei o resto da família e atravessamos dois estacionamentos, chegando ao prédio principal do Mid-Village Mall, um edifício de dez andares disposto ao redor de um pátio central com cascatas, alamedas e jardins. Babette e as crianças entraram comigo no elevador, nas lojas dispostas em diferentes fileiras, nas lojas de departamentos, intrigadas, porém excitadas, pela minha vontade de comprar. Quando eu não conseguia optar por uma de duas camisas, elas me diziam para comprar as duas. Quando eu dizia que estava com fome, elas me davam *pretzels*, cerveja, *souvlaki*. As duas meninas iam na frente, encontrando coisas que achavam que talvez eu quisesse ou precisasse, correndo para me chamar, agarrar-me pelos braços, insistir para que eu as seguisse. Elas me guiavam rumo ao bem-estar infinito. Multidões entravam e saíam das butiques e lojas de cosméticos finos. Do grande pátio vinha o som de um órgão.

Sentíamos cheiros de chocolate, pipoca, colônia; cheiros de tapetes e pelos, salame, vinil mortífero. Minha família exultava. Eu era um deles, fazendo compras finalmente. Eles me davam conselhos, importunavam vendedores por mim. A toda hora eu me via inesperadamente em diferentes superfícies refletoras. Passávamos de uma loja a outra, rejeitando não apenas alguns artigos de certos departamentos, não apenas departamentos inteiros, como também lojas inteiras, imensas companhias que por um motivo ou outro não nos agradavam. Havia sempre outra loja a visitar, três andares, oito andares, subsolo cheio de cortadores de queijo e descascadores de legumes. Eu comprava coisas com uma volúpia cega. Comprava coisas para uso imediato e para contingências longínquas. Comprava por comprar, olhando e pegando, examinando mercadorias que eu não tinha intenção de comprar, e depois comprando-as. Fazia vendedores folhearem amostras de tecidos, procurando estampados difíceis de encontrar. Comecei a ganhar estatura, amor-próprio. Inflei--me, descobri novos aspectos de mim mesmo, localizei uma pessoa que eu esquecera que existia. Formou-se uma luminosidade a meu redor. Passamos da seção de mobiliário para a de moda masculina, atravessando a de cosméticos. Nossas imagens apareciam em colunas recobertas de espelhos, em cristais e artigos cromados, em monitores de tevê em salas de segurança. Eu trocava dinheiro por produtos. Quanto mais dinheiro eu gastava, menos importância ele tinha. Eu valia mais do que essas quantias. Elas escorriam de minha pele como água da chuva. Retornavam para mim sob a forma de crédito existencial. Sentia-me expansivo, extraordinariamente generoso; disse às crianças que escolhessem seus presentes de Natal. Fazia gestos que julgava expansivos. Percebia que estava causando uma forte impressão nas crianças. Cada uma delas foi para um lado, subitamente discretas, reservadas, quase dissimuladas. De vez em quando uma voltava para dar a Babette o nome de um artigo, tomando precauções para que os outros não soubessem o que era. Quanto a mim, não iam importunar-me com detalhes cansativos. Eu era o benfeitor, o que distribui prêmios, bônus, propinas, gorjetas. As crianças sabiam que, nesses casos, eu não participaria de discussões técnicas a respeito dos presentes. Fizemos mais uma refeição. Um conjunto tocava música de elevador ao vivo. Vozes elevavam-se a uma altura de dez andares dos jardins e alamedas, uma cacofonia que ecoava e ressoava pela ampla galeria, confundindo-se com os barulhos das lojas, ruídos de passos e campainhas, o zumbido das escadas rolantes, o som de gente comendo, o burburinho humano de alguma transação intensa e feliz.

Voltamos para casa em silêncio. Cada um foi para seu quarto, querendo ficar sozinho. Pouco depois vi Steffie à frente da tevê. Ela mexia os lábios, tentando acompanhar as palavras que estavam sendo ditas.

18

Por natureza e por prazer, os habitantes de cidades pequenas não confiam nas metrópoles. Todos os princípios que emanam de um centro de ideias e energias culturais são considerados corruptos, uma forma de pornografia. É assim que são as cidades pequenas.

Mas Blacksmith não fica perto de nenhuma cidade grande. Não nos sentimos ameaçados nem ofendidos, tal como ocorre com outras cidadezinhas. Não estamos no meio do caminho da História e suas contaminações. Se nossas reclamações recaem sobre um ponto focal, é inevitavelmente sobre a televisão, de onde provêm os tormentos do mundo exterior, fonte de temores e desejos secretos. Sem dúvida, praticamente ninguém acusa College-on-the-Hill de ser uma influência perniciosa. A faculdade ocupa uma posição perenemente serena na paisagem da cidade, semidestacada, mais ou menos decorativa, pairando numa imperturbável tranquilidade política. É um lugar que não foi feito para despertar suspeitas.

Nevava um pouco quando fui até o aeroporto de Iron City, uma cidade de porte médio imersa na confusão, um centro de abandono e vidros quebrados, mas não um foco de decadência urbana legítima. Bee, minha filha de doze anos, estava chegando de Washington, numa viagem com duas escalas e uma troca de aviões. Porém foi a mãe dela, Tweedy Browner, que apareceu na área de desembarque do aeroporto, um lugar pequeno e sujo, bem terceiro-mundo, em meio a obras há algum tempo interrompidas. Por um momento, pensei que Bee havia morrido e que Tweedy viera para me dar a notícia.

— Cadê a Bee?

— Vem noutro avião. Foi por isso que vim. Para passar um dia com ela. Tenho que ir a Boston amanhã. Problemas de família.

— Mas onde é que ela está?

— Com o pai dela.

— O pai dela sou eu, Tweedy.

— Malcolm Hunt, sua besta. Meu marido.

— Ele é seu marido, mas não é o pai dela.

— Você ainda me ama, Tuck?

Tweedy me chamava de Tuck; era assim que sua mãe chamava o marido. Todos os Browner do sexo masculino eram chamados de Tuck. Quando a linhagem começou a enfraquecer, gerando uma série de estetas e incompetentes, o apelido passou a ser dado a qualquer homem que casava com uma mulher da família, com as devidas exceções. Fui o primeiro, e sempre tentava detectar uma nota de ironia finíssima nas vozes das mulheres quando me chamavam por esse nome. Eu achava que, quando uma tradição se torna demasiadamente flexível, a ironia entra em cena. A nasalidade, o sarcasmo, autocaricatura. Elas me puniriam zombando de si próprias. Porém eram carinhosas, inteiramente sinceras, até mesmo gratas por eu lhes permitir que continuassem a tradição.

Tweedy estava com um suéter de lã, uma saia de tweed, meias compridas e mocassins. Havia nela um ar de fracasso protestante, de aura destruída, na qual o corpo lutava para sobreviver. O rosto bonito e anguloso, os olhos ligeiramente saltados, os sinais de tensão e queixa ao redor da boca e dos olhos, a fronte latejante, as veias saltadas nas mãos e no pescoço. Havia cinzas de cigarro na malha frouxa do suéter.

— Pela terceira vez: onde está ela?

— Mais ou menos na Indonésia. Malcolm está numa missão ultrassecreta, auxiliando uns guerrilheiros comunistas. É parte de um plano bem bolado para derrubar Fidel Castro. Vamos sair daqui, Tuck, antes que venha um monte de crianças pedir dinheiro à gente.

— Ela vem sozinha?

— Qual é o problema?

— Do Extremo Oriente até Iron City não deve ser tão simples assim.

— Quando necessário, a Bee sabe se virar. Aliás, ela quer escrever livros sobre viagens. Está andando a cavalo direitinho.

Tweedy deu uma tragada prolongada no cigarro e exalou fumaça em jatos rápidos e precisos pelo nariz e pela boca, o que nela era sinal de impaciência com o ambiente ao seu redor. Não havia bar nem restaurante no aeroporto, só uma venda de sanduíches embrulhados, onde pontificava um sujeito com cicatrizes tribais no rosto. Pegamos a bagagem de Tweedy, fomos até o carro e atravessamos Iron City, passando por fábricas abandonadas, avenidas praticamente desertas, uma cidade de ladeiras, uma ou outra rua de paralelepípedos, uma ou outra casa antiga e bonita, enfeites natalinos nas janelas.

— Tuck, estou triste.

— Por quê?

— Pra ser sincera, eu pensava que você ia me amar pra sempre. Preciso do seu amor. O Malcolm vive viajando.

— A gente se divorciou, você ficou com todo o meu dinheiro, casou com um diplomata rico, influente, bem-vestido, que manda agentes secretos para regiões inacessíveis e perigosas.

— Malcolm sempre foi chegado a uma selva.

Seguíamos paralelamente aos trilhos de uma ferrovia. O mato estava cheio de copos de isopor, jogados das janelas dos trens ou trazidos da estação pelo vento.

— Janet está em Montana, num *ashram* — disse eu.

— Janet Savory? Meu Deus! Por quê?

— Agora ela se chama Mãe Devi. É a administradora do *ashram*. Cuida de investimentos, imóveis, impostos. É o que Janet sempre quis na vida. Paz de espírito com fins lucrativos.

— Ela tem uma ossatura formidável, a Janet.

— E um grande talento para fazer coisas por baixo do pano.

— Você diz isso com tanto rancor! Nunca o achei rancoroso, Tuck.

— Burro, mas não rancoroso.

— Por baixo do pano, por quê? Ela fazia coisas secretas, como o Malcolm?

— Ela não me dizia quanto ganhava. Acho que lia a minha correspondência. Logo depois que o Heinrich nasceu, me meteu num investimento complicado, ligado a um monte de pessoas que falavam línguas diferentes. Dizia estar bem-informada.

— Mas estava enganada, e vocês perderam uma fábula.

— Nós ganhamos uma fábula. Eu estava envolvido até a ponta dos cabelos. Ela vivia tramando alguma coisa. Minha segurança estava ameaçada. Meus planos de uma vida longa e tranquila. Ela queria nos transformar numa empresa. Recebíamos telefonemas do Liechtenstein, ilhas Hébridas. Lugares fictícios, artificiais.

— Isso não bate com a imagem da Janet Savory com quem eu passei uma meia hora muito agradável. Aquela mulher de malares salientes e voz irônica.

— Todas as minhas ex-mulheres têm malares salientes. Todas. Estrutura óssea maravilhosa. Graças a Deus a Babette tem uma cara bem carnuda.

— Será que não há por aqui um restaurante decente? — perguntou Tweedy. — Desses com toalha na mesa, manteiguinha gelada. Uma vez eu e o Malcolm tomamos chá com o coronel Kadhafi. Um homem encantador e implacável, um dos poucos terroristas que já conhecemos que realmente é o que dizem que ele é.

Havia parado de nevar. Atravessamos um bairro cheio de depósitos, mais ruas desertas, desoladas e anônimas, que davam uma impressão de anseio fantasmagórico por alguma coisa irremediavelmente perdida. Alguns bares solitários, mais um trecho de ferrovia, vagões de carga parados num desvio. Tweedy fumava um cigarro cem-milímetros atrás do outro, soltando jatos de fumaça exasperados para todas as direções.

— Ah, Tuck, era tão bom, nós dois juntos.

— O que era bom?

— Seu bobo, você tinha agora que me dar um olhar carinhoso e nostálgico, com um sorriso amargo nos lábios.

— Você ia pra cama de luvas.

— Ainda vou.

— Luvas, óculos escuros e meias.

— Você conhece meus defeitos. Sempre conheceu. Sou ultrassensível em relação a muitas coisas.

— Sol, ar, comida, água, sexo.

— Tudo isso dá câncer.

— E os tais problemas familiares em Boston?

— Tenho que convencer mamãe de que o Malcolm não morreu. Ela gosta muito dele, sei lá por quê.

— Por que ela acha que ele morreu?

— Toda vez que ele está em alguma missão ultrassecreta, é como se nunca tivesse existido. Ele desaparece não apenas aqui e agora como também de modo retroativo. Não deixa nenhum vestígio. Às vezes fico na dúvida se o homem que é meu marido é mesmo o Malcolm Hunt ou se é uma pessoa totalmente diferente que está em missão ultrassecreta. Realmente, isso me preocupa. Não sei qual a metade da vida do Malcolm que é real e qual que é profissional. Tenho esperanças de que a Bee possa me dar uma luz.

Os sinais de trânsito balançavam-se nos arames, movidos por uma lufada súbita. Estávamos na rua principal da cidade, uma série de lojas em liquidação, bancos automáticos, atacadistas. Um velho cinema em estilo mourisco, curiosamente transformado agora em mesquita. Prédios desindividualizados, com nomes como Terminal Building, Packer Building, Commerce Building. Parecia uma fotografia clássica do desconsolo.

— Um dia cinzento em Iron City — comentei. — Melhor voltarmos pro aeroporto.

— Como vai o Hitler?

— Bem. Nele eu posso confiar.

— Você está com uma cara boa, Tuck.

— Não estou me sentindo bem.

— Você nunca se sentiu bem. É o velho Tuck de sempre.

Você sempre foi o velho Tuck de sempre. A gente se amava, não era? Um contava tudo pro outro, dentro das limitações impostas pelo tato e a boa educação. O Malcolm não me conta nada. Quem é ele? O que faz?

Tweedy estava sentada com as pernas cruzadas, virada para mim, jogando as cinzas do cigarro dentro dos sapatos, no tapete de borracha.

— Que maravilha crescer, ficar alta e ereta, entre cavalos e éguas, com um pai que andava de blazer azul e calça de flanela cinzenta, você não acha?

— Eu não acho nada.

— Mamãe me esperava no caramanchão, cheia de flores colhidas. Ficava parada, só sendo o que era.

No aeroporto, ficamos esperando em meio a pó de gesso, fios expostos, montes de entulho. Meia hora antes da chegada do avião de Bee, passageiros de um outro voo começaram a passar por um túnel cheio de correntes de ar e a chegar à área de desembarque. Eram pessoas abatidas, arrasadas, recurvas de cansaço e choque, arrastando a bagagem de mão pelo chão. Saíram vinte, trinta, quarenta pessoas, todas mudas, todas de olhos pregados no chão. Umas mancavam, outras choravam. Vieram mais pessoas pelo túnel, adultos com crianças que choramingavam, velhos trêmulos, um pastor negro com o colarinho fora do lugar e apenas um sapato calçado. Tweedy ajudou uma mulher com dois filhos pequenos. Aproximei-me de um rapaz atarracado com boné de carteiro, barrigudo, de colete, e ele me olhou como se eu fosse um intruso, um imigrante ilegal, de uma outra dimensão do espaço-tempo. Obriguei-o a parar e a me encarar, perguntei-lhe o que havia acontecido. Enquanto mais passageiros passavam por nós, ele suspirou, exausto. Então balançou a cabeça, os olhos fixos nos meus, cheios de uma resignação tranquila.

As três turbinas haviam pifado e o avião caiu de uma altitude de 10 300 metros para 3 700. Uma queda de quase sete quilômetros. Quando começou o grande mergulho, as pessoas se levantavam, caíam, eram jogadas de um lado para outro. Aí começaram os gritos e os gemidos. Quase imediatamente, ouviu-se uma voz pelo alto-falante: "Estamos caindo! Estamos mergulhando no céu! Estamos dentro de uma câmara de morte prateada!". Este desabafo foi tomado pelos passageiros como sinal de absoluta falta de autoridade, competência e controle, e causou mais uma rodada de gritos de desespero.

Caíam objetos do bagageiro; os corredores estavam cheios de copos, talheres, casacos e cobertores. Apertada contra uma parede pelo ângulo de descida, uma aeromoça tentava encontrar a página relevante de um livro intitulado *Manual de desastres*. Então ouviu-se uma segunda voz de homem, vinda da cabine de comando, dessa vez extraordinariamente calma e precisa, dando aos passageiros a impressão de que ainda havia alguém em controle, ainda havia uma esperança: "Aqui fala voo 213 da American para o gravador da caixa-preta. Agora sabemos como é. É pior do que a gente pensava. Não nos prepararam pra isso no simulador de morte em Denver. Nosso medo é puro, tão completamente isento de distrações e pressões que chega a ser uma forma de meditação transcendental. Dentro de menos de três minutos vamos pousar, por assim dizer. Vão encontrar nossos corpos em algum campo incendiado, espalhados para os lados, uma cena macabra. Eu te amo, Lance". Desta vez houve uma pausa breve antes de recomeçarem os gemidos. Lance? Mas que espécie de gente estava comandando esse avião? Os choros agora tinham um elemento de revolta e de desilusão.

Enquanto o rapaz de colete contava a história, os passageiros que saíam do túnel iam se juntando ao nosso redor. Ninguém falava, nem interrompia, nem tentava acrescentar detalhes ao relato.

Dentro do avião que caía, uma aeromoça foi engatinhando pelo corredor, passando por cima de pessoas e objetos, dizendo aos passageiros em cada fileira que tirassem os sapatos, tirassem do bolso quaisquer objetos pontiagudos e ficassem em posição fetal. Na outra extremidade, alguém se debatia com um colete salva-vidas. Alguns membros da tripulação resolveram fazer de conta que o aparelho não estava caindo, e sim se preparando para uma aterrissagem forçada. Afinal, a diferença entre as duas coisas residia numa única palavra.* Isto certamente queria dizer que as duas maneiras de terminar um voo eram mais ou menos iguais. Como é que uma única palavrinha poderia fazer tanta diferença assim? Uma ideia estimulante naquelas circunstâncias, desde que não se pensasse nela por muito tempo, e agora não havia tempo para pensar. A diferença básica entre um desastre e uma aterrissagem forçada parecia ser o fato de que era possível preparar-se para uma aterrissagem forçada, e era exatamente isso que eles estavam tentando fazer. A notícia se espalhou pelo avião, o termo era repetido fileira após fileira. "Aterrissagem forçada, aterrissagem forçada." As pessoas viam como era fácil, graças ao acréscimo de uma única palavra, manter certo controle sobre o futuro, pelo menos mentalmente, ainda que não na realidade. Os passageiros apalpavam-se, à procura de esferográficas, encolhiam-se como fetos em seus lugares.

Quando o narrador chegou a essa altura do relato, já havia um grande número de pessoas amontoadas a seu redor, não apenas gente que acabava de sair do túnel como também pessoas que haviam sido das primeiras a desembarcar. Haviam

---

* Em inglês, "desastre de avião" é *crash*, e "aterrissagem forçada" é *crash landing* (N. T.).

voltado para ouvir. Ainda não estavam preparadas para se dispersar, reapossar-se de seus corpos; queriam ficar mais um pouco com seu terror, mantê-lo separado e intacto por mais alguns instantes. Mais gente veio se aproximando de nós, quase todos os passageiros. Aceitavam que o rapaz de boné e colete falasse em nome deles. Ninguém contestava nada do que dizia, nem tentava dar seu depoimento individual. Era como se estivessem ouvindo falar de uma coisa da qual não haviam participado. Estavam interessados no que o homem falava, até mesmo curiosos, porém claramente distanciados. Queriam que ele lhes dissesse o que haviam dito e sentido.

Foi neste momento, quando o termo "aterrissagem forçada" corria de boca em boca, com ênfase à palavra "aterrissagem", que os passageiros da primeira classe atravessaram as cortinas, se debatendo, agarrando-se às coisas, literalmente subindo até a classe turística, para não serem os primeiros a atingir o chão. Algumas pessoas da classe turística acharam que era o caso de mandar os outros voltarem para a primeira classe. Estes sentimentos foram expressos menos por palavras e atos do que por sons terríveis e inumanos, mais ou menos bovinos, um rugido agoniado de boi que está sendo alimentado à força. De repente, as turbinas voltaram a funcionar. Sem mais nem menos. Força, estabilidade, controle. Os passageiros, já preparados para o impacto, demoraram para assimilar a nova onda de informações. Novos sons, uma nova trajetória de voo, a sensação de estar dentro de um sólido tubo de metal e não de poliuretano. Acendeu-se o sinal que indicava que era permitido fumar, a mão segurando um cigarro, universalmente compreensível. Apareceram aeromoças munidas de toalhas aromáticas, para limpar o sangue e o vômito. Pouco a pouco, as pessoas foram saindo da posição fetal, e ficaram moles em suas poltronas. Sete quilômetros de terror cinematográfico. Ninguém sabia o que dizer. Estar vivo era uma riqueza de sensação. Dezenas, centenas de coisas. O primeiro-piloto desceu o corredor, sorrindo e conversando, com aquele ar agradável e vazio de quem representa uma companhia. Havia em seu rosto aquela expressão corada e confiante característica dos empregados de grandes empresas aéreas. Os passageiros o olhavam e não entendiam por que haviam sentido medo.

As pessoas que se amontoavam ao redor do narrador haviam me afastado dele — bem mais de cem pessoas, arrastando pelo chão sujo suas bolsas a tiracolo e sacolas de levar roupas. Logo que me dei conta de que já nem podia mais ouvir a narrativa, vi Bee a meu lado, o rostinho liso e branco perdido numa massa de cabelos encaracolados. Ela pulou nos meus braços, cheirando a fumaça de jato.

— Cadê os repórteres e câmeras?

— Aqui em Iron City não tem dessas coisas.

— Então eles passaram por tudo isso à toa?

Encontramos Tweedy e fomos em direção ao carro. Havia um engarrafamento na saída da cidade, e tivemos que ficar parados numa estrada, em frente a uma fundição abandonada. Mil janelas quebradas, postes de iluminação apagados, a noite chegando. Bee estava no meio do banco de trás, em posição de lótus. Parecia muito descansada para quem acaba de fazer uma viagem daquelas, transpondo vários fusos horários, continentes, imensas extensões oceânicas, dias e noites, em aviões grandes e pequenos, no verão e no inverno, de Surabaya a Iron City. Agora estávamos esperando no escuro um carro ser rebocado ou uma ponte levadiça fechar. Bee não achava que valesse a pena fazer um comentário sobre essa ironia corriqueira do transporte moderno. Permanecia calada, enquanto Tweedy me explicava por que os pais não devem se preocupar quando os filhos fazem viagens desse tipo sozinhos. Os aviões e estações são os lugares mais seguros que há para crianças e velhos. Lá existe quem tome conta deles, lhes sorria, admire sua coragem e independência. As pessoas fazem perguntas simpáticas, oferecem cobertores e balas.

— Toda criança devia ter a oportunidade de viajar milhares de quilômetros sozinha — disse Tweedy —, pra desenvolver seu amor-próprio e independência psicológica, podendo escolher as roupas que usa e tudo o mais. Quanto mais cedo a criança viajar, melhor. É como aprender a nadar ou a patinar no gelo. Tem que começar cedo. É uma das coisas de que eu mais me orgulho com relação a Bee. Quando ela tinha nove anos eu a despachei sozinha pra Boston, pela Eastern. Disse à avó dela pra não ir pegar a menina no aeroporto. Sair do aeroporto é tão importante quanto a viagem de avião. Muitos pais ignoram essa fase do desenvolvimento da criança. A Bee agora está mais do que viajada. Pegou o primeiro Jumbo com dez anos, fez uma baldeação em Chicago, quase perdeu um avião em Los Angeles. Duas semanas depois foi a Londres, de Concorde. O Malcolm estava esperando por ela com uma meia-garrafa de champanhe.

À nossa frente, as lanternas traseiras começaram a dançar; a fila estava andando.

Falhas mecânicas, turbulências e terroristas à parte, disse Tweedy, talvez o último refúgio da vida civilizada e das maneiras refinadas venha a ser um avião voando à velocidade do som.

19

Por vezes, Bee fazia com que nos sentíssemos pouco à vontade, um castigo que as visitas em muitas ocasiões impõem sem querer a seus anfitriões. Sua presença parecia irradiar uma luz cirúrgica. Passamos a achar que formávamos um grupo que agia impensadamente, evitava tomar decisões, em que sempre havia alguém bancando o bobo e demonstrando instabilidade emocional, que largava toalhas molhadas por toda parte, que vivia perdendo o membro mais jovem. De repente tornara-se necessário explicar o que quer que fosse que estivéssemos fazendo. Minha mulher era quem se sentia mais desconcertada. Se Denise era uma minipatrulheira ideológica, sempre nos instigando a atingir níveis de consciência mais elevados, Bee era uma testemunha silenciosa, questionando o próprio significado de nossas vidas. Eu a via olhar para dentro de suas mãos em concha, estupefata.

Aquele piado era só a serpentina da calefação.

Bee rebatia com um solene desdém as piadinhas, ironias e outras atividades da família. Um ano mais velha do que Denise, era mais alta, mais magra, mais pálida, ao mesmo tempo terra a terra e etérea, como se no íntimo não fosse uma autora de livros de viagens — segundo sua mãe, era isso que ela pretendia se tornar — e sim simplesmente uma viajante, em sua forma mais pura, uma pessoa que coleciona impressões, densas anatomias de sentimentos, mas não se dá ao trabalho de registrá-las.

Era senhora de si e consciensiosa; trouxe das selvas presentes feitos à mão para nós. Ia de táxi para a escola e para a aula de dança; falava um pouco de chinês; uma vez enviara por telex dinheiro para um amigo que não tinha com que seguir viagem. Ela me inspirava uma admiração distante e inquietante; eu sentia uma ameaça vaga, como se ela não fosse minha filha e sim a amiga sofisticada e independente de um de meus filhos. Murray teria razão? Seria a nossa família uma unidade frágil cercada de fatos hostis? Valeria a pena eu promover a ignorância, o preconceito e a superstição para protegê-la do mundo?

No Natal, Bee ficou ao pé da lareira de nossa sala de visitas, que raramente usávamos, contemplando as chamas azuladas. Trajava um conjunto cáqui, longo e largo, que parecia esportivo e caro. Eu estava sentado na poltrona com três ou quatro presentes no colo, mais papel de embrulho e laços de fitas. No chão, ao lado da poltrona, meu exemplar surrado de *Mein Kampf*. Havia gente na cozinha, preparando a refeição, e gente no andar de cima da casa, examinando presentes na privacidade de seus quartos. Dizia a tevê: "Esta criatura desenvolveu um estômago complicado para se adaptar à sua dieta de folhas".

— Não estou gostando de ver a mamãe — disse Bee, com uma voz de preocupação refinada. — Ela vive tensa. Como se estivesse preocupada por algum motivo, só que não sabe direito o que é. É claro que é por causa do Malcolm. Ele tem lá a selva dele. Mas mamãe tem o quê? Uma cozinha enorme, arejada, com um fogão que devia estar em algum restaurante de três estrelas do interior. Ela descarrega toda a energia na cozinha, mas pra quê? Aquilo pra ela não é uma cozinha: é toda a vida dela, a meia-idade dela. A Baba saberia curtir uma cozinha daquelas. Seria uma cozinha pra ela. Pra mamãe, é uma espécie de símbolo da solução de uma crise, só que ela não resolveu crise nenhuma.

— A sua mãe não sabe exatamente quem é o marido dela.

— O problema básico não é esse. O problema básico é que ela não sabe quem ela é. O Malcolm está no mato comendo cobra e casca de árvore. O Malcolm é isso. Ele precisa de calor e umidade. Ele tem não sei quantos diplomas na área de relações exteriores e economia, mas o que gosta mesmo é de ficar de cócoras embaixo de uma árvore vendo os nativos se cobrindo de lama. Ele acha isso divertido. E a mamãe, como é que se diverte?

Todos os traços fisionômicos de Bee eram delicados, menos os olhos, que pareciam conter duas formas de vida, o assunto em pauta e suas implicações ocultas. Ela falava na habilidade com que Babette fazia as coisas funcionarem, a casa, as crianças, o fluxo daquele universo rotineiro; ao tocar nessas coisas, parecia um pouco comigo, porém havia uma vida submarina secundária nas profundezas das íris de seus olhos. O que ela queria dizer? O que estava realmente dizendo? Por que dava a impressão de querer que eu lhe respondesse do mesmo modo? Ela queria comunicar-se dessa forma secundária, com fluidos ópticos. Iria confirmar suas suspeitas, descobrir tudo a meu respeito. Mas que suspeitas eram essas, o que havia em mim para descobrir? Comecei a ficar preocupado. Enquanto o cheiro de pão queimado invadia a casa, tentei fazer com que ela falasse sobre sua vida na sétima série.

— A cozinha está pegando fogo?

— É a Steffie preparando torrada queimada. Ela faz isso de vez em quando.

— Eu podia ter preparado um *kimchi*.

— Coisa do seu período coreano.

— É repolho em conserva, com pimentão vermelho e mais um monte de ingredientes. Bem apimentado. Não sei é se ia encontrar os ingredientes. Já não é fácil achar lá em Washington.

— Deve ter outra coisa pra comer além das torradas.

Bee gostou daquela tirada sutil. O que mais gostava em mim eram esses comentários secos, sarcásticos e cortantes, um talento que, ela pensava, eu estava perdendo devido ao contato prolongado com crianças.

Disse a tevê: "Agora vamos botar as anteninhas na borboleta".

Na cama, duas noites depois, ouvi vozes, vesti meu roupão e desci para ver o que se passava. Denise estava parada à porta do banheiro.

— A Steffie está tomando um daqueles banhos dela.

— Está tarde — disse eu.

— Ela fica sentada naquela água suja.

— A sujeira é minha — disse Steffie, de dentro do banheiro.

— Mas é sujeira assim mesmo.

— Mas a sujeira é minha e eu não ligo.

— É sujeira — disse Denise.

— A sujeira é minha.

— Sujeira é sujeira.

— Quando é minha, não é.

Bee surgiu no final do corredor, com um quimono vermelho e prateado. Ficou parada, pálida e distante. Durante um momento, aquela nossa cena de mesquinharia e vergonha pareceu se expandir visivelmente, como se numa caricatura. Denise murmurou algo agressivo para Steffie pela fresta da porta e voltou em silêncio para seu quarto.

Pela manhã, fui levar Bee ao aeroporto. Fico quieto e deprimido quando vou ao aeroporto. Ouvimos o noticiário do rádio, uma reportagem ao vivo em que o locutor, com uma voz curiosamente excitada, falava sobre a remoção de um sofá em chamas de uma cabeça de porco em Watertown, realizada por bombeiros, com um ruído de teleimpressores ao fundo. Percebi que Bee estava me observando com cuidado, com seriedade. Estava de costas para a porta, os joelhos para cima, apertados entre os braços. Seu olhar era de compaixão solene. Não me sentia necessariamente inclinado a acreditar naquele olhar, pois achava que ele pouco tinha a ver com piedade, amor ou tristeza. Na verdade, vi que seu significado era bem outro. A forma mais carinhosa de condescendência de uma mulher ainda adolescente.

Voltando do aeroporto, saí da rodovia e peguei a estrada do rio. Parei o carro perto da floresta. Subi uma picada íngreme. Havia uma velha cerca de madeira com uma placa.

CEMITÉRIO VELHO
Vila de Blacksmith

As lápides eram pequenas, tortas, esburacadas, cheias de manchas de fungos ou musgos; os nomes e as datas estavam quase ilegíveis. O chão era de terra dura, com placas de gelo. Caminhei por entre as pedras, tirando as luvas para tocar o mármore áspero. Enfiado na terra, à frente de uma das lousas, um vaso fino contendo três bandeirinhas norte-americanas era o único sinal de que alguém havia visitado aquele lugar antes de mim no século atual. Consegui ler alguns dos nomes, simples, fortes, notáveis, que conotavam rigor moral. Pus-me de pé e fiquei à escuta.

Eu estava além dos ruídos de trânsito, do zum-zum intermitente das fábricas do outro lado do rio. Pelo menos nisso eles haviam acertado, ao colocarem o cemitério aqui, um silêncio que se havia mantido. O ar era pungente. Respirei fundo, parado, tentando sentir a paz que, segundo se diz, desce sobre os mortos, esperando a luz que paira acima dos campos do lamento do paisagista.

Eu escutava. O vento arrancava neve dos galhos das árvores. Vinha neve da floresta, em torvelinhos e lufadas. Levantei o colarinho do casaco, calcei as luvas. Quando o vento parou, caminhei por entre as lápides, tentando ler os nomes e as datas, endireitando as bandeiras para elas poderem balançar ao vento. Então pus-me de pé e fiquei à escuta.

O poder dos mortos reside na crença de que eles nos veem o tempo todo. Os mortos têm uma presença. Haverá um nível de energia composto exclusivamente de mortos? É claro que, por outro lado, eles estão debaixo da terra, adormecidos, apodrecendo. Talvez sejamos o que eles sonham.

Que os dias não tenham sentido. Que as estações se sucedam. Não precipite os acontecimentos em conformidade com um plano.

20

A irmã do sr. Treadwell morreu. O nome dela era Gladys. O médico afirmou que a causa foi medo remanescente, consequência dos quatro dias e noites que passara no Mid-Village Mall, perdida e confusa.

Morreu um homem em Glassboro quando a roda de trás do carro se separou do eixo. Uma idiossincrasia daquele modelo específico.

O vice-governador do estado morreu de causas naturais não divulgadas, após uma prolongada enfermidade. Todos nós sabemos o que isso quer dizer.

Um homem natural de Mechanicsville morreu perto de Tóquio, quando o aeroporto estava sendo sitiado por dez mil estudantes de capacete.

Quando leio obituários, sempre observo as idades dos falecidos. Automaticamente, relaciono-as com a minha própria idade. Penso: ainda faltam quatro anos. Nove anos. Daqui a dois anos, estou morto. O poder dos números é particularmente evidente quando os usamos para especular a respeito da nossa morte. Às vezes fico pechinchando comigo mesmo. Seria eu capaz de aceitar sessenta e cinco anos, a idade que Gengis Khan tinha quando morreu? Suleiman, o Magnífico, chegou até os setenta e seis. Parece uma boa idade, tal como me sinto agora, mas mudarei eu de ideia quando estiver com setenta e três?

É difícil imaginar esses homens se entristecendo por causa da morte. Átila, o Huno, morreu jovem. Estava ainda na casa dos quarenta. Será que ele se entregou à autocomiseração e à depressão? Era o rei dos hunos, o invasor da Europa, o flagelo de Deus. Gosto de imaginá-lo deitado em sua tenda, envolto em peles de animais, como numa superprodução internacional, dizendo coisas corajosas e cruéis a seus auxiliares e depen-

123

dentes. Nenhum amolecimento do espírito. Nenhuma consciência da ironia da existência humana, do fato de que somos a mais elevada forma de vida na Terra, e no entanto somos indizivelmente tristes porque sabemos o que nenhum outro animal sabe: que um dia vamos morrer. Átila não olhou por uma fresta de sua tenda e apontou para um cachorro manco parado ao pé do fogo, à espera de que lhe jogassem uns restos de comida. Não disse: "Aquele miserável animal cheio de pulgas é mais feliz do que o mais poderoso dos reis. Ele não sabe o que nós sabemos, não sente o que nós sentimos, não pode sentir a tristeza que nós sentimos".

Quero acreditar que ele não tenha sentido medo. Aceitou a morte como uma experiência que decorre naturalmente da vida, uma corrida louca pela floresta, como não poderia deixar de ser para um homem conhecido como flagelo de Deus. Foi assim que a coisa terminou para ele — seus seguidores cortando os cabelos e desfigurando seus próprios rostos num tributo bárbaro, enquanto a câmera vai recuando até sair da tenda e dá uma panorâmica do céu numa noite do século v d.C., limpo, despoluído, riscado por luminosos mundos tremeluzentes.

Babette levantou a vista do prato de ovos com picadinho e me disse, com uma ênfase contida:

— A vida é boa, Jack.

— A propósito de quê?

— Nada, só que eu achei que isso devia ser dito.

— Você se sente melhor depois de dizê-lo?

— Tenho pesadelos terríveis.

Quem vai morrer primeiro? Ela diz que quer morrer primeiro, porque sem mim a solidão e a tristeza seriam insuportáveis, especialmente se as crianças já estivessem crescidas e morando em outra cidade. Faz pé firme quanto a isso. Quer ir antes de mim, sinceramente. Discute sobre este assunto com tanta força argumentativa que fica bem claro que, para ela, nesse tipo de coisa as nossas escolhas contam. Além disso, acha que nada pode acontecer conosco enquanto houver crianças na casa. Elas são a garantia da nossa longevidade relativa. Enquanto andarem por aqui, estamos a salvo. Mas, depois que crescerem e se espalharem pelo mundo, ela quer ser a primeira a morrer. Dá a impressão de estar quase ansiosa para partir. Tem medo de que eu morra inesperadamente, sub-repticiamente, escapulindo no meio da noite. Não que Babette não goste da vida; é a ideia da solidão que a assusta. O vazio, a sensação de escuridão cósmica.

MasterCard, Visa, American Express.

Digo-lhe que quero morrer primeiro. Estou tão acostumado com ela que me sentiria terrivelmente incompleto. Somos duas visões da mesma pessoa. Eu passaria o resto da vida me virando para lhe falar. E aí, ninguém, um buraco no espaço e no tempo. Babette afirma que a minha morte deixaria uma lacuna maior na vida dela do que a morte dela na minha. É este o nível de nosso discurso: o tamanho relativo dos buracos, abismos e lacunas. Temos discussões sérias nesse nível. Ela diz que, se sua morte deixaria uma lacuna grande na minha vida, a minha deixaria um abismo na dela, um abismo enorme. Contra-argumento que a dela seria um vácuo, um vazio profundo. E por aí vai, noite adentro. Na hora, estas discussões nunca parecem ridículas, tamanho o poder enobrecedor do assunto em questão.

Babette vestiu um casaco comprido, acolchoado, lustroso — parece um exoesqueleto, segmentado, algo próprio para o fundo do oceano — e foi dar sua aula de postura. Steffie andava silenciosamente pela casa, levando os pequenos sacos plásticos com os quais forrava as cestas de palha espalhadas por todo canto. Ela fazia isso uma ou duas vezes por semana, com o ar discreto e consciencioso de quem faz questão de não ser elogiada por estar salvando vidas. Murray apareceu para conversar com as duas meninas e Wilder, algo que fazia de vez em quando, como parte do projeto de investigação do que denominava "sociedade infantil". Ele falava sobre o blá-blá-blá metafísico da família norte-americana. Tinha-se a impressão de que nos considerava um grupo visionário, aberto a formas especiais de consciência. Havia grandes quantidades de dados fluindo pela casa, esperando para serem analisados.

Murray foi para o andar de cima com as três crianças para ver televisão. Heinrich entrou na cozinha, sentou-se à mesa e agarrou com força um garfo em cada mão. A geladeira estremeceu pesadamente. Acionei um interruptor, e sob a pia um mecanismo triturador reduziu cascas e gorduras animais a pequenos fragmentos, com um ronco motorizado que me fez recuar dois passos. Tirei os garfos das mãos de meu filho e os coloquei na máquina de lavar pratos.

— Você já bebe café?

— Não — respondeu ele.

— A Baba gosta de tomar uma xícara quando volta da aula.

— Faça chá pra ela em vez de café.

— Ela não gosta de chá.

— Mas pode aprender a gostar, não é?

— São dois sabores completamente diferentes.

— É só uma questão de hábito.

— Primeiro a pessoa tem que adquirir o hábito.

— Justamente o que eu estou dizendo. Faça chá.

— Essa aula que ela dá é mais cansativa do que pode parecer. O café a faz relaxar.

— É por isso que é perigoso.

— Não é perigoso, não.

— Tudo que faz a pessoa relaxar é perigoso. Se você não sabe disso, estou perdendo o meu tempo falando a respeito.

— O Murray também quer café — disse eu, percebendo um discreto toque de triunfo em minha própria voz.

— Viu o que você fez? Levou a lata de café pra bancada.

— E daí?

— Não precisava. Podia ter deixado no fogão, onde você estava, e depois ir até a bancada pegar a colher.

— Você está dizendo que levei a lata sem necessidade.

— Levou a lata na mão direita até a bancada, largou-a pra abrir a gaveta, porque não quis fazer isso com a mão esquerda, aí pegou a colher com a mão direita, passou pra esquerda, pegou a lata de café com a mão direita e voltou ao fogão, e largou a lata de novo.

— É assim que as pessoas fazem.

— É um desperdício de movimentos. As pessoas gastam uma quantidade incrível de movimentos. Você devia ver a Baba preparando uma salada.

— Ninguém fica pensando sobre cada movimento e gesto. Um pouco de desperdício não faz mal nenhum.

— Mas durante uma vida inteira?

— Se você não desperdiça, economiza o quê?

— Durante uma vida inteira? Você economiza quantidades incríveis de tempo e de energia — disse Heinrich.

— E o que você faz com esse tempo e essa energia?

— Vive mais tempo com eles.

Na verdade, não quero morrer primeiro. Se pudesse escolher entre a solidão ou a morte, bastaria uma fração de segundo para que me decidisse. Mas também não quero ficar sozinho. Tudo que digo a Babette a respeito de buracos e lacunas é verdade. A morte dela me deixaria arrasado, conversando com as cadeiras e os travesseiros. Não morramos — é o que quero gritar para aquele céu do século v, iluminado por misteriosas luzes espirais. Vivamos para sempre, nós dois, na doença e na saúde, caducos, trêmulos, desdentados, manchados, catacegos, cheios de alucinações. Quem é que decide essas coisas? Quem está lá? Quem é você?

Fiquei observando o café borbulhante subindo pelo tubo central, pelo recipiente perfurado, até o pequeno globo pálido. Uma invenção maravilhosa e triste, tão tortuosa, tão engenhosa, tão humana. Era como um argumento filosófico formulado em termos de coisas do mundo — água, metal, sementes torradas. Eu nunca havia olhado para o café.

— Quando os móveis de plástico pegam fogo, dá intoxicação por cianureto — disse Heinrich, batendo no tampo de fórmica da mesa.

Então comeu um pêssego fora da estação. Enchi de café uma xícara para Murray, e subimos, eu e o menino, até o quarto de Denise, onde naquela época ficava a televisão. O volume estava bem baixo e as meninas conversavam, animadíssimas, com a visita. Murray parecia satisfeito ali. Sentado no meio do aposento no chão, tomava notas, o casaco e o boné no tapete a seu lado. O quarto tinha uma abundância de códigos e de mensagens, uma arqueologia da infância, coisas que Denise guardava desde os três anos, relógios com personagens de quadrinhos e pôsteres de lobisomens. Denise é o tipo de criança que sente uma ternura protetora em relação a sua primeira infância. Faz parte de sua estratégia de sobrevivência, num mundo instável, esforçar-se ao máximo no sentido de restaurar e preservar, guardar em conjunto coisas que têm o valor de momentos, uma maneira de se ater a uma vida.

Que não me entendam mal. Levo essas crianças a sério. Nunca é demais o que vemos nelas, nunca é demais a utilização que fazemos de nosso talento para analisar o caráter humano. Está tudo ali, com toda a força, carregado de ondas de identidade e existência. Não há amadores no mundo das crianças.

Heinrich ficou num canto do quarto, assumindo sua posição de observador crítico. Dei o café a Murray e já ia saindo quando olhei de relance para a televisão. Parei na porta e olhei com mais atenção. Era verdade, estava lá. Sibilei para que os outros se calassem, e eles se viraram para mim, surpresos e incomodados. Então acompanharam a direção de meu olhar, que estava voltado para o grande atalho de televisão ao pé da cama.

O rosto que aparecia na tela era o de Babette. De nossas bocas saiu um silêncio tão desconfiado e profundo quanto um gemido animal. Confusão, medo, espanto jorravam de nossos rostos. O que significava aquilo? O que ela estava fazendo ali, em preto e branco, dentro daquela moldura formal? Teria morrido, desaparecido, desencarnado? Seria aquilo o seu espírito, sua identidade secreta, um fac-símile bidimensional produzido pelo poder da tecnologia, libertado para viajar pelas faixas de onda, pelos níveis de energia, parando para se despedir de nós naquela tela fluorescente?

Fui tomado por uma sensação de estranheza, de desorientação psíquica. Era ela, não havia dúvida; o rosto, o cabelo, a maneira como pisca depressa duas ou três vezes seguidas. Eu a tinha visto há apenas uma hora, comendo ovos, porém sua aparição na tela da tevê me fez encará-la como se fosse alguma figura distante do passado, uma ex-esposa e mãe ausente, uma viandante pelas brumas da morte. Se ela não estava morta, estaria eu? Um grito infantil de duas sílabas, *ba-ba*, saiu das profundezas da minha alma.

Tudo isso se deu em poucos segundos. Só à medida que o tempo foi passando, normalizando-se, e nos devolveu a consciência de onde estávamos, o quarto, a casa, a realidade em que se inseria o aparelho de televisão — só então compreendemos o que estava acontecendo.

Babette dava sua aula no subsolo da igreja, televisionada

pela estação local de TV a cabo. Ou ela não sabia que ia ao ar ou preferiu não nos dizer nada, por constrangimento, amor, superstição, seja lá o que for que leva uma pessoa a ocultar sua imagem daqueles que a conhecem.

Como o volume estivesse muito baixo, não dava para ouvir o que ela dizia. Mas ninguém pensou em aumentar o volume. O importante era a imagem, o rosto em preto e branco, ao mesmo tempo animado e achatado, distanciado, isolado, fora do tempo. Era ela mas não era ela. Mais uma vez, pareceu-me que Murray tinha certa razão. Ondas e radiações. Alguma coisa vazada pela rede. Babette nos iluminava, estava vindo a ser, infinitamente formando-se e reformando-se à medida que seus músculos faciais formavam sorrisos e palavras, à medida que os pontinhos eletrônicos se reagrupavam na tela.

Estávamos tomando uma dose de Babette. Sua imagem era projetada em nossos corpos, nadava em nossos corpos, nos atravessava. Babette de elétrons e fótons, das forças que produziam aquela luz cinzenta que apreendemos como seu rosto, fossem elas o que fossem.

As crianças ficaram entusiasmadas, mas eu senti uma certa inquietação. Tentei dizer a mim mesmo que era só uma transmissão de televisão — fosse isso o que fosse, como quer que funcionasse — e não uma viagem além da vida e da morte, não uma separação misteriosa. Murray olhou para mim, com seu sorriso maroto.

Somente Wilder permanecia tranquilo. Olhava para a mãe, falava com ela em palavras semiarticuladas, fragmentos aparentemente dotados de significado, mas que eram, em sua maioria, inventados. Quando a câmera recuou para mostrar Babette demonstrando alguma sutileza da arte de andar ou ficar em pé, Wilder aproximou-se do aparelho e tocou o corpo da mãe, deixando a marca de sua mão na superfície empoeirada da tela.

Então Denise aproximou-se da tevê e girou o botão do volume. Nada aconteceu. Não havia som nenhum, voz nenhuma, nada. Ela olhou para mim; mais um momento de perplexidade. Heinrich aproximou-se, girou a sintonia, pôs a mão atrás do aparelho para mexer nos botões engastados. Quando tentou outra estação, o som explodiu, cru e áspero. Voltou à estação de TV a cabo, e nada; e, enquanto assistíamos ao final da aula de Babette, sentíamos uma estranha apreensão. Mas tão logo o programa terminou, as duas meninas ficaram excitadas novamente e desceram a escada correndo, para esperar por Babette na porta, e surpreendê-la com a notícia de que a haviam visto na tevê.

O pequeno Wilder permaneceu a alguns centímetros da tela escurecida, chorando baixinho, um choro incerto, de altos e baixos, enquanto Murray tomava notas.

2. A FORMAÇÃO DA NUVEM TÓXICA

21

Após uma noite de neve onírica, o céu ficou limpo e tranquilo. Havia uma tensão azulada na luz de janeiro, uma dureza, uma confiança. O ruído de botas pisando neve compacta, os riscos nítidos deixados pelos jatos no azul. O tempo bom era um dado muito relevante, embora de início eu não o soubesse.

Entrei na nossa rua e passei por homens curvados sobre pás, retirando neve das saídas de garagens, expirando vapor. Um esquilo deslizou por um galho, um movimento tão contínuo que parecia seguir uma lei física diferente daquelas em que aprendemos a confiar. Já na metade do caminho, vi Heinrich acocorado na parte de fora do parapeito estreito da janela do sótão de nossa casa. Estava com sua túnica e boné de camuflagem, um traje de significado complexo para ele, aos catorze anos de idade, querendo ao mesmo tempo crescer e passar despercebido, cheio de segredos que todos nós conhecíamos. Com um binóculo, olhava em direção ao leste.

Dei a volta na casa para entrar pela cozinha. Na entrada, a lavadora e a secadora de roupas vibravam agradavelmente. Pela voz de Babette, percebi que a pessoa com quem ela estava falando ao telefone era seu pai. Impaciência misturada com sentimentos de culpa e apreensão. Coloquei-me atrás dela, pus as mãos frias em suas faces. Uma coisinha que eu gostava de fazer. Babette desligou o telefone.

— Por que ele está no telhado?

— Heinrich? Tem algo a ver com o pátio de manobras da estrada de ferro — disse ela. — Deu no rádio.

— Não é melhor mandá-lo descer?

— Por quê?

— Ele pode cair.

— Não lhe diga isso.

— Por que não?

— Heinrich acha que você o subestima.

— Ele está num parapeito — disse eu. — Tenho que fazer alguma coisa.

— Quanto mais você demonstrar preocupação, mais perto da beira ele vai ficar.

— Eu sei, mas assim mesmo tenho que fazer com que desça de lá.

— Tente induzi-lo a descer. Seja sensível e compreensivo. Deixe-o falar sobre si próprio. Não faça nenhum movimento abrupto.

Quando cheguei ao sótão, Heinrich já havia entrado. Estava em pé à janela, ainda olhando pelo binóculo. A meu redor havia uma profusão de objetos opressivos e angustiantes, que criavam uma atmosfera toda sua, entre vigas e colunas expostas e as camadas de fibra de vidro para isolamento térmico.

— O que houve?

— Deu no rádio que um vagão-tanque descarrilou. Mas,

pelo que pude ver, não foi isso, não. Acho que foi uma trombada que abriu um rombo nele. Tem muita fumaça, e não estou gostando disso.

— O que é que dá pra ver?

Heinrich me entregou o binóculo e saiu da janela. Sem subir no parapeito, não dava para ver o pátio de manobras nem o vagão ou os vagões em questão. Mas a fumaça era visível, uma massa negra e pesada pairando no ar do outro lado do rio, mais ou menos sem forma definida.

— Você viu os carros de bombeiros?

— Está assim deles — disse Heinrich. — Mas acho que não estão chegando muito perto. Deve ser um troço muito tóxico ou muito explosivo, ou então as duas coisas ao mesmo tempo.

— Não vem pra cá, não.

— Como é que você sabe?

— Não vem porque não vem. O problema é que você não deve subir em parapeitos cobertos de gelo. A Baba fica preocupada.

— Você acha que se me disser que ela fica preocupada eu vou me sentir culpado e nunca mais vou fazer isso. Mas se disser que você é que fica preocupado, aí eu vou fazer isso o tempo todo.

— Feche a janela — retruquei.

Fomos para a cozinha. Steffie estava remexendo a correspondência, envelopes de cores vivas, à procura de cupons, loterias e concursos. Era o último dia das férias de fim de ano das escolas primárias e secundárias. Na faculdade, as aulas recomeçavam dentro de uma semana. Mandei Heinrich tirar a neve da calçada. Fiquei observando-o lá fora, absolutamente imóvel, a cabeça ligeiramente virada, uma pose de quem presta atenção. Levei algum tempo para me dar conta de que meu filho ouvia as sirenes do outro lado do rio.

Uma hora depois ele estava de novo no sótão, dessa vez com um rádio e um mapa rodoviário. Subi a escada estreita, pedi-lhe o binóculo outra vez. Continuava lá, agora um pouco maior, uma massa enorme, talvez um pouco mais escura.

— O rádio diz que parece uma pluma de fumaça — disse ele. — Pluma coisa nenhuma.

— Então o que é?

— Uma coisa sem forma, crescendo. Uma coisa escura, viva, de fumaça. Por que é que chamam de pluma?

— No rádio, o tempo é valioso. Eles não podem entrar em longas descrições, detalhadas. Disseram qual é a substância química?

— É Derivado de Niodene, ou Niodene D. A gente viu isso num filme que passou na escola, sobre lixo tóxico. Tinha uns ratos.

— O que é que isso dá?

— No vídeo dizia que não se sabe bem o efeito sobre seres humanos. Agora, os ratos ficam com uns caroços.

— Isso é o que disse no filme. E no rádio?

— Primeiro disseram que dava irritação na pele e suor nas palmas das mãos. Mas agora estão falando em náuseas, vômitos e falta de ar.

— Você está falando em náusea humana. Não em ratos.

— Não em ratos — repetiu ele.

Dei-lhe o binóculo.

— Mas não vem pra cá, não.

— Como é que você sabe?

— Eu sei. O ar está completamente parado hoje. E nessa época do ano quando venta é pra lá, não pra cá.

— Se ventar pra cá?

— Isso não vai acontecer.

— Se acontecer só essa vez?

— Não vai. Por quê?

Heinrich fez uma pausa, e depois disse, num tom neutro:

— Acabaram de fechar uma parte da estrada interestadual.

— É claro, isso era de se esperar.

— Por quê?

— Porque sim. É uma medida de precaução sensata. Pra facilitar a movimentação dos veículos de emergência, essas coisas. Mil e um motivos que não têm nada a ver com o vento e a direção do vento.

A cabeça de Babette apareceu no alto da escada. Ela contou que uma vizinha lhe dissera que o vagão-tanque havia derramado 130 mil litros. Estavam mandando as pessoas se afastarem da área. Havia uma pluma de fumaça sobre o local do acidente. Disse também que as meninas estavam se queixando de suor nas palmas das mãos.

— Houve uma correção — disse Heinrich. — Diga a elas que deviam é estar vomitando.

Um helicóptero passou, em direção ao local do acidente. A voz do rádio dizia: "Oferta por tempo limitado, com disco rígido opcional de grande capacidade de memória".

A cabeça de Babette desapareceu na escada. Vi Heinrich prender com fita adesiva o mapa rodoviário a duas colunas. Depois desci até a cozinha para pagar umas contas, sentindo manchas coloridas girando como átomos mais ou menos à direita e atrás de mim.

— Dá para ver a pluma de fumaça da janela do sótão? — perguntou Steffie.

— Não é uma pluma.

— Mas será que vão ter que evacuar as casas?

— Claro que não.

— Como é que você sabe?

— Sei porque sei.

— Lembra daquele tempo que a gente não podia ir à escola?

— Aquilo era dentro de um ambiente fechado. Isso é ao ar livre.

Ouvimos sirenes de carros da polícia. Vi os lábios de Steffie formarem a interjeição *uauauauau*. Quando percebeu que eu a observava, deu um sorriso que parecia indicar um leve susto que interrompera um prazer distraído.

Denise entrou, esfregando as mãos na calça jeans.

— Estão usando limpa-neves pra jogar um negócio em cima da substância que vazou — informou.

— Jogar o quê?

— Sei lá, um negócio que é pra fazer a tal substância ficar inofensiva, mas não entendo o que eles estão fazendo pra reduzir a pluma.

— Estão impedindo que ela aumente ainda mais — expliquei. — Quando é que a gente janta?

— Não sei, não, mas se aumentar ainda mais vai acabar chegando aqui, com vento ou sem vento.

— Não vai chegar aqui, não — disse eu.

— Como é que você sabe?

— Porque não vai.

Denise olhou para as palmas de suas mãos e subiu a escada. O telefone tocou. Babette entrou na cozinha e atendeu. Enquanto ouvia, olhava para mim. Fiz dois cheques, de vez em quando levantando a vista para ver se ela continuava me olhando. Babette parecia estar examinando meu rosto para encontrar nele o significado oculto da mensagem que estava recebendo. Fiz um bico com os lábios, coisa que eu sabia que a desagradava.

— Eram os Stover — disse ela. — Ligaram direto pro centro meteorológico de Glassboro. Não estão dizendo mais que é uma pluma de fumaça.

— Qual o termo que estão usando agora?

— Uma grande nuvem negra.

— Um pouco mais preciso. Sinal de que estão enfrentando o problema. Bom.

— Tem mais. Estão esperando uma frente qualquer que vem do Canadá.

— Tem sempre uma frente vindo do Canadá.

— É verdade. Isso não é novidade nenhuma. E como o Canadá fica ao norte, se a tal nuvem negra for levada pro sul, vai passar longe daqui.

— Quando é que a gente janta? — insisti.

Ouvimos sirenes de novo, dessa vez diferentes, um som mais alto — não era a polícia, nem o corpo de bombeiros, nem ambulâncias. Eram alarmes de bombardeio aéreo, percebi, e pareciam estar soando em Sawyersville, um vilarejo a nordeste de nossa cidade.

Steffie lavou as mãos na pia da cozinha e subiu. Babette começou a tirar coisas da geladeira. Agarrei-a pela coxa quando a vi passar pela mesa. Ela debateu-se, deliciada, com um pacote de milho congelado na mão.

— Talvez essa coisa da nuvem negra seja séria — disse Babette. — É por causa das crianças que a gente fica dizendo que não vai acontecer nada. A gente não quer que elas fiquem assustadas.

— Não vai acontecer nada, não.

— Eu sei que não vai acontecer nada, você sabe que não vai acontecer nada. Mas em algum nível a gente devia pensar nisso assim mesmo, nunca se sabe.

— Essas coisas só acontecem com gente pobre, que vive em áreas mais vulneráveis. A sociedade é organizada de tal forma que são as pessoas pobres e sem instrução que mais sofrem o impacto dos desastres naturais e dos causados pelo homem. As pessoas que vivem em áreas mais baixas é que sofrem as inundações; as que vivem em casebres é que são atingidas pelos furacões e tornados. Eu sou professor universitário. Você já viu um professor universitário descendo de barco a rua onde mora, numa dessas inundações que aparecem na tevê? A gente vive numa cidadezinha limpa e agradável, perto de uma faculdade com um nome pitoresco. Essas coisas não acontecem em lugares como Blacksmith.

A essa altura, Babette já estava sentada no meu colo. Os cheques, contas, formulários de concursos e cupons espalhavam-se pela mesa.

— Por que você quer jantar tão cedo? — perguntou ela, num sussurro sensual.

— Porque não almocei.

— Quer que eu faça um frango assado com pimenta?

— Ótima ideia.

— Cadê o Wilder? — perguntou ela, com uma voz pastosa, enquanto eu lhe acariciava os seios, tentando soltar com os dentes o sutiã por cima da blusa.

— Não sei. Vai ver, o Murray o roubou.

— Eu passei a sua toga — disse ela.

— Ótimo, ótimo.

— Você pagou a conta da telefônica?

— Não consigo encontrar.

Agora estávamos os dois falando com voz pastosa. Os braços dela cruzavam-se sobre os meus de modo que eu conseguia ler as receitas que vinham na caixa de milho que ela segurava com a mão esquerda.

— Vamos pensar na nuvem negra. Só um pouquinho, tá? Pode ser uma coisa perigosa.

— Tudo que vem dentro dos vagões-tanques é perigoso. Mas os efeitos são a longo prazo, e basta a gente não estar perto.

— Vamos pensar só de vez em quando — disse ela, levantando-se, e bateu uma fôrma de gelo repetidamente contra a pia, soltando os cubos em grupos de dois ou três.

Fiz biquinho para ela. Depois fui mais uma vez até o sótão. Wilder estava lá com Heinrich, o qual me dirigiu um olhar que continha uma acusação rotineira.

— Agora não estão falando mais em pluma de fumaça — disse ele, evitando meu olhar, como se não quisesse ter o desprazer de constatar meu constrangimento.

— Eu sei.

— Estão dizendo que é uma grande nuvem negra.

— Bom.

— Bom por quê?

— Porque quer dizer que estão encarando a coisa com mais realismo. Estão dominando a situação.

Com uma expressão ao mesmo tempo cansada e decidida, abri a janela, peguei o binóculo e subi no parapeito. Eu estava com um suéter grosso e me sentia bem agasalhado, apesar do frio lá fora; porém tive o cuidado de jogar todo meu peso contra a parede, enquanto meu filho agarrava meu cinto. Eu sentia que ele apoiava minha pequena missão, que até mesmo tinha esperanças de que eu pudesse acrescentar minha opinião equilibrada e madura às suas observações empíricas. Afinal, é isso que se espera de um pai.

Levei aos olhos o binóculo e forcei a vista para enxergar na penumbra do crepúsculo. Embaixo da nuvem química havia uma cena de emergência e caos operístico. Holofotes varriam o pátio de manobras. Helicópteros do exército sobrevoavam o local em vários pontos, acrescentando outra luminosidade ao clarão dos holofotes. Luzes coloridas de carros de polícia riscavam a área já iluminada. O vagão-tanque estava parado sobre os trilhos, pesado; a fumaça saía do que parecia ser um buraco numa das extremidades. O engate de outro vagão havia aparentemente furado o vagão-tanque. Havia carros de bombeiros a uma distância maior. Eu ouvia sirenes, vozes amplificadas por megafones eletrônicos, uma estática radiofônica que causava pequenas ondulações no ar gelado. Havia homens correndo de um veículo para outro, instalando equipamentos, carregando macas vazias. Outras pessoas, com roupas de *mylex* de um amarelo vivo e máscaras contra gases, caminhavam lentamente pela névoa iluminada, carregando instrumentos para medir a morte. Os limpa-neves esguichavam uma substância rosada em direção ao vagão-tanque e arredores. Essa névoa grossa formava um arco colorido, que lembrava um efeito grandioso, desses que se fazem durante concertos de músicas patrióticas. Os limpa-neves eram do tipo utilizado em pistas de aterrissagem, e os camburões de polícia eram daqueles que se usam para carregar vítimas em distúrbios de rua. A fumaça subia, passando dos feixes de luz avermelhada para a escuridão e depois para as grandes áreas brancas iluminadas pelos holofotes. Os homens de *mylex* locomoviam-se com uma cautela lunar. Cada passo era produto de uma ansiedade que não provinha do instinto. Os perigos inerentes aqui não eram o fogo nem uma explosão. Essa morte penetrava no organismo, nos genes, se manifestaria em seres ainda por nascer. Os homens caminhavam como se atravessassem um pântano de poeira lunar, volumosos e desajeitados, presos na ideia da natureza do tempo.

Voltei para dentro do sótão com certa dificuldade.

— O que você acha? — perguntou Heinrich.

— Continua lá. Parece grudada no chão.

— Em outras palavras, você acha que não vem pra cá.

— Pelo seu tom de voz, você está sabendo de alguma coisa que eu não sei.

— Você acha que não acha que a fumaça vem pra cá?

— Quer que eu diga que não vai chegar aqui nem em um milhão de anos. Aí vai me atacar com o punhado de dados que tem na manga da camisa. Vamos, diga logo o que foi que deu no rádio enquanto eu estava lá fora.

— Não dá náusea, vômitos nem falta de ar, como disseram antes.

— Dá o quê?

— Palpitações e sensação de déjà vu.

— Déjà vu?

— Afeta a parte falsa da memória humana, sei lá. E tem mais. Não estão falando mais em grande nuvem negra.

— Qual é o termo agora?

Ele me dirigiu um olhar cauteloso.

— A formação da nuvem tóxica.

Heinrich pronunciou estas palavras de um modo ameaçador, em staccato, sílaba por sílaba, como se percebesse o perigo denotado por aquela terminologia oficial. Continuou a me olhar de modo cauteloso, tentando ver em meu rosto algum sinal de refutação da possibilidade de um perigo real — uma refutação que ele imediatamente rejeitaria. Uma de suas táticas favoritas.

— Estas coisas não são importantes. O importante é a localização. A coisa está lá, nós estamos aqui.

— Tem uma frente grande descendo do Canadá — disse ele, com voz neutra.

— Eu sei.

— Isso não quer dizer que a notícia não tenha importância.

— Pode ser e pode não ser. Depende.

— O tempo vai virar — Heinrich quase gritou, com uma voz cheia daquela tensão queixosa característica de sua faixa etária.

— Eu não sou apenas um professor universitário. Sou chefe de departamento. Não consigo me imaginar fugindo de uma contaminação atmosférica. Isso só acontece com gente que mora em trailers nos cafundós, lá onde os peixes põem ovas.

Ficamos vendo Wilder descer de costas a escada do sótão, que tinha degraus mais altos do que os de qualquer outra escada da casa. Durante o jantar, a toda hora Denise se levantava e andava, com passos pequenos e rápidos, até o banheiro mais próximo, cobrindo a boca com uma das mãos. Enquanto mastigávamos ou salpicávamos sal sobre a comida, por vezes parávamos para ouvi-la tentando vomitar. Heinrich lhe disse que aqueles sintomas estavam ultrapassados. Ela o fixou com olhos semicerrados. Era uma época de olhares e olhadelas, interações abundantes, um tipo de dado sensorial que normalmente aprecio. Calor, barulho, luzes, olhares, palavras, gestos, personalidades, aparelhos. Uma densidade coloquial que faz com que a vida em família seja o único complexo de dados sensoriais em que a estupefação dos sentimentos é algo rotineiro.

Vi as meninas se comunicarem através de olhares encapuzados.

— Não estamos jantando meio cedo hoje? — perguntou Denise.

— O que você chama de cedo? — perguntou-lhe a mãe.

Denise olhou para Steffie.

— É porque a gente quer ficar logo livre do jantar? — tornou ela.

— Por que a gente quer ficar logo livre do jantar?

— No caso de acontecer alguma coisa — disse Steffie.

— Acontecer o quê? — perguntou Babette.

As meninas se entreolharam de novo, uma troca séria e demorada, a qual indicava que alguma suspeita terrível estava sendo confirmada. As sirenes do alarme de ataque aéreo soaram novamente, desta vez tão perto que nos abalaram, fazendo com que um evitasse o olhar do outro, para negar que alguma coisa fora do normal estivesse acontecendo. As sirenes vinham do corpo de bombeiros de nossa cidade, sirenes que há mais de dez anos não eram usadas. Parecia um grito de ave da era mesozoica, um papagaio carnívoro com asas do tamanho das de um DC-9. Uma agressão brutal e estridente encheu a casa, como se as paredes estivessem prestes a desabar. Tão perto de nós, já no nosso encalço. Incrível que aquele monstro sonoro tivesse passado tanto tempo escondido, e tão próximo.

Continuamos a jantar, em silêncio, com decoro, reduzindo o tamanho das porções que levávamos à boca, educadamente pedindo coisas uns aos outros. Tornamo-nos meticulosos e lacônicos, com movimentos mais contidos, passando manteiga no pão como peritos restaurando um afresco. O grito horroroso não parava. E nós continuávamos a evitar contatos oculares; tínhamos o cuidado de não fazer barulho com os talheres. Creio que era uma vaga esperança de que essa fosse a única maneira de passarmos despercebidos. Era como se as sirenes anunciassem a presença de algum mecanismo de controle, e fosse melhor não provocá-lo com discussões e comida caída fora do prato.

Foi só quando se tornou audível um segundo ruído em meio às sirenes ensurdecedoras que resolvemos fazer uma pausa no nosso episódio de histeria decorosa. Heinrich correu até a porta da rua e abriu-a. A combinação de ruídos entrou com força renovada, mais insistente do que nunca. Pela primeira vez desde que as sirenes começaram, nos entreolhamos, percebendo que o novo som era uma voz amplificada, mas sem entender o que ela dizia. Heinrich voltou, caminhando de modo artificial e estilizado, com algo de sub-reptício, o que significava que ele estava onerado de importância.

— Querem que a gente evacue as casas — disse, evitando nossos olhares.

Babette perguntou:

— Você teve a impressão de que era apenas uma sugestão que eles estavam dando ou era uma coisa assim mais peremptória, hein?

— Era o carro do comandante do corpo de bombeiros com um alto-falante, e estava correndo a toda.

Disse eu:

— Em outras palavras, não deu pra você perceber sutilezas de entonação.

— O homem estava berrando.

— Por causa das sirenes — sugeriu Babette.

— Dizia mais ou menos o seguinte: "Evacuar todas as residências. Nuvem química mortífera, nuvem química mortífera".

Ficamos olhando para o pão de ló e os pêssegos em calda.

— Garanto que temos bastante tempo — disse Babette —, senão eles não iam deixar de dizer que a gente se apressasse. Não sei quanto tempo leva uma frente pra se deslocar.

Steffie lia um cupom de sabonete Baby Lux, chorando baixinho. Isto ativou Denise, que subiu para juntar alguns objetos para todos nós. Heinrich precipitou-se escada acima, dois degraus de cada vez, até o sótão, para pegar o binóculo, o mapa rodoviário e o rádio. Babette foi até a despensa e começou a juntar latas e potes com rótulos familiares e otimistas.

Steffie me ajudou a tirar a mesa.

Vinte minutos depois, já estávamos no carro. O rádio dizia que as pessoas na zona oeste da cidade deveriam ir para o acampamento de escoteiros abandonado, onde voluntários da Cruz Vermelha distribuiriam suco de frutas e café. As pessoas da zona leste deveriam pegar a estrada e ir até o quarto posto de gasolina, onde havia um restaurante chamado Kung Fu Palace, um prédio com várias alas, pagodes, laguinhos com plantas e veados soltos.

Fomos dos últimos do primeiro grupo a pegar a estrada, um sórdido corredor-polonês de lojas de carros usados, lanchonetes, drogarias barateiras e cinemas múltiplos. Enquanto esperávamos nossa vez de entrar na estrada de quatro faixas, ouvimos a voz amplificada atrás de nós, gritando para as casas vazias numa rua ladeada por plátanos e altas cercas-vivas:

"Abandonar todas as residências, imediatamente. Nuvem tóxica, nuvem tóxica".

A voz ficava mais alta, mais baixa, depois mais alta de novo, à medida que o veículo entrava e saía das ruas da cidade. Nuvem tóxica, nuvem tóxica. Quando as palavras se tornavam incompreensíveis, a cadência ainda era distinta, uma sequência monótona ao longe. O perigo obriga as vozes públicas a obedecerem a um ritmo, como se nas unidades rítmicas houvesse uma coerência que podemos utilizar para compensar a catástrofe insensata e furiosa prestes a cair sobre nós, seja ela o que for.

Pegamos a estrada quando começava a nevar. Não tínhamos muito a dizer uns aos outros; nossas mentes ainda não haviam se adaptado à realidade do momento, àquela absurda evacuação. Ficávamos olhando para as pessoas que vinham em outros carros, tentando calcular, com base em seus rostos, o quanto deveríamos estar assustados. O tráfego se arrastava, mas achávamos que ia fluir melhor dali a alguns quilômetros, no ponto onde termina a mureta entre as pistas, o que nos permitiria utilizar todas as quatro faixas. As duas faixas da outra pista estavam vazias, sinal de que a polícia já interditara o tráfego naquele sentido. O medo mais imediato das pessoas que fogem de suas casas é a possibilidade de que as autoridades há muito tempo já tenham ido embora, deixando-as responsáveis pelo seu próprio caos.

Começou a nevar mais forte; o tráfego avançava espasmodicamente. Havia uma liquidação num supermercado de móveis. Das vitrines iluminadas, pessoas nos olhavam, sem entender. Isso nos deu a sensação de que estávamos fazendo papel de bobos, como turistas que fazem tudo errado. Como é que elas podiam estar lá tranquilamente comprando móveis enquanto nós estávamos em pânico naquele engarrafamento, no meio de uma nevada? Elas sabiam alguma coisa que desconhecíamos. Numa crise, os fatos verdadeiros são sempre os que os outros afirmam. As informações mais suspeitas são aquelas que conhecemos.

Ainda havia alarmes soando em duas ou mais outras cidades. O que seria que aquelas pessoas na loja sabiam que as fazia ficar onde estavam, se havia uma saída mais ou menos segura para todos? Comecei a trocar de estação, no rádio. Num posto de gasolina em Glassboro soubemos que havia novas informações importantes. Pessoas que estavam dentro de casa eram aconselhadas a não sair. Ficamos sem entender o que isso queria dizer. Estariam as estradas completamente congestionadas? Estaria nevando Niodene D.?

Eu não parava de trocar de estação, na esperança de encontrar informações esclarecedoras. Uma mulher que se identificou como especialista em defesa do consumidor começou a falar sobre os problemas de saúde que poderiam ser causados pelo contato com a nuvem tóxica. Babette e eu trocamos um olhar desconfiado. Imediatamente, ela começou a falar com as meninas, enquanto eu baixei o volume para que elas não ficassem sabendo o que talvez viesse a lhes acontecer.

"Convulsões, coma, aborto espontâneo", disse a voz ágil e bem-informada.

Passamos por um motel de três andares. Todos os quartos iluminados, todas as janelas cheias de pessoas que olhavam para nós. Estávamos num desfile de bobos, expostos não apenas à substância tóxica como também ao escárnio dos outros. Por que aquela gente não descia, bem agasalhada, contemplando a neve silenciosa através dos para-brisas? Parecia-nos importantíssimo chegar logo ao tal acampamento de escoteiros, entrar correndo no edifício central, fechar as portas e nos sentar nas camas dobráveis tomando suco e café, à espera do sinal de que a situação havia se normalizado.

Alguns carros começaram a subir no acostamento gramado, um tanto inclinado, criando uma terceira faixa de trânsito que formava um ângulo com as outras. Nós, que estávamos na faixa que antes havia sido a pista da direita, nada podíamos fazer senão ver aqueles automóveis passando por nós, um pouco acima do nível de nossa pista, fora da horizontal.

Lentamente nos aproximamos de um viaduto, no alto do qual havia gente a pé. Gente carregando caixas e malas, objetos envoltos em cobertores, uma longa fila curvada para a frente, de cara para a neve que caía. Gente carregando animais de estimação e crianças pequenas, um velho com um cobertor por cima do pijama, duas mulheres carregando nos ombros um tapete enrolado. Havia gente de bicicleta, crianças puxadas em trenós e carrinhos. Gente empurrando carrinhos de supermercado, gente com todo tipo de agasalho pesado, espiando por debaixo de capuzes. Uma família estava completamente embrulhada em plástico, numa única folha de polietileno transparente. Andavam debaixo daquele escudo com passo acertado, o homem numa ponta, a mulher na outra e três crianças no meio, todos os cinco individualmente embrulhados em reluzentes capas de chuva. Davam a impressão de estarem orgulhosos, bem ensaiados, como se há meses esperassem por uma oportunidade de se exibirem. Detrás de um muro alto saíam incessantemente pessoas que seguiam para o viaduto, os ombros salpicados de neve, centenas de indivíduos que caminhavam com uma determinação fatalista. As sirenes recomeçaram. As pessoas no viaduto não aceleraram o passo, não olharam para nós nem para o céu já escuro para ver para que lado o vento levava a nuvem. Simplesmente continuaram atravessando a ponte, iluminada por uma luz riscada por flocos de neve. Ao relento, cuidando para que seus filhos não se afastassem, carregando o que podiam, aquelas pessoas pareciam fazer parte de um antigo destino, da mesma ruína e destruição que levara tanta gente através da História a caminhar em fila por paisagens desoladas. Havia nelas algo de épico que me fez pela primeira vez pensar a sério nas proporções do perigo que corríamos.

Dizia o rádio: "O que torna este cartão de crédito exclusivo é o holograma do arco-íris".

Lentamente passamos por baixo do viaduto, ouvindo uma cacofonia de buzinas e a lancinante súplica de uma ambulância presa no engarrafamento. Cinquenta metros à frente, o tráfego reduzia-se a uma única faixa; logo vimos por quê. Um dos carros do acostamento havia escorregado para a estrada, chocando-se na nossa pista com um automóvel. As buzinas insistiam. Um helicóptero pairava exatamente acima de nós, projetando um facho de luz branca sobre a massa de metal contorcido. Havia pessoas estupidificadas sentadas na grama, atendidas por dois enfermeiros barbudos. Duas delas estavam ensanguentadas. Havia sangue numa janela quebrada, e sangue manchando a neve recém-caída. Gotas de sangue salpicavam uma bolsa marrom. Aquela cena de feridos, enfermeiros, ferro fumegante, iluminada por uma luz forte e sinistra, era eloquente como uma composição formal. Passamos por ela em silêncio, com uma curiosa sensação de reverência, até mesmo de enaltecimento, inspirada por aqueles carros amassados e pessoas caídas.

Heinrich olhava pela janela de trás; quando nos afastamos mais, pegou o binóculo. Descrevia para nós o número e a disposição dos corpos, as marcas de derrapagem, as avarias sofridas pelos veículos. Quando o local da batida sumiu do campo de visão, ele começou a enumerar todas as coisas que haviam acontecido desde que as sirenes começaram a soar durante o jantar. Falava com entusiasmo, no tom de quem aprecia sensações intensas e inesperadas. Eu pensava que todos nós estivéssemos com o mesmo estado de espírito, cabisbaixos, preocupados, confusos. Não me ocorrera que houvesse alguém capaz de achar estes acontecimentos extraordinariamente estimulantes. Olhei para Heinrich pelo espelho retrovisor. Com sua túnica de camuflagem com fechos de velcro, estava satisfeito, empapuçado de catástrofes. Falava sobre a neve, o trânsito, as pessoas que caminhavam. Calculava a distância a que estaria o acampamento abandonado, que espécie de acomodações primitivas nos aguardavam lá. Eu jamais o vira falar tanto e com tamanho entusiasmo sobre coisa alguma. Ele estava positivamente deslumbrado. Na certa sabia que todos estávamos correndo risco de vida. Seria aquilo uma espécie de embriaguez de fim do mundo? Estaria ele usando aquela desgraça violenta e geral para esquecer suas pequenas misérias individuais? Sua voz traía um desejo de coisas terríveis.

— Este inverno está rigoroso ou não? — perguntou Steffie.

— Em relação a quê? — perguntou Denise.

— Não sei.

Tive a impressão de que Babette pusera alguma coisa na boca. Por um momento, tirei os olhos da estrada e a observei com atenção. Ela olhava para a frente. Fingi que voltava a prestar atenção à estrada, mas rapidamente virei-me de novo para ela e peguei-a em flagrante, engolindo o que havia colocado na boca.

— O que é isso? — perguntei.

— Cuide da direção, Jack.

— Eu vi pela sua garganta que você engoliu alguma coisa.

— Só uma bala. Cuide da direção, por favor.

— Você põe uma bala na boca e engole sem ter chupado?

— Não engoli coisa nenhuma. Continua na minha boca.

Virou o rosto para mim e com a língua fez uma pequena protuberância na bochecha. Um truque bem amadorístico.

153

— Mas você engoliu uma coisa. Eu vi.

— Era só saliva, mais nada. Cuide da direção, está bem?

Percebi que Denise ficava interessada e resolvi não insistir. Não era hora de questionar ninguém a respeito de remédios, efeitos colaterais e coisas do gênero. Wilder dormia, a cabeça encostada no braço de Babette. Os limpadores de para-brisa descreviam arcos úmidos. O rádio informou que cães treinados para sentir cheiro de Niodene D. estavam sendo enviados para nossa região por um centro de detecção de substâncias químicas situado num trecho remoto do Novo México.

Denise perguntou:

— Será que eles já pensaram no que acontece aos cachorros quando chegam bem perto da tal substância para cheirá-la?

— Não acontece nada com os cachorros — respondeu Babette.

— Como é que você sabe?

— Porque só afeta seres humanos e ratos.

— Não acredito.

— Pergunte ao Jack.

— Pergunte ao Heinrich — disse eu.

— Pode ser — disse ele; estava obviamente mentindo. — Eles usam ratos para testar coisas que afetam gente, e isso quer dizer que gente e rato pegam as mesmas doenças. Além disso, não iam usar cachorros se achassem que fazia mal a eles.

— Por que não?

— Cachorro é mamífero.

— Rato também é — disse Denise.

— Rato é praga — argumentou Babette.

— Na verdade — sentenciou Heinrich —, os ratos são roedores.

— Mas também são uma praga.

— Praga é barata — disse Steffie.

— Barata é inseto. É só contar o número de patas.

— Mas é praga também.

— Barata pega câncer? Não — falou Denise. — Isso prova que o rato é mais parecido com a gente do que a barata, mesmo que os dois sejam pragas, porque rato e gente pega câncer mas barata não pega.

— Em outras palavras — afirmou Heinrich —, ela está dizendo que dois mamíferos têm mais coisas em comum do que duas pragas.

— Vocês estão me dizendo que rato, além de praga e roedor, também é mamífero? — perguntou Babette.

A neve virou gelo, e o gelo virou chuva.

Chegamos ao trecho em que a mureta de concreto no meio da estrada é substituída por um canteiro gramado, da altura de um meio-fio normal. Mas em vez de um policial orientando os carros no sentido de passarem para as duas faixas adicionais, vimos um homem com traje de *mylex* fazendo sinal para não trocarmos de pista. Atrás dele viam-se os restos mortais de um trailer Winnebago e um limpa-neve. Uma fumacinha avermelhada subia do monte de metal retorcido. Ao redor dos destroços espalhavam-se objetos de plástico, coloridos. Não havia sinal de vítimas nem sangue, o que nos fez concluir que o trailer havia se chocado com o limpa-neve há algum tempo, provavelmente num momento em que o oportunismo, dadas as circunstâncias, parecia plenamente justificável. Devia estar nevando forte, e o motorista cruzara o canteiro sem perceber que havia algo do outro lado.

— Eu já vi tudo isso antes — disse Steffie.

— Como assim? — perguntei.

— Isso já aconteceu. Exatamente assim. Aquele homem de roupa amarela e máscara contra gases. Aqueles carros amassados no meio da neve. Era tudo exatamente igual. Todos nós aqui no carro. A chuva fazendo uns furinhos na neve. Tudo.

Fora Heinrich que me dissera que um dos efeitos do gás tóxico era uma sensação de déjà vu. Steffie não estava presente no momento em que ele disse isso, mas poderia ter ouvido a informação no rádio da cozinha — o mesmo rádio no qual ela e Denise provavelmente tinham ouvido falar do suor nas mãos e de náuseas antes de experimentar estes sintomas. Eu não acreditava que Steffie soubesse o que queria dizer déjà vu, mas talvez Babette lhe tivesse explicado. Porém o déjà vu não era mais um sintoma de contaminação de Niodene. Agora os sintomas eram coma, convulsões e aborto espontâneo. Se Steffie tinha mesmo ouvido falar em déjà vu no rádio mas depois não soubera dos sintomas mais graves, isto talvez significasse que estava sendo vítima de seu próprio poder de autossugestão. Ela e Denise haviam sido retardatárias o tempo todo: tiveram com atraso o suor nas mãos, a náusea e agora o déjà vu. O que significaria aquilo tudo? Estaria Steffie realmente imaginando que já vira aquele desastre antes ou estaria apenas imaginando que o estava imaginando? É possível ter uma falsa percepção de uma ilusão? Existirá um déjà vu verdadeiro e outro falso? As palmas de suas mãos tinham suado de fato ou teria ela apenas imaginado uma sensação de umidade? E minha filha seria tão sugestionável que experimentaria todos os sintomas anunciados?

Tenho pena das pessoas, quando penso no modo como contribuímos para nosso próprio sofrimento.

Mas e se ela não tivesse ouvido nada no rádio, nem soubesse o que queria dizer déjà vu? E se estivesse mesmo com os sintomas? Talvez os cientistas estivessem certos antes e se enganaram ao corrigir os sintomas. O que seria pior, a situação real ou a imaginada? E fazia diferença? Eu ponderava estas questões e outras, afins. Enquanto dirigia o carro, vi-me formulando e respondendo a perguntas baseadas no tipo de sutilezas que haviam entretido muitas gerações de gente ociosa na Idade Média. Seria possível uma menina de nove anos sofrer um aborto espontâneo causado pelo poder da sugestão? Seria necessário que engravidasse antes? Seria o poder da sugestão forte o suficiente para atuar retroativamente, causando primeiro o aborto, depois a gravidez, depois a menstruação e a ovulação? O que vem primeiro, a menstruação ou a ovulação? Trata-se de meros sintomas ou de estados mórbidos autênticos? Um sintoma é uma coisa ou um indicador de uma coisa? O que é uma coisa, e como podemos saber se uma coisa não é outra coisa?

Desliguei o rádio, não para poder pensar melhor, mas para parar de pensar. Veículos derrapavam e guinavam. Alguém jogou um papel de goma de mascar pela janela de um carro, e Babette fez um discurso indignado sobre as pessoas sem educação que sujam as estradas e a natureza.

— Tem outra coisa que já aconteceu antes — disse Heinrich. — A gasolina está acabando.

O ponteiro do marcador estava apontando para o R.

— Sempre tem mais no tanque de emergência — disse Babette.

— Como que pode sempre ter mais?

— Porque é assim que eles fazem os tanques de gasolina. De um jeito que você nunca fica sem.

— É impossível ter *sempre* mais. Se você segue em frente, chega uma hora que acaba.

— Ninguém segue em frente pra sempre.

— Quando é que a gente sabe que tem que parar? — perguntou ele.

— Quando passa por um posto de gasolina — disse eu.

E lá estava o posto, abandonado e exposto à chuva, as bombas orgulhosas sob fileiras de bandeirinhas coloridas. Entrei, saltei do carro rapidamente, corri até as bombas com a cabeça enfiada debaixo do colarinho do casaco. Não estavam trancadas, o que indicava que os empregados haviam saído de repente, largando as coisas tais como se encontravam, como as ferramentas e utensílios domésticos de alguma civilização desaparecida, pão no forno, mesa posta para três, um mistério para as gerações futuras. Escolhi a bomba azul. As bandeirinhas tremulavam ruidosamente ao vento.

Alguns minutos depois, de volta à estrada, vimos uma cena extraordinária, surpreendente. Apareceu no céu, à nossa frente, à esquerda, obrigando-nos a afundar nos bancos e baixar a cabeça para enxergar melhor, fazendo-nos trocar interjeições e frases incompletas. Era a grande nuvem negra, a formação da nuvem tóxica, iluminada pelos faróis poderosos de sete helicópteros do exército. Estavam mantendo a nuvem visível para ver aonde o vento a levava. Em todos os carros, cabeças viravam, motoristas buzinavam para avisar os outros, rostos apareciam nas janelas com expressões de profundo espanto.

A imensa massa escura vagava pelo céu como um navio-fantasma de alguma lenda escandinava, escoltado por criaturas metálicas de asas espirais. Não sabíamos direito como devíamos reagir. Era terrível ver tão de perto, ali tão baixo, aquele acúmulo de cloretos, benzinas, fenóis, hidrocarbonetos ou lá o que fosse exatamente sua fórmula tóxica. Mas era também algo espetacular; tinha um pouco da grandeza de um evento épico, com a cena do pátio de manobras ou as pessoas caminhando pelo viaduto coberto de neve com crianças, alimentos e pertences, um trágico exército de flagelados. Nosso medo vinha acompanhado de uma admiração quase religiosa. Certamente é possível sentir uma espécie de admiração por aquilo que nos ameaça a vida, encará-lo como uma força cósmica, muito maior do que nós, mais poderosa, criada por forças primevas e caprichosas. Essa era uma morte feita no laboratório, definida e mensurável, mas naquele momento a víamos de maneira simples e primitiva, como uma perversidade dos elementos naturais, uma enchente ou furacão, algo que não se pode controlar. Nossa sensação de impotência parecia incompatível com a ideia de algo feito pelo homem.

No banco de trás, as crianças disputavam o binóculo.

Era extraordinário. Os helicópteros pareciam estar iluminando a nuvem para nós como se fosse um espetáculo patriótico, uma nevoazinha só para criar um clima, espalhando-se sobre uma muralha onde um rei fora morto. Mas o que estávamos assistindo não era um espetáculo histórico. Era alguma coisa secreta e pestilenta, alguma emoção sonhada que persiste com o sonhador depois que ele acorda. Dos helicópteros vinham grandes explosões de luz vermelha e branca. Os motoristas buzinavam e as crianças olhavam pelas janelas, os rostos inclinados, as mãozinhas rosadas apertadas contra o vidro.

Uma curva da estrada afastou a nuvem tóxica de nosso campo de visão, e por algum tempo o trânsito fluiu mais depressa. Num cruzamento, perto do acampamento de escoteiros, juntaram-se ao êxodo de carros dois ônibus escolares, que continham os loucos de Blacksmith. Reconhecemos os motoristas e um ou outro rosto nas janelas, pessoas que víamos sempre sentadas em espreguiçadeiras nos gramados do hospício, ou andando em círculos cada vez menores, com velocidade crescente, como num giroscópio. Sentimos pelos loucos uma curiosa afeição, bem como uma sensação de alívio por sabermos que estavam sendo cuidados por gente séria e profissional. Aquilo nos dava a impressão de que a estrutura permanecia intacta.

Passamos por uma placa que anunciava o celeiro mais fotografado dos Estados Unidos.

Levou uma hora para que os carros passassem para a estrada de acesso ao acampamento, que só tinha uma faixa. Homens com trajes de *mylex* agitavam lanternas e bastões fosforescentes, indicando o caminho para o estacionamento, os campos para a prática de esportes e outras áreas abertas. Gente saía da floresta, pessoas com lanternas, com sacos de compras, crianças, animais de estimação. O carro sacolejava na estrada de terra batida, cheia de sulcos e calombos. Perto dos prédios principais do acampamento vimos um grupo de homens e mulheres com pranchetas e walkie-talkies, funcionários sem trajes de *mylex*, peritos na recém-criada ciência da evacuação. Como Wilder, Steffie cochilava intermitentemente. A chuva amainou. As pessoas desligavam os faróis, ficavam sentadas dentro dos carros, sem saber o que fazer. A longa e estranha viagem havia terminado. Esperávamos sentir uma espécie de satisfação, de haver realizado alguma coisa, aquele cansaço justificado que é a promessa de uma noite bem-dormida. Mas as pessoas continuavam paradas dentro dos carros, olhando, através do vidro das janelas, para outras pessoas paradas dentro de outros carros. Heinrich comeu um chocolate com recheio. Ouvíamos seus dentes prendendo-se na massa de caramelo e glucose. Por fim, uma família de cinco pessoas saltou de um Datsun Maxima, com coletes salva-vidas e pistolas sinalizadoras nas mãos.

Pequenas multidões aglomeravam-se em torno de certos homens. Estes eram as fontes de informações e boatos. Um trabalhava numa fábrica de produtos químicos, outro tinha ouvido alguém dizer alguma coisa, um terceiro era parente de um funcionário de um órgão do governo. Notícias verdadeiras, falsas e de vários tipos se espalhavam por todo o dormitório a partir desses aglomerados densos.

Dizia-se que de manhã cedo poderíamos voltar para nossas casas; que o governo estava querendo ocultar os fatos; que um helicóptero havia entrado na nuvem tóxica e não saíra mais; que haviam chegado os cães do Novo México, descendo num prado de paraquedas no meio da noite, uma manobra ousada; que a cidade de Farmington ficaria inabitável por quarenta anos.

Esses comentários existiam num estado de flutuação constante. Nenhum deles era mais ou menos plausível do que qualquer outro. Como tínhamos sido arrancados da realidade, não víamos necessidade de fazer tais distinções.

Algumas famílias resolveram dormir no carro; outras foram obrigadas a fazê-lo, por não haver acomodações suficientes nos sete ou oito prédios do local. Estávamos num dormitório grande — existiam três —, e depois que ligaram o gerador nos sentimos razoavelmente bem instalados. A Cruz Vermelha trouxera camas desmontáveis, aquecedores portáteis, sanduíches e café. Havia lamparinas de querosene para suplementar as luzes elétricas do teto. Muitas pessoas haviam trazido rádios, comida extra para oferecer às outras, cobertores, cadeiras de praia, roupas a mais. O lugar estava superlotado, ainda bastante frio, mas a presença de enfermeiros e voluntários nos fazia sentir que as crianças seriam protegidas, enquanto a presença de outras pessoas na mesma situação que nós, mulheres ainda jovens com filhos pequenos, velhos e doentes, nos dava uma certa firmeza e força de vontade, um sentimento altruísta pronunciado o bastante para funcionar como identidade comum. Aquela grande área de acampamento, escura, úmida e vazia, até duas horas atrás completamente esquecida, era agora um lugar curiosamente agradável, cheio de sentimentos comunitários e vozes excitadas.

Os sequiosos de notícias vagavam de um aglomerado a outro, permanecendo mais tempo junto aos grupos maiores. Deste modo, atravessei lentamente todo o dormitório. Fiquei sabendo que havia nove centros de evacuação, incluindo o nosso e o Kung Fu Palace. Iron City não tinha sido evacuada, como também não o fora a maioria das cidades da região. Dizia-se que o governador estava vindo num helicóptero especial, que deveria pousar numa plantação de feijão perto de uma das cidades desertas. Assim, ele poderia saltar do helicóptero, com seu queixo quadrado, confiante, ostentando um elegante safári, e exibir-se às câmeras durante dez ou quinze segundos, para demonstrar indestrutibilidade.

Qual não foi minha surpresa quando, ao me meter num dos maiores aglomerados de gente do dormitório, constatei que a figura central era ninguém menos que meu filho, falando com aquela sua voz nova, cheia de entusiasmo pela catástrofe! Falava sobre a grande nuvem tóxica em termos técnicos, embora num tom embargado de revelações proféticas. Pronunciava o termo "derivado de Niodene" com um prazer obsceno, deliciando-se morbidamente com o som das palavras. As pessoas ouviam com atenção aquele adolescente de túnica e boné de camuflagem, binóculo pendurado no pescoço e câmera Instamatic presa ao cinto. Sem dúvida, a plateia estava sendo influenciada pela idade do orador. Ele diria somente a verdade nua e crua, pois não tinha interesses a defender; se preocuparia com o meio ambiente; teria conhecimentos ultra-atualizados a respeito de química.

Ouvi-o dizer:

— Aquilo que esguicharam em cima da substância que vazou do vagão deve ser soda calcinada. Mas, pra mim, isso não adiantou nada. Imagino que, quando o dia nascer, vão botar nos helicópteros uns pulverizadores e bombardear a nuvem tóxica com mais soda calcinada, que tem o efeito de dissolver a nuvem em milhões de nuvenzinhas inofensivas. Soda calcinada é o nome vulgar do carbonato de sódio, usado na fabricação de vidro, cerâmica, detergente e sabão. Também é usado pra fazer bicarbonato de sódio, coisa que muitos de vocês já devem ter tomado depois de uma noitada.

As pessoas chegavam mais perto dele, impressionadas com o fato de encontrarem um menino bem-informado e espirituoso.

162

Era incrível vê-lo falar com tanta desenvoltura para uma multidão de desconhecidos. Estaria ele se encontrando, aprendendo a determinar seu próprio valor com base nas reações dos outros? Seria possível que a confusão dessa catástrofe terrível servisse para fazê-lo aprender a encontrar seu caminho na vida?

— O que vocês todos provavelmente estão querendo saber é o que, exatamente, é esse tal de Niodene D. Boa pergunta. Estudamos o assunto na escola, vimos filmes de ratos tendo convulsões. Basicamente, a coisa é simples. O Niodene D. é uma mistura de subprodutos da fabricação de inseticida. O inseticida mata baratas; os subprodutos matam tudo que sobra. Uma piadinha do nosso professor.

Heinrich estalou os dedos e sacudiu um pouco a perna esquerda.

— Sob forma de pó, é incolor, inodoro e extremamente perigoso, só que ninguém sabe exatamente qual o efeito que a substância tem sobre seres humanos e seus respectivos filhotes. Passaram anos fazendo experiências, e ou não têm muita certeza ou não querem divulgar nada. Tem coisas que são terríveis demais pra se divulgar.

Heinrich levantou as sobrancelhas e começou a estrebuchar de modo cômico, com a língua dependurada no canto da boca. Surpreendeu-me constatar que algumas pessoas riam.

— Depois que penetra o solo, a substância dura quarenta anos. Mais do que muita gente. Dentro de cinco anos, você começa a reparar diversos tipos de fungos surgindo entre o vidro exterior e o interior das janelas duplas, bem como nas roupas e na comida. Em dez anos, as telas das janelas começam a enferrujar e apodrecer. A madeira empena. Os vidros quebram, os cachorros e os gatos adoecem. Vinte anos depois, o jeito é se trancar no sótão e esperar pra ver o que dá. Acho que a moral da história é a seguinte: vale a pena saber um pouco de química.

Eu não queria que Heinrich me visse ali. Minha presença o constrangeria; faria com que ele se lembrasse de sua existência passada, do menino emburrado e arisco que fora. Que ele vicejasse — se era mesmo isso que estava acontecendo — em nome do acaso, de um desastre terrível e aleatório. Assim sendo, saí de fininho, passando por um homem cujas botas de andar na neve estavam embrulhadas em plástico, e fui em direção à extremidade oposta do dormitório, onde havíamos acampado.

Estávamos ao lado de uma família negra, testemunhas de Jeová. Um homem, uma mulher e um menino com cerca de doze anos. O pai e o filho distribuíam folhetos para as pessoas mais próximas; aparentemente, não lhes era difícil encontrar quem estivesse interessado no que tinham a dizer.

Disse a mulher a Babette:

— Que coisa, hein?

— Nada mais me surpreende — respondeu Babette.

— É verdade.

— Eu só me surpreenderia se não houvesse mais surpresas.

— É, isso mesmo.

— Ou se só houvesse surpresinhas de nada. Isso sim, seria uma surpresa. Em vez de coisas como essa.

— O Deus Jeová ainda nos guarda surpresas bem maiores do que essa — disse a mulher.

— O Deus Jeová?

— Esse mesmo.

Steffie e Wilder dormiam. Sentada ao pé da cama, Denise estava absorta na leitura de sua lista de remédios. Havia alguns colchões de ar encostados à parede. Uma fila comprida formara-se no telefone de emergência, de gente que ligava para parentes ou tentava falar com alguma estação de rádio, com um desses programas em que os ouvintes telefonam e vão ao ar. Os rádios do dormitório, em sua maioria, estavam sintonizados em estações com programas desse tipo. Babette, sentada numa cadeira desmontável, remexia uma sacola de lona cheia de salgadinhos e outras provisões. Entre elas, vi alguns potes e pacotes que estavam há meses guardados na geladeira ou na despensa.

— Resolvi aproveitar a oportunidade para reduzir o consumo de coisas que engordam — disse ela.

— Por que agora?

— Porque precisamos de disciplina, firmeza. Estamos vivendo uma situação crítica.

— Acho interessante alguém encarar uma situação potencialmente catastrófica pra você, sua família e milhares de outras pessoas como uma oportunidade pra reduzir o consumo de comidas que engordam.

— A gente tem que aproveitar as oportunidades de se disciplinar — argumentou ela. — Se eu não comer esse iogurte agora, é melhor nunca mais comprar. Agora, o germe de trigo acho que não vou comer, não.

A marca parecia estrangeira. Peguei o vidro de germe de trigo e li o rótulo.

— É alemão. Coma.

Havia gente de pijama e chinelos. Um homem com uma espingarda a tiracolo. Crianças acomodando-se em sacos de dormir. Babette fez sinal para que eu me aproximasse mais.

— Vamos deixar o rádio desligado — cochichou. — Pra que as meninas não ouçam nada. Elas ficam só na fase do déjà vu. Quero que não passem disso.

— E se os sintomas forem verdadeiros?

— Como que podem ser verdadeiros?

— Por que é que não podem?

— Elas só sentem quando ouvem no rádio — sussurrou Babette.

— A Steffie ouviu no rádio aquela história de déjà vu?

165

— Deve ter ouvido.

— Como é que você sabe? Estava com ela quando deu no rádio?

— Não tenho certeza.

— Tente lembrar.

— Não me lembro.

— Você se lembra de ter explicado a ela o que quer dizer *déjà vu*?

Tirando do pote uma colherada de iogurte, Babette pareceu fazer uma pausa, absorta.

— Isso já aconteceu antes — disse, por fim.

— O que é que já aconteceu antes?

— Eu comendo iogurte, sentada aqui, falando sobre *déjà vu*.

— Não quero ouvir falar nisso.

— O iogurte estava na colher. Vi de repente. Toda essa cena. Natural, integral, desnatado.

O iogurte continuava na colher. Vi-a colocar a colher na boca, tentando comparar aquele ato com a ilusão de uma cena anterior. De cócoras, fiz sinal para que se aproximasse.

— O Heinrich parece estar se soltando — cochichei.

— Cadê ele? Há algum tempo que não sei dele.

— Está vendo aquele monte de gente ali? Ele está bem no meio, dizendo às pessoas o que sabe sobre a nuvem tóxica.

— O que ele sabe?

— Pelo visto, muita coisa.

— Por que ele não disse nada a nós?

— Deve estar cansado da gente. Acha que não vale a pena ser engraçado e encantador pra família. Os filhos são assim. Pra eles, nós representamos uma espécie indesejável de desafio.

— Engraçado e encantador?

— Acho que ele sempre teve esses talentos. O problema era só encontrar uma boa oportunidade pra demonstrá-los.

166

Babette aproximou-se ainda mais; nossas cabeças quase se tocaram.

— Você não acha que devia ir pra lá? — perguntou. — Pra ele te ver no meio da multidão. Pra mostrar que o pai está presente neste grande momento.

— Se ele me vir na multidão, vai se aborrecer.

— Por quê?

— Porque eu sou o pai dele.

— Quer dizer que, se você for pra lá, vai estragar tudo, e ele vai ficar envergonhado e perder a desenvoltura por causa desses problemas do relacionamento pai-filho. E, se não for, ele nunca vai saber que você presenciou seu grande momento e vai achar que tem que continuar agindo na sua presença como antes, daquele jeito irritadiço, sempre na defensiva, em vez de adotar esse novo estilo, interessante e extrovertido.

— Não tem saída.

— E se eu fosse? — sugeriu ela.

— Aí ele vai achar que fui eu que mandei você ir.

— Isso seria um problema terrível?

— Heinrich acha que uso você pra fazer com que ele faça o que quero.

— Talvez ele tenha certa razão, Jack. Mas é pra isso mesmo que servem as madrastas e os padrastos, pra intervir nessas briguinhas entre pais e filhos, não é?

Cheguei ainda mais perto dela, baixei a voz ainda mais.

— Só um dropes — disse eu.

— O quê?

— Só saliva que você engoliu.

— Era mesmo um dropes — sussurrou ela, formando uma bala com o polegar e o indicador.

— Me dê um.

— Era o último.

167

— Qual era o sabor? *Depressa.*

— Cereja.

Fiz beicinho e produzi ruídos de sucção. O negro dos folhetos se aproximou e acocorou-se a meu lado. Trocamos um sério e prolongado aperto de mãos. Ele me examinou com atenção, como se tivesse vindo de longe, trazendo toda a família não para fugir da nuvem tóxica, mas para encontrar a única pessoa que entenderia o que ele tinha a dizer.

— Isso está acontecendo por toda parte, não está?

— Mais ou menos — respondi.

— E o que é que o governo vem fazendo?

— Nada.

— Foi o senhor que disse, não eu. Só há uma palavra na nossa língua pra qualificar o que estão fazendo, e o senhor a encontrou. Eu, por mim, não estou nem um pouco surpreso. Mas, pensando bem, o que é que eles podem fazer? Porque o que há de acontecer vai acontecer de qualquer jeito. Não há governo do mundo forte o bastante para impedir que aconteça. O senhor por acaso saberia qual o tamanho do exército permanente da Índia?

— Um milhão de homens.

— Não fui eu que disse, foi o senhor. Um milhão de soldados, e eles não podem fazer nada. O senhor sabe quem tem o maior exército permanente do mundo?

— Não sei se é a China ou a União Soviética, embora o do Vietnã também seja dos maiores.

— Agora me diga: os vietnamitas podem fazer alguma coisa?

— Não.

— A coisa está aí, não está? As pessoas estão sentindo. A gente sente nos ossos. O reino de Deus está vindo.

Era um homem esguio, com cabelos ralos e um espaço

entre os dois dentes da frente. Parecia sentir-se confortável de cócoras; suas juntas eram flexíveis. Percebi que usava terno, gravata e tênis.

— O senhor acha que estamos vivendo uma época fantástica? — perguntou ele.

Examinei-lhe o rosto tentando encontrar uma pista que me indicasse qual a resposta correta.

— O senhor sente que está chegando? Está a caminho? O senhor *quer* que chegue?

Enquanto falava, ele se balançava nas pontas dos pés.

— Guerra, fome, terremotos, erupções vulcânicas. Está tudo começando a se cristalizar. Como o senhor mesmo disse, haverá algo capaz de impedir que a coisa aconteça, depois que ela pegar velocidade?

— Não.

— Foi o senhor que disse, não eu. Enchentes, tornados, epidemias de doenças estranhas e desconhecidas. É um sinal? É a verdade? O senhor está preparado?

— As pessoas realmente sentem nos ossos? — perguntei.

— As boas notícias se espalham depressa.

— As pessoas falam sobre isso? As pessoas com quem o senhor conversa lhe dão a impressão de que querem isso?

— Não é nem que elas queiram. A atitude é do tipo onde que eu vou pra me filiar? Do tipo me tire daqui depressa! As pessoas perguntam: "No reino de Deus tem mudança de estações?". Perguntam: "Lá tem ponte com pedágio e garrafa com chapinha?". Em outras palavras, elas já estão partindo pros detalhes.

— O senhor acha que é como um grande terremoto.

— Uma conflagração geral. Isso mesmo. Bastou eu olhar pro senhor pra perceber: esse aí é um homem que compreende.

— As estatísticas não indicam um aumento no número de terremotos.

Ele me dirigiu um sorriso condescendente. Senti que era bem merecido, embora não entendesse exatamente por quê. Talvez fosse frescura citar estatísticas diante de poderosas crenças, temores, desejos.

— Como que o senhor pretende passar a sua ressurreição? — perguntou, como quem fala de um fim de semana prolongado.

— Todo mundo ressuscita?

— Ou o senhor é uma das almas danadas ou uma das almas salvas. As danadas apodrecem enquanto andam na rua. Começam a sentir que os olhos estão escorrendo das órbitas. Vai ser fácil reconhecê-las: são todas grudentas, com pedaços faltando. Pessoas que deixam uma trilha de muco produzida por elas próprias. Toda a ostentação do Armagedão vira coisa podre. Os que se salvaram se reconhecem por estarem limpos e serem reservados. Pra saber quem está salvo, é só ver quem não anda por aí se mostrando.

Era um homem sério, objetivo e prático; até os tênis que usava indicavam isso. Surpreendia-me sua autoconfiança terrível, a ausência de dúvida. Então era isso o Armagedão? O fim das ambiguidades, das dúvidas. Ele se sentia preparado para enfrentar o outro mundo. Estava impingindo à minha consciência o outro mundo, eventos estupendos que lhe pareciam absolutamente corriqueiros, evidentes, razoáveis, iminentes, verdadeiros. Eu não sentia o Armagedão nos ossos, mas preocupava-me com todas essas pessoas que sentiam, que estavam preparadas, aguardando o momento ansiosamente, dando telefonemas e retirando dinheiro do banco. Se muita gente quiser que a coisa aconteça, será que acontece? Quanta gente é necessária para que aconteça? Por que estamos conversando assim de cócoras, como dois aborígines?

O homem me entregou um panfleto intitulado *Vinte equívocos comuns a respeito do fim do mundo*. Saí da posição em que estava com dificuldade, sentindo tontura e dor nas costas. À frente do dormitório, uma mulher falava algo a respeito da exposição a substâncias tóxicas. Sua vozinha quase se perdia na barulhada geral do dormitório, aquele barulho grave que os seres humanos produzem quando aglomerados em grandes ambientes fechados. Denise havia largado seu manual de remédios e me encarava com um olhar duro. Era o olhar que ela normalmente só dirigia ao pai, quando sentia que ele estava mais uma vez desorientado.

— O que foi? — perguntei a ela.

— Não ouviu o que a voz disse?

— Exposição a substâncias tóxicas.

— Isso mesmo — disse ela, ríspida.

— O que isso tem a ver conosco?

— Conosco, nada. Com você.

— Por que eu?

— Não foi você que saltou do carro para pegar gasolina?

— Onde é que estava a formação da nuvem tóxica quando eu fiz isso?

— Bem à nossa frente. Não lembra? Você voltou pra dentro do carro e a gente andou mais um pouco e aí a gente viu a coisa toda iluminada.

— Você está dizendo que, quando eu saí do carro, a nuvem talvez já estivesse tão próxima que me contaminou todo.

— Não foi por culpa sua — disse ela, impaciente —, mas você ficou praticamente dentro dela durante uns dois minutos e meio.

Fui para a frente da sala. Duas filas se formavam. De A a M e de N a Z. Na frente de cada uma havia uma mesa dobrável com um microcomputador em cima. Técnicos andavam de um lado para outro, homens e mulheres com plaquetas na lapela e braçadeiras de cores diferentes. Fiquei atrás da família dos coletes salva-vidas. Pareciam inteligentes, alegres e bem ensaiados. Os coletes salva-vidas de um alaranjado vivo não pareciam muito deslocados ali, embora estivéssemos em terra mais ou menos firme, bem acima do nível do mar, a muitos quilômetros da mais próxima extensão de água ameaçadora. Os desastres inesperados trazem à tona toda espécie de aberração esquisita, justamente por serem repentinos. Toques de cor e extravagância caracterizaram o episódio do começo ao fim.

As filas não eram longas. Quando cheguei à mesa de A a M, o homem que estava sentado lá digitou os dados no computador. Meu nome, idade, dados clínicos, coisas assim. Era um rapaz escaveirado, que parecia desconfiar de qualquer conversa que ultrapassasse certos limites não especificados. Na manga esquerda de sua jaqueta cáqui havia uma braçadeira verde com a palavra SIMUVAC.

Falei-lhe a respeito da minha possível exposição às substâncias tóxicas.

— Quanto tempo o senhor ficou fora do carro?

— Dois minutos e meio. Isso é considerado muito ou pouco?

— Tudo que coloca a pessoa em contato direto com as emissões configura uma situação.

— Por que é que a nuvem não se dispersou apesar do vento e da chuva?

— Aquilo não é um cirro normal. É um corpo de alta definição. Está cheio de concentrações densas de subprodutos. Dá quase pra fincar um gancho nele e puxá-lo até o mar. Estou exagerando pro senhor me entender.

— E as pessoas que ficaram no carro? Eu tive que abrir a porta pra sair e depois pra entrar de novo.

— Conhecemos diversos graus de exposição. Eu diria que o caso dessas pessoas é de risco mínimo. Agora, dois minutos e meio dentro da coisa, isso me preocupa. Contato direto com a pele e os orifícios do corpo. Niodene D. É toda uma nova geração de subprodutos tóxicos. A última palavra, por assim dizer. Uma parte por um trilhão pode causar uma situação irreversível num rato.

Ele me encarou com um olhar sinistro e superior de veterano de guerra. Era evidente que não tinha uma boa opinião a respeito das pessoas que levavam vidas complacentes e superprotegidas, em que jamais tinham oportunidade de entrar em contato com ratos com lesões cerebrais irreversíveis. Eu queria que aquele homem estivesse do meu lado. Ele tinha acesso aos dados. Eu estava disposto a ser subserviente e bajulador, desde que isso o fizesse parar de fazer comentários arrasadores a respeito de meu grau de exposição e minhas possibilidades de sobrevivência.

— Bacana essa sua braçadeira. O que é SIMUVAC? Deve ser alguma coisa importante.

— Simulação de evacuação. Um novo programa estadual. Ainda não conseguimos ganhar as verbas necessárias.

— Mas essa evacuação não é uma simulação. É de verdade.

— Nós sabemos disso. Mas resolvemos usá-la como modelo.

— Uma espécie de ensaio? O senhor está me dizendo que vocês estão usando a coisa real como uma oportunidade de testar a simulação?

— Levamos a experiência pra rua.

— E como está indo?

— A curva de inserção não está tão definida quanto a gente queria. Há um excesso de probabilidade. Além disso, as vítimas não estão localizadas exatamente onde a gente as colocaria numa simulação de verdade. Em outras palavras, temos que trabalhar com as vítimas que estão aí. Não foi um negócio todo contido no computador. De repente a coisa estourou aí fora, em três dimensões, cobrindo toda a região. Temos que levar em conta que tudo que estamos vendo hoje é verdadeiro. Tem um monte de coisas que ainda precisam ser melhoradas. Mas o ensaio é justamente pra isso.

— E os computadores? Isso que vocês estão processando são dados reais ou simulados?

— Veja — disse ele.

Passou algum tempo digitando e depois lendo os dados que apareciam na tela — muito mais tempo, tive a impressão, do que dedicara às pessoas que me precederam. Cheguei mesmo a achar que os outros estavam olhando para mim. Fiquei parado, braços cruzados, tentando passar uma imagem de homem impassível, de quem espera, numa loja de ferragens, que a moça da caixa lhe diga quanto é a corda que compra. Parecia-me ser essa a única maneira de neutralizar os fatos, de contra-atacar a passagem de pontinhos computadorizados que registravam minha vida e minha morte. Não olhar para ninguém, não revelar nada, permanecer imóvel. O que há de genial na mentalidade primitiva é que ela consegue tornar nobre e bela a impotência humana.

— O senhor está gerando uns números elevados — disse o homem, olhando para a tela.

— Eu só fiquei fora do carro dois minutos e meio. Quantos segundos isso dá?

— A questão não é só o senhor ter-se exposto durante tantos segundos. É todo o seu perfil de dados. Eu digitei os seus dados vitais. O resultado vem em números entre parênteses, com asteriscos piscando.

— O que é que isso quer dizer?

— É melhor o senhor ficar sem saber.

Fez sinal para que eu me calasse, como se uma coisa particularmente mórbida estivesse aparecendo na tela. Não entendi o que ele quis dizer com "dados vitais". Onde estariam guardados esses dados? Em algum órgão estadual ou federal, alguma companhia de seguros ou financeira, uma central de dados clínicos? Que espécie de dados seriam? Eu lhe dissera algumas coisas básicas. Altura, peso, doenças da infância. O que mais ele saberia? Saberia algo a respeito das minhas esposas, meu envolvimento com Hitler, meus sonhos e temores?

O homem tinha um pescoço fino e orelhas de abano, que casavam com seu crânio escaveirado — aquela aparência inocente de assassino rural de antes da guerra.

— Eu vou morrer?

— Também não é assim — respondeu ele.

— Como não é assim?

— Não é assim como o senhor pensa.

— Como é que eu devo pensar então?

— A questão não é como pensar. É uma questão de anos. Daqui a quinze anos vamos estar sabendo mais. Enquanto isso, só sabemos que temos de fato uma situação.

— E o que é que vamos saber daqui a quinze anos?

— Se o senhor ainda estiver vivo até lá, isso em si já vai ser um dado novo. O Niodene D. dura trinta anos. O senhor já terá sobrevivido à metade.

— Não eram quarenta anos?

— Quarenta anos é no solo. Trinta no corpo humano.

— Quer dizer que, pra sobreviver a essa substância, eu tenho que emplacar oitenta anos. Aí eu posso começar a ficar tranquilo.

— Com base no que sabemos agora.

— Mas o consenso geral, pelo que entendi, é que no momento não sabemos o suficiente para ter certeza de nada.

— Vamos colocar a coisa nos seguintes termos: se eu fosse um rato, não ia querer estar dentro de um raio de trezentos quilômetros dessa nuvem tóxica.

— E se você fosse gente?

Ele me examinou detidamente. Eu estava de braços cruzados, olhando por cima de sua cabeça, para a porta do dormitório. Fitá-lo seria uma declaração de vulnerabilidade.

— Eu não me preocuparia com coisas que não posso ver nem sentir — respondeu ele. — Eu ia em frente e levava minha vida. Casava, tinha filhos. Não há motivo pro senhor não fazer essas coisas, com base no que sabemos.

— Mas o senhor disse que temos uma situação.

— Eu não disse nada. Quem disse foi o computador. Todo o sistema diz isso. É o que a gente chama de levantamento maciço de dados. Gladney, J. A. K. Eu digito o nome, a substância, o tempo de exposição e aí entro com seus dados clínicos. Sua carga genética, seus dados pessoais, dados psicológicos, policiais e hospitalares. Aí aparecem os asteriscos piscando. Isso não quer dizer que vá acontecer alguma coisa com o senhor, quer dizer, pelo menos não hoje nem amanhã. Só quer dizer que o senhor é a somatória dos seus dados. Disso ninguém escapa.

— E esse tal de levantamento maciço não é uma simulação, apesar dessa sua braçadeira. É de verdade.

— É de verdade — concordou ele.

Fiquei absolutamente imóvel. Se eles achassem que eu já estava morto, talvez me deixassem em paz. Creio que me senti tal como me sentiria se um médico me mostrasse uma radiografia em que aparecesse um rombo em forma de asterisco no meio de um dos meus órgãos vitais. A morte entrou. Está dentro de você. Você está morrendo e ao mesmo tempo está separado dos agonizantes; pode examinar a coisa objetivamente, literalmente ver, na radiografia ou na tela do computador, toda a lógica horrível da coisa. É quando a morte é mostrada graficamente, é televisada, por assim dizer, que você se dá conta da estranha separação que há entre você e a sua doença. Uma rede de símbolos foi introduzida, toda uma tecnologia extraordinária arrancada dos deuses. Isso faz com que você se sinta um estranho na sua própria morte.

Senti falta de minha túnica acadêmica, dos meus óculos escuros.

Quando voltei à outra extremidade do dormitório, as três crianças menores dormiam, Heinrich fazia anotações no mapa rodoviário e Babette estava a uma certa distância do grupo, sentada ao lado do Velho Treadwell e alguns outros cegos. Lia para eles; a seu lado havia uma pequena pilha de tabloides sensacionalistas, impressos com cores muito vivas.

Eu precisava me distrair. Peguei uma cadeira dobrável e coloquei-a perto da parede atrás de Babette. Havia quatro cegos, uma enfermeira e três pessoas não cegas, dispostos num semicírculo. De vez em quando alguma outra pessoa parava para escutar uma ou duas notícias, depois seguia em frente. Babette usava sua voz de contar histórias, o mesmo tom sincero e musical que empregava em contos de fadas para Wilder ou lia trechos eróticos para seu marido na cama de bronze, tendo como fundo, ao longe, o zumbido dos carros.

Babette leu uma notícia de primeira página. "Vida após a morte garantida por cupons." Depois virou para a página em que vinha o texto da notícia.

— "Cientistas do famoso Instituto de Estudos Avançados da Universidade de Princeton surpreenderam o mundo apresentando provas absolutas e irrefutáveis da vida após a morte. Um pesquisador do mundialmente renomado instituto utilizou a hipnose para induzir centenas de pessoas a recordarem suas experiências em encarnações anteriores como construtores de pirâmides, estudantes estrangeiros e seres extraterrenos."

Babette mudou de voz para indicar a fala de um personagem.

— "'Apenas no ano passado', afirmou o hipnotizador Ling Ti Wan, 'ajudei centenas de pessoas a voltarem a vidas passadas sob o efeito da hipnose. Um dos casos mais extraordinários foi o de uma mulher que conseguiu recordar sua vida nômade na era mesolítica, dez mil anos atrás. Foi incrível ouvir essa velhinha de calça de poliéster falar a respeito de sua vida como troglodita do sexo masculino, chefe de um bando que habitava uma turfeira e caçava javalis com arco e flecha. Ela identificou características dessa era que somente um arqueólogo seria capaz de reconhecer. Chegou mesmo a usar algumas expressões do idioma mesolítico, uma língua extraordinariamente semelhante ao alemão.'"

A voz de Babette retomou a costumeira entonação de narrativa.

— "O dr. Shiv Chatterjee, guru de expressão corporal e físico de altas energias, recentemente causou sensação na tevê, num programa de auditório, ao relatar o caso bem documentado de duas mulheres que não se conheciam, foram procurá-lo na mesma semana para uma sessão de regressão e descobriram que haviam sido gêmeas na cidade perdida de Atlântida, cinquenta mil anos atrás. As duas disseram que a cidade, antes de afundar misteriosa e catastroficamente no mar, era um lugar limpo e bem administrado, onde se podia andar nas ruas sem susto praticamente a qualquer hora do dia ou da noite. Hoje em dia as duas trabalham como nutricionistas na NASA.

"Ainda mais surpreendente é o caso de Patti Weaver, uma menina de cinco anos que apresentou ao dr. Chatterjee argumentos convincentes que indicam que em sua encarnação anterior ela foi o assassino secreto da KGB responsável pelas mortes jamais explicadas de três personalidades famosas: Howard Hughes, Marilyn Monroe e Elvis Presley. Conhecido nos círculos internacionais de espionagem como 'o Víbora' devido ao veneno mortífero e impossível de ser detectado que injetava nos pés de suas famosas vítimas, o assassino morreu num terrível desastre de helicóptero, em Moscou, algumas horas antes do nascimento da pequenina Patti Weaver, na cidadezinha de Popular Mechanics, Iowa. Ela não apenas tem os mesmos sinais físicos do Víbora como também parece possuir uma facilidade extraordinária para aprender palavras e expressões russas.

"Afirma o dr. Chatterjee: 'Hipnotizei esta menina pelo menos doze vezes. Usei as mais exigentes técnicas profissionais para tentar fazê-la cair em contradição. Mas seu depoimento é excepcionalmente coerente. A moral dessa história é que o bem pode nascer do mal'. Afirma a pequena Patti: 'No momento que morri, em minha encarnação do Víbora, vi um círculo de luz que parecia me chamar. Foi uma bela experiência espiritual. Eu simplesmente caminhei em direção à luz. Não me sentia nem um pouco triste'."

Babette interpretava as vozes do dr. Chatterjee e de Patti Weaver. Chatterjee falava num inglês musical, com sotaque indiano, não muito fluente. Patti tinha a voz de uma criança protagonista de filme contemporâneo, o tipo de personagem que não tem medo dos misteriosos fenômenos que acontecem na casa.

— "Mais surpreendentemente ainda, as revelações posteriores da pequena Patti deixam claro que as três supercelebridades foram assassinadas pelo mesmo motivo extraordinário. Todas elas, no momento de suas mortes, tinham secretamente em sua propriedade o Santo Sudário de Turim, famoso por seus sagrados poderes curativos. Os dois artistas, Elvis e Marilyn, eram vítimas do álcool e das drogas, e estavam tentando restaurar sua tranquilidade espiritual e física enxugando-se com o Santo Sudário após sessões de limpeza dos poros na sauna. O polivalente bilionário Howard Hughes sofria da síndrome da piscadela paralisante, uma doença esdrúxula que fazia com que seus olhos não pudessem reabrir durante horas após se fecharem devido a uma piscadela normal; ele evidentemente tentava curar-se com os poderes mágicos do Sudário quando o Víbora interveio e rapidamente injetou-lhe o veneno misterioso. Patti Weaver revelou também, sob efeito da hipnose, que há muito tempo a KGB vem tentando se apossar do Sudário de Turim em benefício dos idosos e adoentados membros do Politburo, o famoso comitê executivo do Partido Comunista. A posse do Sudário seria o verdadeiro motivo do atentado contra o papa João Paulo II ocorrido no Vaticano, atentado esse que só fracassou porque o Víbora já havia morrido num medonho acidente de helicóptero e renascido como uma menininha sardenta em Iowa.

"O bônus abaixo lhe dá acesso garantido a dezenas de casos documentados de vida após a morte, vida imortal, experiências de encarnações anteriores, vida póstuma no espaço sideral, transmigração das almas e ressurreição personalizada através de técnicas computadorizadas de fluxo de consciência."

Examinei os rostos no semicírculo. Ninguém parecia espantado com essa reportagem. O Velho Treadwell acendeu um cigarro, impaciente com sua própria mão trêmula, sendo obrigado a apagar o fósforo com uma sacudidela antes que se queimasse. Ninguém teve vontade de conversar a respeito daquele assunto. O relato ocupava algum recanto de credulidade passiva. Lá ficaram guardadas aquelas afirmações, familiares e tranquilizadoras à sua maneira, não menos reais que a nossa cota diária de fatos cotidianos observáveis. Nem mesmo Babette traía, com seu tom de voz, qualquer sentimento de ceticismo ou condescendência. Certamente eu não estaria em condições de poder sentir-me superior a essa plateia de gente idosa, cega ou não. A cena da pequena Patti caminhando em direção à luz benfazeja me encontrou num estado enfraquecido e receptivo. Eu queria acreditar ao menos naquela parte da história.

Babette leu um anúncio. A Dieta de Três Dias do Acelerador Linear de Esmagamento de Partículas de Stanford.

Pegou outro tabloide. A primeira página falava nas previsões para o próximo ano feitas pelos principais videntes do país. Babette leu as previsões lentamente.

— "Esquadrões de OVNIS invadirão a Disney World e o Cabo Canaveral. Surpreendentemente, o ataque será revelado como uma demonstração da insensatez da guerra, e levará a um tratado que porá fim aos testes nucleares dos Estados Unidos e da União Soviética.

"O fantasma de Elvis Presley será avistado em caminhadas solitárias nas imediações de Graceland, sua mansão musical.

"Um consórcio japonês comprará o avião do presidente dos Estados Unidos e o transformará num luxuoso condomínio voador, com direito a receber combustível em pleno voo e transportar mísseis.

"O Abominável Homem das Neves norte-americano aparecerá em circunstâncias espetaculares num trecho da bela costa pacífica do país. A criatura peluda e semi-humana, que tem dois metros e meio de altura e talvez seja o elo perdido entre os macacos e o homem, com gestos mansos fará com que os turistas se reúnam a seu redor para revelar que é um apóstolo da paz.

"Os OVNIS levantarão do fundo dos mares a cidade perdida de Atlântida por meios telecinéticos e com a ajuda de cabos poderosos, com propriedades que não se encontram em nenhum material existente na Terra. O resultado será uma 'cidade da paz', onde o dinheiro e os passaportes serão coisas totalmente desconhecidas.

"O espírito do ex-presidente Lyndon B. Johnson entrará em contato com executivos da rede de televisão CBS, a fim de dar uma entrevista ao vivo na qual se defenderá das acusações que lhe foram dirigidas em livros recém-publicados.

"O assassino de John Lennon, Mark David Chapman, trocará de nome legalmente, adotando o de sua vítima famosa, e começará uma nova carreira como letrista de rock em sua cela na prisão.

"Seguidores de uma seita que cultua os desastres de avião vão sequestrar um jumbo e fazê-lo cair sobre a Casa Branca, num ato de devoção cega a seu misterioso líder, conhecido apenas como Tio Bob. O presidente e a primeira-dama sobreviverão milagrosamente ao desastre, sofrendo apenas pequenas escoriações, segundo amigos íntimos do casal.

"O falecido multibilionário Howard Hughes reaparecerá misteriosamente, sobrevoando Las Vegas.

"Drogas maravilhosas fabricadas em massa em laboratórios instalados em OVNIS, em ambiente de gravidade zero, permitirão a cura da ansiedade, da obesidade e das mudanças súbitas de estado de espírito.

"Do outro mundo, a falecida lenda viva do cinema, o ator John Wayne, se comunicará por telepatia com o presidente Reagan para ajudar a definir a política externa dos Estados Unidos. Tendo se tornado bem mais moderado após a morte, o robusto ator defenderá uma política esperançosa de paz e de amor.

"O superassassino dos anos 60 Charles Manson fugirá da prisão, aterrorizando o interior da Califórnia durante semanas, até negociar sua rendição ao vivo na TV, nos escritórios da International Creative Management.

"O único satélite da Terra, a Lua, explodirá numa noite úmida de julho, instaurando o caos no ciclo das marés e cobrindo de poeira e detritos boa parte da superfície de nosso planeta. Porém equipes de limpeza extraterrenas ajudarão a impedir a ocorrência de uma catástrofe de proporções mundiais, o que dará início a uma era de paz e harmonia."

Eu observava a plateia. Braços cruzados, cabeças ligeiramente inclinadas. As previsões não lhes pareciam descabidas. Contentavam-se em trocar comentários curtos e irrelevantes, como durante um intervalo comercial de um programa de tevê. O futuro previsto pelos tabloides, com seu mecanismo de happy end após eventos apocalípticos, talvez não fosse algo tão diferente de nossa experiência imediata. Pensei eu: eis-nos aqui, obrigados a abandonar nossas casas, a fugir numa noite fria, perseguidos por uma nuvem tóxica, amontoados em dormitórios improvisados, com uma ambígua sentença de morte pairando sobre nossas cabeças. Havíamos nos transformado em mais um desses desastres de televisão. Aquela pequena plateia de velhos e cegos reconhecia as previsões dos videntes como eventos tão próximos que precisavam ser adaptados de antemão a nossas necessidades e desejos. A partir de uma sensação persistente de catástrofe generalizada, não parávamos de inventar a esperança.

Babette leu um anúncio de óculos escuros para pessoas que estão de regime. Os velhos a ouviram sem interesse. Voltei a nosso acampamento. Queria ficar perto das crianças, vê-las dormindo. Ver crianças dormindo me faz sentir devoto, parte de um sistema espiritual. É o mais próximo a Deus que sou capaz de chegar. Se existe um equivalente profano à experiência de estar numa grande catedral com pináculos, colunas de mármore e feixes de luz mística filtrada por vitrais góticos, é ver crianças profundamente adormecidas em suas caminhas. Especialmente meninas.

Agora a maioria das luzes estava apagada. O ruído do dormitório havia diminuído. As pessoas se deitavam. Heinrich ainda estava acordado, sentado no chão, vestido, encostado na parede, lendo um manual de primeiros socorros da Cruz Vermelha. Ele não era mais uma criança cujo sono luminoso me infundia uma sensação de paz. Seu sono era inquieto, intermitente, com muito ranger de dentes; às vezes ele caía da cama, sendo encontrado na manhã seguinte em posição fetal, tiritando no chão de madeira.

— Parece que eles estão com tudo sob controle — disse eu.

— Eles quem?

— Os que estão organizando isso tudo, seja lá quem forem.

— E quem é que está organizando isso tudo?

— Deixe isso pra lá.

— É como se a gente tivesse voltado pro passado — disse ele. — Estamos em plena idade da pedra, sabendo todas essas coisas que foram descobertas após séculos de progresso, mas o que é que podemos fazer pra ajudar os trogloditas? Podemos fazer uma geladeira? Podemos pelo menos explicar como ela funciona? O que é eletricidade? O que é luz? Nós convivemos com essas coisas em nossa vida cotidiana, mas de que adianta tudo isso se de repente a gente se vê jogado no passado e nem tem como explicar às pessoas os princípios básicos de tudo, quanto mais fazer alguma coisa que melhore a situação delas, hein? Diga uma coisa que você seja capaz de fazer. Sabe fazer fogo esfregando um pauzinho numa pedra? A gente se acha tão moderno, tão desenvolvido. Viagem à Lua, coração artificial. Mas, e se você entrasse numa máquina do tempo e fosse parar na Grécia antiga? Os gregos inventaram a trigonometria. Faziam autópsias e dissecações. O que é que você poderia contar aos gregos que eles não pudessem dizer "grandes coisas"? Você podia falar no átomo? Átomo é uma palavra grega. Os gregos já sabiam que as coisas mais importantes do universo não podiam ser vistas pelo homem. São tudo ondas, raios e partículas.

— Até que a gente não está tão mal assim.

— Estamos fechados nesse salão com cheiro de mofo. Como se a gente tivesse voltado ao passado.

— Temos calor, temos luz.

— Coisas da idade da pedra. Naquela época eles também tinham calor e luz. Tinham fogo. Esfregavam pedrinhas e produziam faíscas. Você saberia acender um fogo com pedrinhas? Saberia reconhecer um pedaço de sílex? Se um troglodita lhe perguntasse o que é um nucleotídeo, você saberia explicar? Como é que se faz o papel-carbono? E o vidro? Se você acordasse amanhã em plena Idade Média, no meio duma tremenda epidemia, o que poderia fazer, sabendo o que sabe sobre o progresso da medicina e as doenças? Já estamos praticamente no século XXI, você já leu centenas de livros e revistas e viu centenas de programas na tevê sobre ciência e medicina. Seria capaz de dizer uma coisinha que fosse, uma coisa importante, capaz de salvar um milhão e meio de vidas?

— Eu diria pra eles ferverem a água.

— Claro. E também pra lavar atrás das orelhas. Mais ou menos a mesma coisa, em termos de utilidade.

— Continuo achando que não estamos tão mal assim. Não houve nenhum aviso prévio. Mas temos comida, temos rádios.

— O que é um rádio? Qual o princípio do rádio? Vamos, explique. Você está cercado por gente do paleolítico. Eles usam ferramentas de pedra e comem larvas. Explique o que é o rádio.

— Não tem mistério nenhum. Uns transmissores poderosos enviam sinais. Os sinais se transmitem pelo ar, e são captados pelos receptores.

— Pelo ar. Assim como os pássaros? Por que não dizer a eles que é mágica? Os sinais andam pelo ar em ondas mágicas. O que é um nucleotídeo? Você não sabe, sabe? No entanto, essas coisas são a base da vida. O que adianta o conhecimento se ele simplesmente flutua pelo ar? Vai de um computador pro outro. Muda e cresce o tempo todo, todos os dias. Mas na verdade ninguém sabe nada.

— Você sabe alguma coisa. Sabe o que é o Niodene D. Eu o vi no meio daquela gente.

— Aquilo foi só um negócio acidental.

Voltou à sua leitura. Resolvi respirar um pouco de ar fresco. Lá fora havia alguns grupos de pessoas em volta de barris, dos quais saíam chamas. Num veículo aberto, um homem vendia refrigerantes e sanduíches. Ali perto estavam parados ônibus escolares, motocicletas, miniambulâncias. Andei um pouco. Havia gente dormindo dentro de automóveis, gente montando barracas. Feixes de luz riscavam a floresta lentamente, procurando sons, vozes tranquilas que chamavam. Passei por um carro cheio de prostitutas de Iron City. A luz de dentro estava acesa e nas janelas viam-se muitos rostos. Pareciam as caixas do supermercado, aloiradas, com queixos duplos, ar resignado. Havia um homem encostado à janela do lado do motorista falando pela fresta; seu hálito embaçava o vidro. Dizia o rádio: "O mercado de derivados de carne de porco caiu em consequência, contribuindo para a queda geral do setor".

Percebi que o homem que falava com as prostitutas era Murray Jay Siskind. Aproximei-me, esperando que terminasse a frase, antes de abordá-lo. Ele tirou a luva direita para apertar minha mão. A janela do carro foi fechada.

— Pensei que você estivesse em Nova York durante os feriados.

— Voltei antes pra ver uns filmes de desastres de carros. O Alfonse programou uma semana de projeções pra me ajudar a preparar meu seminário. Eu estava no ônibus do aeroporto, vindo de Iron City, quando as sirenes começaram. O motorista não teve outro jeito senão vir para cá, junto com o fluxo do trânsito.

— Onde é que você vai dormir?

— Todo mundo que estava no ônibus foi pra um dos prédios secundários. Ouvi falar numas mulheres pintadas e vim investigar. Uma delas está com lingerie de oncinha por baixo do casaco. Ela me mostrou. A outra diz que tem uma virilha destacável. Que diabo será isso? Mas estou meio preocupado, com todas essas doenças que vêm aparecendo. Por via das dúvidas, ando sempre com camisinhas reforçadas. Tamanho único. Mas tenho a impressão de que não funciona muito bem, levando-se em conta a inteligência e adaptabilidade do vírus moderno.

— Pelo visto, as mulheres não estão com muitos fregueses — comentei.

— Acho que esse não é o tipo de desastre que gera excessos sexuais. Um ou outro sujeito pode aparecer por aqui, mas não vai haver uma grande orgia coletiva. Pelo menos não hoje.

— Acho que as pessoas precisam de tempo pra passar por certas etapas.

— É óbvio — afirmou Murray.

Eu lhe disse que havia passado dois minutos e meio exposto à nuvem tóxica. Então resumi a entrevista com o homem da SIMUVAC.

— Aquela respiradinha de Niodene plantou a semente da morte no meu organismo. Agora a coisa é oficial, segundo o computador. Trago a morte dentro de mim. A questão é só se vou ou não morrer de outra coisa antes. A substância tem um período de vida definido. Trinta anos. Mesmo que não me mate diretamente, provavelmente vai me fazer sobreviver no meu próprio corpo. Posso morrer num desastre de avião, e o Niodene D. continuar muito bem nos meus restos mortais, dentro da cova.

— É essa a natureza da morte moderna. Ela tem sua vida, independente de nós. Está ganhando prestígio e dimensão. Tem um alcance que jamais teve. Nós a estudamos objetivamente. Podemos prever seu aparecimento, levantar toda a sua trajetória no interior do organismo. Podemos tirar fotos de cortes transversais seus, gravar em videoteipe seus tremores e ondas. Nunca estivemos tão perto dela, nunca conhecemos tão bem seus hábitos e atitudes. Agora a conhecemos intimamente. Mas ela continua a crescer, a ampliar seu alcance, a encontrar novas manifestações, novas vias e métodos. Quanto mais aprendemos, mais ela cresce. Seria uma lei da física? Todo progresso teórico e técnico corresponde a um novo tipo de morte, uma nova variedade. A morte se adapta, como um vírus. Seria uma lei da natureza? Ou uma superstição minha? Tenho a sensação de que os mortos estão mais perto de nós do que jamais estiveram antes, de que habitamos a mesma atmosfera. Já dizia Lao-tse: "Não há diferença entre os vivos e os mortos. Ambos constituem o mesmo canal de vitalidade". Isso foi dito seiscentos anos antes de Cristo. Mais uma vez isto é verdade, talvez mais verdadeira do que antes.

Murray pôs as mãos nos meus ombros e me encarou com um olhar triste. Com palavras simples, disse que lamentava muito o que havia acontecido. Falou-me sobre a possibilidade de um erro do computador. Afirmou que os computadores às vezes erravam. A estática dos tapetes pode causar um erro. Um fiapo ou fio de cabelo nos circuitos. Ele não acreditava no que dizia, como eu também não acreditava. Porém ele falava num tom convincente, os olhos cheios de uma emoção espontânea, um sentimento amplo e profundo. Eu me sentia estranhamente recompensado. A compaixão de Murray estava à altura da ocasião; era uma piedade, um sofrimento impressionante. A má notícia era quase compensada por aquela reação.

— Desde os vinte e poucos anos que tenho esse medo, esse pavor. Agora ele se concretizou. Eu me sinto preso, profundamente envolvido. Essa nuvem tóxica é um acontecimento e tanto. Ela assinala o fim de um tempo em que nada acontecia. Isso é só o começo. Agora é esperar pra ver.

No rádio, um apresentador de programa de debates disse: "Você está no ar". O fogo ardia nos barris de óleo. O vendedor de sanduíches fechou sua venda.

— Algum caso de déjà vu no seu grupo?

— Mulher e filha — respondi.

— Há uma teoria a respeito do déjà vu.

— Prefiro ficar sem saber.

— Por que pensamos que essas coisas já aconteceram? É simples. Elas já aconteceram mesmo, em nossas mentes, como visões do futuro. Como se trata de precognições, não podemos encaixar este material no sistema de consciência tal como ele se encontra estruturado. Esse material é de natureza basicamente sobrenatural. Nós estamos enxergando o futuro, mas não aprendemos a processar essa experiência. Assim, a coisa fica escondida até a gente viver a tal experiência. Agora podemos lembrar dela, experimentá-la como coisa já vista.

— Por que tanta gente está sentindo isso agora?

— Porque a morte está no ar — disse Murray, com suavidade. — Ela está liberando material reprimido. Está nos fazendo aproximar de coisas que ainda não sabemos a respeito de nós mesmos. A maioria das pessoas já viu a própria morte, só que não sabe como fazer esse material aflorar. Talvez, quando a gente morrer, a primeira coisa que a gente diga seja: "Conheço essa sensação. Já estive aqui antes".

Pôs novamente as mãos em meus ombros e me contemplou com uma tristeza comovente. Ouvimos as prostitutas chamando alguém.

— Eu queria perder o interesse por mim mesmo — disse eu. — Há alguma possibilidade de conseguir?

— Não. Homens melhores já tentaram isso, em vão.

— Acho que você tem razão.

— É óbvio.

— Eu queria que houvesse alguma coisa que eu pudesse fazer. Que eu pudesse resolver o problema com alguma atitude mental.

— Estude mais a sua hitlerologia.

Olhei para Murray. Quanto ele estaria sabendo?

O vidro da janela do carro abriu-se um pouquinho. Uma das mulheres disse a Murray:

— Está bem, topo por vinte e cinco.

— Você falou com o seu representante? — perguntou ele.

Ela baixou mais o vidro, para examiná-lo. Tinha o olhar opaco das mulheres com rolinhos nos cabelos que aparecem no jornal das sete na tevê, dizendo que suas casas acabam de ser soterradas pela lama.

— Você sabe de quem estou falando — prosseguiu Murray. — O sujeito que atende às suas necessidades emocionais em troca de cem por cento do que você ganha. O cara que bate em você quando você faz o que não devia.

— O Bobby? Esse está em Iron City, fugindo da nuvem. Ele só se expõe quando é absolutamente necessário.

As mulheres riram; seis cabeças sacudindo-se no carro. Um riso cúmplice, um pouco forçado, que visava a identificá-las como pessoas unidas por vínculos difíceis de serem entendidos por gente de fora.

Uma segunda janela abriu-se um pouco, uma boca pintada apareceu.

— O Bobby é o tipo de cafetão que gosta de usar a cabeça.

Outra risada coletiva. Não sabíamos se estavam rindo de Bobby, de nós, delas mesmas. As janelas se fecharam.

— Não tenho nada a ver com isso — disse eu —, mas o que é que ela se dispõe a fazer com você por vinte e cinco dólares?

— A manobra de Heimlich.*

Examinei a parte de seu rosto entre o boné e a barba. Ele

---

* Uma técnica de desengasgue (N. T.).

parecia imerso em reflexões, olhando para o carro. As janelas estavam embaçadas, as cabeças das mulheres envoltas em fumaça de cigarro.

— É bem verdade que a gente ia precisar encontrar um espaço vertical — disse ele, distraído.

— Você acha mesmo que ela vai querer se engasgar com um pedaço de comida?

Ele me olhou, um pouco surpreso.

— O quê? Não, isso não vai ser necessário. Basta fazer uns ruídos, como se estivesse engasgando. Basta suspirar fundo quando eu lhe sacudir a pélvis. Basta cair, toda mole, nos meus braços salvadores.

Murray tirou as luvas para me apertar a mão. Então foi para o carro, a fim de combinar os detalhes com a mulher em questão. Vi-o bater à porta de trás, que se abriu após um momento. Ele espremeu-se no banco traseiro. Contornei um dos barris de óleo. Havia três homens e uma mulher ao redor do fogo, trocando boatos.

Três dos veados dos jardins do Kung Fu Palace tinham morrido. O governador tinha morrido, o piloto e o copiloto estavam gravemente feridos, porque haviam sido obrigados a fazer uma aterrissagem forçada num shopping center. Dois dos homens no pátio de manobras haviam morrido, com pequenas queimaduras de ácido em seus trajes de *mylex*. Pastores alemães treinados para cheirar Niodene haviam caído de paraquedas e estavam sendo soltos nas comunidades atingidas. Vários OVNIs tinham sido vistos na região. Ocorriam muitos saques, praticados por homens envoltos em plástico. Dois deles haviam morrido. Seis membros da Guarda Nacional haviam morrido num tiroteio desencadeado por um conflito racial. Falava-se de abortos espontâneos e de crianças nascidas prematuramente. Falava-se de outras nuvens tóxicas.

As pessoas que divulgavam estas notícias não confirmadas falavam num tom de temor respeitoso, saltitando na ponta dos pés de frio, de braços cruzados. Temiam que fossem verdadeiras, ao mesmo tempo em que se sentiam impressionadas com a gravidade dos acontecimentos. A contaminação estimulara a imaginação. Umas contavam histórias, outras ouviam, fascinadas. Escutava-se com o maior respeito o boato mais chocante, a história mais apavorante. Não estávamos mais crédulos nem mais céticos do que antes, mas dávamos mais atenção aos boatos. Começávamos a admirar nossa própria capacidade de fabricar terror.

Pastores alemães. Era esta a notícia tranquilizadora que eu levava comigo. O corpo rijo, o pelo denso e escuro, a cabeça feroz, a língua comprida e irrequieta. Imaginei-os andando pelas ruas vazias, com passos pesados, alertas. Ouvindo sons que nós não podíamos ouvir, percebendo alterações no fluxo de informações. Vi-os em nossa casa, fuçando armários, as orelhas longas levantadas, exalando um cheiro de calor, pelo e força armazenada.

No dormitório, quase todos já estavam dormindo. Fui andando ao longo de uma parede que eu mal via na escuridão. Os corpos amontoados dormiam, pesados; pareciam emitir um único suspiro anasalado. Alguns se mexiam um pouco; uma criança asiática de olhos arregalados me observava enquanto eu me esgueirava entre os sacos de dormir. Perto de minha orelha direita, luzinhas coloridas piscavam. Alguém puxou uma descarga.

Babette estava encolhida sobre o colchão de ar, coberta com seu casaco. Meu filho dormia sentado numa cadeira, como um bêbado num ônibus, a cabeça caída sobre o peito. Levei uma cadeira até a cama onde se encontravam as crianças menores. Então sentei-me e fiquei a vê-las dormir, debruçado para a frente.

Uma confusão de cabeças e membros inertes. Naqueles rostinhos macios e quentes havia uma confiança tão absoluta e pura que me repugnava a ideia de que ela talvez fosse imereci-da. Tinha que haver alguma coisa, em algum lugar, grande e poderosa o bastante para justificar essa confiança radiante, essa crença implícita. Um sentimento de fé desesperada se apossou de mim. Era de natureza cósmica, cheia de anelos e de aspira-ções. Falava de distâncias imensas, forças tremendas e ao mesmo tempo sutis. Aquelas crianças adormecidas eram como figuras num anúncio da Fraternidade Rosa-Cruz, iluminadas por um poderoso feixe de luz proveniente de uma fonte fora da página. Steffie virou-se um pouco, depois balbuciou alguma coisa. Pareceu-me importante saber o que ela dissera. No estado em que me encontrava, marcado de morte pela nuvem de Niodene, eu me sentia preparado para procurar em qualquer parte sinais e indícios, insinuações de conforto as mais estranhas. Puxei minha cadeira para mais perto da menina. Seu rosto inchado de sono parecia uma estrutura feita especialmente para proteger os olhos, aquelas coisas grandes e apreensivas, de cor imprevisível, capazes de se mover tão depressa, de perceber a perturbação dos outros. Fiquei olhando para Steffie. Momentos depois, ela falou novamente, dessa vez sílabas distintas, não um balbucio sem nexo — porém não era uma língua deste mundo. Esforcei-me por entender. Estava convicto de que ela dizia alguma coisa, juntando unidades dotadas de significado estável. Observei-lhe o rosto, esperei. Passaram-se dez minutos. Ela pronunciou duas palavras claramente audíveis, ao mesmo tempo bem conhecidas e vagas, palavras que pareciam ter um significado ritualístico, fazer parte de um encantamento mágico, uma ladainha estática.

Toyota Celica.

Passaram-se muitos instantes até eu compreender que Steffie pronunciara o nome de uma marca de carro. A verdade surpreendeu-me ainda mais. Aquele nome era belo e misterioso, com ressonâncias deslumbrantes. Era como o nome de uma antiquíssima força celestial, gravada em tabletes de pedra em caracteres cuneiformes. Dava-me a impressão de que havia algo pairando no ar. Mas como? Um simples nome de marca de carro. Como poderiam aquelas palavras quase sem sentido, murmuradas por uma criança adormecida, fazer-me sentir que havia ali um significado, uma presença? Ela apenas repetia algo que ouvira na televisão. Toyota Corolla, Toyota Celica, Toyota Cressida. Nomes supranacionais, gerados por computadores, de pronúncia mais ou menos universal. Presentes como ruído de fundo nos cérebros de todas as crianças, as regiões subestáticas profundas demais para serem investigadas. Fosse qual fosse a fonte, aquele nome teve sobre mim o impacto de um momento de esplêndida transcendência.

Só meus filhos me proporcionam momentos assim.

Fiquei mais um tempo olhando para Denise, para Wilder, sentindo um desprendimento, uma grandeza espiritual. Havia um colchão de ar vazio no chão, mas tive vontade de dormir com Babette; assim, deitei-me ao lado de seu corpo, inerte e sonhador. As mãos, os pés e o rosto dela estavam encolhidos embaixo do casaco; apenas uma mecha de cabelo aparecia. Imediatamente afundei num estado submarino, uma consciência de caranguejo das regiões abissais, silenciosa e sem sonhos.

Tive a impressão de que haviam se passado apenas alguns minutos quando me senti cercado de ruídos e movimentos. Abri meus olhos e vi Denise me cutucando os braços e ombros. Quando viu que eu estava acordado, começou a cutucar a mãe. Ao nosso redor, todos estavam vestindo-se e guardando seus pertences. O principal ruído era o grito das sirenes dos caminhões lá fora. Uma voz gritava ao megafone. Ao longe, ouvia-se um sino batendo, e depois uma série de buzinas de carros, o início de uma cacofonia universal de buzinas, um terrível pânico de manada; veículos de todos os tipos e tamanhos tentavam chegar à estrada o mais depressa possível.

Consegui sentar-me. As duas meninas estavam tentando acordar Babette. O dormitório se esvaziava. Vi Heinrich olhando para mim, com um sorriso enigmático. A voz amplificada dizia: "Mudança de ventos, mudança de ventos. Nuvem mudou de direção. Nuvem tóxica está vindo para cá".

Babette virou-se para o outro lado, com um suspiro satisfeito.

— Mais cinco minutinhos — pediu.

As meninas puseram-se a esmurrar-lhe cabeça e braços.

Pus-me de pé e procurei um banheiro. Wilder estava vestido, comendo um biscoito, esperando. Mais uma vez a voz falou, com a entonação cantada dessas vozes amplificadas que se ouvem nas lojas de departamentos, entre balcões de perfumes e dlin-dlons: "Nuvem tóxica, nuvem tóxica. Voltem para seus veículos, voltem para seus veículos".

Denise, agarrando a mãe pelo pulso, deixou o braço dela cair no colchão.

— Por que é que ele diz tudo duas vezes? A gente entende tudo da primeira. É só pra aparecer mais.

Conseguiram que Babette ficasse de quatro. Fui depressa para o banheiro. Já tinha encontrado a pasta de dentes, mas não a escova. Espalhei um pouco de pasta no dedo indicador e esfreguei o dedo nos dentes. Quando voltei, já estavam todos vestidos e prontos, indo em direção à saída. Uma mulher de braçadeira distribuía máscaras contra gases na porta, feitas de gaze branca, máscaras de cirurgião, que cobriam o nariz e a boca. Pegamos seis e saímos.

Ainda estava escuro. Chovia muito. À nossa frente descortinava-se uma cena de caos panorâmico. Carros atolados na lama, carros que não pegavam, carros arrastando-se pela única pista de saída, carros bloqueados por árvores, pedregulhos ou outros carros. Sirenes soando e calando-se, buzinas de desespero e de protesto. Havia homens correndo, barracas arrastadas pelo vento, famílias inteiras abandonando seus veículos e seguindo a pé em direção à estrada. Do fundo do mato vinha o ruído de motocicletas acelerando, vozes gritando coisas incoerentes. Era como a queda de uma capital colonial sitiada por rebeldes tenazes, um grande drama com componentes de humilhação e culpa.

Colocamos nossas máscaras e corremos pela chuva em direção ao carro. A menos de dez metros de nós, um grupo de homens caminhava tranquilamente rumo a um Land-Rover. Pareciam instrutores de táticas de guerra na selva, esguios e de cabeças alongadas. Já no veículo, seguiram diretamente para o meio do mato, afastando-se não apenas da estrada de terra batida como também de todos os outros carros que procuravam atalhos. Havia no para-choque do carro deles a frase: CONTROLE DE ARMAS É CONTROLE DE CÉREBROS.* Em situações desse tipo, a gente tem mais é que ficar perto de pessoas que pertencem a grupos malucos de extrema direita. Eles são escolados nas artes da sobrevivência. Com alguma dificuldade, segui o jipe; nossa caminhonete sacolejava sobre arbustos, trechos íngremes, pedras ocultas. Em menos de cinco minutos o Land-Rover já havia desaparecido.

A chuva virou gelo, o gelo virou neve.

---

* Nos Estados Unidos, grupos conservadores e de extrema direita combatem todas as tentativas do governo federal no sentido de controlar as armas de fogo e dificultar sua aquisição por qualquer um. Na maioria dos estados, não é necessário tirar licença de porte de armas para adquirir armas de fogo e andar com elas. (N. T.)

Vi uma fileira de faróis à direita, e segui cinquenta metros nessa direção, ao longo de um rego; o carro ia torto como um tobogã. Mas nunca nos aproximávamos dos faróis. Babette ligou o rádio e ficamos sabendo que as pessoas do acampamento de escoteiros eram levadas para Iron City, onde estavam sendo providenciados alimentos e acomodações. Ouvimos buzinas e achamos que fosse uma reação ao que o rádio dissera; elas porém continuaram, numa cadência rápida e insistente, expressando um pavor animal no meio da noite e da neve.

Então ouvimos os rotores. Vimos por entre as árvores nuas a imensa nuvem tóxica, agora iluminada por dezoito helicópteros; de uma imensidão quase inconcebível, muito maior do que qualquer lenda, qualquer boato, uma massa fluida e inchada, em forma de lesma. Parecia gerar tempestades em seu próprio interior. Ouviam-se estampidos e estalos, viam-se relâmpagos e longos riscos de fogo químico. As buzinas gritavam e gemiam. Os helicópteros pulsavam, como enormes eletrodomésticos. Dentro do carro, no meio da floresta e da neve, não dizíamos palavra. A grande nuvem tinha um núcleo turbulento e bordas prateadas pela luz dos holofotes. Arrastava-se, uma lesma horrenda, pelo céu escuro, e os helicópteros pareciam ganir, impotentes, em seu encalço. Com suas proporções imensas, sua forma escura e ameaçadora, cercada de uma escolta metálica, aquela nuvem parecia uma promoção nacional da morte, uma campanha de milhões de dólares, com anúncios no rádio e grandes outdoors e comerciais incessantes na tevê. Houve uma descarga de alta tensão de luzes fortes. As buzinas aumentaram.

Lembrei, com uma sensação de choque, que eu estava oficialmente morto. A entrevista com o homem da SIMUVAC voltou-me à mente, com todos os seus detalhes terríveis. Senti-me mal em vários níveis.

Não havia nada a fazer senão levar a família para um lugar

seguro. Eu seguia na direção dos faróis, das buzinas incessantes. Wilder dormia, planando em espaços uniformes. Eu pisava no acelerador, dava guinadas na direção, lutava com o carro para atravessar uma concentração de pinheiros.

Por detrás de sua máscara de cirurgião, Heinrich perguntou:

— Você já olhou bem pros seus olhos?

— Como assim? — perguntou Denise, demonstrando interesse imediato, como se estivéssemos sentados na varanda da frente da casa numa tarde preguiçosa de verão.

— O seu próprio olho. Você sabe o nome das partes?

— Quer dizer, a íris, a pupila?

— Essas todo mundo conhece. E o humor vítreo? E o cristalino? O cristalino é crucial. É uma lente. Quantas pessoas sabem que têm lentes dentro dos olhos? Elas acham que lente só tem em câmera fotográfica.

— E o ouvido? — perguntou Denise, com uma voz abafada.

— Se o olho já é um mistério, imagine só o ouvido. Chegue perto de uma pessoa e diga "cóclea". Ela olha pra você assim e pergunta: "Quem é essa?". Tem todo um mundo dentro da gente.

— E ninguém nem liga.

— Como é que as pessoas podem passar a vida toda sem saber o nome das partes do corpo?

— E as glândulas? — perguntou ela.

— As glândulas de animais você pode comer. Os árabes comem glândulas.

— Os franceses também — comentou Babette, por detrás da gaze.— E por falar em olhos, os árabes os comem.

— Comem o que do olho? — perguntou Denise.

— O olho todo. Olho de carneiro.

— Não comem as pestanas — disse Heinrich.

— Carneiro tem pestana? — perguntou Steffie.

— Pergunte ao seu pai — falou Babette.

O carro atravessou um riacho que eu só vi quando já estávamos dentro dele. Com dificuldade, conseguimos subir a outra margem. A neve caía em flocos abundantes, atravessando os feixes de luz. O diálogo abafado prosseguia. Refleti que a difícil situação em que nos encontrávamos era, para alguns de nós, de interesse apenas relativo. Eu queria que eles dessem atenção à nuvem tóxica. Queria que reconhecessem meus esforços no sentido de chegar até a estrada. Pensei em falar sobre o diagnóstico do computador, a morte programada que eu trazia em meus cromossomos e em meu sangue. Minha alma estava inundada de autocomiseração. Tentei relaxar e gozar a sensação.

— Dou cinco dólares — disse Heinrich, por detrás de sua máscara protetora — pra quem souber me dizer onde foi que morreu mais gente, na construção das pirâmides do Egito ou na da Grande Muralha da China; mas tem que dizer também quantas pessoas morreram em cada obra, com margem de erro de cinquenta indivíduos.

Acompanhei três tratores de neve num campo aberto. Havia algo de animado e alegre nos veículos. A nuvem tóxica ainda era visível; os indicadores químicos descreviam lentamente arcos em seu interior. Passamos por famílias que iam a pé, vimos uma fileira de pares de faróis vermelhos serpenteando na escuridão. Quando saímos da floresta, as pessoas nos outros carros nos dirigiram olhares sonolentos. Levamos noventa minutos para pegar a estrada, mais meia hora para chegar ao trevo, de onde seguimos para Iron City. Foi na encruzilhada que encontramos o grupo que vinha do Kung Fu Palace. Buzinas, crianças acenando. Como o encontro de duas fileiras de diligências na Santa Fé Trail do Velho Oeste. Ainda víamos a nuvem pelo espelho retrovisor.

Krylon, Rust-Oleum, Red Devil.

Chegamos em Iron City ao amanhecer. Todas as saídas da cidade estavam controladas. Soldados da polícia estadual e voluntários da Cruz Vermelha distribuíam instruções mimeografadas a respeito dos centros de evacuação. Meia hora depois estávamos com mais quarenta famílias numa academia de caratê abandonada, no último andar de um prédio de quatro andares na rua principal. Não havia camas nem cadeiras. Steffie se recusou a tirar a máscara.

Às nove da manhã já tínhamos uma boa quantidade de colchões de ar, comida e café. Pelas janelas empoeiradas vimos um grupo de crianças com turbantes, membros da comunidade sique da cidade, segurando na rua uma placa escrita à mão: IRON CITY DÁ BOAS-VINDAS AOS EVACUADOS. Não tínhamos permissão de sair do prédio.

Nas paredes da academia havia cartazes mostrando as seis superfícies da mão utilizadas para dar golpes de caratê.

Ao meio-dia, correu um boato pela cidade: técnicos estavam sendo baixados dos helicópteros para dentro da nuvem tóxica, para lá colocarem certos microrganismos geneticamente manipulados que se alimentavam dos agentes tóxicos contidos no Niodene D. Eles literalmente consumiriam a grande nuvem, devorando-a, decompondo-a.

Essa extraordinária inovação, tão parecida com o tipo de coisa que se lê nas manchetes dos tabloides sensacionalistas, nos deu uma sensação de cansaço, de empanturramento insubstancial, como a que se tem após empapuçar-se de chisitos e beiconzitos. Comecei a andar de um lado para outro, tal como havia feito no acampamento de escoteiros, passando de um aglomerado a outro. Ninguém sabia de que modo um punhado de micróbios conseguiria consumir as substâncias tóxicas daquela nuvem enorme e densa. Ninguém sabia o que aconteceria com os tóxicos após comidos, nem com os microrganismos após seu repasto.

Por toda parte havia crianças fingindo golpes de caratê. Quando voltei ao lugar onde tínhamos acampado, Babette estava sozinha, de cachecol e boné de tricô.

— Não gostei desse último boato — disse ela.

— Achou difícil de engolir? Quer dizer que você não acredita que uns microbiozinhos sejam capazes de devorar essa nuvem tóxica.

— Acho isso perfeitamente plausível. Não duvido nem um pouco que eles tenham esses bichinhos guardados em caixinhas de papelão com janelinhas de plástico, que nem estojos de carga de esferográfica. É isso que me preocupa.

— A existência de organismos feitos sob medida.

— A própria concepção, a existência, a engenhosidade maravilhosa. Por um lado, eu realmente acho admirável. Imagine só, tem gente capaz de bolar uma coisa dessas. Um micróbio que devora nuvens, sei lá. É realmente incrível. Nem todo o espanto que há no mundo seria bastante. Mas até aí, tudo bem. O que me preocupa é o seguinte: será que eles pensaram em todas as consequências?

— É, a gente fica com uma vaga desconfiança.

— Acho que eles estão afetando meu lado supersticioso. Cada avanço é pior que o anterior, porque me faz ficar ainda mais assustada.

— Assustada com o quê?

— O céu, a terra, não sei.

— Quanto maior o avanço da ciência, mais primitivo o medo das pessoas.

— Por quê?

Às três da tarde, Steffie ainda estava com a máscara protetora. Andava ao longo das paredes, dois olhos verde-claros, arregalados, perceptiva, alerta, reservada. Observava as pessoas como se elas não percebessem isso, como se a máscara cobrisse seus olhos ao invés de deixá-los de fora. As pessoas achavam que ela estava brincando. Piscavam, cumprimentavam-na. Eu estava certo de que minha filha levaria no mínimo mais um dia para se sentir segura o bastante e tirar a máscara protetora. Steffie levava muito a sério as advertências, interpretava o perigo como um estado muito parco em detalhes e precisão para se limitar a um determinado tempo e lugar. Eu sabia que o jeito seria esperar que ela esquecesse a voz amplificada, as sirenes, aquela viagem de carro pelo meio do mato. Nesse ínterim, a máscara, ao destacar seus olhos, dramatizava sua sensibilidade a episódios de tensão e perigo. Parecia trazê-la mais para perto do mundo real, aguçá-la.

Às sete da noite, um homem começou a andar lentamente de um lado para outro com uma minitevê na mão, discursando enquanto caminhava. Era de meia-idade ou mesmo velho, de olhos límpidos e postura ereta, com um boné forrado de pele com as orelheiras baixadas. Ele segurava o aparelho de tevê bem alto e afastado do corpo, e enquanto falava rodava-o constantemente, para que todos nós víssemos a tela vazia.

— Nas estações das redes não dá nada — disse ele. — Nenhuma palavra, nenhuma imagem. No canal de Glassboro só houve uma notícia de cinquenta e duas palavras, contadas. Nenhuma imagem filmada, nenhuma reportagem ao vivo. Será que esse tipo de coisa agora é tão frequente que ninguém liga mais? Será que essa gente não sabe o que estamos sofrendo? Quase morremos de medo. Continuamos com medo. Largamos nossas casas, viajamos pelo meio de nevascas, vimos a nuvem, como uma aparição da morte, bem à nossa frente. Será possível que ninguém se interesse em fazer uma boa cobertura do que está acontecendo? Meio minuto, vinte segundos? Então eles estão nos dizendo que foi uma coisa insignificante, uma bobagem? Será que são tão insensíveis assim? Estão tão enjoados de histórias de contaminações e vazamentos e dejetos tóxicos? Será que acham que isso é só coisa de televisão? "Esse tipo de coisa já tem demais na tevê — pra que mostrar mais?" Será que não sabem que isso está acontecendo *de fato*? As ruas não deviam estar cheias de câmeras e técnicos de som e repórteres? A gente não devia estar na janela, gritando: "Deixem a gente em paz, nós já passamos por um mau pedaço, vão embora com esses aparelhos intrometidos?". Será que é preciso que morram duzentas pessoas, que eles tenham uma oportunidade única de captar imagens inusitadas, pra virem pra cá aos montes, em helicópteros e carros de externas? O que exatamente tem que acontecer para que enfiem os microfones nas nossas caras e nos persigam até as portas de nossas casas, acampem nos nossos quintais e criem aquele circo habitual? Não fazemos jus ao direito de desprezar perguntas idiotas de repórteres? Estamos em quarentena aqui. Como leprosos na Idade Média. Não nos deixam sair. Largam a comida ao pé da escada e depois saem de fininho. É o maior medo por que já passamos na vida. Tudo aquilo que amamos, tudo aquilo por que trabalhamos está seriamente ameaçado. Mas agora olhamos ao redor e vemos que os órgãos oficiais da imprensa nos abandonaram. A grande nuvem tóxica é uma coisa horrorosa. O medo que sentimos é terrível. Mesmo que não tenha havido muitas mortes, será que não merecemos um pouco de atenção pelo que sofremos, pelo tanto que nos preocupamos, pelo terror que experimentamos? Será que medo não é notícia?

Aplausos. Muitos gritos de apoio. O orador virou-se lentamente, mais uma vez, exibindo a tevezinha à plateia. Quando completou a volta, estava de frente para mim, a uns quinze centímetros de meu rosto. Sua expressão abatida sofreu uma mudança, e nela desenhou-se algo próximo à surpresa, o choque causado por um pequeno fato inexplicável.

— Já vi isso antes — ele me disse, finalmente.

— Isso o quê?

— O senhor estava aí, eu aqui. Como um salto para a quarta dimensão. Suas feições incrivelmente nítidas. Cabelos claros, olhos esbugalhados, nariz rosado, boca e queixo inclassificáveis, pele suada, bochechas médias, ombros caídos, mãos e pés grandes. Tudo isso já aconteceu. O chiado do vapor nos canos. Esses pelinhos nos seus poros. Essa expressão no seu rosto.

— Que expressão? — perguntei.

— Apavorada, lívida, perdida.

Só nos deixaram voltar para nossas casas nove dias depois.

3. DYLARAMA

22

O supermercado está cheio de velhos que parecem perdidos no meio de tantas mercadorias de cores vivas. Uns são baixos demais para alcançar as prateleiras mais altas; outros bloqueiam os corredores com seus carrinhos; outros são desajeitados e têm reações retardadas; outros são esquecidos, outros confusos; outros andam murmurando, com aquela cara desconfiada das pessoas que perambulam pelos corredores dos asilos.

Eu empurrava meu carrinho. Wilder vinha sentado na prateleira dobrável, tentando agarrar os artigos cuja cor e brilho excitavam seu sistema de análise sensorial. Havia agora duas novidades no supermercado, um açougue e uma padaria, e o cheiro de pão e bolo saindo do forno, combinado com a visão de um homem com avental manchado de sangue cortando pedaços de vitela, estimulava a todos nós.

"Dristan Ultra, Dristan Ultra."

Outro fator estimulante era a neve. O serviço meteorológico

previa muita neve para hoje. Essa ameaça trouxe muita gente ao supermercado, pessoas que temiam que em breve as estradas fossem interditadas, pessoas velhas demais para caminhar na neve e no gelo, pessoas que achavam que a nevasca as isolaria em suas casas durante dias ou semanas. As mais velhas, em particular, eram suscetíveis a previsões de calamidades feitas na televisão por homens sérios, à frente de mapas de radar digitalizados e fotografias pulsantes do planeta. Excitadíssimos, os velhos ocorriam ao supermercado para fazer estoques antes que a frente fria chegasse. Ameaça de neve, diziam os meteorologistas. Alerta de neve. Limpa-neves. Neve misturada com gelo e chuva congelada. Mais para o oeste já estava nevando. Os velhos agarravam essa notícia como se fosse um crânio de pigmeu. Nevadas. Nevascas. Alertas. Neve pesada. Neve com vento. Neve profunda e montes de neve. Acúmulos e devastações. Os velhos faziam compras em pânico. Quando a tevê não os irritava, os apavorava. Eles trocavam cochichos nas filas. Alerta aos viajantes, visibilidade zero. Quando será que chega? Quantos centímetros de neve? Quantos dias? Eles se tornam reservados, inquietos, como quem esconde as notícias piores e as melhores dos outros, como se sua pressa contivesse algo de astúcia, tentando escapulir do supermercado antes que alguém lhes perguntasse por que estavam comprando tanta coisa. Estocando víveres para uma guerra. Gulosos e culpados.

Vi Murray no setor de artigos sem marca, com uma frigideira de teflon na mão. Parei para observá-lo um pouco. Ele falava com quatro ou cinco pessoas, de vez em quando tomando notas num caderno espiral. Conseguia escrever com a frigideira debaixo do braço, desajeitadamente.

Wilder chamou-o com um guincho de primata, e empurrei o carrinho até ele.

— Como vai a sua mulher, tão simpática?

— Vai bem — respondi.

— Esse garoto já está falando?

— De vez em quando. Ele é muito seletivo pra essas coisas.

— Lembra daquela mãozinha que você me deu? A luta pelo poder sobre Elvis Presley?

— Claro. Entrei na sua aula e falei.

— De modo um tanto trágico, minha vitória estava garantida de qualquer jeito.

— O que houve?

— O Cotsakis, meu rival, já não está no mundo dos vivos.

— Como assim?

— Morreu.

— Morreu?

— Tragado pelas ondas em Malibu. Durante as férias. Soube há uma hora. Vim direto pra cá.

De repente dei-me conta da densidade da textura do ambiente. As portas automáticas abriam e fechavam, resfolegando abruptamente. As cores e os cheiros pareciam mais intensos. O som de pés arrastando-se no chão emergia dentre dezenas de outros sons, o zumbido marítimo dos sistemas de manutenção, o farfalhar dos tabloides manuseados por fregueses interessados no horóscopo do dia, os cochichos de velhas com rostos cobertos de talco, o chacoalhar constante dos carros que passavam por cima de uma tampa de bueiro frouxa logo à entrada do supermercado. Pés se arrastando. Eu ouvia aquele som distintamente, um ruído abafado e triste que vinha de todos os corredores.

— Como vão as meninas? — perguntou Murray.

— Bem.

— Já voltaram às aulas?

— Já.

— Agora que passou o susto.

— É. A Steffie finalmente tirou a máscara protetora.

— Quero alcatra com osso, fatiada — disse ele ao açougueiro, com um gesto.

Eu já ouvira aquela expressão, mas o que significava exatamente?

— Carne fresca, pão quentinho — continuou Murray. — Frutas exóticas, queijos raros. Produtos de vinte países. É como uma daquelas encruzilhadas da antiguidade, um bazar persa ou cidade comercial à margem do Tigre. E você, como é que está, Jack?

O que ele queria dizer com isso?

— Coitado do Cotsakis, tragado pelas ondas — disse eu. — Aquele homem enorme.

— Ele mesmo.

— Nem sei o que dizer.

— Ele era grande, mesmo.

— Imenso.

— Também não sei o que dizer. Só uma coisa: antes ele do que eu.

— Ele devia pesar uns cento e cinquenta quilos.

— Ah, tranquilamente.

— O que é que você acha? Cento e quarenta, cento e cinquenta?

— Cento e cinquenta, tranquilamente.

— Morto. Um homenzarrão daqueles.

— O que se pode dizer?

— E eu que me considerava grande.

— Ele era grande em outro nível. Você é grande no seu.

— Quer dizer, eu mal o conhecia. Nem o conhecia.

— Quando alguém morre, é melhor quando a gente não conhecia. E antes ele que a gente.

— Ser tão enorme. Depois morrer.

— Ser tragado sem deixar vestígio. Ser levado embora.

— Parece que eu o estou vendo na minha frente.

— De certo modo é estranho — disse ele — a gente poder visualizar os mortos, não é?

Fui com Wilder para a seção de frutas, que brilhavam, úmidas, nítidas. Havia algo de ostentativo nelas. Pareciam cuidadosamente observadas, como fotos num manual de fotografia a cores. Viramos à direita, à altura das garrafas plásticas de água mineral, em direção ao caixa. A presença de Wilder me agradava. O mundo era uma série de gratificações efêmeras. Ele pegava o que podia, e em seguida imediatamente esquecia o que vira na emoção do prazer subsequente. Era esse esquecimento que eu invejava e admirava.

A mulher da caixa lhe fez uma série de perguntas, respondendo-as ela mesma com voz de bebê.

Algumas das casas da cidade estavam malcuidadas. Os bancos do parque precisavam ser consertados, as ruas esburacadas precisavam ser reasfaltadas. Sinais dos tempos. Mas o supermercado não mudava, senão para melhor. Era bem sortido, musical e iluminado. Ele era a chave — assim nos parecia. Tudo estava bem, continuaria bem, ficaria até melhor, desde que o supermercado permanecesse incólume.

Ao cair da tarde, levei Babette para sua aula de postura. Paramos no viaduto e saltamos do carro para apreciar o pôr do sol. Desde o episódio da nuvem tóxica, o pôr do sol se tornara quase inacreditavelmente belo. Não que houvesse uma relação direta mensurável. Se havia algo específico no Niodene D. (acrescido à torrente cotidiana de resíduos, poluentes, contaminantes e delirantes) que causara este salto estético de crepúsculos já brilhantes para espetáculos magníficos, estupendos, rubros, visionários, quase terríveis, ninguém conseguira prová-lo.

— Então o que foi? — perguntou Babette. — Se não foi isso, então o que foi?

— Não sei.

— Não estamos perto do deserto nem do mar. Aqui, no inverno, os crepúsculos deviam ser tímidos. Mas olhe só pra esse céu. Que coisa linda, deslumbrante! Antes o pôr do sol durava cinco minutos. Agora dura uma hora.

— Por quê?

— Por quê? — repetiu Babete.

Daquele lugar no viaduto tinha-se uma bela vista do poente. As pessoas vinham para cá desde os primeiros crepúsculos novos; estacionavam os carros, tiritando no vento gelado, para conversar nervosamente e apreciar a vista. Já havia quatro carros; certamente outros haveriam de vir. O viaduto se tornara um ponto turístico. A polícia hesitava em incomodar os veículos estacionados ilegalmente. Era uma dessas situações em que todas as restrições parecem mesquinhas, como uma olimpíada para deficientes físicos.

Depois voltei à igreja congregacional para pegar Babette após a aula. Denise e Wilder vieram pelo passeio. De jeans e perneiras, Babette era uma figura e tanto. As perneiras lhe emprestavam um ar marcial, algo de guerreiro da antiguidade. Quando ela limpava a neve da calçada, usava também uma testeira de pele. Aquilo me fazia pensar no século v de nossa era. Homens reunidos ao redor do fogo, conversando baixinho em dialetos turcos e mongólicos. Céus limpos. A morte altaneira e exemplar de Átila, rei dos hunos.

— Como foi a aula? — perguntou Denise.

— Está indo tão bem que eles querem que eu dê outro curso.

— Sobre o quê?

— Essa o Jack não vai acreditar.

— O quê? — perguntei.

— Como comer e beber. O nome do curso é Comer e

Beber: Parâmetros Básicos. Realmente, não precisava ter um nome tão imbecil.

— Mas o que você vai ensinar? — perguntou Denise.

— Isso é que é o bom da coisa. O assunto é praticamente inesgotável. Comer comidas leves no calor. Beber muito líquido.

— Mas isso todo mundo sabe.

— O conhecimento está sempre mudando. As pessoas gostam de reforçar suas crenças. Não se deite depois de uma refeição pesada. Não beba álcool de estômago vazio. Não nade antes de uma hora após a refeição. O mundo é mais complicado para os adultos do que para as crianças. No nosso tempo, as coisas não viviam mudando como agora. Um dia elas simplesmente começaram a mudar. Por isso as pessoas precisam de alguém investido de autoridade pra afirmar que uma determinada maneira de fazer uma coisa é certa ou errada, pelo menos por enquanto. E eu fui a pessoa melhor que eles acharam pra isso.

Um fiapo carregado de eletricidade estática estava grudado à tela da tevê.

Na cama, ficamos imóveis, eu com a cabeça entre os seios de Babette, como se para protegê-la de um golpe implacável. Estava decidido a não lhe dizer nada a respeito do veredicto do computador. Sabia que ela ficaria arrasada se soubesse que era quase certo que eu seria o primeiro a morrer. Seu corpo tornou--se o agente de minha decisão, de meu silêncio. Toda noite eu recorria a seus seios, aninhando-me naquele espaço como um submarino avariado no estaleiro de reparos. Davam-me coragem os seus seios, a boca quente, as mãos inquietas, as pontas de seus dedos roçando-me as costas. Quanto mais leve o toque, maior a minha determinação de não lhe dizer nada. Somente o desespero dela poderia vencer minha força de vontade.

Uma vez quase lhe pedi que vestisse as perneiras antes de fazermos amor. Mas parecia haver naquele pedido mais páthos do que aberração sexual, e achei que talvez ela ficasse desconfiada de que havia algum problema.

23

Pedi a meu professor de alemão que aumentasse a duração das aulas em meia hora. Mais do que nunca, me parecia urgente aprender o idioma. O quarto do professor era frio. Ele usava agasalhos pesados e parecia estar gradualmente empilhando móveis contra a janela.

Ficamos sentados um à frente do outro no cômodo escuro. Eu estava indo muito bem no vocabulário e na gramática. Se fizesse um exame escrito, passaria tranquilamente, com notas ótimas. Mas continuava tendo dificuldades com a pronúncia. Dunlop parecia não ligar para isso. Ele repetia as palavras vez após vez, e seus perdigotos secos voavam em direção a meu rosto.

Aumentamos para três aulas por semana. Ele pareceu tornar-se menos desligado, um pouco mais envolvido. Móveis, jornais, caixas de papelão, folhas de polietileno continuavam se acumulando nas paredes e janelas — coisas que encontrava abandonadas no mato. Quando eu fazia os exercícios de pronúncia, ele olhava atentamente para minha boca. Uma vez enfiou dentro dela a mão direita, para endireitar a posição de minha língua. Foi um momento estranho e terrível, um ato de intimidade aterradora. Ninguém jamais havia manuseado minha língua.

Ainda havia pastores alemães patrulhando a cidade, acompanhados de homens com trajes de *mylex*. Gostávamos dos cães, nos acostumamos com sua presença, fazíamos festinhas para eles e lhes dávamos comida, porém nunca nos adaptamos bem à presença daqueles homens de trajes padronizados e botas acolchoadas, com máscaras contra gases cheias de tubos. Associávamos estes adereços à fonte de nossos problemas e temores.

No jantar, Denise perguntou:

— Por que eles não andam com roupas normais?

— Esse é o traje que usam quando estão a serviço — explicou Babette. — Não quer dizer que a gente esteja ameaçada. Os cachorros só encontraram uns poucos vestígios de material tóxico nos arredores da cidade.

— Isso é o que eles querem que a gente acredite — disse Heinrich. — Se divulgassem a verdade, ia haver processos de bilhões de dólares. Pra não falar em manifestações de protesto, cenas de pânico, violência e desordem social.

Essa perspectiva parecia agradá-lo. Babette comentou:

— Isso também já é exagero, não é?

— Exagero o quê? O que eu disse ou o que ia acontecer?

— As duas coisas. Não há por que ficar achando que os resultados verdadeiros não foram divulgados.

— Você realmente acredita nisso? — perguntou ele.

— Por que não?

— Se os resultados verdadeiros dessas investigações fossem publicados, a indústria entrava em colapso.

— Que investigações?

— As que estão sendo feitas em todo o país.

— É essa a questão — disse Babette. — Todo dia os jornais noticiam mais uma contaminação tóxica. Solventes cancerosos que vazam de tanques, arsênico emitido pelas chaminés das fábricas, água radioativa das usinas. Se essas coisas vivem acontecendo, não podem ser tão sérias assim, não é mesmo? Um evento sério é por definição uma coisa que não acontece todo dia, não é?

As duas meninas olharam para Heinrich, à espera de um contra-argumento devastador.

— Esses episódios de contaminação não têm a menor importância — disse ele.

Ninguém esperava por essa. Babete o observou, desconfiada. Heinrich cortou em dois pedaços iguais uma folha de alface.

— Eu não diria que eles não têm a menor importância — retrucou ela, cautelosa. — São pequenos vazamentos cotidianos. São controláveis. Mas não é que não tenham nenhuma importância. Temos que controlá-los.

— A gente tem mais é que esquecer logo esses vazamentos, pra poder enfrentar o verdadeiro problema.

— Qual é o verdadeiro problema? — perguntei.

Heinrich falou, com a boca cheia de alface e pepino:

— O verdadeiro problema são as radiações que nos cercam diariamente. O rádio, a tevê, o forno de micro-ondas, as linhas de força que passam pertinho das casas, o radar da polícia pra pegar quem está correndo demais na estrada. Há anos que vivem dizendo à gente que essas pequenas doses de radiação não fazem mal.

— E agora? — perguntou Babette.

Com a colher, Heinrich moldava o purê de batatas em seu prato, formando um vulcão. Derramou molho na cratera, cuidadosamente. Então começou a eliminar do bife a gordura, os nervos e demais imperfeições. Ocorreu-me que o ato de comer é a única espécie de profissionalismo que a maioria das pessoas chega a atingir.

— Essa é a grande preocupação agora — disse ele. — Esses vazamentos e derramamentos são o de menos. São as coisas que funcionam dentro das nossas casas que pegam a gente, mais cedo ou mais tarde. Os campos elétricos e magnéticos. Qual de vocês acreditaria em mim se eu dissesse que as taxas mais elevadas de suicídio são as das pessoas que vivem perto de linhas de força de alta tensão? Por que é que essas pessoas são tão melancólicas e deprimidas? Porque *veem* aquela fiarada e aqueles postes feios todo dia? Ou será que acontece alguma coisa com os neurônios delas por estarem constantemente expostos à radiação?

Heinrich afundou um pedaço de carne no lago de molho que havia na cratera do vulcão, e depois levou-o à boca. Mas só começou a mastigar depois que abocanhou um pouco de purê tirado das escarpas da montanha. Aparentemente, estava se formando uma tensão na sala, causada pela expectativa de ele conseguir ou não terminar o molho antes que a montanha de purê desabasse.

— Dor de cabeça e cansaço são o de menos — disse ele, mastigando. — Pior são os distúrbios nervosos, comportamentos inusitados e violentos no lar. São descobertas científicas. Por que será que estão nascendo tantas crianças deformadas? Por causa do rádio e da tevê.

As meninas o encaravam com admiração. Eu queria argumentar. Queria lhe perguntar por que eu devia acreditar nessas descobertas científicas, mas não nas constatações de que não havia mais contaminação de Niodene na cidade. Mas o que poderia dizer, levando-se em conta a minha situação? Eu queria argumentar que dados estatísticos como aqueles eram, por sua própria natureza, inconclusivos e enganadores. Queria dizer que ele ia acabar encarando todas essas previsões catastróficas com ceticismo à medida que fosse amadurecendo, saindo de sua posição literalista intransigente, desenvolvendo uma atitude equilibrada, bem-informada e questionadora, ganhando juízo e bom senso, envelhecendo, decaindo, chegando à morte.

Porém limitei-me a dizer:

— Esses dados apavorantes viraram uma nova indústria. Cada companhia tenta assustar a gente mais que as outras.

— Vou lhe contar uma que você não sabe — disse Heinrich. — O cérebro de um rato branco emite íons de cálcio quando exposto à radiação de radiofrequência. Será que algum de vocês sabe o que isto significa?

Denise olhou para a mãe.

— É isso que ensinam nas escolas, hoje em dia? — exclamou Babette. — Que fim levou a educação cívica, aprender como o Congresso aprova uma lei? O quadrado da hipotenusa é igual à soma dos quadrados dos catetos. Ainda me lembro dos teoremas. A batalha de Bunker Hill na realidade ocorreu em Breed's Hill. Essa é boa. Letônia, Estônia e Lituânia.

— Foi o *Monitor* ou o *Marrimac* que afundou? — perguntei.

— Não sei, mas teve também o Tippecanoe e o Tyler.

— Que é isso? — perguntou Steffie.

— Eu quero dizer que ele era um índio que tentou entrar na política. Mais uma: quem inventou a segadora mecânica, e como foi que ela revolucionou a agricultura nos Estados Unidos?

— Estou tentando lembrar os três tipos de rochas — disse eu. — Ígnea, sedimentar e tem outra que eu não lembro.

— E os logaritmos? E as causas do descontentamento econômico que levaram ao crack da Bolsa? Mais uma: quem ganhou os debates entre Lincoln e Douglas? Cuidado. Não é tão fácil quanto parece.

— Antracito e betuminoso — disse eu. — Isósceles e escaleno.

As palavras misteriosas me voltaram à mente, num tumulto de imagens escolares.

— Mais uma: anglos, saxões e jutos.

O déjà vu continuava a ser um problema na região. Haviam aberto uma linha telefônica de aconselhamento, vinte e quatro horas por dia, com pessoal treinado para falar com pessoas atormentadas pelo fenômeno. Talvez o déjà vu e outras vinculações de mente e corpo fossem as consequências duradouras da grande nuvem tóxica. Mas durante algum tempo foi possível interpretar estas coisas como sinais de um isolamento profundo, que estávamos agora começando a sentir. Não havia nenhuma cidade grande sofrendo um tormento maior, que pudéssemos usar para que nosso próprio dilema nos parecesse menos grave. Nenhuma cidade grande em que pudéssemos pôr a culpa. Nenhuma cidade grande para odiarmos e temermos. Nenhuma megalópole frenética para absorver nosso sofrimento, para distrair-nos da sensação de passagem implacável do tempo — o tempo, agente de nossa destruição, da degeneração de nossos cromossomos, da multiplicação histérica das nossas células.

— Baba — murmurei naquela noite, entre seus peitos.

Embora a nossa comunidade seja até bem livre de ressentimentos, em se tratando de uma cidade pequena, a ausência de uma metrópole que nos sirva de ponto de referência nos faz sentir um pouco solitários em nossos momentos de privacidade.

24

Foi na noite seguinte que descobri o Dylar. Um pequeno frasco de plástico leve, cor de âmbar. Estava preso com fita adesiva à parte de baixo da tampa da serpentina do aquecedor do banheiro. Encontrei-o quando o aquecedor começou a fazer um barulhinho, e tirei a tampa para examinar a válvula, metódica e cuidadosamente, tentando ocultar de mim mesmo minha sensação de impotência.

Fui imediatamente procurar Denise. Ela estava na cama, vendo televisão. Quando lhe falei de minha descoberta, fomos discretamente até o banheiro examinar o frasco juntos. Foi fácil ler a palavra "Dylar" através da fita transparente. Nem eu nem ela pegamos em nada, tamanha a nossa surpresa ao encontrarmos o remédio escondido desse jeito. Encaramos as pílulas com uma seriedade profunda. Depois trocamos um olhar carregado de implicações.

Sem trocarmos palavra, recolocamos a tampa da serpentina, deixando o frasco intacto, e voltamos ao quarto de Denise. Dizia a voz ao pé da cama: "Enquanto isso, vejamos uma guarnição de limão, fácil de fazer, que combina com qualquer prato de frutos do mar".

Sentada na cama, Denise tinha o olhar perdido, fixado não em mim, nem na tevê, nem nos pôsteres na parede. Os olhos estavam apertados, o rosto contraído numa expressão pensativa.

— Não vamos dizer nada a Baba.

— Está bem — concordei.

— Porque ela vai simplesmente dizer que não lembra por que guardou o vidro lá.

— O que é o Dylar? Isso era o que eu queria saber. Aqui por perto só tem três ou quatro lugares onde ela pode aviar essa receita. Qualquer farmacêutico explica pra que serve o remédio. Amanhã de manhã eu faço isso.

— Eu já fiz — disse Denise.

— Quando?

— Por volta do Natal. Fui a três farmácias e falei com aqueles indianos do balcão dos fundos.

— Acho que são paquistaneses.

— Ou isso.

— O que eles lhe disseram a respeito do Dylar?

— Nunca ouviram falar.

— Você pediu pra eles se informarem? Devem ter listas dos remédios mais novos. Suplementos, apêndices.

— Eles viram. Não consta em nenhuma lista.

— Não consta — repeti.

— Vamos ter que ligar pro médico dela.

— Vou ligar agora mesmo. Ele deve estar em casa.

— Pegue o homem de surpresa — disse ela, com algo de implacável na voz.

— Ligando pra casa dele, não vai ter secretária eletrônica, nem recepcionista, nem enfermeira, nem o médico jovem e simpático que divide o consultório e que é encarregado de tratar os pacientes que ele rejeita. Quando o médico mais velho passa você pro mais moço, isso quer dizer que você e a sua doença são de segunda classe.

— Ligue pra casa dele — insistiu Denise. — Tire o cara da cama. Arranque o que a gente quer saber.

O único telefone ficava na cozinha. Desci o corredor, olhando de relance para dentro de nosso quarto, certificando-me de que Babette ainda estava lá, passando blusas a ferro e ouvindo um programa de rádio para o qual os ouvintes telefonam; tinha adquirido recentemente o hábito de ouvir esses programas. Desci, fui até a cozinha, peguei no caderno de telefones o número do médico e liguei para sua residência.

O nome do homem era Hookstratten. Parecia um nome meio alemão. Eu já o vira uma vez — curvado, com cara de barbela de galinha e voz grave. Denise queria que eu arrancasse a informação dele, mas isso só era possível num contexto de honestidade e franqueza. Se eu fingisse ser um estranho querendo saber a respeito do Dylar, ele ou desligaria ou me chamaria para ir a seu consultório.

Ele atendeu quando o telefone tocava pela quarta ou quinta vez. Identifiquei-me e disse que estava preocupado com Babette, tão preocupado que tomara a liberdade de ligar para sua residência, uma liberdade excessiva, certamente, mas que eu esperava que ele compreendesse. Expliquei-lhe que estava convencido de que a medicação que ele lhe receitara era a causa do problema.

— Qual é o problema?

— Esquecimento.

— Ligar pra residência de um médico para falar de esquecimento. Se todo mundo que é esquecido resolvesse ligar pra residência do médico, já pensou o que aconteceria? O telefone não ia parar de tocar.

Expliquei-lhe que os lapsos de memória eram frequentes.

— Frequentes. Eu conheço a sua mulher. Foi ela que veio me procurar uma noite com uma criança chorando, e dizendo: "Meu filho está chorando". Bem dela, procurar um médico que é uma verdadeira clínica ambulante e pedir que trate de uma criança porque está chorando. Agora eu atendo o telefone e é o marido. Só mesmo o senhor, ligar pra residência de um médico depois das dez da noite pra dizer a ele que a mulher é esquecida. Só falta agora me ligar pra dizer que ela está com gases. Gases!

— Mas os lapsos são frequentes e prolongados, doutor. Só pode ser a medicação.

— Que medicação?

— O Dylar.

— Nunca ouvi falar nisso.

— Um comprimido branco, pequeno. Vem num frasco âmbar.

— Só o senhor mesmo, dizer que o comprimido é branco e pequeno e achar que um médico pode dizer alguma coisa, em casa, depois das dez da noite. Só falta agora me dizer que é redondo. É um dado crucial.

— É uma droga que não consta de nenhuma lista.

— Eu nunca vi. E garanto que não fui eu quem receitou pra sua mulher. Ela é muito saudável, que eu saiba, e levando-

-se em conta que sou tão falível quanto qualquer outro ser humano.

Pelo visto, ele não estava querendo se arriscar a ser processado por imperícia médica. Talvez estivesse lendo aquela frase de um cartão impresso, como um detetive de polícia informando um suspeito a respeito de seus direitos constitucionais. Agradeci, desliguei e disquei para a residência do meu médico. Ele atendeu quando o telefone tocou pela sétima vez, disse que achava que Dylar era uma ilha no golfo Pérsico, um desses portos de exportação de petróleo vitais à sobrevivência do mundo ocidental. Ao fundo, uma voz de mulher dava a previsão do tempo.

Subi até o quarto de Denise e disse-lhe que não se preocupasse. Eu ia pegar um comprimido e entregá-lo a alguém do departamento de química da faculdade, para que o analisasse. Pensava que ela diria que também já havia feito isso. Mas Denise limitou-se a concordar com um gesto de cabeça, com uma expressão séria no rosto, e segui em frente pelo corredor, parando no quarto de Heinrich para lhe dar boa-noite. Ele estava se exercitando numa barra afixada à porta do armário.

— Onde você arranjou isso?

— É do Mercator.

— Quem é?

— Um aluno do último ano que agora tem andado comigo. Ele tem quase dezenove anos e ainda está no secundário. Pra você ter uma ideia.

— Ter uma ideia de quê?

— Do tamanho dele. Ele faz barra um número incrível de vezes.

— Por que você quer fazer barra? Isso leva a quê?

— O que é que leva a alguma coisa? Digamos que eu quero cuidar do meu físico pra compensar outras coisas.

— Que outras coisas?

— Por exemplo, minhas entradas estão aumentando, pra só ficar nisso.

— Estão coisa nenhuma. Pergunte a Baba, se não acredita em mim. Ela percebe muito bem essas coisas.

— Mamãe disse que eu devia falar com uma dermatologista.

— Acho que por enquanto não é necessário.

— Eu já falei.

— O que foi que ele disse?

— Ela. Mamãe disse pra eu procurar uma médica.

— O que foi que ela disse?

— Que eu tenho muito cabelo no ponto doador.

— O que é que significa isso?

— Ela pode tirar cabelo de outras partes do meu couro cabeludo e fazer implante cirúrgico nos lugares necessitados. Não que isso seja importante pra mim. Tanto faz se eu ficar careca. Eu me imagino totalmente careca, numa boa. Tem garoto com a minha idade sofrendo de câncer. Eles perdem o cabelo por causa de quimioterapia. Por que eu não posso ficar careca também?

Ele estava no armário, olhando para mim lá de dentro. Resolvi mudar de assunto.

— Se você realmente acha que a barra faz bem, por que não fica fora do armário e faz os exercícios virado para dentro? Por que fica nesse armário escuro?

— Se você acha isso estranho, precisava ver o que o Mercator está fazendo.

— O que ele está fazendo?

— Está praticando pra quebrar um recorde do *Livro dos recordes Guiness*. O recorde mundial de tempo passado dentro de uma jaula cheia de cobras venenosas. Ele vai a Glassboro três vezes por semana, lá numa loja de animais de estimação exóticos. O dono deixa ele dar comida pra mamba e pra víbora africana. Pra ele se acostumar. Cascavel é pinto. A víbora africana é a cobra mais venenosa do mundo.

— Toda vez que eu vejo no cinejornal um sujeito completando quatro semanas numa jaula cheia de cobras, sem querer fico torcendo pra ele levar uma picada.

— Eu também — disse Heinrich.

— Por que será?

— Porque ele está querendo.

— É verdade. Quase todo mundo passa a vida fugindo do perigo. Por que é que esses caras querem ser diferentes?

— Eles estão querendo. Têm mais é que se dar mal.

Fiz uma pausa, saboreando aquele momento raro de concórdia.

— O que mais o seu amigo faz pra praticar?

— Fica um tempão sentado, pra acostumar a bexiga. Só faz duas refeições por dia. Dorme sentado, duas horas de cada vez. Agora quer se acostumar a acordar aos poucos, sem nenhum movimento repentino, porque isso pode assustar a mamba.

— Que ambição estranha.

— As mambas são sensíveis.

— Bem, se ele se sente feliz assim...

— Ele pensa que se sente feliz, mas é só um neurônio dele que anda com excesso ou carência de estimulação.

Me levantei no meio da noite e fui até o quartinho no final do corredor, para ver Steffie e Wilder dormindo. Fiquei imóvel, absorto nessa contemplação por quase uma hora, sentindo que aquilo me estimulava e expandia de algum modo inefável.

Surpreendi-me quando, ao entrar em nosso quarto, vi Babette em pé à janela, contemplando a escuridão da noite. Ela não deu sinal de haver percebido minha ausência, nem pareceu ouvir-me deitando novamente, me enfiando debaixo das cobertas.

25

Nosso entregador de jornais é um iraniano de meia-idade, que vem num Nissan Sentra. Há algo naquele automóvel que me deixa intranquilo — aquele carro esperando com os faróis ligados, ao nascer do dia, enquanto o homem coloca o jornal ao lado da porta. Digo a mim mesmo que atingi a idade das ameaças instáveis. O mundo está cheio de significados abandonados. Nas coisas mais corriqueiras encontro intensidades e temas inesperados.

Sentado à minha escrivaninha na faculdade, eu contemplava o comprimido branco. Tinha mais ou menos a forma de um disco voador, um disco aerodinâmico com um furinho mínimo numa das extremidades. Foi só após uma demorada observação que percebi o furinho.

O comprimido não tinha aquela consistência esfarelenta das aspirinas, nem tampouco era liso e lustroso como uma cápsula. Proporcionava ao tato uma sensação estranha, curiosamente intensa, porém dando a impressão de ser algo sintético, insolúvel, produto de uma complexa tecnologia.

Fui até um prédio pequeno, com teto em cúpula, chamado de Observatório, e dei o comprimido a Winnie Richards, uma jovem pesquisadora da área de neuroquímica, considerada brilhante. Era uma mulher alta, desengonçada, furtiva, que ficava vermelha quando alguém dizia algo engraçado. Alguns dos emigrantes de Nova York gostavam de ir até seu cubículo para contar piadas rápidas, só para vê-la enrubescer.

Fiquei a olhá-la, sentada à sua mesa cheia de papéis, durante dois ou três minutos, lentamente girando o comprimido entre o polegar e o indicador. Tocou-o com a ponta da língua e deu de ombros.

— Não tem gosto de nada.

— Quanto tempo leva a análise?

— Tem um cérebro de golfinho pra eu resolver, mas me procure daqui a quarenta e oito horas.

Winnie tinha na faculdade a reputação de deslocar-se de um lugar a outro sem ser vista. Ninguém sabia como ela conseguia isso, nem por que o fazia. Talvez se envergonhasse de seu corpo desajeitado, de seu jeito de olhar para as coisas esticando o pescoço, seu andar estranho e deselegante. Talvez sofresse de fobia de lugares abertos, embora na faculdade os ambientes fossem geralmente pequenos e aconchegantes. Talvez o mundo das pessoas e coisas tivesse tamanho impacto sobre ela, como a força de um corpo nu — daí sua tendência a corar —, que ela preferia evitar os contatos. Talvez estivesse cansada de ser chamada de brilhante. Fosse como fosse, passei o resto da semana tentando em vão localizá-la. Não estava nos gramados nem nas alamedas, e nunca se encontrava em seu cubículo quando eu ia lá.

Em casa, Denise fez questão de nunca tocar no assunto Dylar. Não queria me pressionar, e chegava mesmo a evitar olhar-me nos olhos, como se uma troca de olhares significativos fosse mais do que nosso segredo pudesse suportar. Babette, por sua vez, era incapaz de produzir um olhar que não fosse significativo. No meio de uma conversa, ela se virava para ver a neve caindo, o sol se pondo ou carros estacionados, com um jeito de escultura, um quê de perenidade. Essas contemplações começaram a me preocupar. Ela sempre fora uma mulher extrovertida, com muito interesse em pormenores da realidade, muita confiança no concreto e no real. Essa maneira estranha de olhar para as coisas a afastava não apenas de nós como também das próprias coisas que ela passava tanto tempo a contemplar.

Depois que as crianças mais velhas já haviam saído, ficamos sentados à mesa, após o café da manhã.

— Você já viu o cachorro novo dos Stover?

— Não — respondi.

— Eles acham que o animal é extraterreno. Só que não estão brincando. Estive lá ontem. O bicho é esquisito mesmo.

— Tem alguma coisa que anda preocupando você?

— Estou ótima — disse ela.

— Eu queria que você me dissesse o que é. A gente conta tudo um pro outro. Sempre fomos assim.

— Jack, o que poderia estar me preocupando?

— Você fica olhando pela janela. Está diferente. Não vê direito as coisas e não reage aos fatos como antes.

— É o que o cachorro deles faz. Fica olhando pela janela. Mas não por qualquer uma, não. Sobe até o sótão e põe as patas no parapeito da janela mais alta. Eles acham que o bicho está aguardando instruções.

— Denise me mataria se soubesse que eu vou dizer isto.

— O quê?

— Encontrei o Dylar.

— Que Dylar?

— Estava preso com fita na tampa do aquecedor.

— E por que eu ia prender alguma coisa na tampa do aquecedor?

— É justamente a resposta que a Denise previu que você daria.

— Ela normalmente acerta.

— Falei com o Hookstratten, o seu médico.

— Estou vendendo saúde.

— Foi o que ele disse.

— Sabe o que esses dias frios e cinzentos me dão vontade de fazer?

— O quê?

— Ir pra cama com um homem bonito. Vou botar Wilder

no túnel dele. Vá fazer a barba e escovar os dentes. A gente se
vê no quarto daqui a dez minutos.

Naquela tarde, vi Winnie Richards sair de fininho por uma
porta lateral do Observatório e atravessar com passadas largas
um gramado, em direção aos prédios novos. Saí correndo de
minha sala e fui atrás dela. Winnie seguia ao longo das paredes,
caminhando depressa. Senti-me como se tivesse conseguido
localizar um animal em via de extinção ou algum ser fabuloso,
como o Abominável Homem das Neves. Estava frio, e o céu
continuava cinzento. Constatei que, para alcançá-la, teria de
correr. Winnie contornou a Faculty House e apertei o passo,
temendo perdê-la de vista. Era estranho estar correndo. Há muitos anos eu não corria, e não conseguia reconhecer meu corpo
nesse novo formato, nem aquele mundo de superfícies duras,
abrupto, sob meus pés. Virei uma esquina e ganhei velocidade,
consciente de minha corpulência flutuante. Para cima, para baixo, vida, morte. Minha toga esvoaçava.

Alcancei-a no corredor deserto de um prédio de um andar
que cheirava a fluidos de embalsamamento. Winnie estava parada à frente da parede, com uma túnica verde-clara e tênis. Eu
estava esbaforido demais para falar; levantei o braço direito,
pedindo-lhe tempo. Ela levou-me até uma mesa numa saleta
cheia de cérebros engarrafados. Embutida na mesa, havia uma
pia; estava coberta de blocos de papel e instrumentos de laboratório. Ela me deu água num copo de papel. Tentei dissociar o
gosto de água da bica da visão daqueles cérebros e do cheiro
generalizado de bactericidas e desinfetantes.

— Você anda fugindo de mim? — perguntei. — Vivo deixando recados na sua mesa, pelo telefone.

— Não de você, Jack, nem de ninguém em particular.

— Então por que é tão difícil encontrar você?

— Coisas do século xx, não é?

— O quê?

— As pessoas se escondem mesmo quando não tem ninguém procurando por elas.

— Você realmente acha que isso é verdade?

— É óbvio.

— E o comprimido?

— Tecnologia muito interessante. Como é o nome da droga?

— Dylar.

— Nunca ouvi falar.

— O que é que você descobriu? Tente não ser brilhante demais. Ainda não almocei.

Ela ficou vermelha.

— Não é um comprimido tradicional. É um sistema de ministrar medicamento. A droga em si está envolta numa membrana de polímero. A água do intestino penetra a membrana a uma velocidade cuidadosamente controlada.

— E o que a água faz?

— Dissolve o medicamento envolto na membrana. Lenta, gradual e controladamente. Então o remédio sai da cápsula de polímero por um único orifício. Também aí a velocidade é cuidadosamente controlada.

— Levei algum tempo para descobrir o orifício.

— É porque foi feito a laser. E, além de muito pequeno, tem dimensões incrivelmente precisas.

— Lasers, polímeros.

— Não sou perita nessa área, Jack, mas uma coisa eu lhe digo: é um sistema maravilhoso.

— E pra que tanta precisão?

— Imagino que a dosagem controlada vise a eliminar o

efeito aleatório das pílulas e cápsulas. A droga é ministrada a uma velocidade especificada durante um período prolongado. Evita-se a situação tradicional de alternância entre um período de superdosagem e outro de subdosagem. Não é aquela explosão de medicamento seguida de uma coisinha de nada. Com isso acabam a indisposição, a náusea, os vômitos, as cólicas. Este sistema é eficiente.

— Estou impressionado. Até mesmo estupefato. Mas o que acontece com a cápsula de polímero depois que toda a droga sai de dentro?

— Ela implode com sua própria gravitação de massa. Agora é uma questão de física. Depois que a membrana plástica é reduzida a partículas microscópicas e inofensivas, ela é eliminada do organismo através dos canais clássicos.

— Fantástico. Agora me diga: pra que serve essa droga? O que é o Dylar? Quais são os componentes químicos?

— Não sei — respondeu ela.

— Claro que sabe. Você é brilhante. Todo mundo diz que é.

— Não é vantagem. Eu sou neuroquímica. Ninguém nem sabe o que é isso.

— Mas os outros cientistas fazem uma ideia do que seja. Certamente. E eles dizem que você é brilhante.

— Todos nós somos brilhantes. Não é assim que as coisas são, aqui? Você me chama de brilhante, eu chamo você de brilhante. É uma maneira de estimular o ego coletivo.

— Ninguém me chama de brilhante, e sim de esperto. Dizem que dei um grande golpe. Encontrei um caminho que ninguém sabia que existia.

— E eu encontrei o caminho do brilho. É minha vez, só isso. Além disso, tenho um corpo esquisito e ando esquisito. Se eles não pudessem me chamar de brilhante, seriam obrigados a dizer coisas cruéis a meu respeito. Isso seria muito chato pra

231

todo mundo, não é? — Winnie apertou contra o peito umas fichas de arquivo. — Jack, a única coisa que sei é que o Dylar é um psicotrópico qualquer. Provavelmente interage com uma região remota do córtex cerebral. Olhe ao seu redor. Cérebros de todos os tipos. Tubarões, baleias, golfinhos, primatas. Em matéria de complexidade, o cérebro humano deixa todos esses longe. O cérebro humano não é o meu campo de estudos. Eu só tenho alguns conhecimentos básicos a respeito, mas o pouco que sei já basta pra me sentir orgulhosa de ser norte-americana. No seu cérebro existe um trilhão de neurônios, e cada neurônio tem dez mil dendritos. É um sistema extraordinário de intercomunicação. É como uma galáxia que cabe inteira na sua mão, só que mais complexo, mais misterioso que uma galáxia.

— Por que isso faz com que você se orgulhe de ser norte-americana?

— O cérebro da criança se desenvolve em reação aos estímulos. Em matéria de estímulos, este país ainda é o maior do mundo.

Bebi um pouco de água.

— Eu queria saber mais — prosseguiu Winnie. — Mas não sei qual é a natureza exata da substância. Uma coisa eu lhe garanto: não está no mercado.

— Mas encontrei o comprimido num vidrinho de remédio normal.

— Onde você o achou não importa. Garanto que eu seria capaz de reconhecer os ingredientes de um psicotrópico conhecido. Este é desconhecido.

Winnie começou a olhar de relance para a porta. Seus olhos brilhavam de medo. Dei-me conta de que vinham ruídos do corredor. Vozes, passos. Winnie foi recuando para uma porta nos fundos. Resolvi fazê-la enrubescer mais uma vez. Ela esticou o braço para trás, abriu a porta, virou-se depressa e saiu correndo. Tentei pensar num comentário engraçado.

26

Sentado na cama, eu examinava minhas anotações sobre gramática alemã. Deitada de lado, Babette olhava para o rádio--despertador; ouvia um programa com participação dos ouvintes. Uma mulher dizia: "Em 1977, me olhei no espelho e vi a pessoa em que eu estava me transformando. Eu não podia ou não queria sair da cama. Via figuras nos limites do meu campo visual, como se estivesse fugindo. Vivia recebendo telefonemas de uma base de mísseis Pershing. Eu precisava falar com outras pessoas que também estivessem tendo essas experiências. Eu precisava de alguma coisa que me desse apoio, algo de que pudesse participar".

Debrucei-me por cima do corpo de minha mulher e desliguei o rádio. Ela continuou com o olhar fixo. Beijei-lhe de leve a cabeça.

— Murray diz que você tem um cabelo importante.

Ela deu um sorriso pálido e exaurido. Larguei minhas anotações e a virei um pouco, de modo que ela olhasse para cima, e comecei a falar.

— É hora de uma conversa séria. Você sabe disso tanto quanto eu. Vai me falar tudo a respeito do Dylar. Se não for por mim, então pela sua filhinha. Ela anda preocupada, muito preocupada. Além disso, você está encurralada. Nós a encurralamos. Eu e Denise. Encontrei o frasco escondido, peguei um comprimido, mandei uma perita examiná-lo. Essas pílulas são uma maravilha da engenharia. Tecnologia de laser, plásticos sofisticados. O Dylar é quase tão engenhoso quanto os microrganismos que devoraram a nuvem tóxica. Quem poderia imaginar uma pilulazinha branca que atuasse como bomba de pressão dentro do organismo para ministrar um medicamento de forma segura e eficiente, e que depois se autodestruísse? A beleza da coisa me impressiona. Sabemos também de um outro fato, que coloca você numa posição particularmente difícil. Sabemos que o Dylar não está à disposição do público. Bastaria este fato para que tivéssemos o direito de exigir uma explicação. Realmente, você não tem muito mais a dizer. Basta confessar qual é a natureza da droga. Como você sabe, não é do meu feitio ficar acuando as pessoas. Mas a Denise é diferente. Tenho feito o que posso no sentido de contê-la. Se você não me disser o que quero saber, vou soltar a sua filhinha. Ela vai atacá-la com todas as armas que tem. Não vai perder tempo tentando fazê-la sentir-se culpada. A Denise ataca de frente. Você está perdida na mão dela. E sabe que eu tenho razão, Babette.

Passaram-se cerca de cinco minutos. Ela permanecia imóvel, olhando para o teto.

— Deixe que eu conte tudo à minha maneira — disse por fim, em voz baixa.

— Quer um licor?

— Não, obrigada.

— Não há pressa. Temos a noite inteira. Se você quiser ou precisar de alguma coisa, é só pedir. Sou todo ouvidos, pelo tempo que você quiser.

Passou-se mais um momento.

— Não sei exatamente quando foi que começou. Talvez um ano e meio atrás. Eu achei que estava passando por uma fase, um momento decisório da minha vida.

— Decisivo, não decisório — corrigi.

— Uma espécie de período de acomodação, me parecia. Meia-idade. Coisa do gênero. A coisa desaparecia e eu esquecia dela. Mas depois voltava. Comecei a achar que não ia desaparecer por completo nunca mais.

— Que coisa?

— Depois eu explico.

— Você anda deprimida. Nunca a vi desse jeito. Por definição, Babette é uma pessoa alegre. Que não se entrega à depressão nem à autocomiseração.

— Deixe eu falar, Jack.

— Está bem.

— Você sabe como eu sou. Acho que tudo na vida tem remédio. Com a atitude e o esforço adequados, a pessoa pode mudar uma situação ruim, reduzindo-a a partes elementares. A gente pode fazer listas, inventar categorias, fazer tabelas e gráficos. É assim que ensino meus alunos a ficarem em pé, sentar, andar, embora saiba que você acha essas coisas óbvias, nebulosas e generalizadas demais para serem reduzidas a partes elementares. Não sou uma pessoa muito engenhosa, mas sei decompor as coisas em elementos, separar e classificar. É possível analisar a postura, o ato de comer, de beber, até de respirar. Pra mim, não existe outra maneira de compreender o mundo.

— Estou aqui — interrompi. — Se quiser ou precisar de alguma coisa, é só pedir.

— Quando percebi que a coisa não ia passar, resolvi compreendê-la melhor reduzindo-a aos componentes. Primeiro, tinha que descobrir se havia mesmo componentes. Fui a bibliotecas e livrarias, li revistas e periódicos técnicos, vi tevê a cabo, fiz listas e diagramas, tabelas coloridas, dei telefonemas pra especialistas e cientistas, falei com um santo sique em Iron City, cheguei mesmo a estudar ocultismo, escondendo os livros no sótão pra que você e Denise não ficassem desconfiados.

— Tudo isso sem me dizer nada. Por definição, Babette é uma pessoa que fala comigo, se abre, faz confidências.

— O assunto em pauta não é a sua decepção comigo. É a minha dor e as minhas tentativas no sentido de acabar com ela.

— Vou fazer chocolate quente. Que tal?

— Fique aí. Estamos num momento crucial. Apesar de toda essa energia, tantas investigações, tanto estudo escondido, eu não saía da estaca zero. A coisa continuava. Perturbava toda a minha vida, não me dava trégua. Então um dia eu estava lendo notícias do *National Examiner* pro sr. Treadwell. Me interessei por um anúncio. O que era, exatamente, não vem ao caso. Procuram-se voluntários para pesquisa secreta. Não é preciso você saber mais nada.

— E eu que achava que eram as minhas ex-esposas que tramavam por baixo do pano. Carinhosas enganadoras. Tensas, ofegantes, de malares proeminentes, bilíngues.

— Fui lá ver o que era, e fui entrevistada pelo representante de uma pequena firma que pesquisa psicobiologia. Sabe o que é isso?

— Não.

— Você faz ideia da complexidade do cérebro humano?

— Mais ou menos.

— Não faz, não. Vamos chamar a companhia de Gray Pesquisas, embora não seja esse o nome verdadeiro. Vou chamar meu contato de sr. Gray. Na verdade, ele vai representar as três ou quatro pessoas com quem vim a lidar.

— Um prédio baixo, comprido, de tijolos claros, com cerca eletrificada e uns arbustos baixos em volta.

— Nunca estive na sede da companhia. Por que, não vem ao caso. Mas o importante é que fiz vários testes. Emocional, psicológico, de reações motoras, de atividade cerebral. O sr. Gray me disse que havia três finalistas, e eu era um deles.

— Finalistas de quê?

— Íamos ser utilizados para testar o desenvolvimento de

uma droga superexperimental e ultraconfidencial, codinome Dylar, na qual ele vinha trabalhando há anos. Ele havia encontrado um receptor de Dylar no cérebro humano e estava dando os retoques finais no comprimido. Mas me disse que eu corria certos riscos. Eu podia morrer. Eu podia não morrer, mas meu cérebro podia morrer. O hemisfério esquerdo do meu cérebro podia morrer, mas o direito podia não morrer. Nesse caso, o lado esquerdo do meu corpo não morria, mas o direito morria. Havia muitos perigos. Eu podia andar de lado, mas não para a frente. Eu podia ficar incapacitada de distinguir palavras de coisas, de modo que, se alguém dissesse "tiro de revólver", eu me jogaria no chão pra me proteger. O sr. Gray queria que eu tivesse plena consciência dos riscos. Eu precisava assinar vários documentos. A companhia tinha advogados, padres.

— E deixaram que você se transformasse numa cobaia humana.

— Não foi assim. Disseram que era arriscado demais, legalmente, eticamente. E elaboraram moléculas e cérebros no computador. Mas fiz pé firme. Afinal, eu já tinha me envolvido demais. Quero que você tente compreender o que aconteceu em seguida. Já que vou lhe contar a história, não posso omitir esse detalhe, esse cantinho escuso da alma humana. Você diz que a Babette se abre e faz confidências.

— Por definição.

— Ótimo. Vou me abrir, vou fazer confidências. Eu e o sr. Gray resolvemos fazer um acordo em particular. Sem padres, advogados e psicobiólogos. Resolvemos realizar as experiências por conta própria, nós dois. Eu ia me livrar dos meus sintomas, ele ia ser aclamado por ter realizado uma grande descoberta na área da medicina.

— O que há de escuso nisso?

— Fui obrigada a cometer um ato imoral. Foi a única maneira que encontrei de convencer o sr. Gray a me deixar tomar a droga. Minha única saída, minha última esperança. Primeiro eu havia oferecido minha mente. Agora ofereci meu corpo.

Experimentei uma sensação de calor subindo pelas costas e se irradiando a partir dos ombros. Babette olhava para o teto. Eu estava apoiado num cotovelo, virado para ela, examinando seu rosto. Quando por fim falei, foi com uma voz racional e indagadora — a voz de um homem que tenta compreender um enigma antiquíssimo da condição humana.

— Como foi que você conseguiu oferecer o seu corpo a um indivíduo que representa três ou mais pessoas diferentes? É como um desses retratos falados, com sobrancelhas de uma pessoa, o nariz de outra. Vamos falar sobre o membro viril. Eram quantos?

— Só um, Jack. Um homem-chave, o coordenador do projeto.

— Então não estamos mais falando sobre o tal sr. Gray que representava várias pessoas.

— Agora ele é uma pessoa só. Fomos para um motelzinho escuso. Não interessa onde foi nem quando. A televisão ficava perto do teto. Só me lembro disso. Sujo, vulgar. Fiquei arrasada. Mas eu estava desesperada.

— Um ato imoral, você diz. Como se hoje em dia as pessoas não estivessem habituadas a se exprimir de modo franco e honesto. Diga logo o que foi, dê nome aos bois, seja sincera. Você entrou num quarto de motel, excitada pela impessoalidade da coisa, pela funcionalidade e o mau gosto dos móveis. Andou descalça pelo tapete à prova de fogo. O sr. Gray começou a abrir portas, procurando um espelho grande. Ficou vendo você tirar a roupa. Depois vocês se deitaram, abraçados. Então ele penetrou você.

— Não use esse termo. Você sabe o que eu penso dele.

— Ele fez uma chamada penetração. Em outras palavras, inseriu-se. Minutos antes encontrava-se vestido, largando sobre a cômoda as chaves do carro alugado. Logo estava dentro de você.

— Ninguém ficou dentro de ninguém. Isso é uma expressão imbecil. Eu fiz o que tinha que fazer. Eu estava distante. Estava fora de mim. Foi uma transação capitalista. Você gosta da sua mulher que conta tudo pra você. Estou fazendo o possível para ser essa pessoa.

— Está bem, estou só tentando entender. Quantas vezes você foi nesse motel?

— Fui lá regularmente durante alguns meses. Conforme o combinado.

Senti o calor nas minhas costas subindo. Fiquei a observá-la atentamente. Seus olhos estavam tristes. Deitei-me e olhei para o teto. O rádio ligou. Babette começou a chorar baixinho.

— Tem gelatina com fatias de banana — disse eu. — Foi a Steffie quem fez.

— Tão boazinha, essa menina.

— Não custa nada eu pegar.

— Não, obrigada.

— Por que o rádio ligou?

— O automático está com defeito. Amanhã eu levo pra consertar.

— Deixe que eu levo.

— Tudo bem — insistiu ela. — Não custa nada. Eu levo.

— Você gostou de transar com ele?

— Só me lembro da tevê perto do teto, apontada pra nós.

— Ele tinha senso de humor? Sei que as mulheres gostam dos homens que levam o sexo na brincadeira. Infelizmente não sei fazer isso, e depois dessa acho difícil que venha a aprender algum dia.

— É melhor ele ficar sendo só "sr. Gray" pra você. Só isso. Ele não é alto, nem baixo, nem moço, nem velho. Não ri nem chora. É melhor pra você.

— Uma pergunta: por que motivo a Gray Pesquisas não fez experiências com animais? Sob certos aspectos, os animais devem ser melhores do que os computadores.

— Aí é que está. Os animais não têm essa coisa. Só as pessoas. Os animais temem muitas coisas, o sr. Gray explicou. Mas os cérebros deles não são complexos o bastante para que tenham esse estado de espírito em particular.

Pela primeira vez comecei a perceber do que ela estava falando. Meu corpo gelou. Senti-me vazio por dentro. Mais uma vez me apoiei sobre o cotovelo e fiquei olhando para ela. Babette começou a chorar de novo.

— Você tem que me contar, Babette. Você já me contou isso tudo, me fez ouvir isso tudo. Tenho que saber. Afinal, o que é a tal coisa?

Quanto mais ela chorava, mais eu me convencia de que sabia o que ela ia dizer. Senti uma vontade de me vestir, sair dali, alugar um quarto em algum lugar até que tudo isso tivesse terminado. Babette virou o rosto para mim, triste e pálido, com uma desolação profunda nos olhos. Encaramo-nos, apoiados nos cotovelos, como uma escultura de filósofos descansando numa academia clássica. O rádio desligou sozinho.

— Tenho medo de morrer — disse ela. — Penso nisso o tempo todo. Não sai da minha cabeça.

— Não me fale nisso. É terrível.

— Não consigo me livrar desse medo. O que eu faço?

— Não quero saber. Deixe isso pra quando ficarmos velhos. Você ainda está moça, em plena forma. Esse medo é irracional.

— Me atormenta, Jack. Não consigo tirar isso da cabeça. Eu sei que não é normal viver pensando nesse medo. O que eu faço? O medo não passa. Foi por isso que o anúncio do sr. Gray me atraiu a atenção no tabloide que eu estava lendo em voz alta. A manchete me pegou em cheio: MEDO DA MORTE. Eu penso nisso o tempo todo. Você está decepcionado comigo. Eu sei.

— Decepcionado?

— Você achava que fosse uma coisa mais específica. Quem dera que fosse. Mas ninguém passa meses e meses tentando encontrar a solução de um mal-estar corriqueiro.

Tentei argumentar.

— Como é que você pode ter certeza de que é mesmo da morte que tem medo? A morte é uma coisa muito vaga. Ninguém sabe o que é, como é. Talvez você tenha apenas um problema pessoal que se manifesta como um problema universal.

— Que problema?

— Alguma coisa que você está escondendo de si própria. Talvez o seu peso.

— Eu perdi peso. E a minha altura, será isso?

— Sei que você perdeu peso. É justamente aí que quero chegar. Você exala saúde por todos os poros. Você fede a saúde. O próprio Hookstratten confirma, ele que é seu médico. Deve haver alguma outra coisa, algum problema subjacente.

— Existe algo mais subjacente que a morte?

Tentei convencê-la de que a coisa não era tão séria quanto ela pensava.

— Baba, todo mundo tem medo da morte. Por que você haveria de ser diferente? Você mesma disse que faz parte da condição humana. Não tem ninguém que tenha passado dos sete anos de idade e nunca tenha se preocupado com a morte.

— Todo mundo tem medo da morte em algum nível. Só que em mim o medo está à tona. Não sei como nem por que fiquei assim. Mas garanto que não sou a única. Senão, por que é que a Gray Pesquisas ia gastar milhões de dólares para desenvolver um remédio?

— É justamente o que eu disse. Você não é a única. Tem centenas de milhares de pessoas assim. Isso não faz você se sentir mais tranquila? É como a história da mulher do rádio, que recebia telefonemas de uma base de mísseis. Ela queria achar outras pessoas que tivessem experiências psicóticas semelhantes, para se sentir menos isolada.

— Mas o sr. Gray disse que eu era supersensível ao medo da morte. Me aplicou uma bateria de testes. Foi por isso que queria tanto me usar.

— Isso é que eu acho esquisito. Você escondeu esse pavor de seu marido e de seus filhos durante anos. Talvez isso seja sinal de que o medo não é um problema tão sério assim.

— O problema não é uma mulher que imagina coisas. Não adianta querer mascarar a realidade, Jack. A coisa é muito séria.

Não perdi a calma. Falei a ela como se fosse um daqueles filósofos reclinados dirigindo-se a um membro mais jovem da academia, cuja obra é promissora e por vezes até brilhante, mas um pouco influenciada demais pela obra do filósofo mais velho.

— Baba, nessa família quem é obcecado pela morte sou eu. Sempre fui.

— Você nunca disse nada.

— Pra não preocupar você. Pra você continuar animada, feliz, cheia de vida. Você é que é feliz. Eu é que sou o mórbido. É isso que eu não posso perdoar em você. Me dizer que não é quem eu sempre pensei que você fosse. Estou magoado, arrasado.

— Sempre achei que você fosse o tipo de pessoa capaz de *meditar* a respeito da morte. Dar caminhadas pensando na morte. Mas em todas aquelas vezes que ficamos falando sobre quem seria o primeiro a morrer, você nunca disse que tinha medo.

— Nem você. "Assim que as crianças estiverem crescidas."
Você falava como se a morte fosse uma viagem à Espanha.

— Mas eu quero ser a primeira a morrer mesmo. Só que
isso não quer dizer que eu não tenha medo. Tenho, e muito.
Vivo com medo.

— Eu passei mais de metade da minha vida com esse medo.

— O que você quer que eu diga? Que o seu medo é mais
velho e mais sábio que o meu?

— Acordo suando. Tenho uns suores pavorosos, de matar.

— Eu masco chiclete porque a minha garganta fica con-
traída.

— Eu não tenho corpo. Sou só uma mente, um eu, sozinho num espaço enorme.

— Eu fico mole — disse ela.

— Eu fico fraco demais pra me mexer. Sem qualquer iniciativa, sem capacidade de tomar uma decisão.

— Pensei uma vez na morte da minha mãe. Logo depois,
ela morreu.

— Eu penso na morte de todo mundo. Não apenas na minha. Tenho fantasias terríveis.

— Me senti tão culpada. Achei que a morte dela tinha uma
ligação com o fato de eu ter pensado nisso. Tenho a mesma impressão a respeito da minha morte. Quanto mais eu penso, mais
cedo ela vai chegar.

— Que estranho. Nós temos esses medos terríveis, profundos, a respeito de nós mesmos e das pessoas que amamos. No
entanto, a gente sai, fala com as pessoas, come e bebe. A gente
consegue funcionar. Os sentimentos são profundos e reais. Não
devíamos ficar paralisados? Como é que conseguimos sobreviver
a eles, ainda que por algum tempo apenas? Dirigimos carros,
damos aulas. Como é que ninguém percebe como estamos apa-
vorados, nem ontem nem hoje? Será uma coisa que todos escon-

243

demos um do outro, por acordo tácito? Ou será que temos todos o mesmo segredo e não sabemos? Usamos o mesmo disfarce.

— E se a morte for só um som?

— Um ruído elétrico.

— Sem parar pra todo o sempre. Um som universal. Que coisa terrível!

— Uniforme, branco.

— Às vezes ela me avassala — disse Babette. — Às vezes se insinua na minha mente, pouco a pouco. Eu tento falar com ela. "Agora não, Morte."

— Fico deitado no escuro olhando para o relógio. Sempre números ímpares. Uma e trinta e sete da manhã. Três e cinquenta e nove da manhã.

— A morte é ímpar. Foi o que o sique me disse. O santo de Iron City.

— Você é minha força, minha força vital. Como posso convencê-la de que está terrivelmente enganada? Vejo-a dando banho no Wilder, passando minha toga. Agora nunca mais vou poder ter estes prazeres simples e profundos. Você não vê a monstruosidade do que fez?

— Às vezes ela me atinge como se fosse um soco. Chego quase a ficar fisicamente tonta.

— Foi pra isso que me casei com a Babette? Pra que ela escondesse de mim a verdade, escondesse objetos de mim, entrasse numa conspiração sexual às minhas custas? Todas as tramas apontam na mesma direção — disse eu, implacável.

Ficamos abraçados muito tempo, nossos corpos presos numa convulsão em que se misturavam amor, dor, ternura, sexualidade e conflito. Com sutileza imensa mudávamos de emoção, encontrávamos nuanças, usando os menores movimentos de nossos braços, nossas virilhas, a mais leve inspiração de ar, para chegar a um acordo quanto a nosso medo, para prolongar nossa competição, para afirmar nossos desejos fundamentais contra o caos de nossas almas.

Normal, azul, super.

Depois do amor, ficamos parados, nus, encharcados, reluzentes. Puxei as cobertas. Passamos algum tempo trocando cochichos sonolentos. O rádio ligou.

— Estou aqui — disse eu. — Se quiser ou precisar de alguma coisa, por mais difícil que seja, é só me dizer.

— Um copo d'água.

— Claro.

— Vou com você.

— Fique aí, descanse.

— Não quero ficar sozinha.

Vestimos nossos roupões, fomos pegar água no banheiro. Ela bebeu enquanto eu mijava. Quando voltávamos para o quarto, abracei-a e caminhamos trôpegos, apoiando-nos um no outro como adolescentes na praia. Fiquei ao lado da cama esperando que ela arrumasse os lençóis, pusesse no lugar os travesseiros. Imediatamente ela encolheu-se para dormir, mas eu ainda queria saber algumas coisas, tinha que dizer algumas coisas.

— Afinal, o que foi exatamente que a Gray Pesquisas conseguiu fazer?

— Eles isolaram a parte do cérebro onde está localizado o medo da morte. O Dylar alivia esse medo.

— Incrível.

— Não é apenas um tranquilizante forte. A droga interage especificamente com os neurotransmissores cerebrais associados ao medo da morte. Cada emoção, cada sensação tem seus neurotransmissores próprios. O sr. Gray isolou o medo da morte e aí resolveu descobrir as substâncias químicas que induziriam o cérebro a fabricar seus próprios inibidores.

— Surpreendente e assustador.

— Tudo que acontece com você em toda a sua vida é resultado de moléculas que se deslocam de um lado para outro no seu cérebro.

— As teorias do Heinrich. São todas verdadeiras. Somos a somatória de nossos impulsos químicos. Nem me diga essas coisas. É insuportável pensar nelas.

— Eles sabem localizar tudo que você diz, faz e sente, reduzir tudo a um determinado número de moléculas numa certa região.

— O que acontece com o bem e o mal nesse sistema? A paixão, a inveja e o ódio? Tudo se reduz a um emaranhado de neurônios? Você está me dizendo que toda uma tradição de fraquezas humanas agora vai acabar, que a covardia, o sadismo e a tortura são palavras sem sentido? Devemos ter saudade dessas coisas? E a raiva assassina? Antigamente um assassino era uma coisa enorme e terrível. O crime dele era enorme. O que acontece quando tudo se reduz a células e moléculas? Meu filho joga xadrez com um assassino. Ele me disse todas essas coisas. Eu não quis escutá-lo.

— Agora posso dormir?

— Espere. Se o Dylar alivia o medo, por que você tem andado tão triste ultimamente, olhando para o nada?

— Muito simples. A droga não está funcionando.

Ao dizer estas palavras, sua voz estava trêmula. Ela puxou o edredom até cobrir a cabeça. Fiquei olhando para aquele relevo acidentado. No rádio, um homem dizia: "Eu estava recebendo uma série de mensagens contraditórias a respeito da minha sexualidade". Acariciei a cabeça e o corpo de Babette por cima do edredom.

— Não dá pra você explicar melhor, Baba? Estou aqui do seu lado. Quero ajudá-la.

— O sr. Gray me deu sessenta comprimidos em dois vidros.

Ele disse que aquilo era mais do que suficiente. Um comprimido a cada setenta e duas horas. A droga é ministrada com tanta precisão que não há nenhuma superposição de efeitos entre uma pílula e a seguinte. Terminei o primeiro frasco por volta do final de novembro, início de dezembro.

— A Denise achou esse frasco.

— É mesmo?

— Foi daí em diante que ela começou a investigar.

— Onde eu larguei o vidro?

— No lixo da cozinha.

— Como que eu fui fazer uma coisa dessas? Imprudência.

— E o segundo frasco? — perguntei.

— Esse você encontrou.

— Eu sei. Estou perguntando quantos comprimidos você chegou a tomar.

— Já tomei vinte e cinco do segundo. Ao todo, cinquenta e cinco. Restam cinco.

— Restam quatro. Um eu peguei e mandei analisar.

— Você já me disse isso?

— Já. E o remédio teve algum efeito?

Babette pôs uma parte da cabeça de fora.

— No princípio, eu achava que sim. Bem no comecinho, e foi quando eu fiquei mais esperançosa. De lá pra cá, não melhorou nada. Estou ficando cada vez mais desanimada. Me deixe dormir agora, Jack.

— Lembra aquela noite que fomos jantar no Murray? Quando a gente voltava pra casa, conversamos sobre os seus esquecimentos. Você disse que não tinha certeza se estava ou não tomando algum medicamento. Disse que não se lembrava. Era mentira, claro.

— Acho que era.

— Mas você não mentiu quando disse que andava muito

esquecida. Eu e Denise ficamos achando que esse seria um efeito colateral da tal droga que você andava tomando.

Toda a cabeça saiu de baixo do edredom.

— Nada disso — disse ela. — Não era efeito colateral da droga, não. O sr. Gray disse que minha falta de memória era uma tentativa desesperada de combater o medo da morte. É como uma guerra de neurônios. Eu consigo esquecer muitas coisas, mas não a morte. E agora sei que o remédio do sr. Gray não funciona.

— Ele sabe disso?

— Deixei um recado na secretária eletrônica dele.

— O que ele disse quando ligou pra você?

— Mandou uma fita pelo correio, que eu levei pra casa dos Stover pra ouvir. Falou que estava literalmente penalizado. Sei lá o que ele quis dizer com isso. Comentou que o problema é que não sou ideal para a experiência. Continua com a certeza de que algum dia vai dar certo, com alguém, num futuro próximo. Disse que se enganou comigo. A coisa foi muito aleatória. Ele estava ansioso demais.

Era alta madrugada. Estávamos ambos exaustos. Mas já tínhamos ido tão longe, dito tantas coisas, que eu sabia que não podia parar agora. Respirei fundo. Então deitei-me, olhando para o teto. Babette debruçou-se por cima de meu corpo, para desligar o abajur. Então apertou um botão do rádio, matando todas as vozes. Mil outras noites já haviam acabado mais ou menos assim. Senti seu corpo afundar na cama.

— Tem uma coisa que eu havia prometido não contar pra você.

— Não dá pra esperar até amanhã de manhã? — perguntou ela.

— Minha morte já está programada. Não vai ser amanhã nem depois. Mas já está encomendada.

E contei-lhe a respeito de minha exposição ao Niodene D., usando um tom de voz natural, neutro, em frases declarativas, curtas. Falei sobre o técnico em computação, contei que ele digitou meus dados pessoais e o computador apresentou um quadro pessimista. Somos a somatória de nossos dados, disse eu, do mesmo modo como somos a somatória de nossos impulsos químicos. Tentei explicar-lhe como fora difícil para mim não lhe dizer nada sobre o assunto. Mas, depois que ela fez todas aquelas revelações, achei que não era o caso de continuar a guardar este segredo.

— Assim, não estamos mais falando sobre medos e terrores vagos — concluí. — Trata-se da coisa em si, dura e pesada.

Lentamente, Babette saiu de baixo das cobertas. Deitou-se sobre mim, soluçando. Senti seus dedos agarrando-me o pescoço e os ombros. As lágrimas quentes caíram sobre meus lábios. Ela bateu no meu peito, agarrou-me a mão esquerda e mordeu a carne entre o polegar e o indicador. Seus soluços viraram gemidos, arrancados do peito com um esforço extraordinário. Ela agarrou minha cabeça com as duas mãos, de modo ao mesmo tempo delicado e feroz, e começou a balançá-la de um lado para outro sobre o travesseiro, um ato que me pareceu desligado de tudo aquilo que ela já fizera, de tudo aquilo que ela parecia ser.

Mais tarde, depois que escorregou de cima de meu corpo e afundou num sono inquieto, continuei olhando para a escuridão. O rádio ligou. Joguei para o lado as cobertas e entrei no banheiro. Ao lado da porta, numa prateleira empoeirada, estavam os pesos de papel de Denise, com suas paisagens aprisionadas. Deixei a água escorrer por minhas mãos e meus pulsos. Borrifei água fria no rosto. A única toalha que havia no banheiro era bem pequena, cor-de-rosa, com um padrão de jogo da velha. Enxuguei-me lenta e cuidadosamente. Então afastei da parede a tampa do aquecedor e pus a mão embaixo dele. O frasco de Dylar não estava lá.

27

Era meu segundo check-up desde o episódio da nuvem tóxica. O computador não revelou nada de assustador. A morte ainda estava num nível profundo demais para ser vista. Meu médico, Sundar Chakravarty, queria saber por que tantos check-ups de repente. Antes eu sempre tinha medo de saber.

Respondi que ainda sentia medo. Ele deu um sorriso largo, esperando um comentário final incisivo. Apertei-lhe a mão e saí em direção à porta.

No caminho de casa, vim pela rua Elm com intenção de dar um pulo no supermercado. A rua estava cheia de veículos de emergência. Mais adiante, vi corpos espalhados pelo chão. Um homem de braçadeira apitou para mim e colocou-se à frente do meu carro. Vi que havia outros homens, com trajes de *mylex*. Padioleiros atravessavam a rua correndo. Quando o homem do apito se aproximou, consegui ler o que estava escrito em sua braçadeira: SIMUVAC.

— Dê uma ré — disse ele. — Trânsito impedido.

— Você tem certeza que estão preparados para uma simulação? Talvez seja melhor esperar por mais uma nuvem tóxica das boas. Vão com calma.

— Saia daí, saia daí. Você está bem na faixa de exposição.

— O que isso quer dizer?

— Que você está morto — disse o homem.

Dei ré, saí da rua e estacionei o carro. Então caminhei lentamente de volta à rua Elm, tentando dar a impressão de que não estava deslocado ali. Passei por perto das fachadas das lojas, misturando-me com técnicos e bombeiros, homens de uniforme. Havia ônibus, carros de polícia, miniambulância. Umas pessoas munidas de equipamentos eletrônicos pareciam tentar detectar radiações ou substâncias tóxicas. Acabei me aproximando das vítimas voluntárias. Eram vinte, mais ou menos, em decúbito dorsal ou frontal, caídas sobre o meio-fio, sentadas na rua, com olhares aparvalhados.

Surpreendi-me ao ver minha filha entre elas. Estava deitada no meio da rua, de costas, um braço jogado para o lado, a cabeça inclinada para o outro. Eu mal conseguia olhar para ela. Então é assim que ela já se vê aos nove anos de idade — uma vítima, tentando aperfeiçoar-se nessa especialidade? Parecia muito natural, profundamente imbuída da ideia de que um desastre devastador era iminente. É este o futuro que ela espera?

Fui até ela e acocorei-me.

— Steffie? É você?

Ela abriu os olhos.

— Você não devia estar aqui, se não é vítima — disse ela.

— Eu só queria ver se você estava bem.

— Se eles virem você, vão reclamar comigo.

— Está frio. Você vai ficar doente. A Baba sabe que você está aqui?

— Eu me inscrevi na escola uma hora atrás.

— Eles deviam pelo menos distribuir cobertores.

Steffie fechou os olhos. Falei mais um pouco, porém ela se recusou a responder. Não havia nenhum sinal de irritação ou contrariedade em seu silêncio. Apenas disciplina. Desde pequena, Steffie revelara uma certa dedicação a seu papel de vítima.

Voltei à calçada. Uma voz de homem amplificada ecoava por toda a rua. Vinha de dentro do supermercado.

"Eu gostaria de dar as boas-vindas a todos vocês, em nome da Controle de Catástrofes Ltda., uma firma particular de consultoria, a qual projeta e realiza evacuações simuladas. Estamos atuando conjuntamente com vinte e dois órgãos estaduais na execução dessa simulação avançada, a primeira de uma longa série, segundo esperamos. Quanto mais ensaiamos catástrofes, mais nos protegemos das catástrofes reais. É assim que é a vida, não é? Você leva o guarda-chuva pro escritório dezessete dias seguidos, e nem uma gota de chuva. Agora, o primeiro dia que você resolve sair sem ele, cai a maior chuva da história. É ou não é? É esse o mecanismo que pretendemos empregar, entre outros. Mas vamos ao que interessa. Quando a sirene der três sinais prolongados, milhares de evacuados escolhidos a dedo sairão de suas casas e de seus locais de trabalho, entrarão em seus carros e irão para abrigos de emergência bem-equipados. Os controladores do trânsito irão rapidamente a suas estações computadorizadas. Instruções atualizadas referentes ao trânsito serão transmitidas pelo sistema de radiodifusão da SIMUVAC. Técnicos em análise do ar se colocarão em pontos estratégicos da faixa de exposição. Analistas de laticínios passarão os próximos três dias colhendo amostras de leite e alimentos escolhidas aleatoriamente ao longo da faixa de ingestão, para submetê-las a análise. Hoje não estamos simulando nenhum tipo específico de contaminação. O que temos é um vazamento ou derramamento genérico de substâncias tóxicas. Poderia ser vapor radioativo, pequenas nuvens de substâncias químicas, uma névoa de origem desconhecida. O importante é a movimentação. Retirar as pessoas da faixa de contaminação. Aprendemos muita coisa na noite da nuvem tóxica. Porém nada substitui uma simulação planejada. Se a realidade intervier, sob a forma de um desastre de carro ou uma vítima caindo de uma maca, é importante ter em mente que não estamos aqui para cuidar de ossos quebrados nem apagar incêndios reais.

"Estamos aqui para simular. As interrupções podem custar

vidas humanas numa emergência real. Se aprendermos a contornar as interrupções agora, poderemos contorná-las mais tarde, quando isso for mesmo importante. Entendido? Quando a sirene der dois toques melancólicos, os capitães de rua farão buscas em todas as casas, à procura daqueles que inadvertidamente foram deixados para trás. Pássaros, peixes de aquário, pessoas idosas, inválidos, reclusos, seja lá o que for. Cinco minutos, vítimas. Pessoal de socorro: lembrem que esta não é uma simulação de explosão. Suas vítimas estão assustadas, mas não traumatizadas. Guardem todo o seu carinho e sua ternura para a explosão nuclear de junho. Faltam quatro minutos. Vítimas, relaxem. E lembrem que não estamos aqui pra gritar nem correr pela rua. Somos vítimas discretas. Não estamos em Nova York nem em Los Angeles. Aqui basta gemer baixinho."

Não senti nenhuma vontade de assistir àquilo. Voltei ao carro. A sirene deu os primeiros três toques no momento em que parei à frente de casa. Encontrei Heinrich sentado nos degraus à porta, com um colete refletor e seu boné de camuflagem. Estava acompanhado de um rapaz mais velho, com um corpo compacto e musculoso e uma pele de pigmentação indefinida. Ninguém na nossa rua seria evacuado, aparentemente. Heinrich consultou uma prancheta.

— O que é que está havendo?

— Eu sou capitão de rua — disse ele.

— Você sabia que a Steffie era vítima?

— Ela me disse que talvez se inscrevesse.

— Por que você não me disse nada?

— Então eles pegaram ela e botaram numa ambulância. Qual o problema?

— Eu não sei qual é o problema.

— Se ela quer, tem mais é que fazer o que quer.

— Ela parece tão bem no papel!

— Isso pode vir a salvar a vida dela um dia — disse Heinrich.

— Como fingir que se está ferido ou morto pode salvar a vida de alguém?

— Se ela fizer isso agora, talvez não precise vir a fazer a mesma coisa no futuro. Quanto mais você pratica uma coisa, menor a probabilidade de que venha a acontecer na realidade.

— Foi o que o homem da consultoria disse.

— Parece bobagem, mas dá certo.

— Quem é esse?

— É o Orest Mercator. Ele vai me ajudar a procurar pessoas esquecidas em casa.

— Você é o tal que quer ficar numa jaula cheia de cobras venenosas? Pode me explicar por quê?

— Porque quero quebrar o recorde — respondeu Orest.

— Como que você pode querer morrer para quebrar um recorde?

— Morrer? Quem que falou em morrer?

— Você vai estar cercado de répteis raros e letais.

— Eles são os melhores na especialidade deles. Quero ser o melhor na minha.

— Qual a sua especialidade?

— Ficar sentado numa jaula durante sessenta e sete dias. Com isso eu quebro o recorde.

— Você tem consciência de que está arriscando a vida para ganhar duas linhas num livro?

O rapaz olhou para Heinrich como se lhe dirigisse um apelo; obviamente, julgava-o responsável por aquelas perguntas idiotas.

— As cobras vão morder você — insisti.

— Não vão, não.

— Como que você sabe?

— Porque sei.

— São cobras de verdade, Orest. Uma mordidinha, e adeus.

— Uma mordidinha, se morderem. Mas não vão.

— São cobras de verdade. Você também é um ser humano de verdade. É comum as cobras morderem pessoas. O veneno é mortal.

— É comum as cobras morderem pessoas. Só que não vão me morder.

— Vão, sim; vão, sim — repeti, sem me dar conta do que estava dizendo. — As cobras não sabem que você acha a morte uma coisa inconcebível. Elas não sabem que você é jovem e forte e acha que todo mundo vai morrer, menos você. Elas vão mordê-lo, e você vai morrer.

Parei, envergonhado com a veemência de minha argumentação. Fiquei surpreso ao constatar que ele me olhava com certo interesse, um certo respeito relutante. Talvez a força excessiva de minhas palavras lhe trouxesse à mente a gravidade de seu empreendimento, o fizesse pensar na possibilidade de um destino implacável.

— Se elas querem morder, elas mordem — disse ele. — Pelo menos a morte é instantânea. Essas cobras são as melhores, as mais rápidas. Uma víbora africana me morde, eu morro na hora.

— Por que essa pressa? Você tem dezenove anos. Vai conhecer centenas de maneiras de morrer melhores do que ser picado por uma cobra.

Que espécie de nome é Orest? Examinei-lhe as feições. Ele podia ser latino, árabe, asiático, um europeu oriental mais escuro, um mulato claro. Teria um sotaque? Eu não tinha certeza. Seria natural de Samoa? Seria ameríndio? Judeu sefardita? Estava ficando difícil saber o que a gente não podia falar a uma dada pessoa.

O rapaz me disse:

— Você dá um soco de quantos quilos?

— Não sei. Grande coisa não é.

— Você já deu um soco na cara de alguém alguma vez?

— Talvez de leve, uma vez, muitos anos atrás.

— Eu estou querendo dar um soco na cara de alguém. Sem luvas de boxe. Com toda a força. Pra ver como é.

Heinrich deu um sorriso de caguete de filme policial. A sirene deu dois toques melancólicos. Entrei, enquanto os garotos consultavam a prancheta, para ver os números das casas. Babette estava na cozinha dando o almoço a Wilder.

— Ele está de colete refletor — comentei.

— Se houver neblina, nenhum carro que estiver fugindo vai atropelá-lo.

— Acho que ninguém se deu ao trabalho de fugir. Como que você está se sentindo?

— Melhor.

— Eu também.

— Acho que o que me faz sentir melhor é estar com Wilder.

— Entendo o que quer dizer. Eu sempre me sinto bem quando estou com Wilder. Será porque ele não se agarra aos prazeres? Ele é egoísta sem ser possessivo, egoísta de uma maneira completamente irrestrita e natural. Acho maravilhoso esse jeito que ele tem de largar uma coisa e agarrar outra. Fico chateado quando vejo que as outras crianças não sabem apreciar certos momentos e ocasiões especiais. Eles deixam passar coisas que deviam ser guardadas e saboreadas. Mas o Wilder é diferente; ele é genial nisso.

— Talvez seja verdade, mas vejo outra coisa nele que me levanta o moral. Uma coisa maior, mais grandiosa, que não sei identificar com precisão.

— Me lembre de perguntar isso ao Murray — comentei.

Babette colocou uma colher de sopa na boca do menino, fazendo caretas para ele imitar e dizendo:

— Isso isso isso isso isso.

— Tem uma coisa que eu preciso perguntar. Onde está o Dylar?

— Esqueça, Jack. Ouro dos trouxas, ou seja lá qual for a expressão adequada.

— Uma cruel ilusão. Eu sei. Mas eu queria guardar os comprimidos bem guardados, só pra provar que o Dylar existe. Se o seu hemisfério esquerdo do cérebro morrer, posso querer processar alguém. Ainda restam quatro comprimidos. Onde estão?

— Você quer dizer que o frasco não está na tampa do aquecedor?

— Isso mesmo.

— Juro que não fui eu que peguei.

— Você não teria jogado fora num momento de raiva ou depressão? Só quero guardar o frasco por uma questão de valor histórico. Como aquelas gravações do caso Watergate. Vai pros arquivos.

— Você não fez exame prévio — disse ela. — Uma única pílula pode ser perigosa.

— Mas eu não quero tomar.

— Quer sim senhor.

— Você está querendo me evacuar da faixa de contaminação de Dylar. Quem é o tal do sr. Gray? Eu posso querer processá-lo por uma questão de princípios.

— Eu e ele fizemos um pacto.

— Terças e sextas, no Motel Grayview.

— Não é isso. Prometi não revelar a identidade dele a ninguém. Levando em conta o que você quer, a promessa vale em dobro. É mais para o seu bem do que para o dele. Não vou lhe dizer, Jack. Vamos retomar nossa vida. Vamos prometer um ao outro que nos esforçaremos ao máximo. Isso isso isso.

Peguei o carro, fui até a escola primária e estacionei à frente da entrada, do outro lado da rua. Vinte minutos depois saíram cerca de trezentas crianças, falando pelos cotovelos, alegres, num caos despreocupado. Xingavam-se com virtuosismo, diziam palavrões precisos e quilométricos, agrediam-se com bolsas e bonés. Sentado dentro do carro, eu contemplava aquele mar de rostos como se fosse um traficante ou um tarado.

Quando vi Denise, buzinei e ela se aproximou. Era a primeira vez que eu vinha pegá-la na escola, e ao passar à frente do carro ela me dirigiu um olhar desconfiado e duro, que significava que não estava com disposição de ser informada a respeito de uma separação ou divórcio. Peguei a estrada do rio. Ela examinava meu perfil.

— É o negócio do Dylar — disse eu. — O remédio não tem nada a ver com o esquecimento da Baba. Aliás, é justamente o contrário. Ela está tomando aquilo para melhorar a memória.

— Não acredito em você.

— Por quê?

— Porque você não ia se dar ao trabalho de vir me pegar na escola só pra me dizer isso. Porque a gente já descobriu que esse remédio não se pode comprar nem com receita. Porque eu falei com o médico dela e ele nunca ouviu falar.

— Você ligou pra casa dele?

— Pro consultório.

— Dylar é um remédio muito específico pra um clínico geral.

— Então mamãe é uma viciada?

— Você sabe muito bem que não é.

— Não sei, não.

258

— A gente quer saber o que você fez com o vidro. Ainda tinha algumas pílulas dentro.

— Como é que você sabe que eu peguei?

— Eu sei, e você sabe também.

— Se alguém me disser pra que é que serve o Dylar, aí pode ser que a gente entre num acordo.

— Tem uma coisa que você não sabe: sua mãe parou de tomar o remédio. Seja lá qual for o motivo pelo qual você pegou o vidro, agora não é mais válido.

Havíamos entrado no campus. Automaticamente pus a mão no bolso da jaqueta, peguei os óculos escuros e coloquei-os.

— Então eu vou jogar fora — disse ela.

Nos dias que se seguiram, tentei todos os tipos de argumentos, alguns de textura extraordinariamente complexa e delicada. Cheguei a pedir ajuda a Babette, para tentar convencer Denise de que o remédio devia ficar com os adultos. Mas a força de vontade da menina era extraordinária. Sua existência legal fora moldada por discussões e barganhas de adultos, e ela havia decidido obedecer a um código tão rígido que não aceitava nenhuma concessão, nenhum acordo amigável. Resolveu que manteria o objeto em questão escondido até que lhe contássemos o segredo.

Talvez essa fosse mesmo a melhor solução. Afinal, a droga era perigosa. E eu não acreditava em soluções fáceis, em engolir uma coisa que libertaria minha alma de um terror antiquíssimo. Porém eu não conseguia parar de pensar naquele comprimido em forma de disco voador. Poderia a droga dar certo? Daria certo com algumas pessoas mas não com outras? Era uma versão benigna da contaminação de Niodene escorregando de minha língua para dentro de meu estômago. O interior da pílula se dissolvendo, lançando substâncias químicas benévolas na minha corrente sanguínea, espalhando-se pela região de meu cérebro onde reside o medo da morte. A casca da pílula silenciosamente se autodestruindo numa minúscula implosão, uma implosão de polímero, discreta, precisa, benigna.

Tecnologia com rosto humano.

28

Wilder estava sentado num banco alto na frente do fogão, vendo água ferver numa pequena panela esmaltada. Parecia fascinado. Eu me perguntava se ele não estaria descobrindo alguma relação esplêndida entre coisas que até então lhe pareciam desconexas. A cozinha é o lugar onde tais momentos ocorrem o tempo todo, talvez tanto para mim quanto para ele.

Steffie entrou, dizendo:

— Sou a única pessoa que conheço que gosta das quartas-feiras.

Ela pareceu interessar-se pela absorção de Wilder. Aproximou-se, tentando entender o que o atraía naquela água agitada. Debruçou-se sobre a panela, buscando encontrar um ovo.

Veio-me à mente um jingle de um produto chamado Ray-Ban Wayfarer.

— E como foi a tal evacuação?

— Muita gente furou. A gente ficou deitada no chão, gemendo.

— Essa gente só vai quando a coisa é pra valer — disse eu.

— Aí é tarde demais.

Havia uma luz forte e fria, que fazia os objetos brilharem. Steffie estava vestida para sair, uma manhã de dia de aula, porém continuava ao lado do fogão, olhando para Wilder, para a panela, para Wilder novamente, tentando interceptar as linhas da curiosidade e do deslumbramento do menino.

— A Baba me disse que você recebeu uma carta.

— Mamãe quer que eu passe a Páscoa com ela.

— Bom. Você quer ir? Claro que quer. Você gosta da sua mãe. Ela agora está na Cidade do México, não está?

— Quem que vai me levar?

— Eu levo você até o aeroporto. Ela pega você lá. É fácil. A Bee vive fazendo isso. Você é como ela.

A monstruosidade daquela missão — voar para um país estrangeiro quase à velocidade do som, a dez mil metros de altitude, sozinha, dentro de um tubo de titânio e aço — a fez calar-se por um instante. Ficamos vendo a água ferver.

— Eu me inscrevi pra ser vítima outra vez. É logo antes da Páscoa. Por isso acho que não vou poder ir.

— Outra evacuação? E o que vai ser dessa vez?

— Um cheiro esquisito.

— Alguma substância química da fábrica do outro lado do rio?

— Acho que é isso.

— E o que é que faz a vítima de um cheiro?

— Ainda não explicaram.

— Garanto que não vão se incomodar se você não puder ir dessa vez. Eu mando um bilhete pra eles.

Meu primeiro e meu quarto casamentos foram com Dana Breedlove, a mãe de Steffie. O primeiro foi bom o bastante para nos estimular a tentar mais uma vez, logo que a possibilidade se tornou conveniente para nós dois. Quando o fizemos, após as épocas melancólicas de Janet Savory e Tweedy Browner, as coisas começaram a dar errado. Mas houve tempo para que fosse concebida Stephanie Rose, numa noite cravejada de estrelas em Barbados. Dana tivera que ir até lá para subornar um funcionário.

Ela me falava muito pouco sobre seu trabalho na área de

informação. Eu sabia que fazia resenhas literárias para a CIA, geralmente de romances longos e sérios com estrutura em código. Esse trabalho a deixava cansada e irritada, a ponto de quase nunca se interessar por comida, sexo nem conversação. Ela falava com alguém pelo telefone, em espanhol, era uma mãe hiperativa, que ardia com a luminosidade intensa e sinistra de um clarão de relâmpago. Os romances longos vinham pelo correio, um atrás do outro.

Curiosamente, eu vivia me envolvendo com pessoas da área de informação. Dana era espiã *part-time*. Tweedy era membro de uma família tradicional e ilustre que há muito tempo gerava agentes de espionagem e contraespionagem, e agora estava casada com um agente de alto escalão que atuava em selvas. Janet, antes de ir viver no *ashram*, era analista de moedas estrangeiras, e trabalhava para um grupo de pesquisas secreto e um tanto polêmico. A única coisa que me dizia a respeito do tal grupo era que seus membros jamais se reuniam duas vezes no mesmo lugar.

Certamente, a adoração que eu sentia por Babette era em parte motivada por puro alívio. Ela não guardava segredos — ou, pelo menos, não o fazia até que seu medo da morte a levou a um frenesi de pesquisas clandestinas e trapaças eróticas. Pensei no sr. Gray e seu membro flácido. A imagem era nebulosa, indistinta, o equivalente a um zumbido visual.

A água agora estava em plena fervura. Steffie ajudou o menino a descer do banco. A caminho da porta da frente, encontrei Babette. Dirigimos um ao outro a pergunta simples, mas profundamente sincera, que desde a noite das revelações do Dylar vínhamos nos perguntando duas ou três vezes por dia: "Como que você está se sentindo?". Fazer aquela pergunta, ou ouvi-la dos lábios do outro, fazia com que nós dois nos sentíssemos melhor. Subi a escada correndo para procurar meus óculos.

Na tevê estava passando o *Questionário nacional do câncer*.

No refeitório do Centenary Hall, Murray cheirava seus talheres. Havia uma palidez especial nos rostos dos emigrados nova-iorquinos, em Lasher e Grappa particularmente. Era a palidez da obsessão, de apetites imensos confinados em espaços limitados. Murray dizia que Elliot Lasher tinha uma cara de filme noir. Suas feições eram bem marcadas; ele perfumava o cabelo com algum extrato oleoso. Ocorreu-me a ideia curiosa de que esses homens tinham a nostalgia do preto e branco, anseios dominados por valores acromáticos, os extremos pessoais do cinzento urbano do pós-guerra.

Alfonse Stompanato sentou-se, irradiando agressividade e ameaças. Parecia estar me observando, um chefe de departamento medindo a aura do outro. Em sua toga havia um emblema de um time de beisebol, os Dodgers do Brooklyn.

Lasher fez uma bola com um guardanapo de papel e jogou-a em alguém que estava a duas mesas da sua. Depois encarou Grappa.

— Qual foi a maior influência sobre a sua vida? — perguntou, num tom hostil.

— Richard Widmark em *Beijo da morte*. Aquela cena em que o Richard Widmark empurra a velhinha de cadeira de rodas escada abaixo foi como uma revelação pessoal para mim. Resolveu uma série de conflitos meus. Aprendi a imitar o riso sádico do Richard Widmark, e o usei durante dez anos. O riso me segurou em períodos difíceis da minha vida emocional. Richard Widmark no papel de Tommy Udo, em *Beijo da morte* de Henry Hathaway. Lembra daquele riso macabro? Riso de hiena. Sinistro. Ele esclareceu uma série de coisas na minha vida. Me ajudou a me tornar uma pessoa.

— Alguma vez você cuspiu dentro duma garrafa de refrigerante pra não ter que oferecer um gole aos outros garotos?

— Era uma coisa automática. Tinha uns caras que chegavam a cuspir nos sanduíches. A gente jogava moeda a distância, e depois ia comprar coisas pra comer e beber. Tinha sempre uma cuspição geral. Um cuspia no refrigerante, outro no sundae.

— Quantos anos você tinha quando percebeu pela primeira vez que seu pai era um panaca?

— Doze anos e meio — respondeu Grappa. — Estava sentado no balcão do Loew's Fairmont, assistindo a *Estrondo na noite*, de Fritz Lang, com Barbara Stanwyck no papel de Mae Doyle, Paul Douglas no de Jerry d'Amato, o grande Robert Ryan no de Earl Pfeiffer. Trabalharam também J. Carroll Naish, Keith Andes e Marilyn Monroe, em começo de carreira. Filmado em trinta e dois dias. Preto e branco.

— Alguma vez você teve uma ereção quando uma assistente de dentista roçou no seu braço enquanto limpava os seus dentes?

— Tantas vezes que perdi a conta.

— Quando você rói uma pelinha do dedo, come ou cospe fora?

— Mastigo um pouco, passo pra ponta da língua e cuspo.

— Você às vezes fecha os olhos quando está dirigindo numa estrada? — perguntou Lasher.

— Uma vez fechei os olhos na 95 North durante oito segundos contados. É o meu recorde. Já cheguei a seis segundos em estradas secundárias cheias de curvas, mas só a cinquenta e poucos quilômetros por hora. Em autoestradas com pistas separadas, normalmente chego a cento e dez antes de fechar os olhos. Só nas retas. Já cheguei a ficar cinco segundos de olhos fechados com outras pessoas no carro. Nesses casos, você tem que esperar que elas cochilem.

Grappa tinha um rosto redondo, úmido, preocupado. Havia nele um ar de bom menino corrompido. Vi-o acender um cigarro, apagar o fósforo e jogá-lo na salada de Murray.

— Você curtia muito — perguntou Lasher — se imaginar morto quando era garoto?

— Quando era garoto? — exclamou Grappa. — Eu vivo fazendo isso. Sempre que estou chateado com alguma coisa, imagino todos os meus amigos, parentes e colegas reunidos ao lado do meu féretro. Todos estão muitíssimo arrependidos por não terem sido mais legais comigo quando eu era vivo. A autocomiseração é uma coisa que sempre me esforcei muito pra conservar. Por que abandoná-la só porque a gente cresce? As crianças são boas em matéria de autocomiseração, o que quer dizer que deve ser algo natural e importante. Imaginar-se morto é a forma mais barata, mais vulgar, mais gratificante de autocomiseração infantil. Como estão tristes, cheias de remorso e sentimento de culpa, aquelas pessoas todas em volta do seu caixão de bronze! Elas nem ousam entreolhar-se, porque sabem que a morte desse homem honesto e bondoso é consequência de uma conspiração da qual todas participaram. O caixão está coberto de flores, e é forrado com uma fazenda felpuda, cor de salmão ou pêssego. Como é bom chafurdar na autocomiseração e no amor-próprio, imaginando que a gente está deitado ali de terno escuro e gravata, bronzeado, bem-disposto e descansado, como diz a imprensa quando o presidente volta das férias. Mas tem uma coisa ainda mais infantil e gratificante do que a autocomiseração, que explica por que eu tenho o hábito de me imaginar morto, um grande sujeito cercado de gente fungando e se sentindo abjeta. É assim que eu castigo as pessoas por pensarem que as vidas delas são mais importantes do que a minha.

Lasher virou-se para Murray e disse:

— Aqui nos Estados Unidos devia ter um Dia de Finados oficial. Como no México.

— Mas a gente tem. É a semana do campeonato nacional de futebol americano.

Não me agradava essa conversa. Eu já tinha a minha morte real para ruminar, independentemente de qualquer fantasia. Não que achasse que o que Grappa dissera não tinha fundamento. Aquela ideia de conspiração, em particular, despertou algo em mim. É aquilo que perdoamos no leito de morte, não a falta de amor nem a ganância. Perdoamos nos outros a sua capacidade de se distanciar de nós, tramar silenciosamente contra nós, de certo modo matar-nos.

Alfonse reafirmou sua presença dominadora com um levantar de ombros. Interpretei esse gesto como sinal de que ele ia começar a falar. Tive vontade de me levantar de repente e sair correndo.

— Em Nova York — começou ele, encarando-me —, as pessoas perguntam se você tem um bom médico de doenças internas. Aí é que reside o verdadeiro poder. Fígado, rins, estômago, intestino, pâncreas. A medicina interna é a poção mágica. Um bom médico de doenças internas lhe proporciona força e carisma, independentemente do tratamento que faz. As pessoas perguntam quem é o seu advogado, corretor de imóveis, traficante. Mas importante mesmo é o médico de doenças internas. O sujeito se vira pra você e pergunta, em tom de ameaça: "Quem é o seu médico de doenças internas?". O tom implica que, se o médico não for um especialista conhecido, você está condenado a morrer com um tumor em forma de cogumelo no pâncreas. Que você é inferior e está condenado, não apenas porque os seus órgãos internos talvez estejam em plena hemorragia, mas porque você não sabe quem deve consultar, como fazer contatos, como subir na vida. O complexo militar-industrial não está com nada. O poder de verdade hoje em dia está nesses pequenos desafios e intimidações, feitos por gente como a gente.

Engoli minha sobremesa e escapuli da mesa. Lá fora, fiquei esperando por Murray. Quando ele saiu, segurei-o pelo braço, logo acima do cotovelo, e atravessamos o campus como dois europeus idosos, de cabeça baixa, conversando.

— Como que você aguenta isso? — perguntei-lhe. — Morte e doenças. Eles só falam nisso o tempo todo?

— No tempo que eu era cronista esportivo, andava muito com colegas de profissão, nas viagens. Hotéis, aviões, táxis, restaurantes. Só falávamos sobre uma coisa. Sexo e morte.

— São duas coisas.

— Tem razão, Jack.

— Pra mim seria terrível descobrir que as duas estão inextricavelmente associadas.

— É que quando a gente viaja tudo está associado a tudo. Tudo e nada, mais exatamente.

Passamos por montinhos de neve que se derretiam.

— Como está indo o seu seminário sobre desastres de carros?

— Já examinamos centenas de colisões. Carros com carros. Carros com caminhões. Caminhões com ônibus. Motos com carros. Carros com helicópteros. Caminhões com caminhões. Meus alunos acham que esses filmes são proféticos. Que ilustram a tendência suicida da tecnologia. O impulso de suicidar-se, a sede incontrolável de suicídio.

— O que você diz a eles?

— De modo geral, são filmes classe B, feitos para a televisão, para passar em autocines do interior. Digo aos meus alunos que não devem procurar o apocalipse nesses filmes. Vejo esses desastres como parte de uma velha tradição de otimismo norte-americano. São eventos positivos, afirmativos. Cada desastre tenta ser melhor que o anterior. Há um aperfeiçoamento constante de instrumentos e perícia, desafios enfrentados. O diretor diz: "Quero uma jamanta virando duas cambalhotas e produzindo uma bola de fogo alaranjada com diâmetro de doze me-

267

tros que dê para iluminar a cena". Digo aos meus alunos que, se eles querem pensar em termos de tecnologia, têm que levar isso em conta, essa tendência a realizar atos grandiosos, a correr atrás de um sonho.

— Um sonho? E como os seus alunos reagem?

— Igualzinho a você. "Um sonho?" Tanto sangue, vidro quebrado, borracha cantando? Tanto desperdício, tantos indícios de uma civilização em decadência?

— E aí?

— Aí eu lhes digo que o que eles estão vendo não é decadência, e sim inocência. O filme deixa de lado a complexidade das paixões humanas para nos mostrar uma coisa fundamental, cheia de fogo, barulho e ímpeto. É uma realização conservadora de desejos, uma ânsia de ingenuidade. Queremos voltar à pureza. Queremos andar pra trás na trajetória da experiência da sofisticação e das responsabilidades que ela implica. Meus alunos dizem: "Veja quantos corpos esmagados, membros amputados. Que raio de inocência é essa?".

— E você responde o quê?

— Que não consigo encarar um desastre de carros num filme como um ato violento. É uma comemoração. Uma reafirmação de valores e crenças tradicionais. Eu associo esses desastres a feriados nacionais, como o Dia de Ação de Graças e o Dia da Independência. Nós não choramos os mortos nem celebramos milagres. Vivemos numa era de otimismo profano, de autocelebração. Vamos melhorar, prosperar, nos aperfeiçoar. Veja qualquer cena de desastre de carro de filme americano. É um momento de alegria, como uma cena de equilibrismo, de corda bamba. As pessoas que criam esses desastres conseguem captar uma serenidade, um prazer ingênuo do qual os acidentes de carros dos filmes estrangeiros não chegam nem perto.

— O negócio é enxergar além da violência.

— Justamente. Enxergar além da violência, Jack. E ver esse espírito maravilhoso de inocência e ludismo.

29

Eu e Babette caminhávamos pelo largo corredor do supermercado, cada um empurrando um carrinho reluzente. Passamos por uma família de surdos-mudos. Eu não parava de ver luzes coloridas.

— Como que você está se sentindo? — perguntou ela.

— Bem. Estou bem. E você?

— Por que você não faz um check-up? Você não ia se sentir melhor se soubesse que não está com nenhum problema?

— Já fiz dois check-ups. Não estou com nenhum problema.

— O que disse o dr. Chakravarty?

— O que é que ele podia dizer?

— Ele fala um inglês tão bonito. Adoro ouvi-lo falando.

— Ele gosta ainda mais de se ouvir falando.

— Você quer dizer que ele adora falar? Que aproveita todas as oportunidades possíveis ara falar? Ele é médico. Tem que falar. Na verdade, você paga pra ouvi-lo falar. Quer dizer que ele fica exibindo aquele inglês lindo? Que fica esnobando?

— A gente está precisando de Glass Plus.

— Não me deixe sozinha — disse Babette.

— Eu só vou até a seção número cinco.

— Eu não quero ficar sozinha, Jack. Acho que você sabe disso.

— Nós vamos conseguir sair dessa. Talvez fiquemos mais fortes do que nunca. Estamos decididos a nos recuperar. A Babette não é uma neurótica. Ela é forte, saudável, extrovertida, positiva. Ela diz sim às coisas. A Babette é assim por definição.

Ficamos juntos durante as compras e na fila do caixa. Babette comprou três tabloides para sua próxima visita ao Velho Treadwell. Ficamos a folheá-los na fila. Então rumamos juntos para o carro, pusemos as compras na mala e fomos embora, sentados bem juntinhos.

— O único problema são os olhos — disse eu.

— Como assim?

— O Chakravarty acha que devo consultar um oftalmologista.

— São as manchas coloridas de novo?

— Isso.

— Pare de usar esses óculos escuros.

— Não posso ensinar hitlerologia sem eles.

— Por quê?

— Porque não, ora.

— É uma bobagem, eles não servem pra nada.

— Eu fiz uma carreira — expliquei. — Posso não entender todos os elementos que estão em jogo, mas isso é mais motivo ainda pra eu não mexer no que está dando certo.

Os centros de auxílio às vítimas de déjà vu fecharam. O serviço de auxílio pelo telefone foi discretamente extinto. As pessoas pareciam prestes a esquecer. Elas não tinham culpa se eu me sentia de certo modo abandonado, pagando o pato.

Eu frequentava religiosamente minhas aulas de alemão. Comecei a treinar com meu professor o tipo de frase que poderia usar ao receber os participantes do congresso de hitlerologia. Ainda faltavam algumas semanas. As janelas estavam totalmente obstruídas por móveis e cacarecos. Howard Dunlop ficava sentado no meio do quarto, o rosto oval flutuando em sessenta watts de luz poeirenta. Comecei a suspeitar que eu era a única pessoa com quem ele falava. Também comecei a suspeitar que ele precisava de mim mais do que eu dele. Uma ideia desconcertante e terrível.

Havia um livro em alemão sobre uma mesa quebrada perto da porta. O título, em letras pretas, grossas e ameaçadoras, era *Das Aegyptische Todtenbuch.*

— Que livro é esse? — perguntei.

— *O livro egípcio dos mortos* — sussurrou ele. — É best-seller na Alemanha.

Às vezes, quando Denise não estava em casa, eu entrava no quarto dela. Pegava coisas, largava-as, olhava atrás de uma cortina, dentro de uma gaveta aberta, enfiava o pé debaixo da cama e tateava. Como quem não quer nada.

Babette ouvia aqueles programas de rádio com participação dos ouvintes.

Comecei a jogar coisas fora. Coisas em cima e embaixo de meu armário, coisas guardadas em caixas no porão e no sótão. Joguei fora cartas, brochuras velhas, revistas guardadas para ler um dia, lápis sem pontas. Joguei fora tênis, meias, luvas rasgadas, cintos e gravatas velhas. Encontrei pilhas de boletins escolares, pedaços de cadeiras quebradas. Joguei fora. Joguei fora todas as latas de aerossol que estavam sem tampa.

O relógio de gás fez um barulho esquisito.

Naquela noite, vi no noticiário da tevê policiais retirando um corpo envolto em plástico do quintal de uma casa em Bakersville. O repórter disse que dois corpos haviam sido encontrados, e que se suspeitava da existência de vários outros, enterrados no mesmo quintal. Talvez muitos outros. Talvez vinte, trinta — ninguém sabia exatamente quantos. Com um gesto indicou o quintal. Era bem grande.

O repórter, um homem de meia-idade, falava com clareza e energia, porém com certo grau de intimidade, dando a entender que tinha contato frequente com sua audiência, interesses em comum com ela, confiança recíproca. As escavações iam prolongar-se por toda a noite, afirmou ele, e haveria flashes noticiosos sempre que necessário. Disse isso num tom de promessa de namorado.

Três noites depois, entrei no quarto de Heinrich, onde a televisão estava temporariamente localizada. Sentado no chão, com um suéter com capuz, ele assistia a uma reportagem sobre o mesmo caso. O quintal estava iluminado; homens armados de picaretas e pás trabalhavam entre montes de terra. Em primeiro plano ficava o repórter, sem chapéu, com um casaco de pele de carneiro, dando as informações mais recentes. Caía uma neve fina. Dizia ele que a polícia afirmara ter pistas sólidas, os escavadores eram metódicos e competentes, trabalhavam há mais de setenta e duas horas. Porém não haviam encontrado nenhum outro corpo.

A sensação de decepção era completa. Havia um ar de tristeza e desolação na cena. Depressão, frustração. Nós também nos sentíamos assim, eu e meu filho, assistindo pela televisão. Aquela atmosfera dominava o quarto, enchendo o ar, transmitida por correntes pulsantes de elétrons. De início, o repórter parecia apenas pedir desculpas. Mas, à medida que ia se estendendo sobre a ausência de outros cadáveres, ficava cada vez mais desolado, apontando para os escavadores, sacudindo a cabeça, quase pedindo a comiseração e a compreensão dos telespectadores.

Tentei ao máximo não me sentir desapontado.

30

Na escuridão, o cérebro dispara como uma máquina voraz, a única coisa acordada em todo o universo. Eu tentava enxergar as paredes, o guarda-roupa no canto. A velha sensação de estar indefeso. Pequeno, fraco, sozinho, marcado para morrer. Pânico, o deus dos bosques e das matas, meio homem, meio bode. Virei a cabeça para a direita, me lembrando do rádio-despertador. Vi os números mudando, a progressão de minutos digitais, de ímpar para par. Brilhavam, verdes, no escuro.

Depois de algum tempo, acordei Babette. Um ar quente se elevou de seu corpo quando ela se aproximou de mim. Ar satisfeito. Mistura de esquecimento e sono. Onde estou, quem é você, o que eu estava sonhando?

— Precisamos conversar — disse eu.

Ela murmurou alguma coisa, fez menção de afastar alguma presença esvoaçante. Quando me estendi para acender o abajur, ela me acertou um tapa com as costas da mão no braço. A luz acendeu-se. Babette recuou em direção ao rádio, cobrindo a cabeça e gemendo.

— Não adianta se esquivar. Precisamos falar sobre certas coisas. Quero saber como ter acesso ao sr. Gray. Quero o nome verdadeiro da Gray Pesquisas.

Com certa dificuldade, ela gemeu:

— Não.

— Estou sendo até razoável. Não estou querendo demais. Não tenho grandes esperanças ou expectativas. Só quero experimentar, só pra ver. Não acredito em objetos mágicos. Só peço que me deixe tentar, me deixe ver. Estou deitado há horas praticamente paralisado. Estou encharcado de suor. Ponha a mão no meu peito, Babette.

— Mais cinco minutinhos. Preciso dormir.

— Ponha. Me dê sua mão. Veja como está molhado.

— Todo mundo sua — disse ela. — O que tem suar?

— Aqui tem um rio de suor.

— Você quer tomar. Não, Jack.

— Só quero alguns minutos a sós com o sr. Gray, pra saber se eu sirvo.

— Ele vai achar que você quer matá-lo.

— Mas isso é loucura. Seria loucura minha. Como que eu posso matá-lo?

— Ele vai saber que eu lhe contei a história do motel.

— A história do motel são águas passadas. Não posso fazer que essa história deixe de ter existido. Então vou matar o único homem capaz de aliviar minha dor? Pegue debaixo dos meus braços se você não acredita.

— Ele vai achar que você é um marido vingativo.

— Pra falar com franqueza, o motel é o de menos. Eu vou me sentir melhor se matar o sr. Gray? Ele não precisa nem saber quem sou. Invento um nome falso, invento um contexto. Me ajude, por favor.

— Não fique dizendo que você sua. O que que tem suar? Eu dei minha palavra ao homem.

De manhã, estávamos sentados à mesa da cozinha. A secadora de roupas funcionava perto da entrada dos fundos. Fiquei escutando os botões e os fechos ecler batendo no fundo do tambor.

— Eu já sei o que vou dizer a ele. Vou ser objetivo, clínico. Sem filosofias nem teologias. Vou sensibilizar o lado pragmático dele. Ele certamente vai levar em conta o fato de que a minha morte já está programada. Pra falar com franqueza, nesse ponto tenho prioridade sobre você. Minha necessidade é intensa. Acho que isso vai convencê-lo. Além disso, ele vai querer fazer outra experiência com um ser humano. Essa gente é assim.

— Como é que eu posso ter certeza de que você não vai matá-lo?

— Você é minha mulher. Eu sou um assassino?

— Você é um homem, Jack. Todo mundo sabe que os homens ficam fora de si quando se enraivecem. Os homens são muito bons nisso. Ciúme insensato e violento. Raiva homicida. Quando uma pessoa é boa numa coisa, é natural que ela procure uma oportunidade de fazer essa coisa. Se eu fosse boa nisso, eu faria. Por acaso não sou. Assim, em vez de ter ataques de raiva homicida, eu leio pros cegos. Em outras palavras, conheço meus limites. Me contento com pouco.

— O que foi que eu fiz pra merecer isso? Você não é assim. Sarcástica, zombeteira.

— Esqueça isso. O Dylar foi um erro meu. Não vou deixar que passe a ser também um erro seu.

Ouvimos os estalidos dos botões e fechos ecler. Era hora de eu ir para a faculdade. Veio uma voz do andar de cima: "Um grupo de pesquisadores na Califórnia afirma que a próxima guerra mundial pode envolver todo o mundo".

Passei a tarde toda à janela de minha sala, olhando para o Observatório. Já estava escurecendo quando Winnie Richards apareceu na porta lateral, olhou para os dois lados e saiu caminhando pelo gramado ondulado, num passo de lobo. Deixei rapidamente minha sala e desci a escada. Segundos depois já estava correndo por um caminho de pedras. Quase imediatamente senti uma estranha exultação, aquela emoção revigorante que experimentamos ao recuperarmos um prazer perdido. Vi Winnie dobrando uma esquina, deslizando e desaparecendo por trás de um dos prédios de manutenção. Corri o mais depressa que pude, dando tudo, contra o vento, peito para fora, cabeça erguida, os braços ajudando. Ela reapareceu detrás da biblioteca, uma figura alerta e furtiva, passando por baixo das janelas em arco, quase invisível na penumbra. Quando se aproximou das escadarias, de repente acelerou, passando da velocidade mínima para a máxima. Foi uma manobra ágil e bonita, como fui obrigado a reconhecer, embora tornasse minha situação mais difícil. Resolvi cortar caminho por detrás da biblioteca e pegá-la na longa reta que dá nos laboratórios de química. Cruzei com o time de *lacrosse*, que vinha correndo do campo após um treino. Corríamos com o passo acertado, eu e os jogadores, que brandiam seus bastões de um modo ritualizado, gritando algo que não consegui entender. Quando cheguei à reta larga, estava ofegante. Winnie havia desaparecido. Corri pelo estacionamento dos professores, passei pela capela ousadamente modernista, contornei o prédio da administração. O vento era bem audível agora, uivando nos ramos mais altos das árvores. Corri para o leste, mudei de ideia, olhei de um lado para outro, tirei os óculos para ver melhor. Eu queria correr, estava disposto a correr. Seria capaz de correr até não poder mais, correr a noite toda, correr para esquecer por que eu estava correndo. Instantes depois, vi uma figura subindo uma ladeira, nos limites do campus, com passadas largas. Só podia ser Winnie. Comecei a correr de novo, sabendo que ela estava longe demais, que ia desaparecer no alto da ladeira, só voltaria a ser encontrada semanas depois. Dei tudo de mim e comecei a subir, correndo, sobre concreto, grama, depois cascalho, os pulmões ardendo dentro do peito, um peso nas pernas que parecia a própria atração da Terra, seu juízo mais íntimo e definitivo, a lei da queda dos corpos.

Fiquei atônito ao constatar, já quase no alto da ladeira, que ela havia parado. Trajava uma jaqueta Gore-Tex com um forro que a inchava, e estava olhando para o oeste. Caminhei lentamente em sua direção. Quando deixei para trás uma fileira de residências, vi o que a havia feito parar. O horizonte tremia numa névoa escura. Sobre a névoa via-se o sol, afundando como um navio num mar em chamas. Mais um pôr do sol pós-moderno, rico em imagens românticas. Por que tentar descrevê-lo? Basta dizer que tudo que havia em nosso campo visual parecia existir só para receber a luz desse evento. Não que fosse um pôr do sol particularmente excepcional. Eu já vira outros com cores mais dinâmicas, com mais aprofundamento narrativo.

— Oi, Jack. Eu não sabia que você costumava vir aqui.

— Normalmente eu vou pro viaduto.

— Fantástico, não é?

— Uma beleza, sim.

— Me dá o que pensar. Sério.

— Você pensa em quê?

— Em que se pode pensar vendo uma beleza dessas? Só sei que fico assustada.

— Até que esse não é dos mais assustadores.

— A mim, me assusta. Olhe só, que coisa.

— Viu o de terça-feira? Um pôr do sol poderoso, arrasante. Esse de hoje eu diria que é médio. Talvez eles estejam começando a minguar.

— Espero que não — disse Winnie. — Eu ia sentir falta deles.

— Talvez o resíduo tóxico na atmosfera esteja diminuindo.

— Segundo alguns, não é o resíduo da nuvem que causa esses crepúsculos. É o resíduo dos microrganismos que comeram a nuvem.

Ficamos contemplando uma explosão de luz vermelha, como um coração batendo num documentário na tevê em cores.

— Lembra da pílula em forma de disco voador?

— Claro — disse ela. — Uma obra-prima de engenharia.

— Descobri pra que serve. Pra resolver um problema muito antigo. O medo da morte. Ela estimula o cérebro a produzir substâncias que inibem o medo da morte.

— Mas a gente morre assim mesmo.

— É, todo mundo morre.

— Só que não tem medo — disse ela.

— É.

— É, parece interessante.

— O Dylar foi criado por um grupo secreto de pesquisas. Acho que alguns dos membros são psicobiólogos. Por acaso você ouviu algum boato sobre uma pesquisa secreta a respeito do medo da morte?

— Eu seria a última a saber. Ninguém nunca me acha. E, quando me acham, é pra dizer alguma coisa importante.

— E isso não é importante?

— Você está falando sobre fofocas, boatos. Isso é bobagem, Jack. Quem são essas pessoas? Onde que elas trabalham?

— É por isso que tenho andado atrás de você. Eu pensava que você soubesse alguma coisa a respeito. Eu nem sei o que é psicobiologia.

— É uma coisa vaga. Interdisciplinar. O trabalho sério, mesmo, é em outras áreas.

— Você não pode me dizer nada?

Algo em minha voz fez com que ela se virasse para me olhar. Winnie não tinha muito mais que trinta anos, porém possuía um olho experiente e perceptivo para os desastres semidisfarçados que constituem uma vida. Um rosto fino parcialmente oculto por cachos castanhos e ralos, olhos brilhantes e vivos. Tinha o rosto bicudo e oco de uma grande criatura palmípede. Boca pequena e contida. Sorriso permanentemente em conflito com alguma restrição interior contra a sedução do humor. Murray me disse uma vez que tinha um fraco por ela, achava sua falta de jeito sinal de uma inteligência que se desenvolvia depressa, quase depressa demais, e tive a impressão de que entendia o que ele queria dizer. Ela vivia cutucando e surrupiando pedaços do mundo a seu redor, por vezes invadindo-o.

— Não sei até onde vai seu interesse pessoal por essa substância — disse ela —, mas acho um equívoco a gente perder a consciência da morte, até mesmo o medo da morte. A morte não é a fronteira de que todos precisamos? Ela não dá uma textura preciosa à vida, uma definição? Você devia se perguntar se existe alguma coisa que você faça nesta vida que teria beleza e significado sem a consciência de que você tem de uma reta de chegada, uma fronteira ou limite.

Vejo a luz subir até os píncaros arredondados das mais altas nuvens. Colgate, Listerine, Clorets.

— As pessoas me acham pirada — disse Winnie. — É bem verdade que eu tenho uma teoria pirada a respeito do medo humano. Imagine, Jack, que você, um sedentário inveterado, se vê um dia andando numa floresta cerrada. Vê uma coisa com o canto do olho. Antes de qualquer outra percepção, você entende que é uma coisa muito grande e que não tem nenhum precedente no seu rol de experiências. Uma falha na sua imagem do universo. Ou ela não devia estar lá, ou você não devia estar lá. Agora a coisa aparece bem na sua frente. É um urso, enorme, de um marrom lustroso, cambaleando, com muco escorrendo das presas. Jack, você nunca viu um animal de grande porte no meio do mato. A aparição desse urso é uma coisa tão estranha, tão eletrizante, que lhe dá uma consciência renovada de si próprio, do seu eu... o eu em termos de uma situação única e horrível. Você se vê de uma forma nova e intensa. Você se redescobre. Fica iluminado pra assistir a seu próprio desmembramento. Aquela fera imensa permitiu que você se visse como se pela primeira vez, fora do ambiente normal, sozinho, distinto, inteiro. O nome que damos a esse complicado processo é medo.

— Medo é a autoconsciência elevada a um nível superior.

— Isso mesmo, Jack.

— E a morte?

— O eu, o eu, o eu. Se a morte puder ser encarada como

algo menos estranho, menos desligado de toda e qualquer referência, a sua consciência do eu em relação à morte diminui, e seu medo também diminui.

— O que eu faço pra tornar a morte menos estranha? O quê?

— Não sei.

— Devo arriscar a vida entrando nas curvas a toda? Escalando montanhas nos fins de semana?

— Não sei — disse ela. — Infelizmente.

— Devo escalar a fachada de um prédio de noventa andares, me prendendo às paredes com um cinto? O que que eu faço, Winnie? Fico sentado dentro de uma jaula de cobras africanas, como faz o melhor amigo do meu filho? É o que as pessoas fazem, hoje em dia.

— Acho que o que você deve fazer, Jack, é esquecer daquele comprimido. Não tem remédio nenhum, evidentemente.

Ela tinha razão. Todos tinham razão. Levar a minha vida, criar os filhos, ensinar meus alunos. Tentar não pensar naquela figura vaga do Motel Grayview pondo as mãos inacabadas em minha mulher.

— Continuo triste, Winnie, mas você deu à minha tristeza uma riqueza e uma profundidade que ela jamais teve.

Ela virou-se, corando.

— Você é mais que uma amiga das boas horas: é uma inimiga de verdade.

Ela ficou escarlate.

— As pessoas brilhantes, por serem brilhantes, nunca pensam nas vidas que esmagam — acrescentei.

Vi-a enrubescer. Com as duas mãos, enfiou o boné de malha até cobrir as orelhas. Olhamos mais uma vez para o céu e começamos a descer a ladeira.

280

31

Você lembrou de: 1) fazer o cheque para a Waveform Dynamics? 2) anotar o número da sua conta no cheque? 3) assinar o cheque? 4) mandar o pagamento completo, já que não aceitamos pagamentos parciais? 5) anexar o documento original de pagamento, e não uma cópia? 6) colocar o documento no envelope de tal modo que o endereço apareça na janelinha transparente? 7) destacar a parte verde do documento no pontilhado para guardá-lo? 8) colocar o seu endereço e CEP? 9) avisar pelo menos três semanas antes de mudar de endereço? 10) fechar o envelope? 11) selar o envelope, já que o serviço de correios não entrega correspondência sem selo? 12) pôr no correio o envelope pelo menos três dias antes da data assinada no espaço azul?

TV A CABO, SAÚDE A CABO, TEMPO A CABO, NOTÍCIAS A CABO, NATUREZA A CABO.

Naquela noite, ninguém queria cozinhar. Entramos no carro e fomos para a terra de ninguém comercial, além dos limites da cidade. O neon infindável. Parei num lugar especializado em frango assado e brownies. Resolvemos comer no carro. Ele bastava para nossas necessidades. Queríamos comer, não ver gente. Queríamos encher a barriga logo, de uma vez. Não precisávamos de luz nem de espaço. Certamente não precisávamos olhar um para a cara do outro em torno de uma mesa enquanto comíamos, construindo uma rede sutil e complexa de sinais e códigos entrecruzados. Nos contentávamos em comer todos virados para o mesmo lado, só vendo poucos centímetros além de nossas próprias mãos. Havia nisso um certo rigor. Denise trouxe a comida para o carro e distribuiu guardanapos de papel. Nos preparamos para comer. Comemos de chapéu e casaco, sem falar, rasgando os pedaços de galinha com as mãos e os dentes. A concentração era intensa, mentes convergindo sobre uma única ideia dominante. Constatei, surpreso, que estava esfomeadíssimo. Eu mastigava e comia, só vendo alguns centímetros à frente de minhas mãos. É assim que a fome encolhe o mundo. Essa é a fronteira do universo observável da comida. Steffie arrancou a pele torrada de um pedaço de peito e a deu a Heinrich. Ela nunca comia a pele. Babette chupava um osso. Heinrich trocou de asas com Denise, uma grande por uma pequena. Ele achava mais gostosas as pequenas. Todos davam os ossos para Babette limpar e chupar. Eu reprimia a imagem do sr. Gray, nu, numa cama de motel, uma imagem indefinida, de bordas indistintas. Mandamos Denise pegar mais comida, ficamos a esperá-la em silêncio. Então recomeçamos a comilança, um tanto aturdidos com as dimensões de nosso prazer.

Steffie perguntou, em voz baixa:

— Como é que os astronautas flutuam?

Houve uma pausa, como um cochilo da eternidade.

Denise parou de comer para responder:

— Eles são mais leves que o ar.

Todos nós paramos de comer. Fez-se um silêncio preocupado.

— Lá não existe ar — disse Heinrich por fim. — Eles não podem ser mais leves do que uma coisa que não existe. O espaço é um vácuo, só tem moléculas pesadas.

— Eu achava que o espaço era frio — comentou Babette.

— Se não tem ar, como é que pode ser frio? O que é que faz o calor e o frio? O ar. Pelo menos era o que eu pensava. Se não tem ar, não devia ter frio. Como esses dias tipo nada.

— Como é que pode não ter nada? — perguntou Denise.

— Tem que ter alguma coisa.

— Mas *tem* alguma coisa — disse Heinrich, irritado. — Tem moléculas pesadas.

— Esses dias tipo será que eu ponho um suéter — disse Babette.

Fez-se outra pausa. Esperamos para ver se o diálogo havia terminado. Então voltamos a comer. Trocávamos pedaços de que não gostávamos em silêncio, enfiávamos as mãos em pacotes de batatas fritas. Wilder gostava das batatas brancas e moles, e as outras pessoas escolhiam essas para lhe dar. Denise distribuiu pacotinhos molengas de ketchup. O interior do carro cheirava a gordura e a carne lambida. Trocávamos pedaços e roíamos ossos.

Com uma vozinha baixa, Steffie perguntou:

— Qual a temperatura do espaço?

Outra vez todos nós esperamos. Então Heinrich sentenciou:

— Depende da altitude. Quando mais alto, mais frio.

— Espere aí — disse Babette. — Quanto mais alto, mais perto do sol. Então deve ser mais quente.

— E quem lhe disse que o sol é no alto?

— E como é que pode ser embaixo? A gente tem que olhar pra cima pra ver o sol.

— E de noite? — insistiu ele.

— Está do outro lado da Terra. Mas as pessoas de lá também têm que olhar pra cima.

— Toda a sacação de sir Albert Einstein — disse Heinrich — é justamente essa: como é que o sol pode estar em cima se você estiver na superfície do sol?

— O sol é uma grande bola derretida — afirmou ela. — É impossível ficar na superfície dele.

— O que Einstein dizia era "*se* você estiver". De um ponto de vista absoluto, não existe em cima nem embaixo, quente nem frio, dia nem noite.

— Então o que é que existe?

— Moléculas pesadas. A sacação toda do espaço é dar às moléculas uma oportunidade de esfriarem depois que são expelidas pelas superfícies das estrelas gigantes.

— Se não existe quente nem frio, como é que as moléculas podem esfriar?

— Quente e frio são só palavras. Tem que encarar isso como palavras. A gente é obrigado a usar palavras. Não podemos ficar só grunhindo.

— É a corola do sol — disse Denise a Steffie, numa discussão paralela. — Vimos isso outro dia na previsão de tempo na tevê.

— Eu pensava que Corolla fosse um carro — falou Steffie.

— Tudo é carro — disse Heinrich. — O fundamental das estrelas gigantes é que elas têm explosões nucleares no núcleo. Esses mísseis russos que dizem que são imensos são pinto. Nas estrelas, são explosões cem milhões de vezes mais poderosas.

Houve uma longa pausa. Ninguém disse nada. Ficamos só comendo, durante o tempo necessário para mastigar e engolir uma bocada de comida.

— Dizem que é por causa dos médiuns russos que estamos com esse tempo maluco — comentou Babette.

— Que tempo maluco? — perguntei.

— Nós temos médiuns, eles têm médiuns — disse Heinrich —, pelo que dizem. Eles querem perturbar nossa agricultura influenciando o clima.

— O tempo anda normal.

— Pra essa época do ano — completou Denise, esperta.

Isso foi na semana em que um policial viu um corpo sendo jogado de um OVNI. Aconteceu quando ele estava fazendo sua ronda nos arredores de Glassboro. O corpo de um homem não identificado encharcado pela chuva foi encontrado mais tarde

284

naquela mesma noite, inteiramente vestido. Segundo a autópsia, as causas da morte foram fraturas múltiplas e parada cardíaca — talvez causada por um susto terrível. Sob hipnose, o policial, Jerry Tee Walker, descreveu em detalhes a visão surpreendente de um objeto luminoso, como se de neon, que parecia um imenso pião rodopiando, pairando sobre um campo a menos de trinta metros de altitude. Walker, ex-combatente da guerra do Vietnã, disse que a cena bizarra fê-lo pensar em tripulantes de um helicóptero jogando porta afora suspeitos de serem vietcongues. Inacreditavelmente, enquanto via uma escotilha abrir-se e o corpo cair no chão, sentiu que uma estranha mensagem estava sendo transmitida telepaticamente a seu cérebro. Os hipnotizadores da polícia pretendem intensificar as sessões para tentar descobrir a mensagem.

Em toda a região foram vistos OVNIs. Uma corrente mental energizadora, luminosa, parecia serpentear de cidade a cidade. Tanto fazia acreditar ou não nessas coisas. Era uma excitação, uma onda, um tremor. Alguma voz ou ruído explodia no céu, e todos nós ressurgíamos da morte. Curiosos pegavam o carro e iam até os arredores da cidade, de onde alguns voltavam, outros resolviam se aventurar até áreas mais remotas que pareciam, durante esses dias, encantadas, envoltas numa expectativa mágica. O ar tornou-se suave e ameno. O cão de um vizinho latiu a noite toda.

No estacionamento da lanchonete, comíamos brownies. Nossas mãos ficaram cheias de farelos. Cheirávamos os farelos, lambíamos os dedos. À medida que nos aproximávamos do fim da refeição, começavam a expandir-se os limites físicos de nossa consciência. As fronteiras da comida foram substituídas pelas do mundo a nossa volta. Nossa visão transcendeu a distância de nossas mãos. Olhávamos pelas janelas, víamos os outros carros e as luzes. Víamos gente saindo do restaurante, homens, mulheres e crianças carregando pacotes de comida, inclinando-se contra o vento. Começou a fluir uma corrente de impaciência dos três corpos do banco de trás. Eles queriam estar em casa, e não aqui. Queriam piscar o olho e ver-se imediatamente em seus quartos, com seus objetos, e não espremidos dentro de um carro nessa planície de concreto onde ventava. As viagens de volta para casa eram sempre problemáticas. Liguei o carro, sabendo que segundos depois a massa de inquietação se transformaria numa espécie de ameaça. Eu e Babette sentíamos que isso já estava começando a acontecer. Lá no banco de trás fervia uma escura ameaça. Eles nos atacariam, por meio da estratégia clássica de se atacarem uns aos outros. Mas nos atacar por quê? Por não podermos chegar em casa mais depressa? Por sermos mais velhos e maiores e um tanto mais emocionalmente estáveis do que eles? Por causa de nossa condição de protetores — protetores que, mais cedo ou mais tarde, estavam fadados a fracassar? Ou estariam atacando simplesmente o que éramos — nossas vozes, nossas feições, gestos, modos de andar e rir, a cor de nossos olhos, cabelos e peles, nossos cromossomos e células?

Como se para esvaziar o ataque, como se não conseguisse suportar as implicações daquela ameaça, Babette disse, num tom de voz agradável:

— Por que é que esses OVNIS são quase sempre vistos no norte do estado? Os casos mais espetaculares são sempre no norte. As pessoas são sequestradas e levadas a bordo. Os fazendeiros veem no chão marcas de fogo no lugar onde os discos pousaram. Uma mulher dá à luz o filho de um ser extraterreno, segundo ela. Sempre no norte do estado.

— É porque lá tem montanhas — disse Denise. — Lá as espaçonaves podem se esconder dos radares, sei lá.

— Por que que as montanhas são no norte? — perguntou Steffie.

— As montanhas são sempre no norte — explicou-lhe Denise. — Assim a neve se derrete conforme o planejado na primavera e flui para os reservatórios perto das cidades, que ficam na parte mais baixa dos estados justamente por isso.

Por um momento, pensei que ela talvez tivesse razão. Aquilo fazia sentido, de algum modo curioso. Mas fazia mesmo? Ou seria uma loucura completa? Tinha de haver cidades grandes no norte de alguns estados. Ou ficariam elas imediatamente ao norte da fronteira, no extremo sul dos estados imediatamente ao norte? O que ela dissera não podia ser verdade, e no entanto, por um momento, eu não conseguia provar que estava errado. Não conseguia citar nenhuma cidade, nenhuma montanha que provasse que a hipótese estava errada. Tinha de haver montanhas no sul de algum estado. Ou será que elas ficavam sempre abaixo da divisa estadual, ao norte do estado imediatamente ao sul? Tentei lembrar os nomes das capitais dos estados, dos governadores. Como é que podia haver norte abaixo de um sul? Era aquilo que estava me confundindo? Seria este o erro fundamental no raciocínio de Denise? Ou estaria ela, de algum modo misterioso, com a razão?

Disse o rádio: "Excesso de sal, fósforo, magnésio".

Mais tarde, naquela mesma noite, eu e Babette estávamos tomando chocolate quente. Na mesa da cozinha, entre os cupons, os compridos recibos de supermercado, os catálogos de firmas de reembolso postal, havia um cartão-postal de Mary Alice, minha filha mais velha. Fruto de meu primeiro casamento com Dana Breedlove, a espiã, e portanto irmã por parte de pai e mãe de Steffie, apesar dos dez anos e dos dois casamentos que as separaram. Mary Alice está com dezenove anos e mora no Havaí, onde trabalha com baleias.

Babette pegou um tabloide que alguém havia largado sobre a mesa.

— Foi calculado que os guinchos dos ratos têm uma frequência de quarenta mil ciclos por segundo. Os cirurgiões utilizam gravações destes guinchos de alta frequência para destruir tumores no corpo humano. Você acredita nisso?

— Acredito.

— Eu também. — Babette largou o jornal. Depois de algum tempo, perguntou, num tom ansioso: — Como é que você se sente, Jack?

— Estou bem. Muito bem. Falando sério. E você?

— Me arrependo por ter contado tudo a você.

— Por quê?

— Porque senão você não me teria dito que vai ser o primeiro a morrer. As duas coisas que eu mais quero no mundo são: que Jack não seja o primeiro a morrer e que Wilder fique do jeito que está pra sempre.

32

Murray e eu caminhávamos pelo campus à moda europeia, num passo sereno e meditativo, de cabeça baixa, conversando. Vez por outra, um de nós segurava o outro perto do cotovelo, um gesto que denotava intimidade e apoio físico. Às vezes caminhávamos ligeiramente separados, Murray com os dedos entrelaçados às costas, Gladney com as mãos sobre o abdômen, uma atitude monástica, que indicava preocupação.

— E o seu alemão, tem melhorado?

— Continuo falando mal. As palavras me confundem. Eu e Howard ainda estamos trabalhando no que vou dizer na abertura do congresso.

— Você o chama pelo primeiro nome?

— Não quando estou com ele. Quando estamos juntos

não o chamo de nada e ele não me chama de nada. Nosso relacionamento é assim. Você tem algum contato com ele? Afinal, moram na mesma casa.

— Só o vejo de relance. Os outros inquilinos preferem assim. Temos a impressão de que ele mal existe.

— Tem alguma coisa nele. Não sei o que é, exatamente.

— A pele dele é cor da pele — disse Murray.

— É verdade. Mas não é isso que me inquieta.

— Mãos macias.

— Será isso?

— Eu sempre estranho quando encontro um homem com mãos macias. Pele macia, em geral. Pele de bebê. Acho que ele não faz a barba.

— Que mais? — perguntei.

— Saliva seca nos cantos da boca.

— Você tem razão — disse eu, animado. — Saliva seca. Ele joga perdigotos na minha cara quando se debruça pra frente pra articular bem as palavras. Que mais?

— E o jeito de olhar por cima dos ombros da pessoa.

— E você nota isso tudo embora só o veja de relance. Incrível. Que mais?

— E uma rigidez no corpo que parece não casar com o modo de andar arrastando os pés.

— É, ele anda sem balançar os braços. Que mais, que mais?

— E mais uma coisa, além e acima de tudo isso, alguma coisa sinistra e terrível.

— Exatamente. Mas o que é? Não consigo identificar direito.

— Um ar estranho, uma certa sensação, uma presença, uma emanação.

— Mas o quê? — perguntei, surpreso ao constatar que

aquilo me envolvia muito, pessoalmente; manchas coloridas dançavam nos limites de meu campo visual.

Caminhamos mais trinta passos, e então Murray começou a balançar a cabeça, afirmativamente. Enquanto caminhávamos, eu olhava para seu rosto. Ele atravessou a rua balançando a cabeça, e continuou a balançá-la quando passamos pela biblioteca de música. Eu caminhava a seu lado, segurando-o pelo cotovelo, observando seu rosto, esperando que ele falasse, pouco ligando para o fato de que estávamos indo para um lado totalmente diferente daquele para o qual eu queria ir, e ele continuava balançando a cabeça quando nos aproximamos da entrada de Wilmot Grange, um prédio restaurado do século passado, nos limites do campus.

— Mas o quê? — insisti. — O quê?

Foi só quatro dias depois que ele me telefonou, à uma hora da madrugada, para sussurrar em meu ouvido:

— Ele tem cara de quem acha erótico gente morta.

Fui à última aula. As paredes e janelas estavam tapadas por objetos acumulados, que agora já começavam a encher o meio do quarto também. Aquele homem de rosto afável a minha frente fechou os olhos e começou a recitar expressões úteis para turistas. "Onde estou?" "O senhor podia me ajudar?" "Já é noite e estou perdido." Eu mal suportava ficar ali. O comentário de Murray dera àquela figura uma identidade plausível indelével. Aquilo que antes eu não conseguia definir a respeito de Howard Dunlop agora havia sido fixado. O que antes era estranho e macabro agora era mórbido. Uma lascívia sinistra se irradiava de seu corpo e parecia circular pelo quarto barricado.

Na verdade, eu ia sentir falta daquelas aulas. Também sentiria falta dos cachorros, os pastores alemães. Um dia eles simplesmente desapareceram. Talvez fossem requisitados em outro lugar, ou estivessem recebendo mais treinamento no deserto. Mas os homens com trajes de *mylex* continuavam andando de um lado para outro com seus instrumentos de medição, andando em grupos de seis ou oito, em veículos pequenos que pareciam de brinquedo.

Parado ao lado da cama de Wilder, eu via o menino dormir. Do quarto ao lado vinha uma voz: "O prêmio Nabisco, no valor de quatrocentos mil dólares".

Foi na noite em que o hospício pegou fogo. Heinrich e eu entramos no carro e fomos lá para ver. Havia também outros homens com filhos adolescentes. Evidentemente, pais e filhos sentem uma necessidade de se procurarem nessas ocasiões. Os incêndios os aproximam, proporcionam um assunto para conversas. Há equipamentos a examinar, a técnica dos bombeiros para analisar e criticar. A virilidade do trabalho dos bombeiros — a virilidade dos incêndios, por assim dizer — é bem adequada para o tipo de diálogo lacônico que é possível haver entre pais e filhos sem embaraço nem constrangimento.

— A maioria desses incêndios em prédios antigos começa nas instalações elétricas — disse Heinrich. — Problemas na fiação. Está aí uma coisa que mais cedo ou mais tarde vão dizer.

— A maioria das pessoas não morre queimada, e sim sufocada pela fumaça.

— Está aí outra coisa que sempre dizem.

Chamas saíam das águas-furtadas. Do outro lado da rua, vimos uma parte do telhado desabar, uma chaminé alta dobrar-se lentamente e cair. Caminhões-tanques vinham de outras cidades, os homens desciam com suas roupas pesadas, botas de borracha e chapéus antiquados. Mangueiras eram levantadas e apontadas para o fogo, uma figura surgiu acima do telhado em chamas numa escada Magirus. O pórtico desabou, depois uma coluna entortou. Uma mulher atravessou o gramado com uma camisola em chamas. Ficamos boquiabertos, quase de admiração. Tinha cabelos brancos e era miúda, estava cercada de ar incendiado e via-se claramente que era louca, tão perdida em meio a sonhos e fúrias que o fogo a seu redor parecia quase sem importância. Ninguém disse palavra. Em meio ao calor e ao ruído de madeira devorada pelas chamas, ela trouxe o silêncio. Coisa poderosa e real. Como era profunda a loucura. Um bombeiro correu em sua direção, depois afastou-se um pouco, desconcertado, como se descobrisse que ela não era a pessoa que ele pensava que fosse. Ela desabou numa explosão branca, como uma xícara de chá se quebrando. Agora havia quatro homens ao seu redor, tentando apagar as chamas com chapéus e capacetes.

A árdua tarefa de conter o fogo prosseguia, um trabalho que parecia tão antigo e tão perdido quanto a construção de catedrais, trabalho em que os homens eram movidos por um sentimento de participação comum numa tarefa elevada. Havia um dálmata na cabine de um dos carros de bombeiros.

— Gozado, a gente pode ficar parado, olhando — disse Heinrich —, exatamente como se fosse uma lareira.

— Você está dizendo que os dois tipos de fogo são igualmente fascinantes?

— Estou só dizendo que a gente pode ficar parado, olhando.

— "O homem sempre foi fascinado pelo fogo." É isso que você está dizendo?

— É o meu primeiro incêndio. Me poupe.

A calçada estava cheia de pais e filhos, que apontavam para uma ou outra parte do prédio semidestruído. Murray, que morava a poucos metros dali, foi se chegando a nós e apertou-nos as mãos sem dizer nada. Os vidros das janelas explodiam. Vimos outra chaminé afundando no teto, um ou outro tijolo solto caindo no gramado. Murray apertou nossas mãos outra vez e desapareceu.

Logo depois sentimos um cheiro acre. Talvez fossem isolantes térmicos queimando — o poliestireno dos canos e fios — ou diversas outras substâncias diferentes. Um fedor pungente e amargo nos envolveu, mascarando o cheiro de fumaça e pedra quente. O odor afetou as pessoas na calçada. Algumas levaram o lenço ao rosto, outras foram embora imediatamente, com uma expressão de nojo. Fosse o que fosse a causa do fedor, percebi que as pessoas se sentiam traídas. Um drama antiquíssimo, vasto e terrível, estava sendo comprometido pela intrusão de alguma coisa antinatural, pequena, mesquinha. Nossos olhos começaram a arder. A multidão se dissolveu. Era como se tivéssemos sido obrigados a reconhecer a existência de um segundo tipo de morte. Um era real, o outro sintético. O cheiro nos afastou, mas por trás dele havia algo muito pior, a sensação de que a morte vinha de duas maneiras, às vezes ao mesmo tempo, e o modo como nos penetrava pelo nariz e pela boca, o cheiro que exalava, de algum modo tinha importância para a alma.

Corremos para nossos carros, pensando nos desabrigados, nos loucos, nos mortos, mas agora também em nós mesmos. Foi esse o efeito daquele cheiro. Ele complicou nossa tristeza, nos aproximou do segredo de nosso próprio fim inexorável.

Em casa, esquentei leite para nós dois. Surpreendi-me ao ver Heinrich bebê-lo. Ele agarrou a xícara com as duas mãos, falando sobre o ruído da conflagração, a potência da combustão alimentada pelo ar, como um motor de reação. Quase tive a impressão de que ele ia me agradecer por aquele incêndio legal. Ficamos sentados na cozinha, bebendo leite. Depois ele foi para o armário se exercitar nas barras.

Fiquei até tarde pensando no sr. Gray. Seu corpo cinzento, impreciso, inacabado. A imagem turvava-se, mexia-se, os contornos dissolviam-se numa distorção aleatória. Nos últimos dias, eu me dava conta de que estava pensando muito nele. Às vezes no sr. Gray que representava várias pessoas. Quatro ou mais figuras pardacentas, envolvidas numa pesquisa pioneira. Cientistas, visionários. Seus corpos difusos interpenetravam-se, confundiam--se, combinavam-se, fundiam-se. Pareciam seres extraterrestres. Mais inteligentes que nós, altruístas, assexuados, decididos a criar uma maneira de livrar-nos do medo. Mas quando os corpos se fundiam, resultava uma única figura, o coordenador do projeto, uma vaga figura sedutora, que se deslocava pelo quarto de motel como uma névoa. Em direção à cama. Tramando. Vi minha mulher reclinada, suas formas arredondadas e voluptuosas, o eterno nu à espera. Vi-a tal como ele a vira. Dependente, submissa, emocionalmente aprisionada. Experimentei a sensação de domínio e controle que ele sentira. Sua posição de domínio. Ele estava se apossando de minha mente, aquele homem que eu nunca tinha visto, aquele vulto incompleto, vaguíssima imagem mental. Suas mãos fantasmagóricas envolviam um seio rosado. Como era vivo e vívido, que delícia para o tato, com aquelas sardas ao redor do mamilo! Senti um tormento auditivo. Ouvi as carícias preliminares, os balbucios do amor, a carne encrispando-se. Ouvi as lambidas e as chupadas, som de bocas úmidas, molas de colchão cedendo. Um intervalo para ajustes murmurados. Então trevas cobriram a cama de lençóis cinzentos, um círculo de escuridão que se fechou.

Panasonic.

33

Que horas seriam quando abri os olhos, sentindo que havia alguém ou algo por perto? Seria uma hora de número ímpar? O quarto estava macio como uma teia. Estiquei as pernas, pisquei, lentamente focalizei um objeto conhecido. Era Wilder, a meio metro da cama, me olhando nos olhos. Passamos um longo momento nessa contemplação mútua. Sua cabeça grande e redonda, equilibrada sobre um corpo atarracado, com membros curtos, fazia com que ele parecesse uma estatueta primitiva de barro, um ídolo doméstico de alguma religião obscura. Tive a impressão de que queria me mostrar alguma coisa. Saí da cama silenciosamente, enquanto ele andava de um lado para outro com seus sapatinhos de pano. Segui-o até o corredor, em direção à janela que dá para o quintal. Eu estava descalço, sem meu roupão, e sentia uma friagem penetrar o poliéster de meu pijama feito em Hong Kong. Wilder estava parado, olhando pela janela, o queixo uns dois centímetros acima do peitoril. Parecia-me que eu havia passado toda a minha vida com pijamas desengonçados, os botões enfiados nas casas erradas, a braguilha aberta e caída. Já estaria raiando o dia? Aquele barulho eram corvos berrando nas árvores?

Havia alguém no quintal. Um homem de cabelos brancos estava sentado ereto na velha cadeira de vime, uma figura sinistra, silenciosa e imóvel. De início, confuso, ainda com sono, não consegui entender o que via. Aquilo parecia pedir uma interpretação mais cuidadosa do que me seria possível dar naquele momento. Pensei uma coisa: que o homem havia sido *inserido* ali com algum objetivo. Então veio o medo, palpável e dominador, um punho socando meu peito repetidamente. Quem era ele? O que estava acontecendo? Percebi que Wilder não se encontrava mais a meu lado. Cheguei à porta de seu quarto a tempo de ver sua cabeça afundando no travesseiro. Quando me aproximei da cama, ele já dormia. Eu não sabia o que fazer. Sentia-me frio e branco. Voltei à janela com esforço, agarrando-me a maçanetas e corrimãos, como se para não esquecer a natureza e a existência das coisas reais. O homem continuava lá, olhando para as sebes. Eu o via de perfil, na penumbra, imóvel e seguro. Seria tão velho quanto me parecera de início — ou seria o cabelo branco puramente simbólico, uma parte de sua força alegórica? Era isso, claro. Ele devia ser a Morte, ou o moço de recados da Morte, um técnico de olhar vazio dos tempos da peste, das inquisições, das guerras incessantes, dos hospícios e leprosários. Devia ser o aforista das coisas últimas, que me daria um olhar de relance — civilizado, irônico — e me falaria, de modo hábil e elegante, sobre a jornada que eu tinha pela frente. Fiquei a olhá-lo por algum tempo, esperando que ele mexesse uma mão. Sua imobilidade inspirava respeito. Senti que eu estava cada vez mais branco. O que significa ficar branco? Qual a sensação que se tem ao ver a Morte em carne e osso, vindo para nos levar? O medo penetrara-me até a medula dos ossos. Sentia frio e calor, seco e molhado, sentia que era eu mesmo e era outra pessoa. O punho golpeava-me o peito. Fui até a escada e sentei no degrau do alto, olhando para minhas mãos. Restava tanta coisa. Cada palavra e coisa era uma conta no bordado da criação. Minha própria mão, riscada e cortada por linhas expressivas, um terreno vivo, podia servir de objeto de estudo a alguém por anos. Toda uma cosmologia contra o nada.

Levantei-me e voltei à janela. Ele continuava lá. Fui me esconder no banheiro. Baixei a tampa da privada e sentei-me nela, e fiquei algum tempo a pensar no que faria em seguida. Eu não queria aquele homem na minha casa.

Andei de um lado para outro. Deixei correr água fria sobre mãos e pulsos, borrifei água no rosto. Sentia-me leve e pesado, confuso e alerta. Peguei um peso de papéis na estante ao lado da porta. Dentro do disco de plástico flutuava uma imagem tridimensional do Grand Canyon; as cores se aproximavam e se afastavam quando eu rodava o objeto na luz. Planos flutuantes. Gostei dessa expressão. Parecia-me a própria melodia da existência. Se fosse possível ver a morte como apenas mais uma superfície que a gente habita por algum tempo. Mais uma faceta da razão cósmica. Um mergulho no cânion.

Voltei à realidade do momento. Se eu queria impedir o homem de entrar na casa, teria de ir lá fora. Primeiro resolvi ver as crianças menores. Passei pelos quartos silenciosamente, com os pés brancos descalços. Procurava um cobertor para endireitar, um brinquedo para tirar dos braços de uma delas; tinha a impressão de que estava entrando numa cena de televisão. Tudo estava silencioso, tudo bem. Será que eles encarariam a morte do pai como nada mais do que uma espécie de divórcio?

Fui ver Heinrich. Ele ocupava a parte de cima e esquerda da cama, o corpo bem enrodilhado, como algum mecanismo desses que se desenrolam de repente quando alguém os toca. Fiquei parado à porta, balançando a cabeça.

Fui ver Babette. Ela havia descido muitos níveis, voltando a ser menina, uma figura correndo num sonho. Beijei-lhe a cabeça, cheirando aquele ar abafado de sono. Vi meu exemplar de *Mein Kampf* numa pilha de livros e revistas. O rádio ligou. Saí depressa do quarto, com medo de que alguma voz de ouvinte, algum lamento de um estranho, viesse a ser a última coisa que eu ouviria neste mundo.

Desci até a cozinha. Olhei pela janela. Lá estava ele, na cadeira de vime sobre a grama úmida. Abri a porta interna e depois a externa. Saí, com o exemplar de *Mein Kampf* apertado contra o estômago. Quando a porta bateu, a cabeça do homem virou-se de repente, e ele descruzou as pernas. Pôs-se de pé e virou-se para mim. A sensação de imobilidade sinistra e implacável desapareceu, a aura de segurança, a sensação de ser detentor de um segredo terrível e antiquíssimo. Uma segunda figura começou a emergir dos destroços luminosos da primeira, começou a assumir uma forma definitiva, a criar, à luz nítida do amanhecer, um conjunto de movimentos, linhas e feições, um contorno, uma pessoa viva cujas características físicas distintivas me pareciam cada vez mais familiares à medida que eu as via surgir, um pouco surpreso.

Quem estava à minha frente não era a Morte, e sim apenas Vernon Dickey, meu sogro.

— Eu estava dormindo? — perguntou ele.

— O que está fazendo aqui?

— Não quis acordar vocês.

— Nós sabíamos que você vinha?

— Eu mesmo não sabia, até ontem à tarde. Peguei o carro e vim direto, sem parar. Catorze horas de estrada.

— Babette vai gostar de vê-lo.

— Imagino.

Entramos. Pus a cafeteira no fogo. Vernon ficou sentado à mesa com sua jaqueta de brim surrada, brincando com a tampa de um velho Zippo. Ele parecia um dom-juan em final de carreira. Havia em seus cabelos prateados um toque amarelado, descorado, e ele os penteava para trás. Estava com uma barba de cerca de quatro dias. A tosse crônica havia se tornado mais áspera, adquirindo uma conotação de irresponsabilidade. Babette preocupava-se menos com seu estado de saúde do que com o fato de ele sentir um certo prazer sardônico naqueles espasmos convulsivos, como se houvesse algo de fatalmente atraente naquele ruído terrível. Ele ainda usava um cinto militar com fivela de chifre.

— Mas é isso. Estou aqui. Grandes coisas.

— O que você anda fazendo?

— Conserto um telhado aqui, pinto uma parede ali. Faço uns trabalhinhos extras. Quer dizer, extras não, já que não tenho nenhum trabalho fixo pra esses serem extras.

Observei suas mãos. Riscadas, cheias de cicatrizes e marcas, permanentemente manchadas de graxa e lama. Ele olhou ao redor, à procura de algo para consertar ou trocar. Se encontrasse alguma coisa, não faria mais do que falar. Serviria de pretexto para ele discorrer sobre gaxetas e arruelas, argamassa, cola, veda-juntas. Às vezes ele parecia me atacar com termos como broca de roquete e serreta de montar. Para ele, minha ignorância em relação a esses assuntos era sinal de uma incompetência ou burrice mais profunda. Eram estas as coisas com que se construía o mundo. Não entendê-las nem se interessar por elas era trair os princípios fundamentais, trair a própria hombridade, a própria condição de ser humano. Nada poderia ser mais inútil do que um homem incapaz de consertar uma torneira que pingava — um homem fundamentalmente inútil, morto para a história, para a mensagem codificada em seus genes. E eu não sabia até que ponto ele não teria razão.

— Outro dia eu disse a Babette: "Se tem uma coisa que seu pai não parece ser, é viúvo".

— E o que ela disse?

— Ela acha que você é um perigo pra si próprio. "Ele vai acabar dormindo com um cigarro aceso. Vai morrer numa cama pegando fogo com uma mulher desaparecida do lado. Uma mulher oficialmente desaparecida. Uma pobre infeliz, perdida, divorciada não sei quantas vezes."

Vernon tossiu, apreciando aquela observação. Uma série de espasmos pulmonares. Eu ouvia o muco espesso subindo e descendo em seu peito. Servi-lhe café e esperei.

— Só pra você ficar sabendo, Jack, tem uma mulher que está a fim de me levar pro altar. Ela frequenta uma igreja instalada num trailer. Diz nada pra Babette, não.

— Longe de mim tal ideia.

— Ela ia ficar totalmente destrambelhada. Viver ligando pra mim nos horários que tem desconto.

— Ela acha que você é rebelde demais pra se casar.

— O negócio hoje em dia é que quando você está casado você não precisa nem sair de casa quando está a fim de alguma coisinha especial. Arranja o que quer sem sair da intimidade do lar. Hoje em dia é assim, goste ou não goste. As esposas transam essas coisas. Elas até querem transar essas coisas. Não precisa nem dar olhares maliciosos. Antigamente, em casa a gente só conseguia o feijão com arroz. Hoje em dia a mulher oferece também as variações opcionais. A coisa está incrível, vou lhe contar. Acho um sinal dos tempos extraordinário o fato de que quanto mais opções você tem em casa, mais prostitutas vê na rua. Como é que você me explica isso, Jack? Você, que é professor. O que é que isso significa?

— Não sei.

— Esposas usando calcinhas comestíveis. Elas conhecem toda a terminologia, todas as práticas. Enquanto isso, nas ruas as prostitutas vivem de plantão, faça chuva, faça sol, dia ou noite. Quem que elas estão esperando? Turistas? Homens de negócios? Homens que gostam de correr atrás? Parece que a piração é total agora. Não é que eu li outro dia que os japoneses vão até Cingapura? Aviões inteiros, só de homens. Povo extraordinário.

— Você está pensando mesmo em se casar?

— Só se eu estivesse maluco que eu casava com uma mulher que vai rezar dentro de um trailer.

Havia algo de astuto em Vernon, uma inteligência alerta e curiosa, porém dissimulada, uma esperteza que aguardava uma ocasião propícia. Isso fazia Babette ficar nervosa. Ela já o vira aproximar-se discretamente de uma mulher num lugar público e lhe fazer uma pergunta indiscreta, com aquela cara de quem não quer nada. Ela se recusava a ir com o pai a um restaurante, com medo do que ele poderia dizer às garçonetes, comentários íntimos, tecnicamente bem realizados, apartes e observações pronunciadas com uma voz de locutor de programa de rádio da madrugada. Ele já causara à filha alguns momentos difíceis, de raiva e vergonha, em reservados de restaurantes.

Eis que Babette entrou na cozinha, com seu traje de

jogging, pronta para subir correndo a arquibancada do estádio. Quando viu o pai sentado à mesa, seu corpo pareceu perder a força motriz. Ficou parada, os joelhos dobrados. Só não perdeu a capacidade de abrir a boca. Parecia estar imitando uma pessoa perplexa. Era a própria imagem da perplexidade boquiaberta, o ideal absoluto; estava não menos confusa e alarmada do que eu ao vê-lo sentado no quintal, com aquela imobilidade de morto. Vi o rosto de Babette transbordar de surpresa apalermante.

— Nós sabíamos que você vinha? — perguntou ela. — Por que você não telefonou? Você nunca telefona.

— Pois estou aqui. Grandes coisas. Toque os sinos.

Babette continuou de joelhos dobrados, tentando absorver aquela presença crua, aquele corpo rijo, aquele ar tenso. Para ela, o pai devia ser uma espécie de força épica tomando forma na cozinha daquele jeito, um pai com todo o peso dos anos nas costas, toda uma densa história de associações e ligações, vindo para lembrar-lhe quem ela era, remover seus disfarces, agarrar por um momento sua vida incoerente, sem aviso prévio.

— Eu podia ter preparado as coisas. Você está com uma cara horrível. Onde que vai dormir?

— Onde foi que eu dormi da última vez?

Os dois olharam para mim, tentando lembrar.

Enquanto preparávamos e tomávamos o café da manhã, e as crianças desciam e, desconfiadas, aproximavam-se de Vernon para serem beijadas e despenteadas, e as horas iam passando e Babette ia se acostumando com aquela figura de jeans remendado, comecei a perceber o prazer que ela sentia em ficar perto dele, fazer coisinhas para ele, ouvi-lo falar. Um prazer contido em gestos rotineiros e ritmos automáticos. Às vezes ela tinha de lembrar-lhe quais suas comidas prediletas, como ele gostava que fossem preparadas e temperadas, quais as piadas que ele sabia contar melhor, que figuras do passado eram bobalhões, quais eram heróis cômicos. Vestígios de uma vida passada emanavam de Babette. Mudou a cadência de sua fala, que se tornou mais rural. Mudaram as palavras, as referências. Agora ela era uma menina que ajudara o pai a lixar e dar acabamento a peças de carvalho, a levantar do chão aquecedores. Seus tempos de carpinteiro, a fase das motocicletas, a tatuagem em seu bíceps.

— Você está ficando magricela, papai. Coma todas as batatas. Tem mais no fogo.

E Vernon me dizia:

— A mãe dela fazia as piores batatas fritas que se pode imaginar. Que nem essas que vendem em lanchonete de parque estadual. — Então virava-se para a filha e dizia: — O Jack sabe por que eu não gosto dos parques estaduais. Não me tocam o coração.

Instalamos Heinrich no sofá e emprestamos seu quarto a Vernon. Era perturbador encontrá-lo na cozinha às sete da manhã, às seis, a qualquer hora imprópria em que eu ou Babette descêssemos até a cozinha para fazer café. Tínhamos a impressão de que ele estava querendo nos passar para trás, alimentar nosso sentimento de culpa, nos mostrar que, por menos que dormíssemos, ele dormia ainda menos que nós.

— Vou lhe dizer uma coisa, Jack. A gente fica velho e acha que está pronto pra uma coisa, só que não sabe o que é. A gente vive se preparando. Penteia o cabelo, fica na janela olhando pra rua. Eu tenho a impressão de que dentro de mim tem uma pessoa chata me empurrando o tempo todo. Foi por isso que peguei o carro e vim direto até aqui.

— Pra quebrar o encantamento — disse eu. — Fugir da rotina. A rotina às vezes mata, Vern, quando é levada às últimas consequências. Tenho um amigo que diz que é por isso que as pessoas tiram férias. Não pra descansar nem procurar aventuras nem conhecer lugares novos. Só pra fugir da morte que há nas coisas rotineiras.

— Esse cara é judeu?

— O que que isso tem a ver?

— A calha do telhado está solta — disse ele. — Você sabe consertar, não sabe?

Vernon gostava de ficar do lado de fora da casa, esperando pelo lixeiro, pelo homem da telefônica, pelo carteiro, pelo jornaleiro. Alguém para conversar sobre técnicas e procedimentos. Conjuntos de métodos especiais. Rotas, horários, equipamentos. Dava-lhe uma sensação de segurança aprender sobre trabalhos fora de sua área.

Ele gostava de mexer com as crianças, sempre com o rosto impassível. Elas respondiam às gozações com relutância. Desconfiavam de todos os parentes. Para elas, os parentes eram um assunto delicado, parte de um passado confuso e complexo, vidas divididas, lembranças que podiam ser despertadas por uma palavra, um nome.

Gostava de ficar sentado em seu carro surrado, fumando.

Babette ficava a olhá-lo da janela, conseguindo exprimir amor, preocupação, irritação e desespero, esperança e tristeza, mais ou menos ao mesmo tempo. Bastava que Vernon trocasse de posição ligeiramente para que nela fosse despertada uma série de emoções extremas.

Ele gostava de misturar-se às multidões nos shopping centers.

— Conto com você pra me dar a resposta, Jack.

— Qual a pergunta?

— Você é a única pessoa que eu conheço que tem instrução bastante pra responder.

— Mas o que é?

— As pessoas já eram burras assim antes da televisão?

Uma noite ouvi uma voz e achei que era ele gemendo enquanto dormia. Vesti o roupão, saí do quarto, dei-me conta de que o som vinha da televisão no quarto de Denise. Entrei e desliguei o aparelho. Ela estava dormindo em meio a cobertores, livros e roupas. Movido por um impulso súbito, fui silenciosamente até o armário aberto, acendi a luz e olhei para dentro dele, à procura dos comprimidos de Dylar. Com metade do corpo dentro, metade fora, semicerrei a porta. Vi uma grande quantidade de tecidos, sapatos, brinquedos, jogos e outros objetos. Remexi nas coisas, sentindo de vez em quando algum cheiro de infância. Massa para modelar, tênis, aparas de lápis. O frasco poderia estar num sapato fora de uso, no bolso de uma blusa velha socada num canto. Ouvi a menina mexer-se. Fiquei imóvel, prendi a respiração.

— O que você está fazendo? — perguntou Denise.

— Não se preocupe, sou eu.

— Eu sei quem é.

Continuei olhando para dentro do armário, achando que desse modo eu ficaria com menos ar de culpado.

— E também sei o que está procurando.

— Denise, eu passei por um grande susto. Achei que uma coisa terrível estava prestes a acontecer. Acabei descobrindo que me enganara, graças a Deus. Mas há certos efeitos que perduram. Preciso do Dylar. Talvez ele me ajude a resolver um problema.

Continuei remexendo.

— Qual é o problema?

— Não basta você saber que existe um problema? Senão eu não estaria aqui. Você não quer ser minha amiga?

— Eu sou sua amiga. Só não quero é ser tapeada.

— Ninguém vai tapear você. É só que eu preciso experimentar o remédio. Ainda restam quatro pílulas. Eu vou tomá-las, e pronto.

Quanto mais tranquila a minha voz, maior a probabilidade de convencê-la.

— Você não vai tomar as pílulas. Vai dar a mamãe, pra ela tomar.

— Uma coisa quero que fique clara — disse eu, como um alto funcionário do governo. — A sua mãe não é uma viciada. O Dylar não é esse tipo de remédio.

— Então o que é? É só me dizer.

Algo na voz dela ou no meu coração ou no absurdo daquele momento me fez considerar a possibilidade de responder à pergunta. Por que não lhe contar tudo? Ela era responsável, capaz de entender as implicações de coisas sérias. Percebi que eu e Babette tínhamos sido insensatos todo esse tempo. Não havia por que esconder a verdade da menina. Ela aceitaria a verdade, nos conheceria melhor, nos amaria mais profundamente, com nossa fraqueza e nosso medo.

Sentei-me ao pé da cama. Ela me observava atentamente. Contei-lhe a história em linhas gerais, omitindo as lágrimas, as paixões, o terror, o horror, minha contaminação com Niodene D., a barganha sexual entre Babette e o sr. Gray, a discussão a respeito de qual de nós dois tinha mais medo da morte. Concentrei minha exposição na droga em si, disse tudo que sabia a respeito de sua permanência no aparelho digestivo e no cérebro.

A primeira coisa que Denise mencionou foram os efeitos colaterais. Toda droga tem efeitos colaterais. Uma droga capaz de eliminar o temor da morte certamente teria efeitos colaterais terríveis, especialmente em se tratando de uma droga ainda em estágio experimental. Tinha razão, é claro. Babette falara de morte, morte cerebral, morte do hemisfério esquerdo, paralisia parcial e outros males terríveis e bizarros do corpo e da mente.

Respondi a Denise que o poder da sugestão podia ser mais forte que os efeitos colaterais.

— Lembra que você ouviu no rádio que a nuvem de contaminação provocava suor nas palmas das mãos? Você começou a suar nas palmas das mãos, não foi? O poder da sugestão faz umas pessoas ficarem doentes, e faz outras ficarem boas. Talvez a eficácia do Dylar seja o de menos. Se eu acho que vai me ajudar, me ajuda.

— Até certo ponto.

— O que está em questão é a morte — sussurrei. — Concretamente, o que esses comprimidos contêm não tem importância. Pode ser açúcar, pode ser amido. Estou ansioso para ser tapeado, enganado.

— Você não acha isso meio bobo?

— É o que acontece, Denise, quando a gente está desesperado.

Fez-se uma pausa. Esperei que ela me perguntasse se esse desespero era inevitável, se algum dia sentiria o mesmo medo, passaria pelo mesmo tormento.

Em vez disso, o que ela disse foi:

— A essa altura, tanto faz que o remédio funcione ou não. Eu joguei fora.

— Não, essa não. Onde?

— Botei no compactador de lixo.

— Não acredito. Quando?

— Uma semana atrás, mais ou menos. Fiquei achando que a Baba ia acabar remexendo meu quarto e encontrando. Aí achei que o melhor era acabar de uma vez com essa história. Ninguém queria me dizer o que era, não é? Então eu joguei o vidro junto com as latas e garrafas e o resto do lixo. Aí compactei tudo.

— Como se faz com um carro usado.

— Ninguém queria me dizer nada. Era só me contar. Não custava nada.

— Tudo bem. Não se preocupe. Você me fez um favor.

— Era só me dizerem umas oito palavras.

— Foi melhor assim.

— Não ia ser a primeira vez que me tapearam.

— Você continua sendo minha amiga.

Beijei-lhe a cabeça e saí do quarto. Percebi que estava morrendo de fome. Desci para procurar algo para comer. Vi a luz da cozinha acesa. Vernon, sentado à mesa, vestido, fumava e tossia. A cinza de seu cigarro já tinha quase dois centímetros de comprimento, e estava começando a entortar. Era um hábito, deixar a cinza ficar assim. Babette achava que ele fazia isso para induzir sentimentos de suspense e ansiedade nos outros. Aquilo fazia parte da atmosfera de irresponsabilidade na qual ele vivia.

— Justamente a pessoa com quem eu queria falar.

— Vern, é alta madrugada. Você nunca dorme?

— Vamos até o carro.

— Você está falando sério?

— É uma situação que a gente tem que discutir reservadamente. Esta casa é cheia de mulheres. É ou não é?

— Estamos sozinhos aqui. Sobre o que você quer falar?

— Elas escutam dormindo.

Saímos pela porta dos fundos, para não acordar Heinrich. Fui atrás dele pelo caminho que contorna a casa, e descemos a escada rumo à saída da garagem. O carrinho de Vernon estava na escuridão. Ele sentou-se no lugar do motorista e eu fiquei a seu lado, puxando meu roupão para dentro, sentindo-me aprisionado naquele espaço limitado. Havia no carro um cheiro que lembrava uma substância perigosa que emana das profundezas de uma oficina mecânica, mistura de metal gasto, trapos inflamáveis e borracha chamuscada. O estofamento estava rasgado. À luz de um poste de iluminação, vi fios pendurados do painel e do teto.

— Quero lhe dar uma coisa, Jack.

— O quê?

— Uma coisa que eu tenho há anos. Agora quero que fique com você. Sei lá se vou voltar a ver vocês, não é? Que diabo. E daí? Grandes coisas.

— Você está me dando o carro? Eu não quero esse carro. Ele é uma droga.

— Durante toda a sua vida adulta, nesse mundo em que vivemos, você algum dia já teve uma arma?

— Não.

— Era o que eu imaginava. O único homem nos Estados Unidos que ainda não tem uma arma pra se defender.

Enfiou a mão num buraco no banco de trás e dele retirou um pequeno objeto escuro. Segurou-o na palma da mão direita.

— Tome, Jack.

— O que é isso?

— Segure. Pra sentir o peso. Está carregada.

Passou a arma para mim. Um tanto aparvalhado, perguntei de novo:

— O que é isso?

Havia algo de irreal na experiência de segurar uma arma. Eu não parava de olhar para ela, tentando entender por que Vernon estava fazendo aquilo. Seria ele, mesmo, o mensageiro da Morte? Uma arma carregada, que rapidamente causou uma transformação em mim, fazendo com que minha mão ficasse dormente só de olhar para a coisa, sem querer dar nome ao que eu sentia. Seria intenção de Vernon despertar uma ideia em mim, dar à minha vida um novo objetivo, um plano, uma forma? Quis devolver a arma.

— É um negócio pequenininho, mas dá tiro de verdade, e pra um sujeito como você não é necessário mais que isso. Não se preocupe, Jack. Ninguém vai conseguir localizar essa arma.

— E por que alguém ia querer localizá-la?

— Acho que quando se dá de presente uma arma carregada, deve-se dar todos os detalhes. Isso aí é uma pistola automática Zumwalt, calibre 25. Alemã. Não é a mesma coisa que uma arma de calibre maior, mas você não pretende enfrentar nenhum rinoceronte, não é?

— Essa é que é a questão. O que é que eu vou enfrentar? Pra que eu preciso dessa coisa?

— Não chame de coisa. Um pouco de respeito, Jack. É uma arma muito boa. Prática, leve, fácil de esconder. Aprenda a conhecer sua arma. Mais cedo ou mais tarde você vai querer usar.

— Quando que eu vou querer usar?

— Será que a gente não vive no mesmo planeta? Em que século estamos? Veja como entrei no seu quintal, com a maior facilidade. Se forço uma janela, entro na casa. Eu podia ser um ladrão profissional, um foragido, um desses vagabundos de barbicha. Um assassino desses que andam por aí, de uma cidade a outra. Um desses assassinos de fim de semana, que trabalham em escritório. Escolha.

— Talvez você precise dessa arma lá onde mora. Pode ficar com ela. Aqui a gente não quer essas coisas.

— Ao lado da minha cama eu tenho sempre a minha Magnum. Prefiro nem lhe dizer o que acontece com a fisionomia de um cidadão que levar um tiro dela nas fuças.

Vernon me olhou com malícia. Voltei a fitar a pistola. Veio-me à mente a ideia de que esse era o instrumento decisivo para determinar a competência de um homem no mundo. Testei o peso da arma, cheirei o cano de aço. O que significa para uma pessoa, além da sensação de competência, bem-estar e valor pessoal, andar com uma arma mortal, saber usá-la bem, estar preparada e disposta a usá-la? Uma arma mortal escondida. Era um segredo, um segundo eu, um sonho, um encantamento, uma trama, um delírio.

Fabricação alemã.

— Não vá dizer nada a Babette. Ela entraria em pânico se soubesse que você tem uma arma.

— Não quero, Vernon. Pode ficar com ela.

— E também não guarde essa arma em qualquer lugar, não. Se uma criança acha, já se viu o que pode acontecer. Seja esperto. Pense num lugar que esteja bem à mão quando você precisar dela. Calcule o seu campo de tiro de antemão. Se entrar alguém, por onde vai entrar, como vai se aproximar das coisas valiosas? Se for um psicopata, de onde ele vai atacar você? Os psicopatas são imprevisíveis porque nem eles sabem o que estão fazendo. Podem vir de qualquer lugar, de um galho de árvore, sei lá. Pense na hipótese de colar cacos de vidro na parte de fora dos parapeitos das janelas. Aprenda a se jogar no chão depressa.

— Aqui na nossa cidadezinha a gente não quer saber de armas.

— Seja esperto uma vez na vida — disse ele, dentro do carro escuro. — O importante não é o que você quer.

No dia seguinte, bem cedo, vieram homens para consertar nossa rua. Vernon na mesma hora saiu para assistir, ver a perfuratriz arrebentando o asfalto, aproximar-se dos homens quando eles aplainavam o piche fervente. Quando os trabalhadores foram embora, foi como se a visita de Vernon tivesse chegado ao fim, perdido o ímpeto. Começamos a ver um espaço vazio no lugar onde Vernon se encontrava. Ele nos olhava de uma distância cautelosa, como se fôssemos estranhos cheios de ressentimentos secretos. Um cansaço indefinível prejudicava nossas tentativas de puxar conversa.

Na rua, Babette abraçou-o e chorou. Para a viagem, Vernon fizera a barba, lavara o carro, amarrara um lenço azul no pescoço. Babette não conseguia se fartar de chorar. Olhava-o no rosto e chorava. Chorava e o abraçava. Deu a ele uma embalagem de isopor cheia de sanduíches, galinhas e café, e chorando colocou-a no banco de trás, cujo estofamento estava saindo pelos talhos no plástico.

— Ela é uma boa menina — disse-me Vernon, lúgubre.

Já no carro, ele correu os dedos pelo penteado, olhando-se no retrovisor. Então tossiu um pouco, nos dando mais uma exibição de catarro solto. Babette chorou mais um pouco. Nos debruçamos sobre a janela direita do carro e vimos Vernon assumir sua postura curvada de motorista, enfiado entre o banco e a porta, o braço esquerdo pendendo do lado de fora.

— Não se preocupem comigo — disse ele. — Sei que estou mancando um pouco, mas isso não é nada. Coisa da idade. Numa certa idade, mancar um pouco é natural. Não liguem pra tosse. Tossir é saudável. O catarro fica se mexendo de um lado pro outro. Só faz mal quando ele para num lugar e fica lá anos a fio. Quer dizer, a tosse faz até bem. E a insônia também não é nada. Que adianta dormir? A gente chega a uma idade em que cada minuto de sono é um minuto que podia ser usado pra fazer coisas úteis. Tossir ou mancar. Não se preocupem com as mulheres. Mulher faz bem. A gente aluga um cassete e transa. Revigora a circulação. Não se preocupem com os cigarros. Gosto de pensar que estou fazendo uma coisa proibida. Quem para de fumar são os mórmons. E vão acabar morrendo de uma coisa pior ainda. Dinheiro não é problema. Em matéria de renda, minha situação é bem definida. Pensões, zero; economias, zero; ações, zero. Quer dizer, não há motivos para se preocupar. Não se preocupem com meus dentes. Os dentes estão bem. Quanto mais soltos, mais a gente pode mexer neles com a língua. É bom pra distrair a língua. Não se preocupem com as minhas tremedeiras. Todo mundo tem tremedeira de vez em quando. E além disso é só na mão esquerda. Aí é só fingir que a mão é de outra pessoa qualquer. Não se preocupem com essas perdas de peso repentinas e misteriosas. Não tem sentido a gente comer o que não consegue enxergar. Não se preocupem com a minha vista. Pior do que está não pode ficar. Não se preocupem com a minha cabeça. A cabeça sempre pifa antes do resto do corpo. É assim que é, mesmo. Então não se preocupem com a minha cabeça. Ela está bem. Agora, se preocupem com o carro. A direção está toda torta. Os freios já pifaram três vezes. O capô levanta de repente quando a pista está esburacada.

O rosto impassível. Babette achou graça no final, na história do carro. Fiquei atônito, vendo-a andar em círculos, na maior hilaridade, pernas bambas, trôpega; todos os seus medos e suas defesas tinham sido dissipados pela astúcia antiga daquela voz.

34

Chegou a época das aranhas. Aranhas nos cantos dos tetos. Casulos envoltos em teias. Fiapos prateados que dançavam ao sabor da brisa, como se fossem luz pura, luz tão evanescente quanto uma notícia, ideias transportadas pela luz. A voz lá de cima dizia: "Observem agora. Joanie está tentando quebrar a rótula de Ralph com um chute de bushido. Ela encosta nele, ele cai, ela corre".

Denise disse a Babette que Steffie diariamente examinava o peito para ver se havia neles algum caroço. Foi Babette que contou para mim.

Murray e eu aumentamos nossas caminhadas contemplativas. Um dia, na cidade, ele entrou num êxtase discreto e envergonhado por causa do estacionamento em quarenta e cinco graus. Havia todo um encanto nativo naquelas fileiras de carros parados na diagonal. Essa forma de estacionamento era uma parte indispensável da paisagem das pequenas cidades norte-

-americanas, mesmo quando os carros eram importados. Aquela disposição era não apenas prática como também evitava o confronto, o que havia de agressivamente sexual no estacionamento em fileira nas ruas das grandes cidades.

Murray afirma que é possível sentir saudades de um lugar mesmo quando se está nele.

O mundo de dois andares de uma rua central de uma cidadezinha qualquer. Modesto, sensato, comercial, sem pressa, um mundo de pré-guerra, com vestígios arquitetônicos do pré-guerra sobrevivendo nos sobrados, nas cornijas de cobre e janelas com caixilhos de chumbo, na frisa com ânforas acima das portas das lojas.

Aquilo me lembrou a Lei das Ruínas.

Contei para Murray que Albert Speer queria construir prédios que se transformassem em ruínas gloriosas, impressionantes, como as de Roma. Nada de esqueletos enferrujados nem de cortiços cheios de aço contorcido. Ele sabia que Hitler aprovaria qualquer coisa que pudesse deslumbrar a posteridade. Speer desenhou estruturas que seriam construídas com materiais especiais, que resultariam em ruínas românticas — um desenho de muros desmoronados, fragmentos de colunas cobertos de trepadeiras. A ruína já faz parte do projeto, comentei, o que demonstra a presença de um certo grau de nostalgia por trás do princípio do poder, ou uma tendência a organizar a nostalgia das gerações futuras.

Murray retrucou:

— Não confio na nostalgia dos outros, só na minha. A nostalgia é produto da insatisfação e da raiva. É um acerto de contas entre o presente e o passado. Quanto mais poderosa a nostalgia, mais próximos estamos da violência. A guerra é a forma assumida pela nostalgia quando os homens não conseguem dizer nada de bom sobre seu próprio país.

O tempo estava úmido. Abri a geladeira, olhei dentro do compartimento do congelador. Vinham estalidos estranhos do plástico que envolvia os restos de comida, os fígados e as costelas, todos reluzentes, cobertos de cristais de gelo. Uma crepitação fria e seca. Um ruído de decomposição de algum elemento, transformando-se em gás freon. Uma estática sinistra, insistente mas quase subliminar, que me fazia pensar em almas em hibernação, alguma forma de vida dormente se aproximando do limiar da percepção.

Não havia ninguém por perto. Atravessei a cozinha, abri a gaveta do compactador. Um cubo semidesfeito de latas amassadas, cabides destroçados, pedaços de osso e outros dejetos. Os vidros estavam quebrados, as caixas achatadas. As cores dos produtos continuavam intensas e brilhantes. Gorduras, sucos e um limo pesado atravessavam as camadas de substâncias vegetais comprimidas. Tive a impressão de ser um arqueólogo prestes a examinar um achado de fragmentos de ferramentas e lixo de trogloditas. Denise havia compactado o frasco de Dylar há cerca de dez dias. Era praticamente certo que aquele lixo já tinha sido jogado fora e levado pelos lixeiros. E mesmo que isso ainda não houvesse acontecido, os comprimidos certamente teriam sido esmagados pelo êmbolo do compactador.

Estes fatos ajudaram a convencer-me de que eu estava apenas passando o tempo, revirando o lixo só por falta do que fazer.

Desdobrei as pontas do saco e abri-o. O fedor me atingiu com toda a força. Aquilo era nosso? Pertencia a nós? Nós é que havíamos criado? Levei o saco até a garagem e esvaziei-o. O lixo compactado parecia uma escultura moderna, irônica, maciça, achatada, debochada. Cutuquei-a com o cabo de um ancinho e espalhei o material pelo chão de concreto. Examinei cada pedaço, cada massa disforme, sem entender o porquê do meu sentimento de culpa, da minha sensação de estar violando a privacidade de alguém, de estar revelando segredos íntimos, talvez vergonhosos. Era difícil não me interessar por algumas das coisas que haviam sido oferecidas àquele deus destruidor. Mas por que a sensação de ser um espião doméstico? Será o lixo algo tão privado assim? Haverá em seu âmago o brilho do calor pessoal, os sinais da natureza mais profunda do ser, pistas de desejos secretos, defeitos humilhantes? Que hábitos, fetiches, vícios, tendências? Que atos solitários, rotinas comportamentais? Encontrei desenhos a creiom de uma figura com seios de mulher e genitália masculina. Havia um pedaço comprido de barbante com uma série de nós e laços. À primeira vista, parecia algo aleatório. Ao examiná-lo mais detidamente, julguei encontrar uma relação complexa entre o tamanho dos laços, o grau dos nós (simples ou duplos) e os intervalos entre os nós com laços e os nós sem laços. Uma espécie de geometria oculta, ou grinalda simbólica de obsessões. Encontrei uma casca de banana com um tampão dentro. Seria esse o lado escuro da consciência do consumidor? Encontrei uma massa horrível de cabelos, sabão, cotonetes, baratas esmagadas, anéis de latas de cerveja, gaze suja de pus e gordura de porco, fio dental, pedaços de carga de esferográfica, palitos ainda impalando pedaços de comida. Havia uma cueca rasgada com marcas de batom, talvez um suvenir do Motel Grayview.

Mas nenhum sinal do frasco de plástico âmbar, nem das pílulas brancas em forma de disco voador. Não importava. Eu enfrentaria o que tivesse de enfrentar sem a ajuda de substâncias químicas. Babette tinha dito que o Dylar era ouro dos trouxas. Ela tinha razão, Winnie Richards tinha razão, Denise tinha razão. Elas eram minhas amigas, e todas tinham razão.

Resolvi fazer mais um check-up. Quando ficaram prontos os resultados, fui ao consultório do dr. Chakravarty, no centro médico. Ele estava lendo o laudo impresso pelo computador, um homem de rosto balofo e olhos sombrios, as mãos compridas apertadas contra a mesa, a cabeça balançando levemente.

— O senhor de novo por aqui, sr. Gladney. O senhor tem vindo muito ultimamente. É muito bom a gente encontrar um paciente que leva a sério sua situação.

— Que situação?

— A situação de paciente. As pessoas tendem a esquecer que são pacientes. Assim que saem do consultório ou do hospital, simplesmente não pensam mais nisso. Mas todos vocês são pacientes permanentes, quer queiram, quer não queiram. Eu sou o médico. Vocês são os pacientes. Médico não deixa de ser médico no final do expediente. Paciente também não devia. As pessoas querem que o médico tenha a maior seriedade, perícia e experiência. Mas e o paciente? Paciente não precisa ser profissional?

Ele falava com sua voz monótona e meticulosa, sem tirar os olhos do papel.

— Não estou gostando nem um pouco do seu potássio — prosseguiu ele. — Olhe aqui. Um número entre parênteses, com asteriscos computadorizados.

— O que isso quer dizer?

— No momento, não vale a pena dizer ao senhor.

— Como estava o meu potássio da última vez?

— Bem normal. Mas talvez seja uma elevação falsa. Trata-se de sangue integral. Pode ser uma barreira de gel. O senhor sabe o que isso quer dizer?

— Não.

— Não tenho tempo para explicar. Temos a elevação real e a falsa elevação. Para o senhor, basta saber isso.

— E o meu potásssio está muito elevado?

— Já furou o teto, evidentemente.

— Isso pode ser sinal de quê?

— Pode não ser sinal de nada, ou então de muita coisa.

— Como assim, "muita coisa"?

— Aí já vamos entrar no domínio da semântica — disse ele.

— O que eu quero saber é o seguinte: será que esse potássio é sinal de alguma doença que esteja começando a se manifestar, talvez algo causado por uma ingestão, exposição involuntária a alguma substância tóxica trazida pelo ar ou pela chuva?

— O senhor entrou em contato com alguma substância assim?

— Não — respondi.

— Tem certeza?

— Absoluta. Por quê? Os números indicam a possibilidade de uma exposição?

— Se o senhor não sofreu nenhuma exposição, os números não podem indicar essa possibilidade, é ou não é?

— Então estamos de acordo — afirmei.

— Diga-me uma coisa, sr. Gladney, com toda sinceridade. Como é que o senhor está se sentindo?

— Que eu saiba, estou me sentindo muito bem. Excelente. Faz anos que não me sinto tão bem, relativamente falando.

— Como assim, "relativamente falando"?

— Levando-se em conta que estou mais velho agora.

Ele me olhou atentamente. Parecia estar tentando me derrubar pelo olhar. Então fez uma anotação na minha ficha. Era como se eu fosse uma criança sendo interrogada pelo diretor da escola a respeito de uma série de faltas não justificadas.

— Como é que podemos descobrir se a elevação é verdadeira ou falsa? — perguntei.

— Vou mandar o senhor a Glassboro para fazer mais exames. Que tal? Lá abriram um laboratório novo, chamado Autumn Harvest Farms. O equipamento é tão novo que chega a brilhar. O senhor não vai se decepcionar, vá e veja. Realmente, chega a brilhar.

— Está bem. Mas o potássio é o único problema?

— Quanto menos o senhor souber, melhor. Vá a Glassboro. Diga-lhes que façam uma investigação em profundidade. Que não deixem nada por vasculhar. Diga-lhes que entreguem ao senhor os resultados num envelope lacrado. Analisarei os resultados até os menores detalhes. Hei de reduzi-los às partes últimas. Lá em Harvest Farms eles têm o know-how, os mais sensíveis instrumentos, eu lhe prometo. Os melhores técnicos do terceiro mundo, as técnicas mais atualizadas.

Seu sorriso alegre era como um pêssego numa árvore.

— Juntos, médico e paciente, podemos fazer coisas que separadamente nem eu nem o senhor poderíamos fazer. Nunca é demais enfatizar a prevenção. Uma pitada de prevenção, como diz o ditado. Seria um provérbio ou uma máxima? Certamente o professor há de saber.

— Preciso de tempo pra pensar nisso.

— Seja como for, prevenção é fundamental, não é? Acabo de ver o último número da *American Mortician*. Fiquei chocado. A indústria funerária mal consegue dar conta do número prodigioso de finados.

Babette tinha razão. O inglês dele era lindo. Voltei para casa e comecei a jogar coisas fora. Joguei fora iscas artificiais, bolas de tênis velhas, malas rasgadas. Fui ao sótão procurar móveis velhos, abajures estragados, telas amassadas, varas de cortinas tortas. Joguei fora molduras de quadros, porta-sapatos, cabides de parede, cadeiras de crianças e berços, mesas de tevê dobráveis, almofadões, vitrolas quebradas. Joguei fora papel em branco, papel de cartas desbotado, rascunhos de artigos meus, provas de galé dos mesmos artigos, as revistas em que os artigos foram publicados. Quanto mais coisas eu jogava fora, mais coisas eu encontrava. A casa era um labirinto sépia de objetos velhos e cansados. Era uma imensidão de coisas, um peso avassalador, uma ligação, uma mortalidade. Eu atravessava os cômodos jogando coisas dentro de caixas de papelão. Ventiladores de plástico, torradeiras estragadas, bordados com personagens de *Star Trek*. Levei bem mais de uma hora para carregar tudo até a calçada. Ninguém me ajudou. Eu não queria ajuda, nem companhia, nem compreensão. Só queria tirar aqueles cacarecos da casa. Fiquei sentado na escadinha da entrada, sozinho, esperando que uma sensação de paz e tranquilidade se instaurasse no ar a meu redor.

Passou na rua uma mulher que dizia:

— Um descongestionante, um antialérgico, um antitússico, um analgésico.

35

Babette não se cansava daqueles programas de rádio.

"Detesto meu rosto", dizia uma mulher. "É um problema que eu tenho há anos. De todas as caras que podiam ter me arranjado, essa é a mais feia. Mas como que eu posso ficar sem olhar pra ela? Mesmo se sumissem todos os espelhos da casa, eu ia dar um jeito de olhar. Por um lado, como é que eu posso não olhar? Mas, por outro, eu detesto a minha cara. Em outras palavras, eu olho assim mesmo. Porque, afinal de contas, de quem é a cara? O que é que eu posso fazer, fingir que ela não existe, fazer de conta que não é minha? O que eu estou querendo lhe pedir, Mel, é que você encontre outras pessoas que tenham esse problema de não conseguir aceitar o próprio rosto. E agora umas perguntas para começar: como é que era a cara da gente antes de a gente nascer? Como é que ela vai ser no outro mundo, independente de raça e cor?"

Babette usava seu jogging quase o tempo todo. Era um traje simples, cinzento, já frouxo e caído. Cozinhava com ele, levava as crianças à escola com ele, ia à loja de ferragens e à papelaria com ele. Pensei um pouco sobre o assunto, concluí que não havia nada de excessivamente estranho nisso, nenhum motivo para preocupação, para ficar achando que ela estava sucumbindo à apatia e ao desespero.

— Como é que você está se sentindo? — perguntei. — Diga a verdade.

— O que é a verdade? Tenho passado mais tempo com Wilder. Ele me ajuda.

— Eu preciso que você seja aquela Babette saudável e extrovertida de antes. Preciso, mesmo, tanto quanto você, se não mais.

— O que é que tem você precisar? Todo mundo precisa. O que é que isso tem de tão especial?

— Você está se sentindo basicamente como antes?

— Você está falando no medo da morte? O medo continua, Jack.

— A gente tem que levar uma vida ativa.

— Vida ativa ajuda, mas Wilder ajuda mais ainda.

— Será minha imaginação ou ele está falando cada vez menos?

— Está falando o suficiente. Falar pra quê? Não quero que ele fale. Quanto menos ele falar, melhor.

— Denise está preocupada com você.

— Quem?

— A Denise.

— Falar é coisa de rádio — disse ela.

Denise só deixava a mãe correr se prometesse passar na pele camadas de filtro solar. A menina saía atrás dela para aplicar mais um tanto de loção na nuca, ficando na ponta dos pés para espalhá-la de modo uniforme. Tentava cobrir todas as partes expostas. A testa, as pálpebras. As duas tinham discussões feias a respeito dessa questão. Denise dizia que o sol era perigoso para pessoas de pele clara. Sua mãe afirmava que essa história toda era só publicidade para a doença.

— Além disso, eu corro — disse ela. — Por definição, quem corre está menos ameaçado de ser atingido por raios maléficos do que uma pessoa que está parada ou andando.

Denise virou-se para mim, esticando os braços, seu corpo me implorando para que eu desse um jeito naquela mulher.

— Os piores raios são os diretos — disse Babette. — Isto quer dizer que quanto mais depressa a pessoa se movimenta, maior a probabilidade de só receber raios parciais, refletidos, de ângulo.

Denise escancarou a boca, foi dobrando os joelhos. Na verdade, eu não tinha certeza de que sua mãe estava errada.

— É tudo um complô das grandes empresas — disse Babette, resumindo sua posição. — O filtro solar, a propaganda, o medo, a doença. Uma coisa está ligada à outra.

Levei Heinrich e o amigo dele, o das cobras, Orest Mercator, até um restaurante no setor comercial da cidade. Eram quatro da tarde, a hora recomendada pela programação de treinamento físico de Orest para a principal refeição do dia. Atendendo a seu pedido, fomos à Vincent's Casa Mario, uma espécie de fortim com janelas em forma de seteiras que parecia fazer parte de um sistema de defesa costeira.

Comecei a pensar nas cobras de Orest, e fiquei à espera de uma oportunidade para puxar o assunto.

Ficamos num reservado forrado em vermelho-sangue. Orest agarrou com as mãos grossas o cardápio ornado com borlas. Seus ombros pareciam mais largos do que nunca, e sua cabeça séria estava parcialmente submersa entre eles.

— Como vai o treinamento? — perguntei.

— Estou indo mais manso. Não quero chegar lá depressa demais. Eu sei cuidar do meu corpo.

— Heinrich me disse que você dorme sentado, pra se preparar pra jaula.

— Nisso eu já estou bom. Agora estou partindo pra outras coisas.

— Por exemplo?

— Acumulando carboidratos.

— Por isso que a gente veio aqui — disse Heinrich.

— Cada dia acumulo um pouco mais.

— É por causa da grande quantidade de energia que ele vai gastar na jaula, já que ele vai ficar em estado de alerta, vai ficar todo tenso quando uma mamba chegar perto, essas coisas.

Pedimos massas e água.

— Me diga uma coisa, Orest. À medida que vai chegando a hora, você começa a ficar ansioso?

— Ansioso por quê? Eu quero é entrar logo na jaula. Quanto mais cedo melhor. A minha é essa. Não fosse eu Orest Mercator.

— Você não está nervoso? Não fica pensando no que pode acontecer?

— Ele transa pensamento positivo — disse Heinrich. — Hoje em dia os atletas estão nessa. Não ficam tendo pensamentos negativos.

— Então me diga uma coisa: o que é negativo? Em que você pensa quando pensa no negativo?

— Eu penso o seguinte: eu sem as cobras não sou nada. Esse é o único negativo. O negativo é se a coisa não acontecer, se a Sociedade Protetora não me deixar entrar na jaula. Como é que eu posso ser o melhor no meu campo se não me deixam fazer o que sei fazer?

Eu gostava de ver Orest comer. Ele inalava a comida de acordo com princípios aerodinâmicos. Diferenças de pressão, velocidade de assimilação. Comia silenciosa e determinadamente, acumulando o alimento, concentrando-se, parecendo ficar mais cheio de si com cada garfada de amido que colocava na boca.

— Você sabe que pode ser mordido. Já falamos nisso da última vez. Você pensa no que acontece depois que a cobra morde o seu pulso? Você pensa na morte? Isso era o que eu queria saber. A morte o assusta? A ideia da morte o obceca? Vou abrir o jogo com você, Orest. Você tem medo de morrer? Sente medo? O medo faz você tremer ou suar? Você tem a impressão de que desce uma sombra sobre você quando pensa na jaula, nas cobras, nas presas?

— Sabe o que li outro dia? Tem mais gente morta hoje em dia do que em todo o resto da história da humanidade. Que diferença faz mais um? Eu nem ligo pra morte, se conseguir botar o nome de Orest Mercator no livro dos recordes.

Olhei para meu filho e perguntei:

— Ele está dizendo que tem mais gente morrendo num período de vinte e quatro horas do que em todo o resto da história da humanidade?

— Ele está dizendo que os mortos hoje em dia são mais do que em todos os períodos anteriores, tudo junto.

— Que mortos? Defina "mortos".

— Ele está falando nas pessoas que agora estão mortas.

— Como assim, "agora estão mortas"? Todo mundo que já morreu agora está morto.

— Ele está falando nos que estão em sepulturas. Os mortos conhecidos. Que podem ser contados.

Eu ouvia com atenção, tentando entender o que eles estavam querendo dizer. Um segundo prato foi servido a Orest.

— Mas as pessoas às vezes ficam séculos nas sepulturas. Ele está dizendo que tem mais gente morta nas sepulturas do que em qualquer outro lugar?

— Depende do que você quer dizer com "qualquer outro lugar".

— Sei lá o que eu quero dizer. Os afogados. Os despedaçados em explosões.

— Tem muito mais mortos agora do que jamais teve. É só isso que ele está dizendo.

Encarei Heinrich por mais alguns instantes. Então virei-me para Orest.

— Você está procurando a morte propositadamente. Você está procurando exatamente aquilo que as pessoas passam a vida inteira tentando evitar. A morte. Eu quero saber por quê.

— O meu treinador diz: "Respire, não pense". Diz também: "Seja uma cobra, que você vai entender a imobilidade da cobra".

— Ele agora está com um treinador — explicou Heinrich.

— Ele é muçulmano surfista — disse Orest.

— Lá em Iron City tem uns surfistas perto do aeroporto.

— Todos os muçulmanos são surfistas, aliás — continuou Orest.

— Você quer dizer é que todos os *sufistas* são muçulmanos, não é? — perguntei.

— Ele é surfista — corrigiu Orest.

— Mas os muçulmanos são sufistas e não surfistas. Quer dizer, nem todo muçulmano é sufista. Mas nada impede que um muçulmano seja surfista. Eu acho.

Isso lhes deu o que pensar. Fiquei vendo Orest comendo. Ele enfiava o espaguete à força goela abaixo. A cabeça séria permanecia imóvel, apenas uma entrada para a comida que era trazida pelo garfo mecânico. Ele transmitia uma imagem de rigidez absoluta na realização de um projeto definido. Se cada pessoa é o centro de sua própria existência, Orest parecia decidido a aumentar o centro, fazê-lo englobar tudo. Será isso o que os atletas fazem — ocupar o eu mais integralmente? Talvez os invejemos por serem eles capazes de algo que quase nada tem a ver com o esporte em si. Ao se aproximarem do perigo, eles o evitam em algum sentido mais profundo, habitando alguma esfera angelical, onde saltam por cima da morte cotidiana. Mas seria Orest um atleta? Ele só iria ficar sentado — ficar sessenta e sete dias sentado numa jaula de vidro, esperando o momento de ser picado em público.

— Você não vai poder se defender — disse eu. — Além disso, vai estar fechado numa jaula com as criaturas mais viscosas, temidas e repulsivas que há no mundo. As cobras. As pessoas têm pesadelos com cobras. Vertebrados de sangue frio, que põem ovos e rastejam pelo chão. Tem gente que vai parar no psiquiatra. As cobras ocupam um lugar particularmente viscoso no nosso inconsciente coletivo. E você pretende se enfiar voluntariamente num lugar fechado com trinta ou quarenta das cobras mais venenosas que há no mundo.

— Viscosas por quê? Elas não são viscosas.

— Essa história de que cobra é um bicho viscoso é um mito — disse Heinrich. — Ele vai ficar na jaula com víboras dos Gabões com presas de três centímetros. E mais umas doze mambas. A mamba é a cobra terrestre mais rápida do mundo. Isso de ser ou não ser viscoso é meio irrelevante, não é?

— É justamente onde eu quero chegar. Presas. Mordida de cobra. Cinquenta mil pessoas morrem todo ano mordidas por cobras. Deu na televisão ontem à noite.

— Tudo deu na televisão ontem à noite — disse Orest.

Admirei aquele comentário. Creio que admirei o próprio Orest. Ele estava criando um eu imperial com base numa aspiração barata. Ele treinava com afinco, referia-se a si próprio na terceira pessoa, acumulava carboidratos. O treinador estava sempre a seu lado, os amigos sentiam-se atraídos por sua aura de perigo inspirado. Sua força vital cresceria à medida que se aproximasse a hora fatídica.

— O treinador está ensinando o Orest a respirar do jeito antigo, à maneira dos muçulmanos surfistas. Uma cobra é uma coisa. Um ser humano pode ser mil coisas.

— Seja uma cobra — disse Orest.

— As pessoas estão se interessando — falou Heinrich. — A coisa está crescendo. Assim tipo ele vai conseguir mesmo. Tipo agora as pessoas acreditam nele. No lance todo.

Se o eu é a morte, como pode ao mesmo tempo ser mais forte que a morte?

Pedi a conta. Visões disparatadas do sr. Gray. Uma imagem chuviscada de cueca e meias cinzentas. Tirei algumas notas da carteira, esfregando-as com força para me certificar de que não havia outras grudadas a elas. No espelho do motel aparecia em corpo inteiro minha mulher, pele branca, seios fartos, joelhos rosados, dedos dos pés grossos e curtos, trajando apenas ceroulas sabor hortelã, como uma universitária comandando uma torcida organizada numa orgia.

Quando chegamos em casa, Babette estava passando roupa no quarto.

— O que você está fazendo? — perguntei.

— Ouvindo rádio. Só que acabou de desligar.

— Se você pensava que não havia mais nada a dizer a respeito do sr. Gray, vou lhe contar a última.

— Você está falando sobre o sr. Gray que representa mais de uma pessoa ou o sr. Gray individual? Faz muita diferença.

— Se faz! Denise pôs o vidro de Dylar no compactador.

— Isto quer dizer que o Gray coletivo está morto e enterrado?

— Sei lá o que quer dizer.

— Quer dizer que você agora voltou sua atenção masculina para o indivíduo do motel?

— Eu não disse isso.

— Nem precisa. Você é homem. Os homens seguem o padrão comportamental da raiva homicida. É biológico. O padrão da biologia masculina, cego e estúpido.

— Que gracinha, passando lenços.

— Jack, quando você morrer, eu vou me jogar no chão e ficar quietinha. Depois, quem sabe, muito depois, vão me encontrar acocorada no escuro, uma mulher que não fala nem faz nenhum gesto. Mas, até que isso aconteça, não vou ajudar você a encontrar esse homem e o remédio dele.

— A eterna sabedoria dos seres que passam a ferro e costuram.

— Pergunte a si próprio o que é que você realmente quer, aliviar o seu medo ancestral ou vingar o seu orgulho de macho ofendido, esse sentimento infantil e ridículo.

Fui até o quarto de Steffie para ajudá-la a terminar de fazer sua mala. Um comentarista esportivo dizia: "Eles não estão vaiando, estão gritando 'Bruce, Bruce'". Denise e Wilder estavam com ela. A atmosfera de confidências me fez concluir que Denise estava dando a Steffie conselhos a respeito de visitas a pais distantes. O voo de Steffie sairia de Boston e faria duas escalas entre Iron City e Cidade do México, mas ela não teria de trocar de avião, portanto a situação parecia controlável.

— Como é que eu sei que vou reconhecer minha mãe?

— Você esteve com ela ano passado — disse eu. — Você até gostou dela.

— E se depois ela não me deixar voltar?

— Isso foi ideia da Denise, não foi? Obrigado, Denise. Não se preocupe. Ela vai deixar, sim.

— E se não deixar? — insistiu Denise. — Isso acontece, você sabe.

— Não vai acontecer dessa vez.

— Aí você vai ter que sequestrar a Steffie.

— Não vai ser necessário.

— Mas se for? — perguntou Steffie.

— Você sequestrava? — perguntou Denise.

— Isso não acontece nem uma vez num milhão de anos.

— Pois vive acontecendo — disse ela. — Um dos pais pega a criança, aí o outro contrata uns sequestradores pra pegá-la de volta.

— E se ela me pegar? — perguntou Steffie. — O que que você faz?

— Aí ele vai ter que mandar alguém lá pro México. Não tem outra saída.

— Mas será que ele faz isso mesmo?

— Sua mãe sabe que não pode ficar com você — expliquei. — Ela vive viajando. Está fora de questão.

— Não se preocupe — afirmou Denise. — O que ele diz não importa. Se for o caso, ele manda buscar você.

Steffie me olhou com profundo interesse e curiosidade. Expliquei-lhe que eu próprio iria ao México e faria o que fosse necessário para recuperá-la. Steffie olhou para Denise.

— É melhor contratar gente — disse a menina mais velha, informativa. — Uma pessoa com experiência no ramo.

Babette entrou e pegou Wilder.

— Então você está aqui — disse ela. — Vamos ao aeroporto com a Steffie. Vamos, sim. Isso isso isso.

"Bruce, Bruce."

No dia seguinte houve um ensaio de evacuação motivada por um cheiro estranho. Havia veículos da SIMUVAC por toda parte. Homens com trajes de *mylex* patrulhavam as ruas, muitos deles munidos de instrumentos de medição. A firma de consultoria que organizou a evacuação reuniu um grupo de voluntários escolhidos pelo computador num camburão no estacionamento do supermercado. Durante meia hora, eles provocaram engasgamentos e vômitos em si próprios. O episódio foi gravado em videoteipe e enviado a alguma instituição, para ser analisado.

Três dias depois, um cheiro estranho de verdade veio do outro lado do rio. Uma pausa meditativa desceu sobre a cidade. O tráfego andava mais devagar, os motoristas estavam anormalmente educados. Não havia nenhum sinal de medidas oficiais, nada de miniônibus e miniambulâncias pintadas de cores primárias. As pessoas evitavam encarar-se. Uma irritação incômoda nas narinas, um gosto de cobre na língua. À medida que o tempo passava, a vontade de não fazer nada parecia aumentar, criar raízes. Havia quem negasse a existência de qualquer cheiro. Isso sempre acontece quando se trata de cheiros. Havia quem afirmasse não ver nada de irônico naquela inércia. Eles haviam participado do teste da SIMUVAC, mas agora não queriam fugir. Havia quem quisesse saber o que havia causado o cheiro, quem se preocupasse, quem afirmasse que a ausência de técnicos nas ruas era sinal de que não havia motivo para preocupação. Nossos olhos começaram a lacrimejar.

Cerca de três horas depois de aparecer, o cheiro sumiu de repente, nos desobrigando de tomar qualquer decisão formal.

36

De vez em quando eu pensava na Zumwalt automática escondida no quarto.

Chegou o tempo dos insetos dependurados. Casas brancas com lagartas dependuradas nos beirais. Pedras brancas nas entradas das garagens. Pode-se andar pelo meio das ruas à noite e ouvir vozes de mulheres falando ao telefone. O tempo mais quente produz vozes no escuro. Elas falam sobre seus filhos adolescentes. Tão crescidos, tão depressa. Chegam quase a ter medo deles. A quantidade de comida que comem. A mania que eles têm de ficar parados nas portas. É o tempo em que há bichinhos compridos por toda a parte. Na grama, grudados nas paredes, pendurados nos galhos das árvores e dos beirais, pairando em pleno ar, grudados às telas das janelas. As mulheres falam com os avôs dos rapazes adolescentes em ligações interurbanas. Do outro lado da linha, falam ao mesmo tempo ao telefone casais de velhos sorridentes, com suéteres tricotados à mão, vivendo de rendas fixas.

O que acontece com eles quando termina o anúncio?

Recebi um telefonema uma noite. A telefonista disse:

— Mãe Devi quer fazer ligação a cobrar a Jack Gladney. O senhor aceita a chamada?

— Alô, Janet. O que é que você quer?

— Liguei só pra saber como você está. A gente não se fala há milênios.

— Não se fala?

— O *swami* quer saber se nosso filho não vem ao *ashram* esse verão.

— Nosso filho?

— Seu, meu e dele. O *swami* considera os filhos de seus seguidores filhos dele também.

— Mandei uma filha pro México semana passada. Quando ela voltar, podemos falar sobre o filho.

— O *swami* diz que Montana vai fazer bem pro menino. Ele vai crescer, amadurecer. Ele está numa idade crítica.

— Por que que você está me ligando? Falando sério.

— Só pra falar com você, Jack. Aqui a gente fala com as pessoas.

— O seu *swami* é desses gozados, com barba bem branquinha?

— Aqui só tem gente séria. O ciclo da História só tem quatro eras. Por acaso, estamos vivendo a última. Não temos muito tempo para gracinhas.

A vozinha aguda de Janet estava sendo refletida até seus ouvidos por uma bola oca em órbita geossincrônica.

— Se o Heinrich quiser visitar você esse verão, por mim tudo bem. Ele pode andar a cavalo, pescar trutas. Mas não quero que se meta em coisas emocionalmente intensas, como religião. Já andou se falando sobre sequestros por aqui. As pessoas estão preocupadas.

— A última era é a Era das Trevas.

— Ótimo. Agora me diga o que você quer.

— Nada. Eu tenho tudo. Paz de espírito, um objetivo na vida, amigos de verdade. Eu só queria falar com você, Jack. Sinto falta de você. Da sua voz. Eu só queria falar um pouquinho, passar alguns momentos trocando reminiscências agradáveis.

Desliguei e fui dar uma volta. As mulheres estavam em suas casas iluminadas, falando ao telefone. Será que os olhos do *swami* brilhavam? Saberia ele dar ao menino as respostas que eu não soubera dar, proporcionar-lhe certezas onde eu incitara discussões e brigas? De que modo a Era das Trevas é a última? No sentido de que depois vem a destruição completa, uma noite que vai engolir a existência tão completamente que serei curado de minha morte solitária? Eu ouvia as mulheres falando. Todos os sons, todas as almas.

Quando cheguei em casa, encontrei Babette de jogging, à janela do quarto, olhando fixamente para a escuridão.

Começaram a chegar os convidados para o congresso de hitlerologia. Cerca de noventa hitlerólogos passariam os três dias do congresso assistindo a conferências, participando de mesas-redondas, vendo filmes. Andariam pelo campus com crachás laminados com seus nomes escritos em letras góticas presos às lapelas. Trocariam fofocas a respeito de Hitler, espalhariam os boatos sensacionalistas de sempre sobre os últimos dias no *Führerbunker*.

Era interessante ver como eram todos parecidos, apesar de virem das mais variadas regiões e países. Eram alegres e entusiásticos, tinham uma tendência a cuspir quando riam, a usar roupas fora de moda, eram feios e pontuais. Gostavam de balas.

Recebi os convidados na capela moderníssima. Falei em alemão, lendo um texto preparado, durante cinco minutos. Falei principalmente sobre a mãe, o irmão e o cachorro de Hitler. O nome do cachorro era Wolf. É a mesma palavra em inglês e em alemão. A maior parte das palavras que usei em meu discurso eram iguais ou quase iguais nas duas línguas. Eu havia passado dias folheando o dicionário, compilando listas de palavras assim. Por conseguinte, meus comentários eram estranhos e desconexos. Fiz muitas referências a Wolf, muitas mais à mãe e ao irmão de Hitler, alguns a meias e sapatos, ao jazz, à cerveja e ao beisebol. E, naturalmente, falei sobre Hitler. Repeti o nome muitas vezes, na esperança de que desse modo eu conseguisse compensar minha insegurança sintática.

Passei o resto do tempo evitando os hitlerólogos alemães. Mesmo de toga negra e óculos escuros, com meu nome escrito em letras nazistas no crachá, eu me sentia débil na presença deles, mortal, ouvindo-os produzir aqueles sons guturais, aquelas palavras, aqueles ruídos heavy metal. Eles contavam piadas sobre Hitler e jogavam cartas. Eu me limitava a articular um ou outro monossílabo aleatório, rir um riso oco. Passava boa parte do tempo escondido em minha sala.

Sempre que me lembrava da arma, escondida sob uma pilha de camisetas, como um inseto tropical, eu percebia uma sensação pequena, porém intensa, me percorrer o corpo. Não estava claro para mim se era uma sensação de prazer ou de medo. O que era claro é que havia algo de infantil nela, a excitação profunda de quem guarda um segredo.

A pistola é um instrumento muito matreiro. E tão pequeno! Uma coisa íntima e engenhosa, uma biografia secreta de seu proprietário. Lembrei da sensação que eu experimentara alguns dias antes, ao procurar o Dylar. Como se estivesse espionando o lixo da família. Estaria eu afundando pouco a pouco numa vida secreta? Seria aquilo, na minha cabeça, a última defesa contra a desgraça que me fora preparada com tanta sem-cerimônia pela força ou não força, princípio ou poder ou caos que determina essas coisas? Talvez eu estivesse começando a compreender minhas ex-esposas vinculadas à comunidade de informação.

Os hitlerólogos se reuniam, andavam pelo campus, comiam com voracidade, riam e mostravam os dentes grandes demais. Sentado à minha mesa, no escuro, eu pensava em segredos. Serão os segredos túneis que levam a um mundo de fantasia onde podemos controlar tudo o que acontece?

À noite, fui ao aeroporto esperar o avião de minha filha. Ela estava excitada e alegre, usando trajes mexicanos. Disse que as pessoas que mandavam romances para a mãe resenhar não a deixavam em paz. Dana recebia obras caudalosas diariamente, escrevia resenhas que microfilmava e mandava para um arquivo secreto. Queixava-se de nervosismo, períodos de profunda fadiga espiritual. Disse a Steffie que estava pensando em largar aquele trabalho.

Na manhã seguinte, fui correndo a Glassboro fazer os tais exames que meu médico havia recomendado, em Autumn Harvest Farms. A seriedade de tais ocasiões é diretamente proporcional ao número de secreções do corpo que é necessário recolher para análise. Eu levava comigo diversos vidrinhos, cada um contendo uma amostra de alguma substância melancólica expelida ou produzida por meu organismo. Sozinho, no porta-luvas, dentro de um sombrio estojo de plástico, reverentemente envolto em três sacos plásticos, um dentro do outro, de pontas amarradas, ia um espécime da excreta mais solene de todas, a qual certamente seria examinada pelos técnicos do laboratório com aquela mistura de deferência, admiração e temor que costumamos associar às religiões exóticas do mundo.

Mas antes de mais nada eu tinha que encontrar o lugar. Era um prédio funcional e pálido, de apenas um andar, com chão liso e luzes fortes. Por que motivo um lugar como esse se chamaria Autumn Harvest Farms?* Seria com a intenção de contrabalançar a frieza implacável de seus reluzentes equipamentos de precisão? Então um nome bucólico como aquele poderia despertar em nós a ilusão de que vivemos numa época pré-cancerosa? Que espécie de doença seria de se esperar que fosse diagnosticada num laboratório chamado Autumn Harvest Farms? Coqueluche? Crupe? Uma gripezinha? Velhos males rurais que pedem alguns dias de cama, uma massagem no peito com o aromático Vick VapoRub, enquanto ao pé da cama alguém nos lê um capítulo de *David Copperfield*?

Eu estava apreensivo. Levaram minhas amostras, me sentaram à frente do console de um computador. Em resposta às perguntas que apareciam na tela, fui digitando a história de minha vida e morte, pouco a pouco, cada resposta levando a mais uma bateria de perguntas, numa progressão implacável de conjuntos e subconjuntos. Menti três vezes. Deram-me para vestir uma bata larga e uma pulseira de identificação. Fizeram-me percorrer corredores estreitos para ser pesado e medido, para examinarem meu sangue, vasculharem meu cérebro, monitorarem as correntes que passavam por meu coração. Fui esmiuçado e cutucado numa sucessão de salas, cada cubículo parecendo ser um pouco menor

---

* Literalmente, Fazendas da Colheita do Outono. (N. T.)

que o anterior, mais fortemente iluminado, mais despido de mobiliário humano. Cada vez um técnico diferente. Mais e mais pacientes sem rosto como eu no labirinto dos corredores, passando de sala a sala, com batas idênticas. Ninguém se cumprimentava. Ligaram-me a uma espécie de gangorra eletrônica, viraram-me de cabeça para baixo e me deixaram assim durante sessenta segundos. De um aparelho próximo saiu uma folha de computador. Fizeram-me correr e correr sem sair do lugar. Prenderam instrumentos nas minhas coxas, grudaram eletrodos em meu peito. Colocaram-me num formador de imagens, uma espécie de aparelho de raio X computadorizado. Uma pessoa digitava num controle, enviando à máquina uma mensagem que faria com que meu corpo ficasse transparente. Ouvi ventos magnéticos, vi efêmeras auroras boreais. Pessoas atravessavam o corredor como almas perdidas, carregando sua própria urina em bécheres pálidos. Eu estava num cômodo do tamanho de um armário embutido. Disseram-me que pusesse um dedo na frente da cara e fechasse o olho esquerdo. O painel fechou-se, houve um flash de luz branca. Estavam tentando me ajudar, me salvar.

Por fim, já vestido novamente, vi-me sentado à frente de uma escrivaninha, do outro lado da qual havia um jovem nervoso, de guarda-pó branco. Ele examinou minha ficha, murmurando que era novo ali. Surpreendi-me ao constatar que essa informação não me preocupou. Creio que me senti até mesmo aliviado.

— Quanto tempo leva pros resultados ficarem prontos? — perguntei.

— Já estão prontos — disse ele.

— Pensei que eu estava aqui pra termos uma conversa geral. O lado humano da coisa. Aquilo que as máquinas não podem descobrir. Em dois ou três dias, os dados numéricos estariam prontos.

— Já estão prontos.

— Não sei é se *eu* estou pronto. Esses aparelhos reluzentes são um pouco desconcertantes. Acho que uma pessoa na mais perfeita saúde pode até ficar doente só de fazer esses exames todos.

— Por quê? São os equipamentos de laboratório mais precisos do mundo. Temos computadores avançados para analisar os dados. Este equipamento salva vidas. Vá por mim, eu já vi acontecer. Temos aparelhos que funcionam melhor que o mais avançado equipamento de raio X ou tomografia. A gente pode ver mais fundo, com mais precisão.

Ele parecia estar se tornando mais confiante. Era um sujeito meio macilento, de olhar manso, que me lembrava aqueles garotos que ficam botando as compras dentro das sacolas nos supermercados.

— Normalmente — disse ele — a coisa funciona assim: eu lhe faço perguntas baseadas no laudo do computador, e o senhor responde o melhor que puder. Quando terminamos, eu lhe entrego o laudo num envelope lacrado e o senhor marca outra consulta paga com seu médico pra entregar a ele os resultados.

— Bom.

— Bom. Normalmente perguntamos antes de mais nada como que a pessoa está se sentindo.

— Com base no laudo?

— Me diga apenas como o senhor está se sentindo — disse ele, com uma voz amena.

— Na minha cabeça, em termos concretos, me sinto relativamente bem, até prova em contrário.

— Em seguida, normalmente perguntamos sobre cansaço. O senhor tem se sentido cansado ultimamente?

— O que as pessoas costumam responder?

— "Um leve cansaço" é uma resposta comum.

— Eu poderia dizer exatamente isso que estaria convencido de que é uma descrição razoável do que sinto.

A resposta pareceu satisfazê-lo, e ele fez uma anotação vigorosa no papel à sua frente.

— E o apetite? — perguntou.

— Essa eu poderia responder tanto uma coisa quanto o contrário.

— É mais ou menos o que eu poderia dizer, com base no laudo.

— Em outras palavras, o senhor está dizendo que às vezes meu apetite está bom, outras vezes não.

— O senhor está me dizendo ou perguntando isso?

— Depende do que dizem os resultados.

— Então estamos de acordo.

— Bom.

— Bom — disse ele. — E o sono? Normalmente a gente pergunta isso antes de oferecer à pessoa café descafeinado ou chá. Não oferecemos açúcar.

— Tem muitos clientes com problemas de insônia?

— Só nos últimos estágios.

— Os últimos estágios do sono? O senhor quer dizer que eles acordam de manhã cedo e não conseguem dormir de novo?

— Os últimos estágios da vida.

— Era o que eu pensava. Bom. A única coisa que eu tenho é uma agitaçãozinha de nada.

— Bom.

— Fico um pouco inquieto. Quem não fica?

— Fica se revirando na cama?

— Isso.

— Bom.

— Bom.

Ele fez algumas anotações. A coisa parecia estar indo bem. Isso me animava. Recusei o chá que ele me ofereceu, e minha recusa pareceu agradá-lo. Estávamos indo muito bem.

— Nesse ponto a gente pergunta se a pessoa fuma.

— Essa é fácil. A resposta é: não. E não é que eu tenha parado há cinco ou dez anos, não. Eu nunca fumei. Nem mesmo quando era adolescente. Nunca experimentei. Nunca vi necessidade disso.

— Isso é sempre bom.

Senti-me imensamente tranquilizado e cheio de gratidão.

— Estamos indo muito bem, não é?

— Tem gente que faz a coisa se arrastar — disse ele. — Se interessam pela própria doença. Vira quase um hobby.

— Nicotina pra quê? Além disso, raramente tomo café, e quando tomo é sempre descafeinado. Não vejo por que as pessoas precisam de tantos estimulantes artificiais. Eu fico ligado só de andar no meio da floresta.

— Não tomar cafeína sempre ajuda.

Isso, pensei. Recompense minha virtude. Dê-me vida.

— O leite, também — prossegui. — Não satisfeitas com a cafeína e o açúcar, as pessoas ainda por cima querem tomar leite. Todos aqueles ácidos gordurosos. Não tomo leite desde garoto. Nem creme de leite integral. Como só comidas leves. Raramente tomo bebidas destiladas. Nunca achei graça nessas coisas. Bebida pra mim é água. Um bom copo d'água nunca faz mal.

Eu esperava que ele me dissesse que eu estava acrescentando anos à minha expectativa de vida.

— Por falar em água — perguntou ele —, alguma vez o senhor já se expôs a poluentes industriais?

— O quê?

— Substâncias tóxicas no ar ou na água.

— É isso que vocês costumam perguntar depois do cigarro?

— Não é uma pergunta rotineira.

— O senhor quer saber se eu trabalho com substâncias perigosas, como amianto? De jeito nenhum. Eu sou professor. Minha vida é o magistério. Passei toda a vida num campus universitário. O que é que o amianto tem a ver com isso?

— O senhor já ouviu falar em Niodene D.?

— Segundo o laudo, era pra eu já ter ouvido falar?

— Há vestígios da substância no seu sangue.

— Como que pode ser, se eu nunca ouvi falar?

— O exame magnético acusou. Deu aqui, esses números entre parênteses com asteriscos.

— O senhor está dizendo que o laudo acusa os primeiros sinais ambíguos de sintomas quase imperceptíveis causados pela exposição a uma quantidade mínima e tolerável de uma substância tóxica?

Por que eu estava falando daquela maneira tão cheia de rodeios?

— O exame magnético foi bem claro nesse ponto — disse ele.

O que acontecera com nosso acordo tácito no sentido de passar rapidamente por todo o programa sem perder tempo com questões polêmicas?

— O que acontece com a pessoa que tem vestígios dessa substância no sangue? — perguntei.

— Dá uma massa nebulosa.

— Mas eu pensava que ninguém soubesse direito qual o efeito do Niodene D. sobre seres humanos. Só sobre ratos.

— O senhor acabou de me dizer que nunca ouviu falar nisso. Como é que o senhor sabe quais são ou não são os efeitos da substância?

Nessa ele me pegou. Senti-me enganado, tapeado, passado para trás.

— A cada dia surgem conhecimentos novos — disse ele.
— Temos alguns dados contraditórios que indicam que a exposição a essa substância pode certamente levar à formação de uma massa.

A confiança dele agora era absoluta.

— Bom. Passemos pro item seguinte. Estou com um pouco de pressa.

— Agora eu entrego o envelope lacrado.

— Agora vem a pergunta sobre o exercício? Resposta: nenhum. Detesto, me recuso a fazer.

— Bom. Estou entregando o envelope.

— O que é essa massa nebulosa, só por curiosidade?

— Um possível tumor no organismo.

— Nebulosa porque não dá pra tirar uma foto nítida, não é?

— Tiramos fotos muito nítidas. O formador de imagens tira as fotos mais nítidas possíveis. A gente chama de massa nebulosa porque ela não tem forma nem limites precisos.

— Na pior das hipóteses, o que ela pode causar?

— A morte do paciente.

— Pelo amor de Deus, fale em língua de gente. Detesto esse jargão moderno.

Ele reagia com tranquilidade aos insultos. Quanto mais irritado eu ficava, mais ele gostava. Irradiava energia e saúde.

— Agora eu lhe digo pra pagar na sala de espera.

— E o potássio? Eu vim aqui só porque o meu potássio estava muito acima dos níveis normais.

— Aqui a gente não faz exame de potássio.

— Bom.

— Bom. A última coisa que eu tenho que lhe dizer é pra entregar o envelope ao seu médico. Ele conhece os símbolos.

— Então é só. Bom.

— Bom — disse ele.

Apertei-lhe a mão efusivamente. Alguns minutos depois, eu já estava na rua. Um garoto corria atrás de uma bola de futebol sobre um gramado público, com os pés virados para o lado. Um outro menino, sentado na grama, arrancava fora as meias, puxando-as pelos calcanhares. Que coisa literária, pensei, irritado. As ruas cheias de detalhes de vida impulsiva enquanto o herói medita sobre mais uma fase de sua agonia. Era um dia de céu parcialmente nublado, com ventos que diminuíam à medida que se aproximava a hora do pôr do sol.

Naquela noite, caminhei pelas ruas de Blacksmith. O brilho dos olhos azuis das tevês. As vozes aos telefones digitais. Ao longe, os avós dividem o fone, sentados na mesma poltrona, e o aparelho transforma as ondas transportadoras em sinais audíveis. É a voz do neto, o rapaz adolescente cujo rosto aparece nas fotografias espalhadas pela casa. Os olhos dos velhos se enchem de alegria, mas é uma alegria enevoada, infundida de uma consciência melancólica e complexa. O que está lhes dizendo o rapaz? Está chateadíssimo por causa de sua pele? Quer largar a escola e trabalhar em tempo integral no supermercado, colocando compras em sacolas? Afirma que *gosta* de botar compras em sacolas. É a única coisa na vida que o satisfaz. Primeiro colocar os garrafões, encaixar bem as latas, usar saco duplo quando a mercadoria é pesada. Ele faz essas coisas bem, tem jeito para isso, chega a *ver* os produtos bem dispostos na sacola antes mesmo de tocar neles. É como o zen, vovô. Eu pego duas sacolas, ponho uma dentro da outra. Não espremer as frutas, cuidado com os ovos, colocar o sorvete numa sacola plástica. Mil pessoas passam por mim todos os dias, mas ninguém nunca me vê. Eu gosto disso, vovó, dessa ausência completa de ameaça, é assim que eu quero viver. E os dois o escutam com tristeza, amando-o ainda mais, os rostos colados no telefone Trimline de linhas esguias, o Princess branco no quarto, o Rotary convencional no refúgio do vovô no subsolo. O ancião corre os dedos pelos cabelos brancos, a mulher aperta os óculos dobrados contra o rosto. Nuvens apressadas riscam o disco da lua, as estações se sucedem numa montagem severa, aprofundando-se a quietude do inverno, paisagem de gelo e silêncio.

O seu médico conhece os símbolos.

37

A longa caminhada começou ao meio-dia. Eu não sabia que ia acabar sendo uma longa caminhada. Achei que seria uma meditação aleatória, Murray e Jack, meia hora zanzando pelo campus. Porém acabou sendo uma tarde memorável, uma caminhada socrática circular e séria, cheia de consequências práticas.

Encontrei Murray após seu seminário sobre desastres de carros, e fomos caminhando pelos limites do campus, passando pelos condomínios com fachadas de madeira espalhados por entre as árvores com sua postura defensiva tradicional — um aglomerado de prédios que combinam tão bem com o meio ambiente a seu redor que constantemente os pássaros se chocam com as vidraças das janelas.

— Você está fumando cachimbo — comentei.

Murray deu um sorriso matreiro.

— Dá uma boa imagem. Eu gosto. Dá certo.

Baixou os olhos, sorrindo. O cachimbo tinha um tubo fino e comprido e um fornilho cúbico. Era castanho-claro, e parecia um instrumento doméstico altamente disciplinado, como uma antiguidade dos tempos dos puritanos. Parecia-me que talvez ele tivesse escolhido o cachimbo de modo a combinar com suas costeletas um tanto severas. Uma tradição de rígida virtude parecia pairar em torno de seus gestos e expressões.

— Por que a gente não pode encarar a morte de modo inteligente? — perguntei.

— A resposta é óbvia.

— É?

— Ivan Ilitch gritou durante três dias. É o máximo de inteligência a que se pode aspirar. O próprio Tolstói lutava para entender. Morria de medo.

— É quase como se o próprio medo fosse a causa. Se conseguíssemos aprender a não ter medo, poderíamos viver pra sempre.

— Nós é que nos convencemos da morte. É isso que você quer dizer?

— Sei lá o que eu quero dizer. Só sei que estou vivendo apenas na aparência. Tecnicamente, já morri. Tem uma massa nebulosa crescendo no meu corpo. Eles monitoram essas coisas como se fossem satélites. Tudo isso por causa de um subproduto de inseticida. Tem algo de artificial na minha morte. Algo de superficial, de frustrante. Não sou da Terra nem do céu. Deviam esculpir uma lata de aerossol na minha lápide.

— Bem colocado.

Como assim, "bem colocado"? Queria que ele discutisse comigo, elevasse minha morte a um nível mais alto, me fizesse sentir melhor.

— Você se sente injustiçado? — perguntou ele.

— Claro que sim. Ou você acha essa minha resposta trivial? Murray pareceu dar de ombros.

— Pense só na vida que levei. Será que minha vida foi uma louca busca de prazeres? Será que vivi cortejando a autodestruição, usando drogas proibidas, andando de carro a toda velocidade, bebendo demais? Um calicezinho de xerez nas festas da faculdade. Só comidas leves.

— Não é verdade.

Murray tirou umas baforadas sérias; suas bochechas foram chupadas para dentro. Caminhamos em silêncio por alguns instantes.

— Você acha que a sua morte é prematura? — perguntou.

— Toda morte é prematura. Não há nenhum motivo científico pra não podermos viver cento e cinquenta anos. Tem umas pessoas que até conseguem, segundo uma manchete que vi no supermercado.

— Você acha que o que mais lamenta é a sensação de deixar coisas inacabadas? Certas coisas você ainda tem esperança de realizar. Trabalhos a fazer, desafios intelectuais a assumir.

— O que eu mais lamento é a morte. A única coisa a assumir é a morte. Não penso em mais nada. A questão é uma só. Quero viver.

— Do filme de mesmo nome, direção de Robert Wise, com Susan Hayward no papel de Barbara Graham, culpada de assassinato. Trilha sonora, um jazz agressivo, de Johnny Mandel.

Encarei-o.

— Então, Jack, você está dizendo que a morte seria igualmente ameaçadora mesmo pra quem já tivesse realizado tudo que sempre quis realizar na vida e no trabalho.

— Você está maluco? É claro. Isso é uma ideia elitista. Você perguntaria a um sujeito que vive de botar compras em sacolas no supermercado se ele tem medo da morte não por ser a morte, mas porque ainda tem muitas compras interessantes que ele gostaria de ensacar?

— Bem colocado.

— A questão é a morte. Não quero que ela me dê um tempinho pra escrever uma monografia. Quero que desapareça durante uns setenta ou oitenta anos.

— Sua condição de condenado empresta a suas palavras um certo prestígio e autoridade. Gosto disso. À medida que for se aproximando a hora, creio que você vai constatar que as pessoas vão estar ansiosas por ouvir o que tem a dizer. Vão procurar você.

— Você está dizendo que essa é uma ótima oportunidade para eu fazer amizades.

— Estou dizendo que você não pode decepcionar os vivos caindo na autocomiseração e no desespero. As pessoas vão cobrar coragem de você. O que as pessoas querem ver num amigo agonizante é uma espécie de nobreza obstinada e pomposa, uma recusa a entregar-se, com momentos de humor irreprimível. O seu prestígio está aumentando agora mesmo. Você está criando uma aura nebulosa ao redor de seu corpo. Eu tenho que gostar disso.

Estávamos descendo uma ladeira íngreme e sinuosa, caminhando pelo meio da rua. Não havia ninguém por perto. As casas eram velhas e ameaçadoras, com escadas estreitas de pedra na entrada, em mau estado de conservação.

— Você acredita que o amor é mais forte que a morte?

— De jeito nenhum.

— Bom — disse Murray. — Nada é mais forte que a morte. Você acredita que as únicas pessoas que têm medo da morte são as que têm medo da vida?

— Isso é loucura. Besteira completa.

— Certo. Todos nós temos medo da morte, em maior ou menor grau. Os que dizem que não, estão enganando a si próprios. São pessoas superficiais.

— O tipo de gente que põe seu próprio apelido na placa do carro.

— Excelente, Jack. Você acredita que a vida sem a morte é de algum modo incompleta?

— Incompleta como? A morte é que torna a vida incompleta.

— Nossa consciência da morte não torna a vida mais preciosa?

— De que vale a sensação de que a vida é preciosa se ela se baseia no medo e na ansiedade? É uma coisa ansiosa, trêmula.

— É verdade. As coisas mais preciosas são aquelas a respeito das quais temos uma sensação de segurança. Uma mulher, um filho. Será que o espectro da morte torna o filho mais precioso?

— Não.

— Não. Não há motivo pra achar que a vida é mais preciosa por ser passageira. O que você acha da seguinte afirmativa: é preciso que uma pessoa saiba que vai morrer para que comece a aproveitar a vida ao máximo. Verdadeira ou falsa?

— Falsa. Uma vez determinada a morte, fica impossível levar uma vida satisfatória.

— Você acharia melhor saber a data e a hora exata da sua morte?

— De jeito nenhum. Já é ruim temer o desconhecido. Como é desconhecido, a gente pode fingir que não existe. Saber a data exata levaria muita gente a se suicidar antes, por puro espírito de porco.

Atravessamos uma velha ponte rodoviária, telada, cheia de lixo, de objetos tristes e desbotados. Seguimos uma vereda à margem de um riacho, aproximamo-nos do campo de esportes da escola secundária. As mulheres traziam as crianças aqui para brincarem nos montes de areia de salto a distância.

— O que é que eu faço? — perguntei.

— Você pode ter fé na tecnologia. Foi ela que levou você à sua situação, ela há de poder tirá-lo daí. É pra isso que serve a tecnologia. Por um lado, ela cria o apetite da imortalidade. Por outro, ameaça destruir toda a Terra. A tecnologia é a lascívia afastada da natureza.

346

— É mesmo?

— Foi inventada para esconder o terrível segredo de nossos corpos em decadência física. Mas também é vida, não é? Ela prolonga a vida, cria órgãos novos pra substituir os que se estragaram. Novas invenções, novas técnicas todos os dias. Lasers, masers, ultrassom. Entregue-se a ela, Jack. Tenha fé nela. Vão colocar você num tubo reluzente, infundir no seu corpo a substância básica do universo. Luz, energia, sonhos. A bondade divina.

— Obrigado, Murray, mas acho que não vou querer ver nenhum médico tão cedo.

— Neste caso, você pode contornar a morte pensando na vida do além.

— Como que eu faço isso?

— É óbvio. Leia a respeito de reencarnação, transmigração das almas, hiperespaço, ressurreição dos mortos, coisas assim. Sistemas fantásticos foram elaborados com base nessas crenças. Estude-os.

— Você acredita nessas coisas?

— Há milhares de anos que milhões de pessoas acreditam. Torne-se uma delas. A crença num segundo nascimento, numa segunda vida, é praticamente universal. Isso deve querer dizer alguma coisa.

— Mas esses sistemas fantásticos são todos tão diferentes...

— Escolha o que você gostar.

— Mas, do jeito como você fala, é como se fosse uma fantasia cômoda, a pior espécie de ilusão.

Mais uma vez Murray pareceu dar de ombros.

— Pense nos grandes poemas, músicas, danças e rituais que se baseiam na aspiração de uma vida após a morte. Talvez essas coisas bastem para justificar nossas esperanças e sonhos, se bem que eu não diria isso a um moribundo.

Ele cutucou-me com o cotovelo. Caminhamos em direção

ao trecho comercial da cidade. Murray parou por um instante, com um pé levantado do chão, virou o cachimbo para trás para jogar fora as cinzas. Depois guardou-o com um gesto destro, inserindo-o no bolso da jaqueta de veludo com o fornilho virado para baixo.

— Falando sério, você pode encontrar muito conforto duradouro na ideia de uma vida depois da morte.

— Mas não é preciso acreditar? Não é preciso que eu sinta no coração que existe de fato alguma coisa além dessa vida, em algum lugar lá longe, me esperando na escuridão?

— O que é que você imagina que seja o outro mundo, uma quantidade de fatos aguardando a hora de serem descobertos? Você acha que a aeronáutica anda coletando dados sobre o outro mundo em segredo, sem revelar nenhuma descoberta porque as pessoas não têm maturidade suficiente para aceitar a realidade? Por que as descobertas causariam pânico? Não. Vou lhe dizer como é o outro mundo. É uma ideia deliciosa, muitíssimo comovente. Você aceita ou não aceita. Enquanto isso, o que você tem que fazer é sobreviver a um atentado. Isso teria um efeito estimulante instantâneo. Você ia passar a se sentir privilegiado, ia ganhar carisma.

— Você já disse antes que a morte estava me dando carisma. Além disso, quem ia querer me matar?

Mais uma vez ele deu de ombros.

— Sobreviva a um desastre de trem no qual cem pessoas morram. Escape com vida quando o seu monomotor cair num campo de golfe depois de se chocar com uma linha de força num dia de muita chuva, segundos após a decolagem. Não precisa ser um atentado. O importante é você se ver são e salvo ao lado de um monte de ferro amassado onde há corpos esmagados e inertes. Isto compensa o efeito de quantas massas nebulosas você tiver, pelo menos por algum tempo.

Ficamos vendo vitrines, depois entramos numa sapataria. Murray olhava para os Weejuns, Wallabees, Hush Puppies. Saímos para o sol. Crianças em carrinhos nos olhavam, fazendo caretas, como se fôssemos corpos estranhos.

— O alemão ajudou?

— Acho que não.

— Alguma vez isso ajudou?

— Não sei. Quem é que sabe essas coisas?

— O que é que você vem tentando fazer ao longo da sua vida?

— Acho que viver uma vida protegida de tudo, como se encantada.

— Correto. Não há motivo pra se envergonhar disso, Jack. É só o seu medo que faz você agir assim.

— Só o meu medo? Só a minha morte?

— Não admira que você tenha fracassado. Afinal, os alemães não eram tão poderosos assim, não é mesmo? Eles perderam a guerra.

— Foi o que a Denise falou.

— Você conversou isso com as crianças?

— Por alto.

— As pessoas indefesas e medrosas tendem a ser atraídas por figuras mágicas, míticas, homens épicos, que intimidam.

— Pelo visto, você está se referindo a Hitler.

— Há homens que transcendem a vida. Hitler transcende a morte. Você achava que ele o protegeria. Entendo perfeitamente.

— É mesmo? Porque eu bem que gostaria de entender.

— É absolutamente óbvio. Você queria ser ajudado e protegido. O horror avassalador que você sentia não deixava lugar pra sua própria morte. Então você disse: "Me englobe, absorva meu medo". Num determinado nível, você queria se esconder em Hitler e nas obras dele. Em outro nível, você queria usá-lo para ganhar importância e força. Eu sinto que há aqui uma confusão de meios. Não que eu esteja criticando. O que você fez foi ousado, foi corajoso. *Você usou Hitler.* Consigo admirar essa tentativa, embora veja ao mesmo tempo que foi uma coisa burra, se bem que não seja mais burra do que usar um talismã ou bater na madeira. Seiscentos milhões de hindus não vão ao trabalho se naquela manhã houver algum mau agouro. Quer dizer, não é só você, não.

— Uma profundidade imensa e terrível.

— Claro — concordou Murray.

— Inesgotável.

— Eu entendo.

— Aquela coisa imensa, sem nome.

— Claro, perfeito.

— Aquela escuridão enorme.

— Certo, certo.

— Toda essa imensidão terrível, infinita.

— Sei exatamente o que você quer dizer. — Deu um tapinha no para-lama de um carro estacionado a quarenta e cinco graus, com um meio-sorriso nos lábios. — Por que você fracassou, Jack?

— Uma confusão de meios.

— Correto. Há diversas maneiras de contornar a morte. Você tentou usar duas delas ao mesmo tempo. Por um lado, você se destacou. Por outro, tentou se esconder. Uma coisa assim, como que você qualifica?

— Burrice.

Murray entrou no supermercado, e fui atrás. Explosões de cor, camadas de som oceânico. Passamos por baixo de uma bandeira colorida que anunciava uma rifa que visava a levantar dinheiro para alguma doença incurável. Do jeito como o texto estava redigido, tinha-se a impressão de que o vencedor pegaria a doença. Murray comparou a bandeira a uma flâmula de preces tibetana.

— Por que eu tenho esse medo constante há tanto tempo?

— É óbvio. Você não sabe reprimir. Todo mundo sabe que não há como escapar da morte. Como é que nos livramos dessa consciência aterradora? A gente reprime, disfarça, enterra, exclui. Tem gente que sabe fazer isso melhor do que as outras. Só isso.

— E como que eu posso melhorar?

— Não pode. Algumas pessoas simplesmente não têm os recursos inconscientes necessários pra realizar as operações de disfarce.

— Como é que a gente sabe que a repressão existe se os tais recursos são inconscientes e a coisa que a gente reprime é tão bem disfarçada?

— Porque Freud disse que existe. Por falar em figuras épicas.

Murray pegou uma caixa de Handi-Wrap II, leu o que nela estava escrito, examinou as cores. Cheirou um pacote de sopa em pó. Os dados estavam intensos naquele dia.

— Você acha que de certo modo eu sou mais saudável por não saber reprimir? Será que o medo constante é o estado natural do homem e por viver tão intensamente o meu medo eu estou realizando um feito heroico, Murray?

— Você se sente um herói?

— Não.

— Então provavelmente não é.

— Mas a repressão não é uma coisa antinatural?

— O medo é antinatural. O relâmpago e o trovão são antinaturais. A dor, a morte, a realidade, tudo isso é antinatural. Não suportamos estas coisas tais como elas são. Sabemos demais. Por isso apelamos para a repressão, as concessões, os disfarces. É assim que sobrevivemos no universo. Esta é a linguagem natural da espécie.

Olhei-o atentamente.

— Eu faço exercício. Eu cuido do corpo.

— Não é verdade — disse ele.

Murray ajudou um velho a ler a data escrita num pão com passas. Passaram carrinhos reluzentes com crianças dentro.

— Tegrin, Denorex, Selsun Azul.

Murray fez uma anotação em seu caderninho. Vi-o contornar com destreza meia dúzia de ovos quebrados, cercados de uma poça de gema, caídos de um pacote rasgado.

— Por que eu me sinto tão bem quando estou com Wilder? — perguntei. — Não é a mesma coisa estar com as outras crianças.

— Porque você sente como é total o ego dele, totalmente ilimitado — respondeu Murray.

— Ilimitado como?

— Ele não sabe que vai morrer. Não faz ideia do que seja a morte. É essa simplicidade dele que você adora, essa isenção. Você quer ficar perto dele, pegar nele, olhar pra ele, respirá-lo. Como ele é feliz! Uma nuvem de inconsciência, um serzinho onipotente. A criança é tudo, o adulto nada. Pense nisso. A vida toda da pessoa se reduz à resolução desse conflito. Não admira que a gente se sinta tão confuso, atônito, arrasado.

— Você não está indo longe demais?

— Sou nova-iorquino.

— Nós criamos coisas belas e duradouras, construímos civilizações imensas.

— Evasões fantásticas — disse ele. — Fugas incríveis.

As portas se abriram fotoeletronicamente. Saímos, passamos pela lavanderia, pelo cabeleireiro, pelo oculista. Murray reacendeu o cachimbo, tragando pomposamente.

— Falamos sobre maneiras de contornar a morte — disse ele. — Vimos que você já tentou duas dessas maneiras, sendo que uma anulava a outra. Falamos na tecnologia, nos desastres de trens, na crença no além. Existem outros métodos, e eu gostaria de falar num deles.

Atravessamos a rua.

— A meu ver, Jack, há dois tipos de gente no mundo. Os matadores e os morredores. A maioria das pessoas são morredoras. Não tem a disposição, a raiva, ou lá o que for, que é necessário ter para ser matador. Deixamos que a morte aconteça. Nos deitamos e morremos. Mas pense só o que é ser um matador. Como é emocionante, em tese, matar uma pessoa num confronto direto. Se ela morre, você não pode morrer. Matá-la é ganhar um crédito de vida. Quanto mais gente você mata, mais aumenta o seu crédito. Isso explica todos os massacres, guerras, execuções.

— Você está dizendo que, no decorrer de toda a História, os homens se matam uns aos outros para tentar se livrar da morte?

— É óbvio.

— E você acha isso emocionante?

— Estou falando em termos teóricos. Teoricamente, a violência é uma forma de renascimento. O morredor sucumbe de modo passivo. O matador vive. Que equação maravilhosa! À medida que uma turba assassina vai acumulando cadáveres, ela vai ganhando força. A força se acumula como um favor dos deuses.

— O que que isso tem a ver comigo?

— Isso é teoria. Somos dois professores universitários dando um passeio. Mas pense só no impacto visceral de ver seu adversário sangrando no pó.

— Você acha que isso aumenta o crédito da pessoa, como uma transação bancária.

— O nada olha você bem nos olhos. A aniquilação total e permanente. Você vai deixar de existir. De *existir*, Jack. O morredor aceita esse fato e morre. O matador, em tese, tenta derrotar sua própria morte matando os outros. Ele compra tempo, compra vida. Vê os outros estrebuchando. Vê o sangue escorrendo no pó.

Olhei-o, atônito. Murray tragou seu cachimbo, satisfeito, fazendo uns ruídos ocos.

— É uma maneira de controlar a morte. Uma maneira de ficar por cima nesse conflito fundamental. Seja matador, pra variar. Que outra pessoa seja a morredora. Que ela o substitua, teoricamente, nesse papel. Se ela morrer, você não pode morrer. Se ela morre, você vive. Como vê, é de uma simplicidade maravilhosa.

— Você diz que é isso que as pessoas fazem há séculos.

— Continuam fazendo. Em pequena escala, na intimidade, em grupos, em multidões, em massa. Matar pra viver.

— Que coisa horrível.

Murray pareceu dar de ombros.

— A matança nunca é aleatória. Quanto mais gente você mata, mais poder ganha em relação à sua própria morte. Há uma precisão secreta atuando nos massacres mais selvagens e indiscriminados. Dizer isso não é fazer a apologia do assassinato. Somos dois professores universitários num ambiente intelectual. É nosso dever examinar correntes de pensamento, investigar o significado do comportamento humano. Mas pense só como é emocionante sair vencedor numa luta de vida ou morte, ver o sacana sangrando.

— Você está me dizendo pra tramar um assassinato. Mas toda trama já é um assassinato. Tramar é morrer, quer se saiba disso, quer não.

— Tramar é viver — retrucou Murray.

Olhei para ele. Examinei-lhe o rosto, as mãos.

— Começamos a vida no caos, balbuciando. À medida que vamos penetrando o mundo, tentamos elaborar uma forma, um plano. Nisso há uma dignidade. Toda a sua vida é uma trama, um esquema, um diagrama. Uma trama fracassada, mas isso não vem ao caso. Tramar é afirmar a vida, buscar uma forma, tentar controlar. Mesmo depois da morte, principalmente depois da morte, a busca continua. Os rituais fúnebres representam uma tentativa de completar a trama, de forma simbólica. Pense no funeral de um estadista, Jack. Tudo ali é precisão, detalhe, ordem, planejamento. Todo o país prende a respiração. Um governo poderoso utiliza todos os seus recursos pra realizar uma cerimônia que elimine os últimos vestígios do caos. Se tudo corre bem, se a coisa funciona, uma lei natural de perfeição é obedecida. A nação é libertada da ansiedade, a vida do falecido é redimida, a própria vida em si é fortalecida, reafirmada.

— Você tem certeza? — perguntei.

— Tramar, visar a alguma coisa, dar forma ao tempo e ao espaço. É assim que progride a arte da consciência humana.

Caminhávamos de volta ao campus pelo caminho mais longo. Ruas imersas numa sombra profunda e silenciosa, latas de lixo postas na rua para serem recolhidas. Atravessamos o viaduto do pôr do sol, parando um pouco para ver os carros passando rápidos. Reflexos de sol nas superfícies cromadas e nos vidros.

— Você é um matador ou um morredor, Jack?

— Você sabe qual é a resposta. Fui morredor a vida toda.

— O que é que você pode fazer a respeito disso?

— O que se há de fazer? Não está implícito na natureza do morredor que ele não pode mudar de categoria?

— Vamos pensar nisso. Examinemos a natureza do animal, por assim dizer. O animal macho. Não haverá um fundo, um reservatório de violência potencial na mente masculina?

— Teoricamente, imagino que sim.

— Estamos falando mesmo de teoria. É *exatamente* disso que estamos falando. Dois amigos numa rua arborizada. Só teoria, é ou não é? Não haverá um campo profundo, uma espécie de campo petrolífero, que se pode explorar quando a ocasião o torna necessário? Um grande lago escuro de raiva masculina.

— É o que diz a Babette. Raiva homicida. Você está falando igual a ela.

— Uma mulher extraordinária. Ela tem ou não tem razão?

— Teoricamente? Provavelmente tem.

— Não existe uma região pantanosa que você prefere nem saber que existe? O vestígio de algum período pré-histórico em que os dinossauros dominavam a Terra e os homens lutavam com lascas de pedra? Em que matar era viver?

— Babette fala na biologia masculina. É biologia ou geologia?

— E faz diferença, Jack? Nós só queremos saber se isso existe mesmo, no fundo da alma mais prudente e despretensiosa.

— Acho que existe, sim. Pode ser. Depende.

— Existe ou não existe?

— Existe, Murray. E daí?

— Eu só queria ouvir você dizer isso. Só isso. Só queria extrair de você verdades que já estão em você, que você sempre soube em algum nível básico.

— Você está dizendo que um morredor pode virar matador?

— Sou apenas um professor visitante. Teorizo, dou caminhadas, admiro as árvores e as casas. Tenho meus alunos, meu quarto alugado, minha televisão. Pego uma palavra aqui, uma imagem ali. Admiro os gramados, as varandas. Que coisa maravilhosa é uma varanda. Como foi que consegui viver até agora sem ter uma varanda pra sentar? Eu especulo, medito, tomo notas constantemente. Estou aqui para pensar, para ver. Vou lhe avisando, Jack, não vou deixá-lo em paz.

Passamos pela minha rua e subimos a ladeira que dá no campus.

356

— Quem é o seu médico?

— Chakravarty — respondi.

— Ele é bom?

— Como que eu posso saber?

— Tenho uma distensão no ombro. Um velho machucado sexual.

— Tenho medo de consultar o médico. Guardei o laudo computadorizado da minha morte na última gaveta de uma cômoda.

— Sei como você se sente. Mas o pior ainda está por vir. Você já se despediu de todo mundo, menos de si próprio. Como é que a pessoa se despede de si própria? Um dilema existencial suculento.

— Sem dúvida.

Passamos pelo prédio da administração.

— Eu não queria ter que dizer isso, Jack, mas alguém tem que lhe dizer.

— O quê?

— Antes você que eu.

Concordei com a cabeça, sério.

— Por que é necessário dizer isso?

— Porque a amizade implica uma sinceridade brutal. Eu ficaria chateadíssimo se não lhe dissesse o que estava pensando, principalmente numa situação como essa.

— Eu lhe agradeço, Murray. Sério.

— Além disso, faz parte da experiência universal da morte. Quer você pense nisso conscientemente ou não, em algum nível você sabe que as pessoas estão pensando com seus botões: "Antes ele do que eu". É uma coisa natural. Você não deve ter raiva das pessoas por isso, nem lhes desejar o mal.

— Todo mundo, menos minha mulher. Ela quer morrer primeiro.

— Será que quer mesmo?

Trocamos um aperto de mãos à frente da biblioteca. Agradeci-lhe a sinceridade.

— Em última análise, o problema todo é esse — disse Murray. — A pessoa passa a vida toda se despedindo dos outros. Como é que ela se despede de si própria?

Joguei fora arame de moldura, suportes de livros de metal, descansos de copos de cortiça, chaveiros de plástico, vidros empoeirados de mercurocromo e vaselina, pincéis endurecidos de tinta, escovas de sapato com crostas de graxa nas cerdas, fluido corretivo empedrado. Joguei fora tocos de velas, peças de jogo americano de mesa, pegadores de panelas desfiados. Procurei cabides forrados, pranchetas magnéticas. Eu me sentia vingativo, quase selvagem. Sentia um rancor pessoal dirigido contra essas coisas. De algum modo, elas eram responsáveis pela minha situação. Elas haviam me estorvado, me impedido de fugir. As duas meninas me seguiam, guardando um silêncio respeitoso. Joguei fora meu velho cantil cáqui, minhas ridículas botas de cano longo. Joguei fora diplomas, certificados, prêmios e menções honrosas. Quando as meninas me fizeram parar, eu estava atacando os banheiros, jogando fora sabonetes gastos, toalhas úmidas, vidros de xampu com rótulos rasgados e sem tampas.

CARO CLIENTE: Dentro de alguns dias seu novo cartão automático lhe será entregue pelo correio. Se o cartão for vermelho com uma tarja prateada, sua senha secreta será a mesma de agora. Se for verde com tarja cinzenta, V. deverá comparecer à sua agência bancária, munido do cartão, para registrar a nova senha. É comum utilizar como senha a data de nascimento. AVISO: Não escreva sua senha. Não ande com sua senha anotada. LEMBRE: V. só pode ter acesso à sua conta se sua senha for digitada corretamente. Decore sua senha. Não a revele a ninguém. Somente a sua senha lhe permite ter acesso ao sistema.

38

Minha cabeça estava entre os seios de Babette, lugar muito frequentado por mim ultimamente. Babette acariciou meu ombro.

— Murray diz que o problema é que não reprimimos nosso medo.

— Reprimimos?

— Algumas pessoas têm esse dom, outras não.

— Dom? Eu pensava que repressão estivesse fora de moda. Há anos que vivem nos dizendo pra não reprimirmos nossos medos e desejos. Repressão causa tensão, ansiedade, infelicidade, mil doenças e sintomas. Eu pensava que a última coisa que a gente devia fazer era reprimir alguma coisa. Vivem dizendo que a gente deve falar sobre os nossos medos, entrar em contato com nossos sentimentos.

— Mas não entrar em contato com a morte. A morte é tão forte que a gente deve reprimi-la, pelo menos quem sabe fazer isso.

— Mas a repressão é uma coisa totalmente falsa e mecânica. Todo mundo sabe. Não se deve negar a própria natureza.

— É natural negar nossa natureza, diz o Murray. É justamente o que nos separa dos animais.

— Mas isso é loucura.

— É a única maneira de sobreviver — disse eu, o rosto enfiado entre os seios fartos.

Babette acariciava meu ombro, pensando nisso. Imagens cinzentas de um homem vago ao lado de uma cama de casal. O corpo distorcido, instável, inacabado. Não era necessário imaginar sua companheira de quarto de motel. Nossos corpos compunham uma única superfície, o meu e o dela, porém as delícias do contato eram prejudicadas pela presença do sr. Gray. Era o prazer dele que eu experimentava, o controle que ele exercia sobre Babette, seu poder barato e mesquinho. Veio do corredor uma voz entusiástica: "Se você vive perdendo o barbante, é só colocá-lo numa cestinha Barney, espetar um alfinete no quadro de avisos da cozinha, prender a cestinha no alfinete. É simples!".

No dia seguinte comecei a levar a Zumwalt automática à faculdade. Ficava no bolso da minha jaqueta quando eu dava aula, na primeira gaveta da minha mesa quando eu recebia visitas na minha sala. A arma criava uma segunda realidade para eu habitar. O ar era claro, rodopiando em torno da minha cabeça. Sentimentos sem nome me comprimiam o peito, me excitavam. Era uma realidade que eu podia controlar, dominar em segredo.

Como eram bobas todas aquelas pessoas que entravam na minha sala desarmadas.

Num fim de tarde, tirei a arma da gaveta e examinei-a minuciosamente. Só restavam três balas no pente. Eu queria saber onde Vernon Dickey havia disparado o chumbo ausente (se é assim que as pessoas que lidam com armas se referem às balas). Quatro comprimidos de Dylar, três balas de Zumwalt. Por que motivo surpreendi-me ao constatar que as balas tinham um formato absolutamente inconfundível de bala? Creio que eu pensava que praticamente todos os objetos haviam recebido nomes e formas diferentes nas décadas que haviam se passado desde a época em que aprendi a reconhecer os objetos e compreender suas funções. A arma tinha mesmo forma de arma, e os pequenos projéteis tinham forma de bala, o que me tranquilizava. Eram como objetos infantis que a gente encontra quarenta anos depois, e pela primeira vez compreende que são geniais.

Naquela noite, ouvi Heinrich em seu quarto cantando *The streets of Laredo* com uma voz plangente. Fui até lá para perguntar-lhe se Orest já havia entrado na jaula.

— Disseram que era uma coisa desumana. Em lugar nenhum deixaram que ele fizesse o que queria, oficialmente. O jeito foi partir para a clandestinidade.

— Onde?

— Watertown. Orest e o treinador. Lá eles encontraram um tabelião que afirmou que atestaria que Orest Mercator havia passado tantos dias fechado num lugar com répteis venenosos etc. etc.

— E onde que eles iam achar uma jaula de vidro grande em Watertown?

— Não acharam.

— E aí?

— Pegaram um quarto no único hotel da cidade. E só arranjaram três cobras. E ele foi mordido em quatro minutos.

— Quer dizer que o hotel deixou que eles levassem cobras venenosas pra dentro do quarto?

— O hotel não sabia. O homem que arranjou as cobras veio com elas dentro de uma dessas sacolas de companhia aérea. Foi a maior embromação, e o homem só trouxe três cobras em vez das vinte e sete combinadas.

— Em outras palavras, o homem tinha dito que conseguia arranjar vinte e sete cobras.

— Venenosas. Mas não eram. E o Orest foi picado à toa. O panaca.

— De repente ele virou panaca, é?

— E eles cheios de soro antiofídico à toa. Só levou quatro minutos.

— Como que ele está se sentindo?

— Como você se sentiria se fosse um panaca?

— Feliz por estar vivo — respondi.

— Orest, não. Ele sumiu de circulação. Se enclausurou completamente. Desde que o lance todo aconteceu que ninguém sabe dele. Não abre a porta, não atende o telefone, não vai à aula. Nada.

Resolvi ir até minha sala na faculdade e dar uma olhada nuns exames finais. A maioria dos estudantes já havia ido embora, ansiosos por começar a rotina hedonista de mais um verão, andar de pernas e braços nus. O campus estava escuro e vazio. Havia uma névoa esvoaçante. Ao passar por uma fileira de árvores, tive a impressão de que alguém estava me seguindo, uns dez metros atrás de mim. Quando olhei para trás, a rua estava deserta. Seria a arma que estava me fazendo ficar sobressaltado? Será que uma arma atrai violência, atrai outras armas para o círculo de força que a cerca? Apressei o passo, rumo ao Centenary Hall. Ouvi passos inconfundíveis sobre o cascalho. Havia alguém lá, perto do estacionamento, no meio das árvores e da neblina. Se eu estava armado, por que sentia medo? Se estava com medo, por que não corria? Contei cinco passos, olhei rapidamente para a esquerda, vi uma figura caminhando paralelamente a mim, entrando e saindo da sombra profunda. Comecei a correr desajeitadamente, a mão no bolso que continha a arma, segurando a coronha. Quando olhei novamente, não havia ninguém. Desconfiado, diminuí o passo, atravessei um amplo gramado, ouvi alguém correndo, passos rápidos e ritmados. Dessa vez ele vinha da direita, a toda velocidade, se aproximando depressa. Comecei a correr em zigue-zague, para atrapalhar quem estivesse tentando atirar em mim. Eu nunca havia corrido em zigue-zague. Mantinha a cabeça baixa, mudava de direção súbita e imprevisivelmente. Era uma maneira interessante de correr. Fiquei surpreso ao constatar a variedade de possibilidades, o número de combinações diferentes de guinadas para a esquerda e para a direita. Virei para a esquerda numa curva fechada, abri a curva, guinei subitamente para a direita, fingi que ia para a esquerda, virei mesmo para a esquerda, fiz uma curva aberta para a direita. Cerca de vinte metros depois do final da área descampada, parei de zanzar e comecei a correr em linha reta a toda velocidade, em direção a um carvalho. Estiquei o braço esquerdo, deslizei ao redor da árvore, rodopiando em contramovimento, e ao mesmo tempo tirei do bolso da jaqueta a Zumwalt com a mão direita, de modo que agora eu estava de frente para meu perseguidor, protegido pelo tronco da árvore, a arma pronta para ser usada.

Eu nunca fora tão ágil em toda a minha vida. Fiquei encarando a neblina, ouvindo os passinhos regulares de meu perseguidor. Quando reconheci as passadas longas e desengonçadas, guardei a arma no bolso. Era Winnie Richards, naturalmente.

— Oi, Jack. Não o reconheci à primeira vista, por isso me escondi. Quando vi que era você, pensei com meus botões: é justamente a pessoa com quem eu quero falar.

— Por quê?

— Lembra daquela vez que você me perguntou se eu sabia alguma coisa sobre um grupo secreto de pesquisas? Pesquisando o medo da morte? Tentando desenvolver uma droga?

— Claro. Dylar.

— Ontem na minha sala achei um periódico que alguém largou lá. O *American Psychobiologist*. Tinha um artigo curioso. Realmente o tal grupo existia. Financiado por uma grande multinacional. Trabalhando num esquema de sigilo total num prédio sem nenhuma placa perto de Iron City.

— Por que o sigilo?

— Óbvio. Para impedir espionagem por parte de uma firma concorrente. Mas o fato é que eles chegaram muito perto do que queriam realizar.

— O que aconteceu?

— Um monte de coisas. O gênio do projeto, um dos elementos principais da coisa toda, era um tal de Willie Mink. Ele é um sujeito muito polêmico. Faz umas coisas muito, mas muito polêmicas.

— Aposto que já sei qual é a primeira coisa que ele faz. Bota um anúncio num tabloide bem vagabundo pedindo voluntários pra uma experiência perigosa. O título é MEDO DA MORTE.

— Isso mesmo, Jack. Um anúncio num jornaleco bem porcaria. Ele entrevista os candidatos num quarto de motel, testa a integração emocional e mais umas outras coisas e tenta determinar o perfil de morte de cada um. Entrevistas num motel. Quando os cientistas e advogados descobrem isso, entram em parafuso. Dão um esculacho no Mink, resolvem investir tudo em testes no computador. Parafuso mesmo.

— Mas a coisa não fica por isso mesmo.

— Justamente. Apesar de agora o Mink estar sempre vigiado, um dos voluntários consegue furar o bloqueio de controle e passa a ser usado num programa mais ou menos sem supervisão de experimentação, tomando uma droga totalmente desconhecida, que nunca foi testada nem aprovada, com efeitos colaterais capazes de derrubar uma baleia. Um ser humano em boas condições físicas, não supervisionado.

— Do sexo feminino.

— Justamente. Periodicamente ela se encontra com Mink no mesmo motel onde foram realizadas as entrevistas, às vezes chegando de táxi, às vezes a pé, vindo da rodoviariazinha decadente da cidade. E o que ela está usando, Jack?

— Não sei.

— Uma máscara de esquiador. É a mulher mascarada. Quando os outros descobrem a última peraltice do Mink, há um longo período de controvérsia, animosidade, litígio e vergonha. As grandes empresas farmacêuticas também têm lá o seu código de ética, como eu e você. O coordenador do projeto é despedido, o projeto continua sem ele.

— O artigo diz que fim levou o homem?

— O repórter conseguiu encontrá-lo. Continua morando no mesmo motel onde toda a confusão aconteceu.

— Onde é o tal motel?

— No Bairro Alemão.

— Onde é isso?

— Em Iron City. Atrás da fundição.

— Eu não sabia que tinha um lugar em Iron City chamado Bairro Alemão.

— Não tem mais alemão nenhum lá, é claro.

Fui direto para casa. Denise estava fazendo marcas num livro intitulado *Lista de números que podem ser chamados a cobrar de graça*. Encontrei Babette sentada ao lado da cama de Wilder, lendo uma história para ele.

— Não tenho nada contra você andar de jogging — disse eu. — É uma roupa prática pra se usar, às vezes. Mas eu preferia que você botasse outra roupa quando fosse ler histórias pra Wilder ou fazer tranças no cabelo de Steffie. Há nesses momentos algo de comovente que o jogging estraga.

— Talvez eu esteja de jogging por um bom motivo.

— Por exemplo?

— Vou correr.

— Isso é uma boa ideia? De noite?

— O que que tem a noite? É uma coisa que acontece sete vezes por semana. Qual o problema?

— Está escuro, está úmido.

— A gente por acaso mora num deserto com sol sempre a pino? O que que tem o úmido? A gente vive no úmido.

— Babette não fala assim.

— Será que a vida tem que parar porque metade da Terra

está escura? Tem alguma coisa na noite que fisicamente atrapalha quem quer correr? Preciso ficar ofegante, de língua de fora. O que é escuridão? É só um outro nome para a luz.

— Ninguém vai conseguir me convencer de que a Babette que eu conheço realmente tem vontade de subir a arquibancada correndo às dez horas da noite.

— Não é uma questão de vontade, é necessidade. Minha vida está fora do âmbito da vontade. Eu faço o que tenho que fazer. Eu fico ofegante, ponho a língua de fora. Toda pessoa que corre compreende essa necessidade.

— Por que é que você tem que subir correndo uma arquibancada? Você não é nenhuma atleta profissional que está tentando curar um joelho machucado. Você devia correr no plano. Não leve a coisa tão a sério. Hoje tudo se leva a sério.

— É a minha vida. Eu tento levar tudo a sério.

— Não é a sua vida. É só exercício.

— Quem corre precisa — disse ela.

— Eu também preciso, e essa noite preciso do carro. Não me espere voltar. Sei lá quando vou voltar.

Aguardei que ela me perguntasse qual a missão misteriosa que me obrigava a pegar o carro e sair naquela noite chuvosa, sem hora para voltar.

— Não posso ir a pé até o estádio, subir a arquibancada correndo cinco ou seis vezes e depois voltar pra casa a pé. Você podia me levar até lá, esperar, me trazer de volta. Depois o carro é todo seu.

— Não quero. O que acha disso? Se você quer o carro, pegue o carro. As ruas estão escorregadias. Você sabe o que isso quer dizer, não sabe?

— O quê?

— Use o cinto de segurança. Além disso, está frio. Você sabe o que isso quer dizer.

366

— O quê?

— Use a sua máscara de esquiador.

O termostato começou a zumbir.

Vesti um casaco e saí. Desde a nuvem tóxica que os nossos vizinhos, os Stover, mantinham o carro fora da garagem, virado para a rua, com a chave dentro. Fui até lá e entrei no carro. Havia recipientes para lixo afixados ao painel e ao encosto dos bancos, sacos plásticos cheios de papel de chiclete, canhotos de bilhetes, lenços de papel sujos de batom, latas de refrigerante amassadas, circulares e recibos amassados, cinzas, palitos de pirulitos, batatas fritas, cupons amassados, guardanapos de papel amassados, pentes de bolso quebrados. Estando familiarizado com estes objetos, dei a partida no motor, acendi os faróis e saí.

Furei um sinal vermelho quando atravessei Middlebrook. Ao chegar ao final do acesso à estrada, não parei para dar a vez ao trânsito da via preferencial. Até chegar a Iron City, eu sentia uma sensação de sonho, de libertação, de irrealidade. Diminuí a velocidade quando cheguei ao pedágio, mas não me dei ao trabalho de jogar uma moeda dentro da cesta. Um alarme soou, mas ninguém me perseguiu. O que são vinte e cinco centavos para um estado com uma dívida de bilhões de dólares? O que são vinte e cinco centavos quando se está num carro roubado que vale nove mil dólares? Deve ser assim que as pessoas escapam da atração gravitacional da Terra, aquele cair de folhas que a cada momento nos aproxima da morte. Simplesmente parar de obedecer. Roubar em vez de comprar, atirar em vez de falar. Avancei mais dois sinais nas estradas de acesso a Iron City. Chovia. Nos arredores da cidade os prédios eram compridos e baixos, mercados de peixe e hortigranjeiros, frigoríficos com velhos baldaquinos de madeira. Entrei na cidade e liguei o rádio, sentindo necessidade de companhia não na estrada vazia, e sim aqui, nas ruas de paralelepípedos, à luz das lâmpadas de vapor de sódio, onde o vazio gruda na gente. Toda cidade tem seus bairros. Passei pelo bairro dos carros abandonados, o bairro do lixo não recolhido, o bairro dos tiroteios, os bairros dos sofás incendiados e vidros quebrados. Os pneus passavam por cima de vidro quebrado. Eu ia em direção à fundição.

Memória de Acesso Randômico, Síndrome de Imunodeficiência Adquirida, Destruição Mútua Assegurada.

Eu continuava me sentindo extraordinariamente leve — mais leve que o ar, incolor, inodor, invisível. Porém, ao redor da leveza, da sensação de sonho, alguma outra coisa se formava, uma emoção de natureza diferente. Um ímpeto, uma vontade, uma agitação das paixões. Enfiei a mão no bolso, esfreguei os nós dos dedos na textura áspera do aço do cano da Zumwalt. O homem do rádio disse: "A oferta não é válida onde for proibida".

39

Dei duas voltas em torno da fundição, à procura de sinais deixados pelos alemães de outrora. Passei por uma fileira de casas idênticas. Ficavam numa ladeira íngreme, casas de madeira de fachada estreita, uma escadinha de tetos angulosos. Passei pelo terminal rodoviário. Chovia forte. Levei algum tempo para encontrar o motel, um prédio de um andar encostado na muralha de concreto de um viaduto. O nome era Motel Roadway.

Prazeres efêmeros, medidas drásticas.

O lugar estava deserto, um bairro de armazéns e fábricas pintadas a pistola. O motel tinha nove ou dez quartos, todos escuros; não havia nenhum carro estacionado na frente. Passei três vezes pelo lugar, examinando a cena, e parei a um quarteirão dali, embaixo do viaduto, no meio do entulho. Então fui a pé até o motel. Eram os três primeiros componentes do meu plano.

Meu plano era o seguinte. Passar pela cena da ação várias vezes, parar o carro a uma certa distância, voltar a pé, localizar o sr. Gray com seu nome verdadeiro ou falso, dar-lhe três tiros no ventre porque é onde dói mais, limpar da arma as impressões digitais, colocar a arma na mão incompleta da vítima, encontrar um creiom ou batom e rabiscar um bilhete de suicida enigmático no espelho grande, pegar os comprimidos de Dylar encontrados com a vítima, voltar ao carro, pegar a autoestrada, seguir em direção a Blacksmith, pegar a velha estrada do rio, largar o carro de Stover na garagem do Velho Treadwell, fechar a porta da garagem, voltar para casa a pé no meio da chuva e da névoa.

Elegante. A sensação aérea voltou. Minha consciência estava progredindo. Eu me via a mim mesmo dando cada passo. A cada um, eu me dava conta de processos, componentes, coisas relacionadas com outras coisas. Caía água na terra, em gotas. Eu via as coisas como se fossem novas.

Havia um toldo de alumínio na porta da gerência. Na porta em si havia umas letrinhas de plástico dispostas em ranhuras, formando uma mensagem. A mensagem era: NU MISH BOOT ZUP KO.

Besteira, porém besteira de alta qualidade. Fui costeando a parede, olhando pelas janelas. Meu plano era o seguinte: me colocar ao lado da janela com as costas grudadas à parede, virar a cabeça e olhar perifericamente para dentro do quarto. Algumas das janelas tinham persianas e estores empoeirados, outras não tinham nada. Pude divisar vultos de cadeiras e camas nos quartos escuros. Caminhões deslocavam-se pesadamente no viaduto. Na penúltima janela, havia um pouquinho de luz. Coloquei-me ao lado dela e fiquei escutando. Virei a cabeça, olhei para dentro do quarto com o canto do olho direito. Havia uma pessoa sentada numa poltrona baixa, olhando para cima, para a luz bruxuleante. Senti que eu fazia parte de uma rede de estruturas e canais. Eu conhecia a natureza precisa dos eventos. Eu estava me aproximando das coisas em seu estado real à medida que me aproximava da violência, uma intensidade esmagadora. Caía água em gotas, superfícies brilhavam.

Ocorreu-me que não era necessário bater. A porta estaria aberta. Peguei a maçaneta, abri a porta delicadamente, entrei no quarto. Sorrateiro. Foi fácil. Tudo seria fácil. Eu estava dentro do quarto, recebendo sensações, captando a atmosfera do quarto, a densidade do ar. Informações me acorriam, lentamente, aos poucos. A pessoa era do sexo masculino, naturalmente, e estava largada sobre a poltrona de pés curtos. Trajava uma camisa havaiana e uma bermuda com logotipo de cerveja Budweiser. Nos pés, tinha sandálias de plástico. A poltrona velha, a cama desfeita, o carpete de fábrica, a cômoda mambembe, as paredes verdes melancólicas, as rachaduras no teto. A tevê flutuando no ar, num suporte de metal, apontando para o homem.

Ele foi o primeiro a falar, sem tirar os olhos da tela bruxuleante.

— Você está com um problema emocional ou espiritual?

Eu estava encostado na porta.

— Você se chama Mink — disse eu.

Depois de algum tempo ele olhou para mim, para aquele vulto grandalhão e simpático, de ombros caídos e rosto inexpressivo.

— Que espécie de nome é Willie Mink? — perguntei.

— Prenome e sobrenome. Como qualquer um.

Teria ele sotaque? O rosto era estranho, côncavo, testa e queixo proeminentes. Estava vendo tevê com o som abaixado.

— Em alguns carneiros selvagens foram instalados radiotransmissores — disse ele.

Eu sentia a pressão e a densidade das coisas. Tanta coisa estava acontecendo. Sentia as moléculas ativadas no meu cérebro, deslocando-se ao longo dos neurônios.

— Você veio atrás de umas doses de Dylar, naturalmente.

— Naturalmente. Não podia ser outra coisa, não é?

— Não é? Acabar com o medo.

— Acabar com o medo. Lavar a alma.

— Lavar a alma. É pra isso que me procuram.

Era esse o meu plano. Entrar de repente, conquistar a confiança da vítima, esperar por um momento de descuido, sacar a Zumwalt, dar três tiros no ventre, onde a agonia é mais demorada, pôr a arma na mão da vítima, para parecer o suicídio de um homem solitário, escrever coisas semicoerentes no espelho, largar o carro de Stover na garagem de Treadwell.

— Quem vem aqui tem que aceitar certos padrões de comportamento — disse Mink.

— Que padrões?

— Padrões de comportamento de quarto. A razão de ser dos quartos é eles serem dentro. Ninguém deve entrar num quarto sem saber disso. As pessoas se comportam de um jeito nos quartos, de outro nas ruas, parques e aeroportos. Entrar num quarto é aceitar se comportar segundo certos padrões. Segue-se que tais padrões deverão ser os apropriados aos quartos, e não aos estacionamentos ou praias. Essa é a razão de ser dos quartos. Ninguém deve entrar num quarto sem conhecê-la. Há um acordo tácito entre a pessoa que entra num quarto e a pessoa em cujo quarto ela entrou, que é um quarto e não um anfiteatro, nem uma piscina ao ar livre. O objetivo de um quarto deriva-se da natureza especial do quarto. O quarto fica dentro. É em relação a isto que devem concordar as pessoas que estão num quarto e não num gramado, num campo, num pomar.

Eu estava de pleno acordo. Aquilo era absolutamente sensato. Pois eu estava ali justamente para definir, ajustar a alça de mira, fazer pontaria. Ouvi um ruído, fraco, monótono, branco.

— Se você quer projetar um suéter — disse ele —, a primeira coisa é decidir qual o tipo de manga que se adapta às suas necessidades.

O nariz era chato, a pele da cor de um amendoim da Planter's. Qual a geografia de um cara em forma de colher? Seria ele melanésio, polinésio, indonésio, nepalês, surinamês, sino-holandês? Seria vários indivíduos num só? Quantas pessoas vinham aqui atrás do Dylar? Onde ficava o Suriname? Como estava se saindo meu plano?

Examinei sua camisa estampada com palmeiras, o logotipo da Budweiser estampado na bermuda, grande demais. Os olhos estavam semicerrados. O cabelo era comprido e espetado. Ele estava esparramado na poltrona, na posição de um viajante que perdeu o avião, alguém que há muito tempo se cansou de esperar, se cansou do vozerio do aeroporto. Comecei a ter pena de Babette. Fora isto a sua última esperança de refúgio e tranquilidade, esse homem quase sem pulso, agora reduzido à condição de traficante, de cabelo espetado, enlouquecendo num motel morto.

Fragmentos auditivos, farrapos, poeiras rodopiando. Realidade acentuada. Densidade que era também transparência. Superfícies reluzentes. Água batendo no telhado em massas esféricas, glóbulos, partículas que se espatifavam. Perto de uma violência, perto de uma morte.

— Os animais de estimação, quando sob tensão, podem precisar de uma dieta especial — disse ele.

Naturalmente, ele não fora sempre assim. Já havia sido coordenador de projeto, dinâmico, exigente. Mesmo agora dava para ver em seu rosto, em seus olhos, os últimos vestígios de uma astúcia, uma inteligência empreendedora. Ele pôs a mão no bolso, tirou um punhado de comprimidos brancos, jogou-os em direção à boca. Alguns entraram, alguns caíram fora. As pílulas em forma de disco voador. O fim do medo.

— De onde você é, Willie, se posso chamar você de Willie?

Ele se pôs a pensar, tentando lembrar. Eu queria fazê-lo ficar à vontade, fazê-lo falar de si próprio, falar sobre o Dylar. Aquilo fazia parte do plano. Meu plano era o seguinte. Virar a cabeça e olhar dentro dos quartos, deixá-lo à vontade, esperar por um momento de descuido, atirar três vezes nos intestinos para doer o máximo, levar o Dylar, pegar a estrada do rio, fechar a porta da garagem, ir para casa a pé, no meio da chuva e da névoa.

— Eu não era como você me vê agora.

— Justamente o que eu estava pensando.

— Eu tinha um trabalho importante. Eu me invejava. A morte sem medo é uma coisa cotidiana. Pode-se viver assim. Aprendi inglês assistindo à tevê americana. Transei sexo americano pela primeira vez em Port-O-San, Texas. Tudo o que diziam era verdade. Pena que eu não me lembro.

— Você está dizendo que não há morte tal como a conhecemos sem o medo. As pessoas se ajustariam a ela, aceitariam sua inevitabilidade.

— O Dylar fracassou, com relutância. Mas um dia vem, sem dúvida. Talvez agora, talvez nunca. O calor da sua mão faz a folha de ouro grudar no painel encerado.

— Mais cedo ou mais tarde vão encontrar um remédio eficaz, é o que você está dizendo. Um remédio pro medo.

— Seguido de uma morte maior. Mais eficaz, mais produtiva. É isto que os cientistas não entendem, esfregando Woolite nos guarda-pós deles. Não que eu tenha nada contra a morte, vista aqui do alto do Estádio Metropolitano.

— Você está dizendo que a morte se adapta? Que escapa das nossas tentativas de abordá-la racionalmente?

Isso era parecido com uma coisa que Murray dissera uma vez. Murray também tinha dito: "Pense só no impacto visceral de ver seu adversário sangrando no pó. Ele morre, você vive".

Perto da morte, perto do impacto de projéteis de metal

contra carne humana, o impacto visceral. Vi Mink engolir mais pílulas, jogando-as na cara, chupando-as como se fossem balas, os olhos fixos na tela bruxuleante. Ondas, raios, feixes coerentes. Eu via as coisas como se fossem novas.

— Cá entre nós — disse ele —, eu como esse troço que nem bala.

— Justamente o que eu estava pensando.

— Quanto que você quer comprar?

— Quanto que eu preciso?

— Você me parece um sujeito de cinquenta anos, mais ou menos, corpulento. É uma descrição razoável da sua angústia? Vejo você de jaqueta cinzenta e calça marrom. Me diga se acertei. Pra converter Fahrenheit em Celsius, é assim que faz.

Fez-se uma pausa. As coisas começaram a brilhar. A poltrona velha, a cômoda mambembe, a cama desfeita. A cama tinha rodinhas nos pés. Pensei: esta é a figura cinzenta que me atormenta, o homem que possuiu minha mulher. Teria ela empurrado a cama pelo quarto, com ele deitado, tomando pílulas? Ou cada um ficara deitado de um lado da cama, com braço no chão, para fazerem a cama andar? Será que a cama dançava quando eles faziam amor, transbordando travesseiros e lençóis sobre as rodinhas? E ei-lo agora, brilhando no escuro, com um sorriso senil.

— Eu mal esqueço as vezes que eu tive nesse quarto — disse ele —, antes de eu me perder. Tinha uma mulher com máscara de esquiador, cujo nome me esqueço. Sexo americano, eu lhe digo, foi assim que aprendi inglês.

A atmosfera estava cheia de materiais extrassensoriais. Mais perto da morte, mais perto da mediunidade. Uma intensidade esmagadora. Dei dois passos em direção ao centro do quarto. Meu plano era elegante. Avançar gradualmente, conquistar a confiança da vítima, sacar a Zumwalt, dar três tiros em seu abdômen visando o máximo de agonia intestinal, limpar as impressões digitais da arma, escrever mensagens suicidas herméticas nos espelhos e paredes, levar todo o Dylar, voltar para o carro, pegar a autoestrada, seguir para Blacksmith, deixar o carro de Stover na garagem de Treadwell, voltar para casa a pé, no meio da chuva e da névoa.

Ele engoliu mais pílulas, jogou outras em cima da bermuda. Dei mais um passo à frente. Havia comprimidos de Dylar quebrados por todo o tapete à prova de fogo. Pisados, pisoteados. Ele jogou umas pílulas na tela da tevê. A televisão era de nogueira envernizada com botões cromados. A imagem pulava o tempo todo.

— Agora eu pego meu tubo de ouro metálico — disse ele. — Com minha espátula e terebintina inodora, vou engrossar a tinta que está na palheta.

Lembrei o que Babette dissera sobre os efeitos colaterais da droga. Como quem faz um teste, eu disse:

— Avião caindo.

Ele me olhou, agarrando os braços da poltrona, pela primeira vez com sinais de pânico surgindo nos olhos.

— Avião caindo rapidamente — disse, pronunciando as palavras secamente, cheio de autoridade.

Ele chutou para longe as sandálias, encolheu-se na posição recomendada para desastres de avião, a cabeça para a frente, as mãos entrelaçadas atrás dos joelhos. Fez aquilo automaticamente, com destreza e flexibilidade extraordinárias, dando tudo, como uma criança ou um mímico. Interessante. A droga não apenas o fazia confundir as palavras com as coisas que elas designavam como também o fazia agir de modo um tanto estilizado. Fiquei a olhá-lo, encolhido, tremendo. Era esse o meu plano. Olhar perifericamente para dentro do quarto, entrar de repente, reduzi-lo ao pavor, atirar no intestino no máximo três vezes, pegar a estrada do rio, fechar a porta da garagem.

Dei mais um passo em direção ao centro do quarto. Enquanto a imagem da tevê pulava, tremia, enrolava-se, Mink parecia espertar. A natureza precisa dos eventos. As coisas em seu estado real. Por fim conseguiu sair daquela posição fetal, levantou-se, sua forma bem delineada contra o ar tenso. O quarto cheio de ruído branco.

— Contém ferro, niacina e riboflavina. Aprendi inglês nos aviões. É a língua internacional da aviação. Por que você está aqui, homem branco?

— Pra comprar.

— Você é muito branco, sabia?

— É porque estou morrendo.

— Esse remédio resolve o seu problema.

— Mas vou morrer assim mesmo.

— Mas você não vai ligar, o que dá no mesmo. Alguns desses golfinhos brincalhões foram equipados com radiotransmissores. Suas longas viagens pelos mares podem nos ensinar alguma coisa.

Minha consciência continuava a progredir. As coisas brilhavam, uma vida secreta emanava delas. Batia água no telhado em esferoides alongados que se espatifavam. Pela primeira vez compreendi o que era a chuva. Sabia o que era o úmido. Compreendia a neuroquímica do meu cérebro, o significado dos sonhos (o refugo das premonições). Coisas incríveis por toda a parte, atravessando o quarto como raios, como raios lentos. Uma abundância, uma densidade. Eu acreditava em tudo. Eu era budista, jainista, batista de Duck River. Minha única tristeza era Babette ter de beijar um rosto de colher.

— Ela vinha com uma máscara de esquiador pra não me beijar no rosto, coisa que ela dizia que não se fazia nos Estados Unidos. Eu disse a ela que os quartos ficam dentro. Não entre num quarto sem aceitar isso. Isso é que distingue os quartos dos litorais em formação, placas tectônicas. Ou então você pode comer cereais naturais, legumes naturais, ovos naturais, nada de peixe, nada de frutas. Ou então frutas, legumes, proteína animal, nada de cereais, nada de leite. Ou então muito leite de soja, que tem vitamina B-12, muito legume pra controlar a secreção de insulina, mas nada de carne, nada de peixe, nada de fruta. Ou então carne branca, mas nada de carne vermelha. Ou então vitamina B-12, mas nada de ovos. Ou então ovos, mas nada de cereal. Há mil e uma combinações possíveis.

Agora eu estava pronto para matá-lo. Mas eu não queria comprometer o plano. O plano era complexo. Passar pela cena várias vezes, chegar ao motel a pé, virar a cabeça para olhar para dentro dos quartos perifericamente, localizar o sr. Gray com seu nome verdadeiro, entrar de repente, conquistar sua confiança, avançar gradualmente, reduzi-lo ao terror, esperar um momento de descuido, sacar a Zumwalt automática calibre 25, dar três tiros no ventre para a morte ser a mais lenta, a dor a mais profunda e intensa, limpar as impressões digitais da arma, colocar a arma na mão da vítima para parecer o suicídio banal e previsível de um solitário residente de motel, rabiscar palavras grosseiras nas paredes com o próprio sangue da vítima para ficar bem claro seu fanatismo alucinado, levar todo o Dylar da vítima, voltar para o carro, pegar a autoestrada até Blacksmith, largar o carro de Stover na garagem de Treadwell, fechar a porta da garagem, voltar para casa a pé no meio da chuva e da névoa.

Avancei até a área de luz bruxuleante, saindo das sombras, tentando parecer ameaçador. Pus a mão no bolso, agarrei a arma. Mink olhava atentamente para a tela. Eu disse, com uma voz suave, com a mão ainda no bolso:

— Saraivada de balas.

Mink caiu ao chão, começou a rastejar em direção ao banheiro, olhando para trás, por cima do ombro, como uma criança, como quem faz uma mímica, utilizando princípios avançados de design porém manifestando um terror verdadeiro, um medo aviltante, brilhante. Fui atrás dele até o banheiro, passando pelo espelho grande onde ele certamente havia posado com Babette, seu membro peludo balançando como um pênis de ruminante.

— Fuzilaria — sussurrei.

Ele tentou se esconder atrás da privada, os dois braços sobre a cabeça, as pernas bem juntas. Eu fiquei à porta, ameaçador, consciente de minha postura ameaçadora, me vendo do ponto de vista de Mink, ampliado, assustador. Era hora de dizer quem eu era. Isso fazia parte do meu plano. Meu plano era o seguinte. Dizer a ele quem eu era, explicar-lhe o motivo de sua morte lenta e dolorida. Revelei meu nome, expliquei meu relacionamento com a mulher da máscara de esquiador.

Mink pôs a mão na virilha, tentou enfiar-se debaixo da caixa d'água atrás do vaso. A intensidade do barulho no quarto era a mesma em todas as frequências. Som por toda parte. Saquei a Zumwalt. Grandes emoções inomináveis latejavam em meu peito. Eu sabia quem eu era na rede de significados. Caía água sobre a terra, em gotas, tornando as superfícies reluzentes. Eu via as coisas como se fossem novas.

Mink tirou uma das mãos da virilha, pegou no bolso mais umas pílulas, jogou-as na boca aberta. Seu rosto aparecia na extremidade do banheiro branco, um zumbido branco, a superfície interna de uma esfera. Ele sentou-se no chão, rasgou a camisa para procurar mais pílulas. Seu medo era lindo. Ele disse:

— Você nunca quis saber por que, de todos os trinta e dois dentes, esses quatro dão tanto problema? Darei a resposta dentro de um minuto.

Puxei o gatilho da arma, da pistola, da arma de fogo, da automática. O som foi crescendo como uma bola de neve naquele recinto branco, adquirindo ondas refletidas. O sangue esguichou da cintura da vítima. Um arco delicado. Maravilhava-me a cor viva, aquela cor criada por células desprovidas de núcleo. O jorro foi minguando, tornando-se um simples fio de sangue, espalhando-se pelo chão ladrilhado. Eu enxergava além das palavras. Eu sabia o que era o vermelho, via-o em termos de frequência de onda dominante, luminosidade, pureza. A dor de Mink era linda, intensa.

Dei um segundo tiro só por dar, para reviver a experiência, ouvir as ondas sonoras se propagando pelo recinto em camadas, sentir o coice em meu braço. A bala atingiu-o bem ao lado do osso ilíaco direito. Uma mancha cor de vinho surgiu em sua bermuda e sua camisa. Parei para olhá-lo. Estava estatelado entre o vaso sanitário e a parede, calçando apenas uma sandália, os olhos totalmente brancos. Tentei me ver pelos olhos de Mink. Ameaçador, dominante, ganhando vida, armazenando crédito de vida. Mas ele já estava moribundo demais para ver o que fosse.

A coisa estava indo bem. Fiquei satisfeito ao constatar como estava indo bem. Os caminhões passavam ruidosamente pelo viaduto. A cortina do box cheirava a vinil mofado. Uma riqueza, uma intensidade esmagadora. Aproximei-me do vulto sentado, evitando pisar no sangue, para não deixar marcas comprometedoras. Tirei do bolso meu lenço, limpei a arma, coloquei-a na mão de Mink, removendo o lenço cuidadosamente, colocando os dedos ossudos da vítima, um por um, ao redor da coronha, delicadamente enfiando o dedo indicador no gatilho. Ele espumava um pouco no canto da boca. Dei um passo para trás, para contemplar a consequência daquele momento devastador, daquela cena de violência esquálida, de morte solitária à margem da sociedade. Era esse o meu plano. Dar um passo atrás, contemplar a cena esquálida, verificar se tudo estava no lugar.

Os olhos de Mink caíram do crânio. Eles brilharam por um instante. Ele levantou a mão e puxou o gatilho, me atingindo no pulso.

O mundo implodiu, todas aquelas texturas e conexões vívidas ficaram soterradas sob um monte de banalidade. Fiquei desapontado. Machucado, aturdido e desapontado. Que fim levara o plano superior de energia no qual eu realizara meu projeto? A dor era lancinante. O sangue cobria meu antebraço, meu pulso e minha mão. Recuei, gemendo, vendo o sangue pingar da ponta dos meus dedos. Eu estava preocupado, confuso. Pontos coloridos apareceram na margem do meu campo de visão. Os velhos pontinhos dançarinos de sempre. As dimensões transcendentes, as superpercepções, tinham sido reduzidas a lixo visual, a uma miscelânea confusa e sem sentido.

— E isto pode representar a chegada de uma frente quente — disse Mink.

Olhei para ele. Vivo. Uma poça de sangue no colo. Com a volta da ordem normal da matéria e da sensação, senti que o estava vendo pela primeira vez como pessoa. As velhas confusões e evasões humanas voltavam à tona. Compaixão, remorso, piedade. Mas, antes que eu pudesse ajudar Mink, tinha que pensar em mim mesmo. Mais uma vez tirei o lenço, consegui com a mão direita e os dentes amarrá-lo bem apertado logo acima do furo deixado pela bala no meu pulso esquerdo, ou seja, entre a ferida e o coração. Então chupei a ferida um pouco, sem saber direito por que fazia aquilo, e cuspi o sangue e a massa resultantes. A bala havia feito um ferimento superficial, e depois se desviara. Usando minha mão não ferida, agarrei Mink pelo pé descalço e puxei-o, arrastando-o pelos ladrilhos ensanguentados, a arma ainda na mão. Aqui havia uma espécie de redenção. Puxando-o pelo pé pelo chão ladrilhado, pelo tapete anti-incêndio, pela porta, até a rua e a noite. Algo de grande, grandioso, épico. É melhor fazer o mal e tentar compensá-lo com um ato exaltado do que levar uma vida decididamente neutra? Eu sabia que me sentia virtuoso, eu me sentia ensanguentado e imponente, arrastando o homem malferido pela rua escura e deserta.

A chuva havia parado. Fiquei chocado ao ver a quantidade de sangue que estávamos largando pelo caminho. Principalmente sangue dele. A calçada ficou riscada. Um detrito urbano interessante. Ele levantou a mão num gesto débil, jogou mais uns comprimidos de Dylar na goela. Ia arrastando a arma pela calçada.

Chegamos ao carro, Mink safou-se, com um espasmo do pé, o corpo estrebuchando e rodopiando; lembrava um peixe. Emitia uns ruídos débeis, engasgados, por falta de oxigênio. Resolvi tentar a respiração boca a boca, debrucei-me sobre ele, com o polegar e o indicador apertei-lhe o nariz e tentei encostar meu rosto no dele. O que havia de desajeitado naquele ato, sua intimidade macabra, o tornava ainda mais dignificado nas circunstâncias. Ainda maior, mais generoso.

Eu tentava insistentemente alcançar sua boca para soprar com força para dentro de seus pulmões. Meus lábios estavam prontos para soprar. Os olhos dele me acompanhavam o movimento da cabeça. Talvez ele pensasse que ia receber um beijo. Saboreei aquela ironia.

A boca de Mink estava cheia de espuma de Dylar regurgitado, comprimidos semimastigados, pedacinhos de polímero. Eu me sentia grande, altruísta, acima do ressentimento. Era essa a chave do altruísmo, ou pelo menos era o que eu pensava, ajoelhado sobre o homem ferido, expirando de modo ritmado na rua suja debaixo do viaduto. Transcender o nojo. Perdoar a imundície do corpo. Abraçá-lo por inteiro. Depois de alguns minutos, senti que ele voltava a si, respirava regularmente. Continuei debruçado sobre ele, nossas bocas quase se tocando.

— Quem atirou em mim? — perguntou ele.

— Você mesmo.

— Quem atirou em você?

— Você também. A arma está na sua mão.

— O que que eu estava tentando fazer?

— Você estava descontrolado. Não era responsável pelos seus atos. Eu o perdoo.

— Quem é você, literalmente?

— Uma pessoa que estava passando por aqui. Um amigo. Tanto faz.

— Alguns miriápodes têm olhos, outros não.

Com muito esforço, muita dificuldade, consegui colocá-lo no banco de trás do carro, onde ele ficou estirado, gemendo. Não dava mais para saber se o sangue nas minhas mãos e roupas era dele ou meu. Meus sentimentos humanitários estavam no ápice. Dei a partida. A dor no meu braço era um latejo, menos intensa agora. Dirigindo com uma das mãos apenas, passei por ruas vazias, procurando um hospital. Maternidade de Iron City. Mãe de Misericórdia. Comiseração e Harmonia. Eu aceitaria qualquer coisa, até mesmo um pronto-socorro no bairro mais miserável da cidade. Afinal, era lá mesmo o nosso lugar, ao lado das navalhadas múltiplas, feridas de todos os tipos, contusões causadas por objetos contundentes, traumatismos, overdoses, delirium tremens. O trânsito resumia-se a um caminhão de leite, um caminhão de padaria, alguns caminhões pesados. O céu começava a clarear. Chegamos a um prédio em cuja entrada havia uma cruz de neon. Era um edifício de três andares que podia ser perfeitamente uma igreja pentecostal, uma creche, a sede mundial de algum movimento de jovens uniformizados.

Havia uma rampa para cadeiras de rodas, pela qual eu poderia arrastar Mink até a porta de entrada sem que sua cabeça se chocasse com os degraus de concreto. Tirei-o do carro, agarrei seu pé escorregadio e comecei a subir a rampa. Ele ia com uma das mãos na cintura, para estancar o sangue. A mão da arma vinha atrás, arrastada. Amanhecia. Havia algo de vasto naquele momento, uma piedade e compaixão épicas. Tendo atirado nele, tendo-o convencido de que ele próprio havia dado os tiros, eu sentia que honrava a ele e a mim, a todos nós, confundindo nossos destinos, levando-o até um lugar onde cuidariam dele. Eu dava passos largos, arrastando o peso de Mink. Nunca havia me ocorrido que as tentativas de redimir-se após cometer um crime poderiam prolongar o êxtase do momento do crime que o criminoso tentava desse modo redimir.

Toquei a campainha. Segundos depois, alguém apareceu à porta. Uma velha, uma freira, de hábito negro, de véu negro, de bengala.

— Levamos uns tiros — disse eu, levantando o punho.

— Aqui isso não é novidade — respondeu ela, num tom natural, com sotaque, virando-se para dentro do prédio.

Arrastei Mink porta adentro. Aquilo parecia uma clínica. Havia salas de espera, cubículos fechados por biombos, portas com inscrições: Raio X, Exames de Vista. Fomos atrás da velha freira até a sala de traumatismos. Apareceram dois enfermeiros, homens grandalhões e atarracados, com físico de lutador de sumô. Eles colocaram Mink numa mesa e o despiram com gestos rápidos e precisos.

— Renda efetiva corrigida pela inflação — disse ele.

Chegaram mais freiras, farfalhantes, antigas, conversando em alemão. Traziam equipamentos de transfusão, carrinhos com instrumentos reluzentes. A freira que abrira a porta aproximou-se de Mink para tirar a arma de sua mão. Jogou-a numa gaveta que continha umas dez outras pistolas e meia dúzia de facas. Havia na parede uma gravura, John Kennedy e o papa João XXIII de mãos dadas no céu. O céu era um lugar parcialmente nublado.

Chegou o médico, um homem idoso com um terno surrado, de colete. Falou com as freiras em alemão e examinou o corpo de Mink, agora parcialmente coberto por lençóis.

383

— Ninguém sabe por que as aves marítimas vêm a San Miguel — disse Willie.

Eu estava começando a gostar dele. A freira inicial me levou até um cubículo para tratar da minha ferida. Comecei a lhe expor uma versão do tiroteio, mas ela não manifestou nenhum interesse. Disse a ela que era uma arma velha com balas débeis.

— Esse país é tão violento.

— A senhora está há muito tempo no Bairro Alemão? — perguntei.

— Somos os últimos alemães.

— Quem mora aqui agora?

— Quase ninguém.

Entraram mais freiras, com rosários pesados balançando nos cintos. Achei a presença delas uma coisa divertida, o tipo de grupo homogêneo que faz as pessoas sorrirem nos aeroportos.

Perguntei à minha freira qual era o seu nome. Irmã Hermann Marie. Disse a ela que eu sabia um pouco de alemão, tentando conquistar sua simpatia, o que eu sempre fazia com todo tipo de pessoal médico, pelo menos de início, antes que meu medo e minha desconfiança se tornassem mais fortes do que as esperanças que eu tinha de conseguir alguma coisa com isso.

— *Gut, besser, best* — disse eu.

Brotou um sorriso naquele rosto pregueado. Contei até dez, apontei para objetos e nomeei-os. Ela balançou a cabeça, satisfeita, limpando a ferida e envolvendo meu pulso em gaze. Disse que eu não ia precisar de tala, e que o médico ia me receitar um antibiótico. Contamos juntos até dez.

Apareceram mais duas freiras, murchas e enferrujadas. A minha disse alguma coisa a elas, e nós quatro começamos uma conversa infantil encantadora. Falamos de cores, peças do vestuário, partes do corpo. Senti-me muito mais à vontade com esse grupo de falantes de alemão do que me sentira com os hitlerólogos alemães. Haverá no ato de recitar os nomes das coisas algo que agrada a Deus?

A irmã Hermann Marie dava os retoques finais à ferida. De minha cadeira eu via de frente a gravura de Kennedy com o papa no céu. Senti uma admiração envergonhada por aquela gravura. Ela me fazia sentir-me bem, sentimentalmente renovado. O presidente ainda vigoroso após a morte. A feiura do papa, uma espécie de radiância. E por que não haveria de ser verdade? Por que não poderiam eles se encontrar em algum lugar, projetado no tempo, contra um fundo de nuvens fofas, e ficar de mãos dadas? Por que não podemos nós todos nos encontrar, como numa epopeia de deuses proteicos e gente comum, no empíreo, de corpo íntegro, luminosos?

— O que diz a Igreja sobre o céu hoje em dia? — perguntei a minha freira. — Ainda é como o de antigamente, lá no firmamento?

Ela virou-se e olhou para a gravura.

— Você acha que nós somos bobos? — perguntou ela.

A força de sua réplica me surpreendeu.

— Mas então o que é o sol, de acordo com a Igreja, se não a moradia de Deus e dos anjos e das almas dos que foram salvos?

— Salvos? Salvos de quê? Um boboca, me vem aqui falar de anjos. Me mostre um anjo. Vamos. Eu quero ver.

— Mas a senhora é uma freira. As freiras acreditam nessas coisas. Quando a gente vê uma freira, a gente se alegra, acha uma gracinha, divertido, de pensar que ainda existe quem acredite em anjos, santos, todas essas coisas tradicionais.

— Você é tão boboca que acredita nisso?

— A questão não é o que eu acredito. É o que a senhora acredita.

— Isso é verdade — disse ela. — Os que não creem precisam dos que creem. Eles precisam desesperadamente que haja alguém que creia. Mas me mostre um santo. Me mostre um fio de cabelo de um santo.

Ela se aproximou de mim, o rosto áspero emoldurado pelo véu negro. Comecei a ficar preocupado.

— Estamos aqui para cuidar de doentes e feridos. Só isso. Você quer falar sobre céu, você procura outro lugar.

— Tem freiras que andam de saia — argumentei. — Aqui vocês ainda usam o uniforme antigo. O hábito, o véu, os sapatões pesados. Vocês têm que acreditar na tradição. O céu e o inferno antigos, a missa em latim. O papa é infalível, Deus criou o mundo em seis dias. As grandes crenças tradicionais. O inferno cheio de lagos de fogo, demônios alados.

— Você me vem da rua sangrando e vem me dizer que levou seis dias pra fazer o universo?

— No sétimo dia Ele descansou.

— Você me vem falar de anjo? Aqui?

— Claro que aqui. Se não aqui, onde?

Eu estava frustrado e intrigado, quase gritando.

— Que tal exércitos lutando no céu no fim do mundo?

— E por que não? Por que é que a senhora é freira, afinal? Por que essa gravura na parede?

Ela recuou, os olhos cheios de um desdém prazeroso.

— É pros outros. Não pra nós.

— Mas isso é ridículo. Que outros?

— Todos os outros. Os outros que passam a vida acreditando que *nós* ainda acreditamos. Nossa tarefa no mundo é acreditar em coisas que ninguém mais leva a sério. Abandonar essas crenças completamente, a espécie humana acabava. É por isso que estamos aqui. Uma minoriazinha. Pra representar essas coisas antigas, crenças antigas. O diabo, os anjos, o céu, o inferno. Se a gente não fingisse acreditar nessas coisas, o mundo desabava.

— Fingisse?

— Claro que é fingisse. Você acha que nós somos bobos? Ora, me deixe em paz.

— A senhora não acredita no céu? Uma freira?

— Se você não acredita, porque eu tenho que acreditar?

— Se a senhora acreditasse, talvez eu acreditasse.

— Se eu acreditasse, você não precisava acreditar.

— Toda aquela velha história — insisti. — Fé, religião, vida eterna. A velha credulidade humana. A senhora está me dizendo que não leva essas coisas a sério? A sua dedicação é um fingimento?

— Nosso fingimento é uma dedicação. Alguém tem que fingir que acredita. Nossas vidas não seriam mais sérias do que são se a nossa fé fosse verdadeira, nossa crença fosse verdadeira. Quanto menos gente acredita no mundo, mais importante é pra quem não acredita que *alguém* acredite. Selvagens em cavernas. Freiras de hábito negro. Monges que nunca falam. Só nós é que cremos agora. Os bobos, as crianças. Os que abandonaram a crença ainda precisam acreditar em nós. Eles estão certos de estarem certos de não acreditarem, mas sabem que é preciso que a fé não seja exterminada por completo. O inferno é quando ninguém acredita. Os bobos, os idiotas, aqueles que ouvem vozes e falam em línguas desconhecidas. Nós somos as loucas de vocês. Nós abrimos mão das nossas vidas pra tornar possível o ceticismo de vocês. Vocês têm certeza de que estão certos mas não querem que todo mundo pense como vocês. Não há verdade sem que haja bobos. Nós somos as bobas de vocês, as loucas, que acordam ao nascer do sol pra rezar, acender velas, pedir a estátuas boa saúde e longa vida.

— A senhora viveu muito. Talvez funcione.

Ela riu um riso rouco, mostrando dentes tão velhos que estavam quase transparentes.

— Falta pouco. Em breve vocês vão perder os seus crentes.

— A senhora então passou esses anos todos rezando por nada?

— Pelo mundo, bobalhão.

— E nada sobrevive? A morte é o fim?

— Você quer saber o que eu acredito ou o que eu finjo acreditar?

— Não quero ouvir isso. É terrível.

— Mas é verdade.

— A senhora é uma freira. Aja como freira.

— Nós fazemos votos. Pobreza, castidade, obediência. Votos sérios. Uma vida séria. Vocês não poderiam sobreviver sem nós.

— Deve haver algumas entre vocês que não estão fingindo, que acreditam de verdade. Sei que há. Uma crença milenar não morre à míngua em uns poucos anos. Havia vários campos de estudo dedicados a esses assuntos. Angelologia. Todo um ramo da teologia só pra estudar os anjos. A ciência dos anjos. Grandes inteligências discutiam esses assuntos. Há grandes inteligências hoje em dia. Ainda discutem, ainda acreditam.

— Você me entra da rua arrastando um corpo pelo pé e vem me falar de anjos que vivem no céu. Me deixe em paz.

Ela disse alguma coisa em alemão. Não entendi. Falou mais, por algum tempo, aproximando o rosto do meu, palavras cada vez mais ásperas, mais úmidas, mais guturais. Seus olhos mostravam que lhe dava um prazer terrível a consciência de que eu não a estava entendendo. Ela disparava sobre meu rosto uma torrente de perdigotos alemães. Uma tempestade de palavras. À medida que ia falando, ia ficando mais animada. Uma veemência entusiasmada se apossou de sua voz. Ela falava mais depressa, mais expressivamente. Em seus olhos e seu rosto, os vasos sanguíneos estavam dilatados. Comecei a perceber uma cadência, um ritmo regular. Ela estava recitando alguma coisa, concluí. Ladainhas, hinos, catecismos. Os mistérios do rosário, talvez. Zombando de mim com preces desdenhosas.

O curioso é que achei aquilo lindo.

Quando sua voz ficou fraca, saí do cubículo e procurei o velho médico — *Herr Doktor*, disse eu —, sentindo-me personagem de um filme alemão. O médico ligou o aparelho de surdez. Peguei minha receita, perguntei se Willie Mink estava bem. Não, e não ficaria bom tão cedo. Mas também não ia morrer, o que o colocava numa posição vantajosa em relação a mim.

A viagem de volta para casa foi tranquila. Larguei o carro na entrada da garagem de Stover. O banco de trás estava coberto de sangue. Havia sangue no volante, mais sangue no painel e nas maçanetas das portas. O estudo científico do comportamento cultural e do desenvolvimento do homem. Antropologia.

Subi a escada e fiquei olhando para as crianças por um tempo. Todas adormecidas, debatendo-se com seus sonhos, olhos movendo-se rapidamente sob as pálpebras fechadas. Deitei-me ao lado de Babette tal como estava, tirando apenas os sapatos, de algum modo consciente de que ela não acharia estranho. Mas minha cabeça não parava. Não consegui pegar no sono. Depois de algum tempo desci e fui à cozinha, onde fiquei tomando café, sentindo a dor do punho, o pulso acentuado.

Não havia nada a fazer senão esperar o próximo pôr do sol, quando o céu ressoaria como bronze.

40

Foi nesse dia que Wilder pegou seu triciclo de plástico, deu uma volta ao quarteirão, virou à direita num beco sem saída e, pedalando ruidosamente, foi até o fim da rua. Levantou-se, pegou o triciclo e contornou a pé a mureta, e em seguida andou de triciclo por uma pista asfaltada que contornava alguns terrenos baldios e terminava numa escadaria de concreto com vinte degraus. As rodas de plástico guinchavam. Aqui nossa reconstituição dos fatos é substituída pelo depoimento atônito de duas senhoras idosas que assistiram à cena da varanda dos fundos do segundo andar de uma casa alta no meio das árvores. Wilder desceu a escadaria a pé, empurrando o triciclo, guiando-o com destreza e sem nenhum sentimentalismo, deixando-o sacolejar-se todo, como se o veículo fosse um irmãozinho de formato estranho, não necessariamente muito querido. Novamente montou no triciclo, atravessou a rua, atravessou a calçada, começou a descer o acostamento gramado da autoestrada. Nesse ponto, as mulheres começaram a chamá-lo. Ei, ei, disseram elas, de início um pouco hesitantes, não querendo aceitar as implicações do processo que se desenrolava ante seus olhos. O menino pedalava, descendo o acostamento na diagonal, argutamente reduzindo o ângulo de descida, e então parou no final da descida para virar o veículo de modo a atravessar a pista pelo caminho que parecia ser o mais curto. Ei, menino, não! Agitando os braços, procurando desesperadamente algum pedestre que estivesse por perto. Entrementes, Wilder, ignorando os gritos ou não os ouvindo em meio ao ruído incessante de conversíveis e caminhões, começou a pedalar seu triciclo, atravessando a estrada com uma determinação mística. As mulheres não podiam senão olhar, boquiabertas, mudas, cada uma com um braço levantado, pedindo que a cena voltasse atrás, que o menino pedalasse para trás em seu veículo de brinquedo azul e amarelo, já desbotado, como um personagem de desenho animado num programa matinal de televisão. Os motoristas não entendiam bem o que viam. Em sua postura de ataque, presos por cintos de segurança, sabiam que aquela imagem não se coadunava com a realidade frenética da estrada, aquele rio geométrico e modernista. O sentido estava na velocidade. Nas placas, nas vidas que pendiam por frações de segundos. O que significava aquela manchinha lerda? Alguma força do universo estava desarranjada. Os motoristas desviavam, freavam, buzinavam, enchendo a tarde longa com seus lamentos animalescos. O menino nem sequer olhava para os carros; seguia em linha reta, rumo ao canteiro entre as pistas, uma faixa estreita de grama descolorida. Estava empolgado, o peito cheio, os braços aparentemente movendo-se tão depressa quanto as pernas, a cabeça redonda balançando, cheia de uma determinação irracional. Teve que diminuir a velocidade para subir o canteiro, levantando a roda da frente com movimentos extremamente cautelosos, seguindo algum conjunto de instruções numeradas, e os carros passavam, buzinas gemendo tarde demais, os olhos dos motoristas grudados aos espelhos retrovisores. Wilder atravessou o canteiro a pé, empurrando o triciclo. As mulheres o viram montar novamente no veículo. Pare, gritavam elas. Não vá. Não, não. Como estrangeiros reduzidos a umas poucas expressões simples. Os carros não paravam de passar, acelerando na reta, um tráfego infinito. Wilder preparou-se para atravessar a outra pista, as três últimas faixas, descendo do canteiro como uma bola quicando, primeiro a roda da frente, depois as de trás. Então a corrida para a outra margem, a cabeça balançando. Carros desviavam, saíam da pista, subiam o meio-fio, cabeças estupefatas apareciam nas janelas. O menino pedalava furiosamente, sem saber como parecia lerdo do ponto de vista das mulheres na varanda. Agora elas já não gritavam, sentiam-se desligadas do acontecimento, subitamente cansadas. Como era lento o menino, como ele estava errado imaginando-se rápido! Aquilo as cansava. As buzinas não paravam, ondas sonoras se misturando no ar, se achatando, vindo de carros que já tinham passado, zangadas. Wilder chegou ao outro lado, por alguns instantes andou paralelamente ao tráfego, pareceu desequilibrar-se, caiu, escorregando pelo acostamento num amontoado de cores diferentes. Quando reapareceu, um segundo depois, estava sentado numa vala cheia d'água, uma parte do riacho intermitente que acompanha a estrada. Desconcertado, tomou a decisão de chorar. Levou um momento para tomá-la, água e lama por toda parte, o triciclo caído de lado. As mulheres começaram a gritar outra vez, cada uma levantando um braço para revogar o ocorrido. Menino na água, diziam. Olhem, ajudem, afogar. E Wilder, sentado na vala, berrando a plenos pulmões, parecia tê-las ouvido pela primeira vez, ao levantar a vista e olhar por cima do monte de terra, para as árvores do outro lado da autoestrada. Isso as assustou mais ainda. Gritavam e acenavam, já chegavam perto dos estágios iniciais do terror incontrolável quando um motorista que passava pelo local, como dizem os jornais, desceu o acostamento e levantou o menino das águas sujas e rasas, para as velhas desesperadas o verem.

Vamos sempre ao viaduto. Babette, Wilder e eu. Levamos uma garrafa térmica com chá gelado, estacionamos o carro, ficamos vendo o sol se pôr. As nuvens não atrapalham. As nuvens acentuam o drama, aprisionam e moldam a luz. Quando o céu está todo encoberto, mesmo assim o espetáculo acontece. A luz fura as nuvens, forma riscos e arcos. É mais impressionante ainda. Falamos muito pouco. Chegam mais carros, a fila cresce, chegando até a zona residencial lá embaixo. Gente sobe a pé, trazendo frutas, castanhas, refrigerantes, principalmente pessoas de meia-idade, velhos, alguns com cadeiras de praia que são abertas na calçada, mas também casais mais jovens, de braços dados, olhando para o poente. O céu ganha conteúdo, sentimento, uma vida narrativa exaltada. As faixas de cor se estendem até o alto, por vezes parecem decompor-se em partes constituintes. Há torres de luz, tempestades de cor, serpentinas que caem lentamente. É difícil saber como reagir a isso. Algumas pessoas têm medo desses crepúsculos, outras se entusiasmam, mas a maioria não sabe o que pensar, oscila de um extremo a outro. A chuva não atrapalha.

A chuva causa efeitos sutis, maravilhosas tonalidades justapostas. Chegam mais carros, chegam pessoas correndo ladeira acima. É difícil captar em palavras o estado de espírito dessas tardes quentes. Há um ar de expectativa, mas não aquele zumbido de expectativa de uma multidão em mangas de camisa no auge do verão, à espera do início da pelada, uma coisa com precedentes lógicos, com toda uma tradição por trás para inspirar segurança. Essa espera é introvertida, desigual, quase enrustida e tímida, tendendo ao silêncio. O que mais sentimos? Certamente um deslumbramento respeitoso, que transcende todas as categorias já conhecidas, mas não sabemos se estamos maravilhados ou aterrorizados, não sabemos o que estamos vendo nem o que aquilo significa, não sabemos se é uma coisa permanente, um nível de experiência ao qual gradualmente vamos nos ajustar, nossa incerteza terminando por ser absorvida, ou se é apenas uma esquisitice atmosférica que em pouco tempo vai passar. As cadeiras de praia são abertas, os velhos se sentam. O que dizer? O crepúsculo se prolonga, nós continuamos ali. O céu está encantado, encantamento poderoso, lendário. De vez em quando passa um carro pelo viaduto, devagar, cheio de deferência. Não para de subir gente no viaduto, pessoas em cadeiras de rodas, de corpos contorcidos por alguma doença, empurradas por acompanhantes debruçados para a frente para vencer a subida íngreme. Foi só quando as tardes quentes começaram a trazer multidões até o viaduto que fiquei sabendo quantos aleijados e inválidos havia na cidade. Por baixo de nosso viaduto passam carros velozes, vindos do poente, daquela luz avassaladora, e os observamos como se procurássemos um sinal, como se em suas superfícies pintadas viesse algum resíduo do crepúsculo, uma camada finíssima, quase imperceptível, de pó furta-cor. Ninguém liga o rádio, ninguém fala senão em sussurros. Desce do céu algo de dourado e macio. Há pessoas com cachorros, crianças de bicicleta, um homem com uma máquina fotográfica e uma teleobjetiva comprida, esperando seu momento. É só depois que já está escuro há algum tempo, e os insetos gritam no calor, que lentamente começamos a nos dispersar, tímidos, educados, carro após carro, voltando a nossas individualidades separadas e defensíveis.

Os homens de trajes de *mylex* continuam na cidade, com suas trombas amarelas, recolhendo dados terríveis, apontando dispositivos infravermelhos para a terra e para o céu.

O dr. Chakravarty quer falar comigo, mas faço questão de evitá-lo. Ele está ansioso para me dizer como vai minha morte. Talvez seja um caso interessante. Ele quer me inserir mais uma vez no formador de imagens, onde colidem partículas carregadas, sopram ventos fortes. Mas tenho medo do formador de imagens. Medo dos campos magnéticos, do pulso nuclear computadorizado. Medo do que ele sabe a meu respeito.

Não atendo o telefone.

As prateleiras do supermercado foram rearrumadas. A coisa aconteceu um belo dia, sem mais nem menos. Há agitação e pânico nos corredores, desânimo nos rostos dos fregueses mais velhos. Andam numa espécie de transe fragmentado, param e seguem, aglomerados de vultos bem-vestidos nos corredores, tentando entender a nova ordem, decifrar a lógica subjacente, tentando lembrar onde foi que viram o creme de trigo. Não veem razão para aquilo, não veem sentido. Agora as esponjas estão ao lado dos sabonetes, os condimentos estão dispersos pela loja. Quanto mais velho o freguês, mais bem-vestido. Homens com calças Sansabelt e camisas de malha, coloridas. Mulheres empoadas, todas arrumadas, com ar de importância, preparadas para algum evento sério. Entram nos corredores errados, correm a vista pelas prateleiras, às vezes param de repente, fazendo com que o carrinho que vai atrás bata em suas pernas. Apenas a seção de produtos sem marca permanece no lugar de sempre, pacotes brancos com rótulos simples. Os homens consultam listas; as mulheres, não. Há agora uma sensação de desorientação, de insegurança, gente bem-humorada levada às raias da irritação. Examinam os textos escritos com tipo pequeno nas embalagens, temendo um segundo nível de traição. Os homens procuram as datas carimbadas; as mulheres, os ingredientes. Muitos têm dificuldades em ler. Letras borradas, impressão com fantasmas. Nas prateleiras alteradas, no ruído ambiental, na consciência do declínio impiedoso, eles tentam se situar no meio da confusão. Mas no final das contas não importa o que vejam ou pensem que veem. As caixas estão equipadas com um sistema holográfico que decodifica o segredo binário de cada artigo, infalivelmente. É a linguagem das ondas e radiações, ou a linguagem na qual os mortos falam com os vivos. E é aqui que esperamos juntos, gente de todas as idades, carrinhos cheios de produtos de cores vivas. Uma fila lenta, que nos agrada, nos dá tempo de olhar para os tabloides perto da caixa. Tudo de que precisamos, fora o amor e o alimento, está ali. Os eventos sobrenaturais e extraterrestres. As vitaminas milagrosas, a cura do câncer, os remédios para obesidade. O culto aos famosos e aos mortos.

1ª EDIÇÃO [1987] 1 reimpressão

2ª EDIÇÃO [2017] 2 reimpressões

ESTA OBRA FOI COMPOSTA PELA PÁGINA VIVA EM ELECTRA E
IMPRESSA PELA GEOGRÁFICA EM OFSETE SOBRE PAPEL PÓLEN SOFT
DA SUZANO S.A. PARA A EDITORA SCHWARCZ EM MAIO DE 2021

A marca FSC® é a garantia de que a madeira utilizada na fabricação do papel deste livro provém de florestas que foram gerenciadas de maneira ambientalmente correta, socialmente justa e economicamente viável, além de outras fontes de origem controlada.